Susanne Mischke
Hättest du geschwiegen

SUSANNE MISCHKE

HÄTTEST DU GESCHWIEGEN

Kriminalroman

PIPER

Mehr über unsere Autoren und Bücher:
www.piper.de

Wenn Ihnen dieser Kriminalroman gefallen hat, schreiben Sie uns unter Nennung des Titels »Hättest du geschwiegen« an *empfehlungen@piper.de*, und wir empfehlen Ihnen gerne vergleichbare Bücher.

Von Susanne Mischke liegen im Piper Verlag vor:
Hannover-Krimis:
Band 1: Der Tote vom Maschsee
Band 2: Tod an der Leine
Band 3: Totenfeuer
Band 4: Todesspur
Band 5: Einen Tod musst du sterben
Band 6: Warte nur ein Weilchen
Band 7: Alte Sünden
Band 8: Zärtlich ist der Tod
Band 9: Hättest du geschwiegen

weitere Kriminalromane:
Töte, wenn du kannst!
Mordskind
Wer nicht hören will, muss fühlen
Wölfe und Lämmer
Liebeslänglich
Die Mörder, die ich rief
Schwarz ist die Nacht
Kalte Fährte

FSC
www.fsc.org
MIX
Papier aus verantwortungsvollen Quellen
FSC® C083411

ISBN 978-3-492-06136-0
2. Auflage 2020

Satz: Kösel Media GmbH, Krugzell
Gesetzt aus der Goudy Old Style
Druck und Bindung: CPI books GmbH, Leck
Printed in the EU

I.

Hauptkommissar Völxen atmet schwer hinter seinem Mundschutz.

Es ist schon ein Weilchen her, dass er bei einer Obduktion dabei war, so etwas delegiert man für gewöhnlich gern an andere, aber dieses Mal gab es kein Entkommen.

Durchhalten! Bloß keine Schwäche zeigen vor versammelter Mannschaft!

Die Luft im Raum ist aber auch wirklich zum Schneiden. Der Hauptgrund dafür mag sicherlich der Leichnam sein, der mit geöffnetem Brustkorb auf dem Seziertisch liegt. Erschwerend kommt jedoch hinzu, dass der Sektionssaal von Dr. Bächle, dem Leiter der Rechtsmedizinischen Abteilung der Medizinischen Hochschule Hannover, an diesem Nachmittag ungewöhnlich stark bevölkert ist.

Außer Völxen selbst ist vom Dezernat für Todesermittlungen der Polizeidirektion Hannover noch seine Kollegin, Hauptkommissarin Oda Kristensen, zugegen. Sie hat zusätzlich zum Mundschutz freiwillig auch noch eine Plastikhaube über ihren hellblonden Haarknoten gezogen, mit der Begründung, dass Haar Gerüche aufnehme und sie nicht für den Rest des Tages wie der Tod riechen wolle.

Auch das Landeskriminalamt hat eine Vertreterin in die Rechtsmedizinische Abteilung der Medizinischen Hochschule geschickt: Jule Wedekin, einst Völxens Lieblingsmitarbeiterin, ehe sie ans LKA gewechselt ist.

Vonseiten der Justiz hat sich Oberstaatsanwalt Roland Funke am Ort des Geschehens eingefunden. Auch er scheint schon längere Zeit keinen Obduktionssaal mehr von innen gesehen zu haben, denn er ist beinahe noch blasser als der Tote auf dem Tisch.

Die Wissenschaft wird repräsentiert durch Dr. Bächle, seinen Assistenzarzt sowie eine Histopathologin und einen Toxikologen. Ganz und gar ungewöhnlich ist jedoch die Anwesenheit eines gewissen Professor Dr. Gröning. Laut Dr. Bächle ist der überaus renommierte Kollege eigens für diese Sektion aus München angereist, um ihm dabei über die Schulter zu sehen. Was dem langen, hageren Rechtsmediziner aus Bayern schon rein physisch nicht schwerfällt, denn Dr. Bächle reicht ihm gerade einmal bis zur Schulter.

Normalerweise hätte Völxen angenommen, dass sich Dr. Bächle jegliche Kontrolle seiner Arbeit durch wen auch immer verbitten würde, zumal der weißhaarige Schwabe mit der Einsteinfrisur im Ruf steht, eitel zu sein – erst recht, wenn es um seine berufliche Reputation geht. Aber zu seiner Verblüffung musste Hauptkommissar Völxen erfahren, dass Dr. Bächle die Koryphäe aus der bayerischen Landeshauptstadt »högschtpersönlich« zu dieser Autopsie eingeladen hat. Offenbar will Bächle sich absichern, falls im Nachhinein Zweifel an seinem wie auch immer gearteten Befund auftreten sollten.

Als wäre das nicht genug, tummeln sich zusätzlich noch zwei Kriminaltechniker mit Videokameras zwischen den Anwesenden und filmen jedes Detail der Leichenbeschau.

Was für ein Aufriss!

Aber der Tote ist – oder vielmehr, war – ja auch nicht irgendwer. Schon seine Maße fallen aus dem Rahmen: Sein Körper ragt in die Höhe wie ein massiges Gebirge und passt gerade so auf den stählernen Seziertisch. Er misst an die zwei Meter und bringt einhundertzwanzig Kilo auf die Waage. Jedenfalls hat Dr. Bächle diese Zahl vorhin, zu Beginn der Prozedur, in sein Diktiergerät genuschelt. Das meiste dieser Masse sind Muskeln, nur in der Körpermitte des Endfünfzigers hat sich ein alterstypischer Schwimmreif angesetzt, durch den Dr. Bächles Skalpell zuvor mühelos hindurchgeglitten ist. Völxen hat sich dabei der Magen gehoben, und unwillkürlich hat er sich an seine eigene, leicht gerundete Taille gegriffen und gedacht: *So sähe das bei mir dann wohl auch aus.*

Am 31. August wurde Hannes Piekenbrock im Garten seines Einfamilienhauses im nördlichen Speckgürtel Hannovers von seiner Frau leblos unter einem Apfelbaum aufgefunden. Nichts, aber auch gar nichts, deutete auf Fremdverschulden hin. Dennoch schossen sofort nach Bekanntwerden seines Ablebens die Theorien und Gerüchte wild ins Kraut.

Bei einer derartigen, weit über Hannovers Grenzen hinaus bekannten Rotlichtgröße, die in gewissen Kreisen der Bevölkerung Kultstatus genoss, kein Wunder. Da war zu erwarten gewesen, dass Piekenbrocks Tod für einen gewissen Rummel sorgen würde. Trotzdem ist Hauptkommissar Völxen inzwischen reichlich genervt von der Presse, die während der vergangenen Woche sowohl die Polizeidirektion als auch die Straße vor dem Wohnhaus des Verstorbenen belagert hat.

Das Ableben Piekenbrocks mobilisierte aber nicht nur die Medienvertreter. Kolonnenweise donnerten in den Tagen danach schwere Jungs auf schweren Harleys durch die Straßen des ansonsten ruhigen Wohnviertels und legten Blumensträuße und Kränze auf dem Gehweg vor dem Grundstück ihres Idols ab.

»Geradezu herzerweichend«, wie Oda Kristensen angesichts der entsprechenden Fotos in den sozialen Medien ironisch bemerkte.

Nachdem durchgesickert war, dass der Leichnam keine äußeren Verletzungen aufwies, machte das Gerücht von einem raffinierten Giftmord die Runde. Begriffe wie »Russenmafia« und »Nowichok« geisterten durchs Netz. Es gab keine noch so abstruse Theorie, keine Verschwörungstheorie, so weit hergeholt sie auch klingen mochte, die nicht ihren Widerhall und ihre Anhänger gefunden hätte. Sogar die Äpfel des besagten Baums, unter dem Piekenbrock seinen letzten Atemzug getan hatte, gerieten in Verdacht, vergiftet worden zu sein. Das etwa dreißigköpfige Ermittlerteam, das sich des Falles angenommen hatte, bewies Humor und gab sich den Namen *Soko Schneewittchen.*

Ein Raunen geht plötzlich durch den Seziersaal, alle recken die Hälse. Dr. Bächle hat dem Brustkorb gerade das Herz entnommen, und sein Assistenzarzt trägt es nun wie ein Kellner in einer Schale vor sich her, hinüber an den Tisch der Histopathologin, der mit diversen Mikroskopen ausgestattet ist.

Völxen zieht es vor, die Decke des Sektionssaals einer ausgiebigen Musterung zu unterziehen, während da drüben Dinge mit dem Organ passieren, die er lieber nicht so genau wissen will.

»Na also, do ham mer's doch scho«, murmelt Bächle nach wenigen Minuten. Er winkt einen der Jungs mit den Kameras heran.

»Was?«, platzt Jule heraus. Mit ihrem abgebrochenen Medizinstudium ist sie wahrscheinlich die einzige unter den Vertretern der Exekutive, die dieser Autopsie etwas abgewinnen kann. Als sie noch in Völxens Dezernat gearbeitet hat, war sie diejenige, die sich zur Freude aller Kollegen stets freiwillig für Besuche in Dr. Bächles Reich gemeldet hat.

»Herr Kolläge, möchten Sie den werten Herrschaften die Todesursache verkünden?«, wendet sich Dr. Bächle, schwäbelnd wie immer, aber ungewöhnlich bescheiden, an seinen Münchner Kollegen.

Professor Gröning genügt ein kurzer Blick durch seine randlose Brille auf den Längsschnitt des Organs. Er räuspert sich und erklärt: »Man erkennt hier sehr deutlich eine Stenose, eine sanduhrförmige Verengung des Herzkranzgefäßes, verursacht durch Einlagerung von Fett und Bindegewebe in die Arterienwand. In der Engstelle befindet sich, ebenfalls deutlich erkennbar, ein Thrombus, also Blutgerinnsel, das zum vollständigen Verschluss des Gefäßes führte.«

»Ein Herzinfarkt?«, platzt Oberstaatsanwalt Funke heraus und reißt sich vor Erleichterung den Mundschutz herunter. Sein schmales, kantiges Gesicht hat inzwischen wieder etwas Farbe angenommen.

»Ganz genau«, antwortet Dr. Bächle.

Ein kollektives Aufatmen geht durch die Gruppe der Beobachter.

»Ganz sicher?«, hakt Völxen nach.

»Ohne jeden Zweifel«, bestätigt Professor Gröning im Brustton tiefster Überzeugung und Autorität. »Ein Myokardinfarkt, wie er im Lehrbuch steht. Die Kollegin von der Histopathologie wird uns dazu sicherlich noch schöne Fotos liefern, die den Befund untermauern.«

»Tja«, seufzt Dr. Bächle. »Wen wundert's? Der gute Mann war im gefährlichen Alter, und der Läbenswandel fordert halt irgendwann seinen Tribut, gell?«

»Den letzten Spruch hätte sich Bächle auch sparen können«, bemerkt Völxen, als er, flankiert von Oda und Jule, durch die Gänge der MHH eilig ins Freie strebt.

»Fühlst du dich etwa angesprochen?«, fragt Oda. »Hast du mir was verschwiegen? Nutten, Nachtclubs ...?«

»Ich wollte eigentlich auf das *gefährliche Alter* anspielen. Mein Lebenswandel war stets untadelig, wie du weißt.«

»Ach, man denkt immer, man kennt die Leute ...«, erwidert Oda.

Die Erleichterung über den Ausgang der Sektion hat alle in eine gelöste, fast schon übermütige Stimmung versetzt.

»Vielleicht hast du heimlich eine Harley im Schuppen stehen?«, fährt Oda fort.

»Das allein wäre ja wohl weder verwerflich noch ungesund«, versetzt Völxen und schmunzelt bei der Vorstellung von sich auf einer Harley. »Aber ich hatte früher nicht einmal ein Mofa. Ich hab's schon immer gern bequem gehabt.«

Nein, ein Zweirad wäre Hauptkommissar Völxen wahrlich viel zu unkomfortabel. Er hat in der Scheune, die zu seinem umgebauten Bauernhof gehört, eine »schwebende Göttin« geparkt, eine Citroën DS, mit der er, wenn auch viel zu selten, gemächlich über die Landstraßen schaukelt.

»Mach dir keinen Kopf. Ein Feierabendbierchen ab und zu wird sicher nicht dein Ruin sein«, meint Oda, die selbst gern französischem Rotwein zuspricht.

»Na, ich wäre da vorsichtig«, mischt sich nun Jule Wedekin in die Unterhaltung ein. »Du, Oda, als Raucherin, stehst sowieso mit einem Bein im Grab.«

»Haben wir dir eigentlich schon mal gesagt, wie froh wir sind, dass wir dich ans LKA losgeworden sind?«, erwidert Oda.

»Ja, schon oft«, versichert Jule gut gelaunt und spricht dann aus, was alle seit Verlassen des Seziersaals denken: »Leute, bin ich vielleicht froh, dass es kein Fremdverschulden war! Stellt euch mal vor, es wäre Mord gewesen und ihr hättet den Täter womöglich nie gefunden!«

»Wir haben bis jetzt noch jeden Mörder gefunden«, versetzt Völxen hoheitsvoll. »Sogar nach deinem Ausscheiden aus meinem Dezernat.«

»Was niemand für möglich gehalten hätte, aber es ist so«, fügt Oda hinzu.

Völxen bedauert noch immer, dass er Jule Wedekin verabschieden hat müssen, nachdem sie und ihr Kollege Fernando Rodriguez geheiratet hatten. Eine Vorschrift untersagt es, dass Eheleute im selben Dezernat arbeiten. Die ehrgeizige Jule hatte sich beizeiten fürs LKA entschieden, und ihr Ehemann Fernando Rodriguez ist im 1.1.K, dem *Dezernat für Tötungsdelikte und Delikte am Menschen,* geblieben.

Draußen werden die drei von lauer Luft und einem tiefblauen Himmel empfangen. Es ist der 6. September, ein Freitag, und ganz unverhofft ist der Sommer noch einmal ausgebrochen.

Völxen atmet tief durch. »Ah! Noch nie war frische Luft so köstlich.«

»Stimmt«, meint Oda und zündet sich die Zigarette an, die sie sich noch im Sektionssaal gedreht hat.

»Wie kannst du jetzt nur rauchen?«, fragt Völxen kopfschüttelnd.

»Ich wollte da drin schon rauchen, aber Bächle hätte mich bestimmt nicht gelassen. – Achtung, Frettchen auf zwölf Uhr!«

Ein Pulk von Reportern strebt im Laufschritt den Gehweg entlang auf die Beamten zu, obwohl sie extra den Seitenausgang genommen haben, den Dr. Bächle ihnen empfohlen hat. Anführer der Meute ist Boris Markstein von der *Bild* Hannover, den sie hinter seinem Rücken *das Frettchen* nennen, weil er tatsächlich ein Gesicht hat wie ein kleines, räuberisches Nagetier. Und, weil er sich auch meistens wie ein solches benimmt.

»Nicht schon wieder diese Nervensäge!«, stöhnt Völxen.

»Komm schon. Immerhin hast du dem Mann mal das Leben gerettet«, bemerkt Oda.

»Das ist zehn Jahre her, und ich habe es schon etliche Male bereut«, knurrt Völxen. »Was hat er denn mit seinen Haaren gemacht? Jetzt trägt der Kerl auch schon einen Dutt, das greift langsam um sich.«

»Das nennt sich *man bun*«, klärt Jule ihren ehemaligen Vorgesetzten auf.

»Was du alles weißt.«

»Ich wohne ja auch im Szeneviertel Linden, sozusagen am Puls der Zeit, und nicht in einem Dorf am Deister, wo sich Fuchs und Hase Gute Nacht sagen.«

»Und Wölfe«, streut Oda ein wenig Salz in die Wunde, denn sie weiß, dass sich Völxen in letzter Zeit Sorgen um seine fünf Schafe macht, die er auf der Obstwiese hinter dem Haus hält.

»Wenn es Männer mit Dutt sind, die den Unterschied ausmachen, dann gönn ich dir Linden von Herzen«, entgegnet Völxen.

»Leute, macht jetzt mal betrübte Gesichter, auch wenn's schwerfällt«, mahnt Oda angesichts der auf sie gerichteten Kameras. »Wenn die uns grinsend fotografieren, stehen wir bei Piekes Fanclub ganz schnell auf der Abschussliste.«

»Was man bei einigen von denen ruhig wörtlich nehmen darf«, murmelt Jule und beeilt sich, eine dem Anlass angemessene Miene aufzusetzen.

»Herr Hauptkommissar, wie ist die Lage?«, schallt ihnen Boris Marksteins blecherne Stimme entgegen.

»Die Lage? Er ist immer noch tot«, antwortet Völxen, woraufhin ihm Odas Ellbogen zwischen die Rippen fährt.

Markstein hat sich ihnen frech in den Weg gestellt. »Kommen Sie schon, Völxen, ein Statement! Was ist bei der Autopsie herausgekommen?« Der ganze Pulk hat nun aufgeschlossen, Fotografen und Kameraleute diverser Lokalsender richten die Objektive und Mikrofone wie Waffen auf Hauptkommissar Bodo Völxen.

Der strafft die Schultern und macht dabei, wie angeraten, ein ernstes Gesicht. Dann erklärt er ein wenig gestelzt: »Dem Ableben von Hannes Piekenbrock liegt ohne jeden Zweifel eine natürliche Todesursache zugrunde. Das wurde soeben bei der Autopsie seines Leichnams von unserem renommierten Leiter der Rechtsmedizin, Dr. Bächle, festgestellt, und außerdem von einem unabhängigen Experten aus München, Professor Dr. Gröning, bestätigt.«

»Was war denn die Ursache?«, ruft ihm eine Frau aus der zweiten Reihe zu.

»Das darf ich Ihnen nicht beantworten, da dies in die Privatsphäre des Verstorbenen fällt. Mehr gibt es dazu nicht zu sagen. Würden Sie uns jetzt netterweise durchlassen?«

Die Meute streckt die Waffen. Objektive werden eingefahren, man weicht resigniert zur Seite.

»O Mann, alles für 'n Arsch«, hört man jemanden maulen.

Völxen kann den Presseleuten nicht verdenken, dass sie frustriert sind. Hannes Piekenbrock war eine schillernde Figur der Halbwelt und ein Liebling der Medien, mit denen er virtuos spielte. Der Gedanke, dass er Opfer eines Tötungsdelikts geworden sein könnte, war bei seiner Vergangenheit nicht völlig unrealistisch, und ein solches Verbrechen hätte wahrscheinlich bis Weihnachten immer wieder einmal für Schlagzeilen gesorgt. Selbst ein tragischer Unfall – standesgemäß auf einer Harley-Davidson – wäre noch für ein paar rührselige Stories gut gewesen. Nun ist es einfach nur eine abgelaufene Lebensuhr. Ein friedliches, schnelles Ende unter einem Apfelbaum, *ein schöner Tod*, wie der Volksmund zu sagen pflegt, aber kein Futter für die Boulevardpresse. Es wird ein paar Nachrufe geben und jede Menge Interviews von alten Weggefährten, aber im Grunde ist über Pieke ja längst alles bekannt und bereits geschrieben worden. Der Mann war schon zu Lebzeiten eine Legende, selbst die Leitmedien der Republik haben sich bisweilen seines Werdeganges und seines Wirkens angenommen. In letzter Zeit war es stiller um ihn geworden. Schließlich wird jeder mal ruhiger, wenn er in ein gewisses Alter kommt.

Natürlich werden ein paar ganz Hartnäckige nach wie vor ihre Nowichok- und Pollonium-210-Gerüchte auf einschlägigen Plattformen verbreiten, aber die seriösen und wohl oder übel auch die weniger seriösen Medien werden einsehen müssen, dass diese Zitrone keinen Saft mehr hergibt.

»Frau Wedekin!« Markstein hat als Einziger noch nicht aufgegeben und wendet sich jetzt an seine alte Bekannte Jule. »Geht es nicht ein bisschen genauer?«

Aus alter Gewohnheit will Völxen Jule ermahnen, den Mund zu halten, da fällt ihm gerade noch ein, dass es ja gar nicht mehr er ist, der für sie verantwortlich ist, sondern ihre Vorgesetzten beim LKA. Er weiß, dass sich Jule einigermaßen gut mit Markstein versteht. Sie war immer schon diplomatischer als Fernando Rodriguez, ihr Ehemann und Ex-Partner im Dienst. Fernando und den Reporter Markstein verbindet eine herzliche Abneigung, bisweilen kam es sogar zu Handgreiflichkeiten vonseiten des Kommissars, wenn Markstein sich an einem Tatort wieder einmal gar zu unverfroren benahm und Fernando es nicht schaffte, sein Temperament zu zügeln.

»Die Herren von der Rechtsmedizin müssten jeden Moment rauskommen, ich möchte denen wirklich nicht vorgreifen, das wäre unhöflich«, sagt Jule. »Tut mir von Herzen leid«, setzt sie hinzu, lächelt Markstein charmant an und legt dabei die Hand auf das Revers ihres Blazers.

Markstein hat den Wink verstanden. Er nickt ihr mit einem kleinen Lächeln zu – und wartet weiter.

»Lernt man das beim LKA, so zu schleimen?«, fragt Völxen, als sie ihren Weg zum Parkplatz fortsetzen.

»Nein, das wurde unserem Professorentöchterchen doch schon in die Wiege gelegt«, stichelt Oda.

Jule lächelt nonchalant. Im Grunde genießt sie die Spötteleien, die sie, wenn sie ehrlich ist, an der neuen Dienststelle sogar vermisst. Ihr fehlt der raue, herzliche Ton, der in Völxens Dezernat zuweilen herrscht. Vor gut zehn Jahren, als sie dort angefangen hat, hat es ihr noch etwas ausgemacht, wenn man ihr das Professorentöchterchen – ihr Vater ist Professor für Transplantationschirurgie an der MHH – unter die Nase gerieben hat. Doch diese Zeiten sind lange vorbei, inzwischen wecken solche Bemerkungen bei ihr eher nostalgische Gefühle. Sie würde es niemals offen zugeben, aber so interessant, wie sie erwartet hat, ist es beim LKA gar nicht, und manchmal, in schwachen Momenten, wünscht sie sich zurück an ihren alten Arbeitsplatz.

»Es ist jetzt … fast fünf. Also Feierabend«, stellt sie fest. »Wollen wir uns bei Pedra im Laden treffen und auf das Obduktionsergebnis anstoßen?«

»Ausgezeichnete Idee«, findet Oda. »Ich habe deine Schwiegermutter schon ewig nicht mehr gesehen, und die spanischen Rotweine kann man zur Not auch trinken.«

»Machen wir«, willigt Völxen ein. »Mir ist eh so komisch im Magen, ich glaube, ich könnte einen Schnaps vertragen. – Klappe, Jule!«

»Ich hab doch gar nichts gesagt!«

»Aber du wolltest.«

Das Dezernat für Tötungsdelikte hat sich vollzählig um eine riesige Platte mit Tapas versammelt. Jule hat natürlich sofort Fernando von dem geplanten kleinen Umtrunk im Laden seiner Mutter in Kenntnis gesetzt, der hat seine Kollegin Elena Rifkin dazu eingeladen, und diese hat es wiederum nicht übers Herz gebracht, Erwin Raukel als Einzigen außen vor zu lassen, noch dazu, wo jeder weiß, wie gern der Kollege ab und zu mal einen hebt.

Der Laden und Imbiss für spanische Weine, Lebensmittel und Tapas befindet sich im Herzen von Linden, Hannovers aufstrebendem Multikultiviertel, in dem die Gentrifizierung seit Jahren unaufhaltsam ihren Lauf nimmt.

Die Stimmung ist gelöst, gerade haben sie mit einer Runde Sherry, die Pedra Rodriguez ausgegeben hat, darauf angestoßen, dass sie keinen Fall zu bearbeiten haben und sich die *Soko Schneewittchen* wieder auflösen kann.

»Am besten hat mir Marksteins Gesicht gefallen, als Völxen ihm gesagt hat, dass es eine natürliche Todesursache war«, lästert Oda Kristensen. »Armes, trauriges Frettchen, er tat mir beinahe leid.«

»Mir nicht«, bemerkt Fernando. »Aber ich bin froh, dass diese Meute jetzt nicht mehr ständig vor der Pforte rumlungert wie ein Rudel hungriger Wölfe.«

»Auf Pieke! Möge er in Frieden ruhen.« Hauptkommissar Erwin Raukel, der zuweilen einen Hang zum Pathos an den Tag legt, hebt sein Glas und leert es in einem Zug. Nachlässig unterdrückt er einen Rülpser, ehe er sich über die Tapas hermacht. Denn Essen ist Erwin Raukels zweitliebste Beschäftigung, was man ihm auch deutlich ansieht.

»Ausgezeichnet, Señora Rodriguez, wirklich ausgezeichnet, und das machen Sie alles selber?«, erkundigt er sich zwischen zwei Bissen.

»Das meiste«, antwortet die Besitzerin stolz. »Das Fertigzeug vom Großhandel schmeckt doch nicht, und man muss seinen Gästen schon etwas Besonderes bieten, sonst überlebt man nicht in diesen Zeiten.« Als ihr ein schwerer Seufzer über die Lippen kommt, horcht Völxen auf.

»Stimmt was nicht?«, fragt er.

»Ach, nein, schon gut«, wiegelt Pedra ab. Normalerweise vertraut sie dem *comisario*, wie sie ihren alten Freund Völxen zu nennen pflegt, all ihren Kummer an. Sie ist ihm immer noch dafür dankbar, dass er vor vielen Jahren ihrem damals halbwüchsigen Sohn Fernando ein paar Flausen ausgetrieben hat, und wenn man sie fragt, dann ist es nur dem *comisario* zu verdanken, dass aus Fernando ein Polizist wurde und kein Krimineller.

Anstelle seiner Mutter antwortet Fernando, indem er aus dem Fenster deutet. »Gegenüber hat ein veganer Imbiss aufgemacht. Das vermiest ihr die Laune.«

»*Vetisch*«, liest Oda vor. »Der Name lässt ja tief blicken.«

»Veganer Imbiss? Pfui Teufel, das ist ja krank«, lässt sich Raukel vernehmen.

»Einer der Betreiber ist ein ganz süßer Schnuffel«, verrät Jule augenzwinkernd, »... mit goldenen Löckchen und einem rosigen Veganerteint.«

»Wenn das so ist«, meint Oda, »sollte man vielleicht doch mal auf einen Smoothie vorbeischauen.«

»Das ist wieder typisch! *Goldlöckchen, süßer Schnuffel!* Wenn ich so etwas über eine Frau sagen würde …«, plustert sich Fernando auf, was aber nur zur Folge hat, dass sich Oda und Jule anschauen und in Gekicher ausbrechen, als wären sie Teenager.

»Mich kriegen da keine zehn Pferde rein, da können Sie ganz beruhigt sein, Señora Rodriguez!«, lässt Erwin Raukel die Ladenbesitzerin wissen.

»Ja, du …«, meint Rifkin gedehnt. »Aber der Zeitgeist …«

Völxen winkt ab und meint tröstend zu Pedra, die sich hinter ihrer Ladentheke verschanzt hat: »In den dreißig Jahren, die ich diesen Laden hier kenne, haben rundherum schon viele Läden und Imbisse auf- und wieder zugemacht. Und Veganer – das ist doch eine völlig andere Zielgruppe, das wird bestimmt kein großes Problem.«

»Außerdem wäre es doch auch nicht gar so schlimm, wenn du dich langsam zur Ruhe setzen würdest«, bemerkt Fernando. »Immerhin bist du über siebzig.«

Die Retourkutsche lässt nicht lange auf sich warten. »Ich werde mich zur Ruhe setzen, wenn ich endlich von euch einen Enkel bekomme, nicht vorher!«

Prompt errötet nun Jule und wirft Ehemann und Schwiegermutter einen verärgerten Blick zu.

»Also wirklich, Mama«, zischt Fernando.

»Ja, komm endlich mal in die Hufe, Rodriguez«, trompetet Raukel und haut Fernando auf die Schulter. »Oder stimmt was nicht mit den *huevos?*«

Elena Rifkin, mit Ende zwanzig die Jüngste in der Runde, grinst in ihre Serviette, während Völxen Raukel ermahnt, sich, verdammt noch mal, ein bisschen am Riemen zu reißen.

Oda Kristensen unternimmt den Versuch, vom heiklen Thema abzulenken: »Veganer hin oder her, aber dieser Serranoschinken ist ausgezeichnet!«

Damit hat sie Pedra jedoch, ohne es zu wollen, ein weiteres Stichwort geliefert: »Stellt euch vor, da kommt doch gestern diese tätowierte junge Frau mit den blauen Haaren zu mir in den Laden und fragt mich, ob ich die Schinkenkeule aus dem Schaufenster nehmen könnte. Es stört angeblich ihre Kundschaft da drüben, wenn sie beim Essen gegenüber den Anblick einer *Tierleiche* in meinem Fenster ertragen müssen.«

»Was?«, fährt Fernando aus der Haut. »Das hast du mir noch gar nicht erzählt. Na warte, denen werde ich ...«

»Gar nichts wirst du«, geht Jule dazwischen. »Wie wär's, wenn ihr zwei mich das regeln lasst? Etwas weniger emotional und dafür diplomatischer ...«

»Gut, du hast *einen* Versuch«, grummelt Fernando und streicht sich wutschnaubend durch die dunklen, an den Schläfen leicht angegrauten Locken.

»Bieten Sie doch vegane Tapas an«, schlägt Rifkin vor. »Oder wenigstens vegetarische.«

»Könnten wir das Thema jetzt lassen?«, beschwert sich Fernando gereizt.

»Ja, mir vergeht dabei schon langsam der Appetit«, behauptet Raukel, was ihn nicht daran hindert, sich noch eine paar in Speck eingerollte Datteln auf den Teller zu laden.

»Deine Kollegin hat recht«, meint Pedra zu ihrem Sohn. »Das habe ich mir auch schon überlegt. Man muss sie mit ihren eigenen Waffen schlagen.«

»Genau!«, bekräftigt Rifkin und wendet sich dann vertrauensvoll an Pedra: »Und nur für den Notfall, Señora: Mein Bruder Sascha hat einen Nachtclub und kennt ein paar Landsleute, die gewisse Probleme schnell und zuverlässig lösen. Wenn Sie wissen, was ich meine ...«

Pedra Rodriguez blickt Elena Rifkin mit großen Augen an. Meint sie das ernst? Seit ihre Schwiegertochter Jule nicht mehr in Völxens Abteilung ist, arbeitet Fernando mit dieser undurchsichtigen Person zusammen, die alle immer nur Rifkin nennen, weil sie das angeblich so haben will. Pedra findet das befremdlich, und auch sonst weiß sie nicht recht, was sie von der muskulösen jungen Frau mit dem dunklen, kurz geschnittenen Haar, die ihren Sohn Fernando um einen halben Kopf überragt, halten soll.

Völxen mischt sich nun auch noch ein: »Rifkin, zügeln Sie Ihren schwarzen Humor. Manche der Anwesenden hier könnten Sie beim Wort nehmen.«

»Jawohl, Herr Hauptkommissar«, antwortet Elena Rifkin, wie es ihre Art ist, und Völxen hat wieder einmal den Verdacht, dass *Jawohl, Herr Hauptkommissar* eigentlich für etwas weit Despektierlicheres steht.

»Wir brauchen keine Russen, die unsere Probleme lösen«, verkündet Fernando. »Wenn diese Luschen da drüben uns noch mal dumm kommen, gibt's von mir persönlich ein paar aufs Maul.«

»Das habe ich jetzt nicht gehört«, sagt Völxen scharf.

Seit Fernando mit Jule verheiratet ist, gibt er sich diszipliniert und lammfromm – jedenfalls im Vergleich zu früher, aber hin und wieder scheint ihm dann noch der Gaul durchzugehen. Hoffentlich nur verbal. Es reicht schon, wenn man mit Erwin Raukel ein *Enfant terrible* im Dezernat hat, auf das man ständig ein Auge haben muss.

»Kinder, seid friedlich«, mahnt Oda und wendet sich an Pedra: »Gibt es noch ein Glas von diesem köstlichen Rioja? Ich habe immer noch diesen Leichengeschmack im Mund.«

»Geht mir genauso«, meint Erwin Raukel und streckt der Wirtin das leere Glas entgegen.

»Du warst doch gar nicht bei der Obduktion!«

»Aber ich bin wahnsinnig sensibel, Kollegin Kristensen«, erklärt Raukel. »Allein die Vorstellung einer aufgeklappten Leiche genügt schon, damit ich den üblen Geschmack auf der Zunge spüre. Und der Rioja ist wirklich eine Wucht, Señora Rodriguez, eine absolute Wucht!«

II.

Elsa Dorn ist ausgehfertig und wirft noch einen letzten prüfenden Blick in den Spiegel. Der schwarze Hut verbirgt den breiten grauen Haaransatz, und das seidene Halstuch die abgewetzten Stellen am Kragen ihres beigefarbenen Übergangsmantels. Sie schnappt sich den Hackenporsche, wie neulich jemand bei Lidl ihre Einkaufstasche auf Rollen genannt hat, geht hinaus ins Treppenhaus und schließt sorgfältig die Wohnungstür ab. So leise wie möglich steigt sie die Stufen vom dritten Stock bis ins Erdgeschoß hinab. Sie möchte niemanden aufwecken und vor allen Dingen nicht gesehen werden. Denn dann müsste sie womöglich noch jemandem erklären, wohin sie unterwegs ist. »Zum Einkaufen« oder »zum Arzt« kann sie ja schlecht sagen, um halb sechs Uhr in der Früh. Nicht einmal der Bäcker hat schon auf.

Geschafft. Die Haustür fällt hinter ihr ins Schloss. Laut Wetterbericht wird es wieder ein warmer Tag werden, vielleicht einer der letzten in diesem Jahr, immerhin ist schon der 9. September. Aber noch ist es kühl, und im Osten, hinter den drei warmen Brüdern, wie die Schornsteine des Lindener Heizkraftwerks genannt werden, glüht die Morgenröte. Seit einem halben Jahrhundert schon lebt Elsa Dorn in diesem Stadtteil, und sie hat nicht vor, von hier wegzuziehen. Allerdings wird das Wohnen in ihrem geliebten Viertel immer mehr zum Luxus. Erst vor ein paar Monaten gab es wieder eine saftige Mieterhöhung, und die spärliche Rente reicht allmählich hinten und vorne nicht mehr. Deshalb hat sie in den letzten Wochen nach einer einfachen, körperlich nicht zu anstrengenden Beschäftigung gesucht. Sonntags Brötchen verkaufen, Zeitungen austragen, Babysitten, Hundebetreuung ... irgendetwas in der Art. Vergeblich. Man traut einer Fünfundachtzigjährigen offenbar nicht einmal mehr zu, einen Mops oder einen Chihuahua Gassi zu führen.

Der vergangene Abend war für die Jahreszeit recht mild gewesen, also wurde bestimmt gefeiert. *Limmern* nennen es die jungen Leute, wenn sie nächtelang auf der Limmerstraße, der Lebensader des Stadtteils, herumlungern und saufen. Elsa Dorn, die in der Viktoriastraße, einer Seitenstraße der Limmerstraße, wohnt, kann das Grölen und Lachen bis in ihr Schlafzimmer hinauf hören. Früher hat sie sich darüber geärgert, heute denkt sie: gut fürs Geschäft.

Wo gefeiert wird, bleiben Flaschen liegen. Allerdings schläft die Konkurrenz auch nicht. Manche Flaschensammler machen sich noch in der Nacht mit Taschenlampen auf den Weg. Das hat Elsa Dorn bis jetzt vermieden. Zum einen, weil es ihr nachts in Linden nicht ganz geheuer ist, zum anderen, weil sie dann die Flaschen nicht gleich abgeben kann und sie in die Wohnung hochschleppen oder in ihrem Keller zwischenlagern müsste. Es wäre ihr unendlich peinlich, wenn jemand von ihren Nachbarn mitkriegen würde, dass sie Flaschen sammelt. Nicht, dass es irgendjemanden im Haus groß interessieren würde. Die Nachbarschaft hat sich in den letzten Jahren geändert, die Leute, mit denen sie gelegentlich ein Schwätzchen gehalten oder eine Tasse Kaffee getrunken hat, sind gestorben oder umgezogen ins Altenheim. Nur der alte Herr Hoffmann im Erdgeschoss ist noch übrig, allerdings ist der nicht mehr ganz klar im Oberstübchen.

Aber trotzdem.

Elsa Dorn hat ihr Leben lang als Krankenschwester gearbeitet und war immer auf ihren guten Ruf bedacht. Das war ihr wichtig, als alleinstehende Frau. Naiv wie sie früher war, hat sie ihre besten Jahre an einen Verheirateten verschwendet. Später gab es andere Männer, auch ledige, aber es hat einfach nie so richtig gepasst. Bereut hat sie das nie sonderlich. Erst in letzter Zeit kommt ihr manchmal der Gedanke, dass sie als Ehefrau oder Witwe finanziell bestimmt besser dran wäre, als sie es jetzt ist. Aber dieser Zug ist ja nun definitiv abgefahren.

Solchen Gedanken hängt sie nach, während sie die Straße entlanggeht, nach Pfandflaschen Ausschau hält und dabei auch die

Abfalleimer nicht auslässt, selbst wenn sie jedes Mal denkt: *So tief bis du inzwischen gesunken. Wie hat es nur so weit kommen können?*

Keine Flaschen, nirgendwo. Die anderen waren mal wieder schneller als sie.

Sie gibt nicht auf, doch nach einer Stunde hat sie lediglich sechs Bierflaschen auf dem Vorsprung eines Fensters gefunden. Die Glasflaschen sind schwer und bringen nur ein paar Cent, lange nicht so viel wie die aus Plastik. Sie hat sie trotzdem eingepackt. Auf dem Kötnerholzweg scheint alles abgegrast zu sein. Also geht sie weiter und erreicht die Rampenstraße, die sich entlang eines breiten Einschnitts erstreckt, der einem Flussufer ähnelt, in dem jedoch nur eine überwucherte Schienentrasse verläuft, die am östlichen Ende in einen grauen Betonwürfel mündet. Die meisten Leute wissen gar nicht mehr, dass dieser Klotz einst die Kohleentladestation der Stadtwerke war. Elsa Dorn aber erinnert sich noch an die Kohlezüge, die bis vor dreißig Jahren in der lang gezogenen Mulde dort unten verkehrten. Den ganzen Tag pendelten sie hin und her. Die Steinkohle kam per Schiff auf dem Mittellandkanal bis zum Lindener Hafen und wurde dann mit den Zügen hierhergeschafft und entladen. Hinter dem mit Graffiti beschmierten Rolltor der Entladestation liegt ein vierhundert Meter langer Tunnel, der unter der Limmerstraße hindurch bis zum Lindener Heizkraftwerk führt. Die Kohle wurde auf Laufbändern durch diese unterirdische Röhre transportiert, im Kraftwerk zuerst zermahlen und dann verheizt. Die Asche, die dabei anfiel, wurde durch denselben Tunnel wieder zurück in die Entladestation geblasen und von dort – befeuchtet, damit sie nicht in ganz Linden herumflog – mit Lastwagen weggefahren. Elsa Dorn weiß über diese Vorgänge so gut Bescheid, weil einer ihrer ehemaligen Nachbarn, dessen Name ihr gerade entfallen ist, in der Entladestation gearbeitet hat. Der Mann hatte immer ausgesehen wie ein Kumpel aus dem Ruhrpott, wenn er von der Schicht gekommen war, und sie hatte ihn manchmal bedauert. Ob er – sapperlott, wie hieß er nur? – jetzt auch so wenig Rente bekommt wie sie? Ob er überhaupt noch lebt?

Lang ist's her, seufzt Elsa Dorn in Gedanken. Zu Beginn der

Neunzigerjahre stellte das Kraftwerk dann auf Erdgas um, die Kohlebahn wurde nicht mehr gebraucht, aber die Anlage und die Gleise blieben. Neben der Halle steht jetzt eine Moschee.

Mit den Jahren hat sich entlang der Gleise eine veritable Wildnis ausgebreitet, ein kleiner Großstadtdschungel, der, vor allem bei Dunkelheit, ausgesprochen anziehend auf allerlei zwielichtige Gestalten wirkt. Schon öfter hat Elsa Dorn Halbstarke beobachtet, die bei lauter Musik um einen Wegwerfgrill herumgesessen und getrunken haben. Gestern Abend war es noch warm genug für derlei Aktivitäten. Gut möglich, dass dort unten ein paar Flaschen im Gestrüpp liegen geblieben sind – neben einem Haufen anderem Müll. Allerdings ist es ein Wagnis, dort nachzusehen. Das letzte Mal, fällt ihr ein, hat sie sich ihre Schuhe an einer herumliegenden Glasscherbe ruiniert, und außerdem gibt es dort im Gebüsch Ratten. Die wohnen vermutlich im Kohletunnel, tummeln sich aber bisweilen auch draußen an der Luft.

Sie macht einen kleinen Umweg über die Brücke, die die Rampe und die Gleise überspannt, und beginnt mit ihrer Suche ein paar Meter weiter, auf dem Spielplatz Rampenstraße, einem noch leidlich gut gepflegten Areal. Zufrieden stellt Elsa Dorn fest, dass das eine kluge Entscheidung war. Eine große Fantaflasche liegt unter einer Bank in der Nähe des großen Klettergerüsts. Zwar mit feuchtem Sand verschmutzt, weil es gestern Abend einen kurzen Regenguss gegeben hat, aber intakt. Sie säubert die Beute im Gras und steckt sie in ihre Tasche. Hinter den Bänken am Sandkasten findet sie noch ein paar Bierflaschen. Mehr ist hier nicht zu sehen. Schritt für Schritt wagt sie sich vor ins Niemandsland. Ein Einkaufswagen von Rewe liegt umgestürzt im Dreck, daneben eine zerfledderte Plane. Etwas weiter eine Feuerstelle und zertrampeltes Gras, die Party scheint schon ein paar Tage länger her zu sein, keine einzige Flasche ist zu finden. Was ist das da vorn, ein Obdachloser? Schläft da einer seinen Rausch aus? Solchen Individuen geht Elsa Dorn lieber aus dem Weg. Sie will gerade kehrtmachen, als ihr etwas an seiner Haltung verdächtig vorkommt. Der Mann liegt auf dem Bauch, die Arme sind nach vorne ausgebreitet, als wollte er sich im dürren Gras festkrallen. Das Gesicht schaut nach unten. So schläft doch niemand, denkt Elsa. So kriegt man doch gar keine Luft! Ein ungutes Gefühl überkommt sie, alles in ihr schreit danach, zu verschwinden. Aber was, wenn dieser Mensch bewusstlos ist, oder verletzt? Was, wenn er Hilfe braucht? Sie kann doch nicht einfach weggehen, ohne nachzusehen.

Nimm dich gefälligst zusammen, Elsa Dorn!

Sie nähert sich dem leblosen Körper. Der Mann trägt Jeans, Turnschuhe und ein graues Hemd. Eine schwarze Jacke liegt neben seinem Kopf. Er hat längeres Haar, dünn und strähnig sieht es aus. Es ist zusammengebunden, wie es neuerdings bei Männern Mode ist.

»Hallo! Hallo, Sie da!«

Keine Antwort. Sie tritt näher und stößt mit der Fußspitze vorsichtig sein Bein an. »Hallo?«

Wieder keine Reaktion. Im Grunde weiß sie längst, dass sie einen Toten vor sich liegen hat, aber noch will sie es nicht wahrhaben. Doch dann macht sie eine weitere Entdeckung: Da ist Blut am Kopf! Direkt neben diesem Haarknoten ist eine blutige Stelle. Der Schreck fährt ihr durch sämtliche Glieder. Was jetzt? Sie besitzt kein Handy, wozu auch? Vielleicht hat der Tote eines? Aber heißt es nicht immer, man solle an einem Tatort nichts anfassen?

Tatort, wieso Tatort, wie kommst du denn jetzt darauf, zu viele Krimis gesehen? – Das Blut am Kopf, du dumme Nuss! – Der Mann kann doch auch im Suff gestolpert und sich den Kopf aufgeschlagen haben!

Während ihr die Gedanken nur so durch den Kopf jagen, geht sie im weiten Bogen um den leblosen Körper herum. Ohne darüber nachzudenken, bückt sie sich und hebt die Jacke auf. Tatsächlich, da steckt ein Telefon in der Innentasche. Aber es ist eines von diesen modernen ohne Tasten, der kleine Bildschirm ist dunkel und sie hat keine Ahnung, wie man so ein Ding bedient. Noch etwas befindet sich in der Tasche. Eine Geldbörse. Sie ist braun und hat ein Relief wie Schlangenleder. Vielleicht ist sie sogar tatsächlich aus Schlange? Wie geschmacklos. Elsa Dorn klappt sie auf. Viele verschiedene Plastikkarten stecken in den dafür vorgesehenen Fächern, darunter auch ein Personalausweis. Vorsichtig zieht sie ihn heraus. Der Tote hat jetzt einen Namen, aber der sagt ihr nichts, und sein Gesicht auf dem Foto auch nicht. Schmale Lippen, spitze Nase, tief liegende Augen. Etwas anderes sticht ihr ins Auge: Geld. Vier Fünfzigeuroscheine, zwei Zwanziger. Im Kleingeldfach Münzen, schätzungsweise vier, fünf Euro. Elsa Dorn war ihr Leben lang ehrlich, nie hat sie auch nur das Geringste mitgehen lassen, obwohl ihr in letzter Zeit im Supermarkt schon ab und an der Gedanke kam, besonders dann, wenn sie sich wieder einmal etwas verkneifen musste, was früher selbstverständlich war. Ein Lippenstift. Ein Haarfärbemittel. Pralinen. Doch sie hatte viel zu viel Angst, erwischt zu werden.

Doch hier lauert kein Ladendetektiv, und es gibt nirgendwo eine Kamera. Um sie herum herrscht Wildnis.

Wie bitte? Du kannst doch keinen Toten bestehlen, das ist ja wohl das Allerletzte! – Wieso nicht? Ihm selbst nützt es ja nichts mehr.

Sie schaut sich um. Kein Mensch ist zu sehen. Was wird sonst mit dem Geld passieren? Die Polizei wird es beschlagnahmen, und keiner wird etwas davon haben. Oder jemand anderes, der hier demnächst vorbeikommt, nimmt es mit, während sie brav nach Hause dackelt, um die Polizei anzurufen, wie es sich für eine gesetzestreue Staatsbürgerin gehört.

Der Staat. Schuldet sie dem wirklich etwas? Wenn es in dieser Welt auch nur halbwegs gerecht zuginge, wäre es eher umgekehrt.

Zweihundertfünfundvierzig Euro. Damit könnte sie wieder einmal zu einem ordentlichen Friseur gehen, danach vielleicht eines dieser schicken Cafés besuchen, an denen sie sonst nur vorbeiläuft, und dort einen Cappuccino trinken. Sie könnte sich ein ordentliches Brot bei einem anständigen Bäcker kaufen und die Absätze an ihren Schuhen richten lassen, oder sich vielleicht sogar ein ganz neues Paar gönnen …

III.

Es ist Montagmorgen kurz vor acht. Zeit genug, um noch kurz bei den Schafen vorbeizuschauen. Völxen hat es gern, wenn er den Tag auf seiner Schafweide beginnen kann. Früher war das lediglich ein Ritual, aber seit es hierzulande immer mehr Wölfe gibt und dadurch auch die Wolfsrisse an Nutztieren zunehmen, dient der morgendliche Besuch auch seiner eigenen Beruhigung. Er steckt ein paar Scheiben Zwieback in die Taschen seines zerschlissenen gestreiften Bademantels. Der ist sozusagen seine zweite Haut, zumindest früh am Morgen.

Gestern hat er seine Frau Sabine doch tatsächlich dabei erwischt, wie sie das gute, geliebte Stück in eine Tüte für die Altkleidersammlung steckte. Unter Protest hat er es wieder herausgezogen und so gerade noch vor einem verfrühten Textiltod bewahrt.

»Was ist mit dem neuen Bademantel, den Wanda dir zu Weihnachten geschenkt hat?«, hat sie gefragt und kopfschüttelnd hinzugefügt, man müsse sich ja schämen mit dem *schäbigen, ollen Teil.*

»Schämen? Vor wem? Vor den Schafen?«, hat Völxen gekontert. »Oder vor dem Hühnerbaron, der seit dreißig Jahren dieselbe Latzhose anhat?«

»Seit wann ist Jens Köpcke ein Maßstab in Sachen Stil?«, hat Sabine erwidert.

Zugegeben, der Nachbar ist alles andere als eine Modeikone, genauso wenig wie Völxen selbst. Beide sind, ähnlich wie der Bademantel, wohl auch schon etwas *schäbig* und *oll.* Doch für seine Begriffe gehört es zu den Vorzügen des Landlebens, dass man sich in Haus und Garten leger kleiden kann, ohne damit bei irgendwem anzuecken. Zudem hegt er den Verdacht, dass Sabine seine Tochter dazu angestiftet hat, ihrem Vater einen neuen Bademantel zu schenken. Von allein wäre Wanda doch nie auf diese Idee gekommen.

»Die Schafe sind aber an die Streifen gewöhnt«, hat Völxen argumentiert. »Die erkennen mich sonst womöglich gar nicht.«

Vor dieser bestechenden Logik hat Sabine kapituliert und etwas von einem sturen Bock gemurmelt – womit sie vermutlich Amadeus, den Schafbock, meinte.

Heute verzichtet sie auf jeglichen Kommentar und macht sich stattdessen gähnend an der Kaffeemaschine zu schaffen.

»Bin gleich wieder da«, brummt Völxen und schlüpft in die Gummistiefel. Oscar, der Terriermischling, springt freudig an der Tür hoch. Völxen will sie gerade öffnen, da klingelt auf dem Küchentisch sein Handy. Es ist der Dienstklingelton.

»Herrgott noch mal!«

Sabine reicht ihm den Apparat.

Ein Anruf um diese Uhrzeit, das kann nur Ungemach bedeuten.

Fernando Rodriguez ist dran und wünscht seinem Chef mit müder Stimme einen guten Morgen.

»Moin. Was gibt's?«

»Wir haben einen Leichenfund in Linden.«

»Kriegt ihr das nicht ohne mich geregelt?«, fragt Völxen, aber dann verspürt er plötzlich ein Flattern im Magen. Linden. Seine Tochter Wanda wohnt in Linden, in einer Studenten-WG.

»Du solltest vielleicht besser herkommen«, hört er Fernando erwidern.

Das Flattern wird heftiger.

»Es ist doch nicht …« Völxen bringt es nicht fertig, Wandas Namen auszusprechen, obwohl er sich im selben Moment sagt, dass er überreagiert, dass seine Ängste völlig unbegründet sind. Wäre irgendetwas mit seiner Tochter, dann würde Fernando ihn nicht anrufen, sondern stünde mit ernstem Gesicht hier auf der Matte. Wahrscheinlich würde er ohnehin Oda schicken, Völxens langjährige Kollegin und studierte Psychologin …

»Es ist Boris Markstein.«

»Du machst Witze!«, entschlüpft es Völxen.

»Nein! Es ist Markstein, und er ist mausetot«, wiederholt Fernando.

»*Unser* Markstein?«, vergewissert sich Völxen, wobei das Wort *unser* weniger für Zusammengehörigkeit als vielmehr für das gemeinsame Feindbild steht.

»Jawohl. Er liegt neben dem alten Industriegleis in der Rampenstraße, in der Nähe vom Spielplatz.«

Leicht beschämt stellt Völxen fest, dass das Flattern aufhört und eine gewisse Erleichterung an dessen Stelle tritt. Er rettet sich und fragt: »Fremdverschulden?«

»Sehr wahrscheinlich«, lautet die Antwort. »Sieht aus, als wäre er erschlagen worden. Hoffentlich haben wir alle ein gutes Alibi für die Tatzeit.«

»Das ist nicht witzig!«, pflaumt Völxen Fernando an.

»Sorry.«

»Halte die Stellung, und ruf die anderen an, ich will alle vor Ort haben.« Völxen legt auf. Müssen die Schafe halt heute ohne ihren gewohnten Leckerbissen auskommen. Schon eilt er die Treppe hinauf, um sich umzuziehen.

»Willst du nicht noch schnell was essen?«, ruft ihm Sabine nach.

»Keine Zeit.«

Fernando hat richtig gehandelt, indem er ihn angerufen hat, überlegt Völxen, während er sich in Windeseile rasiert. Der Tod eines stadtbekannten Pressevertreters ist Chefsache, da gibt's nichts dran zu rütteln.

»Was ist denn passiert?«, fragt Sabine, als ihr Gatte in Hemd, Hose und Sakko wieder herunterkommt.

»Markstein ist tot. Das ist dieser Reporter von der *Bild*.«

»Der, den du immer zum Teufel gewünscht hast!«

Völxen erspart sich die Antwort. Er muss daran denken, wie er und Oda vor ein paar Tagen noch auf makabre Weise über Markstein gelästert haben. Hat er nicht sogar gesagt, er bereue es, ihm seinerzeit das Leben gerettet zu haben? Ein geschmackloser Scherz, aber er konnte ja nicht wissen ... Trotzdem tut ihm dieser Ausspruch jetzt leid. Der Mann war zweifellos eine Nervensäge erster Güte, aber so ein Ende hat er dann doch nicht verdient.

»Ermordet?«, fragt Sabine.

»Weiß nicht«, murmelt Völxen, während er im Flur nach seinen Schuhen Ausschau hält.

»Oje«, seufzt Sabine. »Ich kann nachfühlen, wie es dir geht. Ich habe mal einen meiner Lehrer zum Teufel gewünscht. Nicht nur ich konnte ihn nicht leiden, sondern die ganze Klasse, er war ein echter Widerling. Aber dann war er plötzlich wirklich tot. Wir haben uns schrecklich gefühlt, ich habe sogar noch heute ein schlechtes Gewissen, wenn ich an ihn denke.«

»Danke, mein Schatz. Du verstehst es wie immer, mich moralisch aufzurichten. – Verdammt, wo sind denn meine Schuhe? Oscar …?«

»Im Schuhschrank.« Sabine deutet darauf, während sie die Augen verdreht.

Völxen wird fündig.

»Trink wenigstens einen Kaffee.« Sie streckt ihm die Tasse entgegen.

Lustlos nimmt er einen Schluck und gibt sie ihr, nur halb geleert, wieder zurück. »Nein, du bleibst heute hier«, meint er zu Oscar.

Wenn seine Frau Klarinettenunterricht an der Musikhochschule gibt, muss der Hund mit zum Dienst, da man ihn nicht allein zu Hause lassen kann. Zumindest nicht, wenn man Wert auf eine einigermaßen intakte Einrichtung legt. Aber Sabine arbeitet inzwischen nur noch drei Tage die Woche, und heute ist Montag, da hat sie frei. Zum Glück, denn es ist Völxen immer ein bisschen unangenehm, mit Oscar an einem Tatort aufzukreuzen, und die Polizeihundscherze kann er langsam auch nicht mehr hören.

»Kann ich den Golf nehmen?«

»Klar. Oscar und ich bleiben heute hier und räumen den Garten auf.«

»Würdet ihr gleich mal nach den Schafen sehen?«

»Machen wir. Halt die Ohren steif«, ermuntert Sabine ihn zum Abschied. Oscar hingegen legt die seinen als Zeichen der Enttäuschung an, während Hauptkommissar Völxen sein trautes Heim verlässt und einem sicherlich langen, anstrengenden Tag entgegengeht.

Völxen scheint heute der Letzte am Leichenfundort zu sein. Die übliche Phalanx an Einsatzfahrzeugen ist bereits vor Ort, die Spurensicherung hat ihre Arbeit aufgenommen, und sogar Dr. Bächle selbst hat sich offenbar herbemüht, jedenfalls hat Völxen den schwarzen Audi des Rechtsmediziners am Straßenrand stehen sehen.

Fernando Rodriguez und Elena Rifkin unterhalten sich mit zwei halbwüchsigen Jungen, die betont lässig an einem Streifenwagen lehnen. Ihre Schulranzen stehen neben ihren Füßen auf dem Boden. Oda Kristensen kommt ihm entgegen. Eine Sonnenbrille bedeckt ihre Augen, ihr hellblonder Haarknoten schimmert in der Morgensonne.

Vor der abschüssigen Böschung und rund um den Spielplatz wurden Absperrbänder aufgespannt. Dahinter hat sich bereits die übliche Schar an Neugierigen eingefunden. Den Toten hat man nach allen Seiten mit Sichtschutzblenden abgeschirmt, sodass auch Völxen den Leichnam nicht sehen kann. Er schickt sich an, zum Ort des Geschehens hinabzugehen, aber Oda rät ihm, das lieber zu lassen: »Dr. Bächle ist gerade am Werk.«

Der Rechtsmediziner reagiert ausgesprochen verstimmt, wenn man ihn bei der ersten Inaugenscheinnahme einer Leiche stört und ihn vorzeitig mit Fragen bedrängt. Da wartet man besser ab.

Beide Ermittler stehen eine Weile stumm nebeneinander und beobachten die anderen bei ihrer Arbeit.

»Es ist komisch, wenn es Leute trifft, die man kennt«, meint Oda schließlich.

»Mhm«, brummt Völxen. »Ich musste sofort daran denken, wie wir vor ein paar Tagen noch über ihn hergezogen sind.«

»Bist du deswegen so erschüttert?« Oda nimmt die Sonnenbrille ab und wirft ihm aus ihren hellblauen Augen einen prüfenden Seitenblick zu.

»Ich bin nicht *erschüttert*«, erwidert Völxen. Aber ein wenig ist er es doch. Jedenfalls lässt ihn die Sache nicht kalt.

Oda zuckt mit den Schultern. »Unser dummes Geschwätz hat ihn sicher nicht umgebracht.«

Völxen fühlt sich unverstanden und hadert gleichzeitig mit sich. *Was ist los mit mir? Bin ich auf meine alten Tage zu weich für den Job geworden? Vielleicht sollte ich doch vorzeitig in Pension gehen …* Er reißt sich zusammen und fragt Oda, wer die beiden Jungs sind, mit denen Fernando und Rifkin sprechen.

»Die haben ihn gefunden. Hier …« Oda zeigt Völxen ihr Handy mit den Bildern, die sie von dem Toten gemacht hat, ehe sie der Spurensicherung und Dr. Bächle weichen musste. Boris Markstein liegt auf dem Bauch, er trägt Jeans und ein langärmeliges graues Hemd. Eine Großaufnahme zeigt eine blutige Kopfwunde.

»Sieht aus, als wäre er mit dem berühmten stumpfen Gegenstand erschlagen worden«, hört Völxen eine Stimme dicht neben seinem Ohr sagen. »Moin, Völxen.«

»Jule! Was machst du denn hier?«

»Och, ich bin nur neugierig.«

Das Anschwindeln ehemaliger Vorgesetzter müssen sie ihr beim LKA noch besser beibringen, findet Völxen. Er fragt sich, was wohl an Marksteins Tod für das LKA interessant sein könnte. Während er dies tut, sieht er Erwin Raukel näher kommen, einen Pappbecher in der Hand.

»Völxen, alter Freund! Auch schon aus dem Bett gefallen?«, begrüßt Raukel seinen Vorgesetzten mit der gewohnten Respektlosigkeit. »Heiliger Strohsack, und sogar das LKA ist hier. Was verschafft uns die Ehre?«

»Hi, Erwin. Na, schon fleißig am Kiosk recherchiert?«, entgegnet Jule, deren Verhältnis zu Raukel noch nie ein besonders herzliches war.

»Was für eine Schande!«, meint Raukel und deutet in Richtung der Sichtschutzblenden, die den Toten verbergen. »Immer trifft es die Besten.«

Täuscht sich Völxen, oder wischt Raukel sich da tatsächlich eine kleine Träne aus dem Augenwinkel?

Alle sehen den Kollegen verwundert an. Normalerweise lassen

ihn Leichenfunde ziemlich kalt, allenfalls bei schönen jungen Frauen hört man ihn über die verschwenderische Laune des Schicksals klagen. Immerhin noch einer außer mir, dem der Tod von Markstein nahegeht, denkt Völxen. Verwunderlich ist es dennoch, denn Völxen kann sich nicht erinnern, dass Erwin Raukel und der Journalist Markstein ein besonders gutes oder überhaupt irgendeine Art Verhältnis zueinander gehabt hätten.

Mit einem großen, wohl von seiner Putzfrau frisch gebügelten Stofftaschentuch tupft Raukel sich den Schweiß von der Stirn. Der Morgen ist sonnig, aber noch ist es nicht besonders warm. Allerdings braucht es nicht viel, damit Raukel ins Schwitzen gerät. *Der ist schon schweißgebadet, wenn er nur einen Aktendeckel hochhebt*, hat Oda einmal über den Kollegen gelästert.

Völxen gähnt demonstrativ und meint dann: »Kann ich vielleicht zum Wachwerden einen Schluck von deinem Kaffee haben, Erwin?«

Oda und Jule verbeißen sich das Lachen.

»Normalerweise gern«, windet sich Raukel. »Aber ich spüre seit Tagen so ein verdächtiges Kratzen im Hals, ich möchte nicht riskieren, dass du dich mit irgendwas ansteckst.«

»Soso, ein verdächtiges Kratzen. Na, dann natürlich nicht.«

»Aber ich hol dir gern einen frischen!«, setzt Raukel übereifrig nach. »Milch, Zucker?«

»Nein, lass nur, Erwin, schon gut. Danke, dass dir mein Wohlergehen so am Herzen liegt«, versetzt Völxen, der unter dem Plastikdeckel Kaffee mit Jägermeister vermutet.

»Endlich«, stöhnt Oda, denn gerade taucht Dr. Bächles weißer Haarschopf hinter der Sichtblende auf. »Dachte schon, unser schwäbischer Leichenfledderer metzgert ihn gleich an Ort und Stelle.«

»Lass das bloß nicht den Bächle hören«, wirft Raukel ein. Offenbar konnte er seine Trauer zwischenzeitlich überwinden, denn er fügt grinsend hinzu: »Sonscht gibt's was aufs Dächle.«

»Hanno, der Anruf von deinem Handy kam um sieben Uhr einundzwanzig bei der Leitstelle an. Was habt ihr beiden so früh da unten gemacht?«

Fernandos Frage scheint Hanno Volkers und Cem Özgen in Verlegenheit zu bringen, jedenfalls wechseln der Zehn- und der Elfjährige einen verstohlenen Blick, ehe Hanno, der Ältere, sagt: »Gechillt.«

»Chillen am frühen Morgen, soso.«

Hanno, blond und sommersprossig, überragt seinen Freund Cem um fast einen Kopf. Wie Fernando bereits herausgefunden hat, wohnen die beiden in der Fössestraße im selben Haus und waren angeblich auf dem Weg zur Schule, als sie den Toten entdeckt haben.

»Schreiben Sie uns eine Entschuldigung für die Schule, weil wir doch die Leiche gefunden haben?«, fragt Cem.

»Mal sehen«, meint Fernando, der Cems Ablenkungsmanöver durchschaut, und hakt nach: »Jetzt mal Klartext: Was wolltet ihr da unten in aller Herrgottsfrühe?«

»Das ist Privatsache«, piepst der kleine Türke.

Fernando muss sich ein Grinsen verkneifen und sagt mit aufgesetzt strenger Miene: »Jungs, das ist kein Spaß, sondern eine Mordermittlung, da gibt es keine Privatsache. Also?«

»Alter! Was soll 'n das? Immerhin haben wir die Bullen gerufen«, ereifert sich Hanno. Nachdem Fernandos Blick nun *wirklich* finster wird, räumt er ein: »Okay, Mann, okay. Wir wollten am Spielplatz in Ruhe eine qualmen. Kommen wir jetzt deswegen in den Knast, oder was?«

»Nicht frech werden«, ermahnt ihn Rifkin, die der aufsässigen Lindener Jugend an diesem Morgen noch gar nichts abgewinnen kann.

»Auf welche Schule geht ihr?«, will Fernando wissen.

»IGS Linden«, antwortet Hanno.

Das ist nur ein kleiner Abstecher vom Schulweg, also durchaus plausibel, findet Fernando.

»Erzähl mal, wie war das, als ihr den Toten gefunden habt?«, fordert Rifkin Hanno auf.

»Wir dachten erst, da liegt ein Penner. Aber dann haben wir gesehen, dass der irgendwie komisch daliegt, und dann haben wir das Blut gesehen …«

»Das war hier oben, am Kopf«, erklärt Cem und tippt sich auf seinen dunklen Schopf.

»Und dann?«, fragt Rifkin.

»Dann haben wir die Bullen gerufen. Mit meinem Handy«, antwortet Hanno stolz.

»Wie lange hat es gedauert, bis die *Bullen* da waren?«, will Rifkin wissen.

Hanno und Cem wechseln erneut einen Blick. »Fünf Minuten?«, antwortet Hanno.

»Ja, fünf Minuten«, bestätigt Cem.

»Was habt ihr solange gemacht?«, hakt Fernando nach.

»Nichts«, lautet Hannos Antwort. »Gewartet.«

»Wo?«

»Na, hier. Damit die uns sehen.«

»Habt ihr bei der Leiche irgendwas angefasst?«, fragt Rifkin.

»Was meint die?«, wendet sich Hanno an Fernando, dem er offenbar mehr Kompetenz zutraut. »Ob wird den Toten *angefasst* haben?«

»Zum Beispiel, ja.«

»Näh!« Cem schüttelt sich. »Als wir kapiert haben, dass der tot ist, haben wir Schiss gekriegt und sind erst mal abgehauen.«

»Ja, aber nicht weit«, korrigiert Hanno seinen Freund, dem er einen verärgerten Blick zuwirft. »Wir sind gleich wieder stehen geblieben und haben telefoniert.«

»Habt ihr die Jacke angefasst, die neben dem Toten gelegen hat?«, fragt Fernando streng.

»Nein!«, tönt es im Chor.

»Was soll denn die Fragerei?«, setzt Hanno betont genervt hinzu.

»Wir vermissen bei der Leiche eine Geldbörse, eine Brieftasche, so etwas in der Art«, kommt Rifkin auf den Punkt. »Wenn ihr uns also etwas zu sagen habt, dann raus damit. Noch ist Zeit dafür.«

»Wir haben nichts weggenommen!«, sagt Cem mit vor Entrüstung weit aufgerissenen Augen.

»Echt nicht«, versichert Hanno. »Vielleicht hat er das Ding zu Hause gelassen, schon mal daran gedacht?«, setzt er aufsässig hinzu.

»Möglich«, sagt Fernando. *Aber nicht wahrscheinlich.*

»He! Was machen Sie da?«, fragt Hanno entrüstet.

»Wonach sieht's denn aus?« Rifkin hat sich einen der zwei Schulranzen geschnappt und beginnt damit, ihn zu durchsuchen.

»Darf die das?«, will Hanno von Fernando wissen.

»Dürfen halbe Portionen wie ihr rauchen?«, erwidert Rifkin und hält eine Packung Lucky Strikes in die Höhe, ehe sie sie in der Tasche ihrer schwarzen Lederjacke verschwinden lässt.

»He, das ist Diebstahl!«, quäkt Hanno.

»Jetzt halt mal die Luft an!«, rät ihm Fernando.

Rifkin nimmt sich den zweiten Ranzen vor.

»Das darf doch nicht wahr sein!«

»Ups«, meint Cem verlegen.

Die Ranzenrazzia hat zwar weder die Brieftasche oder Geldbörse von Markstein noch Zigaretten zum Vorschein gebracht, dafür aber ein grünlich verschimmeltes Käsebrot.

»Das hat schon Beine! Du solltest da drin ab und zu mal aufräumen«, empfiehlt Rifkin dem Jungen und klappt den Ranzen wieder zu. »Vielleicht haben die zwei die Brieftasche hier irgendwo versteckt«, meint sie danach deutlich vernehmbar zu Fernando. »Aber die Hunde werden sie schon finden.«

»Die Hunde ... ja, klar, die Hunde finden alles«, bestätigt Fernando eifrig. »Die müssten jeden Moment hier sein, versteh gar nicht, wo die so lange bleiben.« Er wendet sich an die Jungs. »Wenn ihr uns also etwas über die Sache zu sagen habt, dann wäre jetzt noch die letzte Gelegenheit. Denn wenn die Hunde die Brieftasche mit euren Fingerabdrücken darauf hier irgendwo in der Nähe finden, dann wird's hässlich.«

»Wir haben nichts genommen!«, ruft Hanno erbost. »Es stimmt, was Cem sagt. Wir sind weggelaufen, und danach haben wir telefoniert. Wir sind da nicht noch mal hin.«

Fernando schaut den beiden prüfend in die Augen. Hanno erwidert trotzig den Blick, Cem tritt von einem Bein aufs andere, als müsste er dringend mal.

»Gib mir mal dein Handy«, fordert Rifkin Hanno auf.

Der zögert.

»Los!«, herrscht Rifkin ihn an. Der Junge fasst in die hintere Tasche seiner Jeans.

»Anschalten. Ich will sehen, ob du Fotos von der Leiche gemacht hast.«

»Hab ich nicht.«

»Vertrauen ist gut, Kontrolle ist besser«, meint Rifkin.

Hanno gehorcht und reicht ihr sein älteres Samsung-Modell. Rifkin sieht nach und findet nichts. Falls er lügt, hätte er allerdings schon mehr als genug Zeit gehabt, um die Fotos von der Leiche in die Welt hinauszuschicken und anschließend vom Handy zu löschen. Sie gibt Hanno sein Telefon zurück.

»Ich hab nur eins, das keine Fotos machen kann«, gesteht Cem verschämt, als Rifkin auch ihn nach seinem Handy fragt. Es ist tatsächlich ein museumsreifes Nokia. Bestimmt wird er deswegen von seinen Kameraden aufgezogen.

»Okay, ihr könnt gehen«, beschließt Fernando. »Aber ihr müsst heute Nachmittag noch einmal zu uns kommen und alles zu Protokoll geben. Wir setzen uns derweil mit euren Eltern in Verbindung.«

»Sagen Sie denen was wegen der Zigaretten?«, fragt Cem ängstlich.

»Wir sind Bullen, keine Petzen«, entgegnet Fernando. »Und jetzt macht, dass ihr zur Schule kommt.«

Die beiden schultern ihre Ranzen und begeben sich schnurstracks zu der Gruppe von Gaffern hinter dem Absperrband, wo sie in aller Ruhe stehen bleiben.

»Echt frech, diese Jugend heutzutage«, bemerkt Fernando, der ihren beiden Zeugen grinsend nachschaut.

»Warst du nicht auch ein ziemliches Früchtchen – was man so hört?«

»Ich habe allerlei angestellt, ja, aber gegenüber Erwachsenen war ich immer höflich.«

»… bevor du sie beklaut hast«, murmelt Rifkin.

»Wie bitte?«

»Nichts. Die sehen heute garantiert keine Schule mehr von innen«, prophezeit Rifkin und fragt: »Glaubst du ihnen?«

»Du nicht?«

»Dem kleinen Türken schon, der andere scheint mir nicht ganz koscher.«

»Eine Leiche zu finden ist trotzdem keine Kleinigkeit, in dem Alter. Die sind noch nicht so cool und durchsuchen einen Toten nach seiner Brieftasche.«

»Besonders geschockt kamen sie mir aber nicht vor.«

»Wenn sie schon am Klauen waren, warum haben sie dann sein Handy dagelassen? Das ist ein nagelneues Huawei«, gibt Fernando zu bedenken.

»Weil die heutzutage genau wissen, dass man die Dinger orten kann«, meint Rifkin. »Vielleicht haben sie nur das Geld rausgenommen und die Brieftasche in den nächstbesten Gully oder ins Gebüsch geworfen.«

»Die Gegend wird ja noch gründlich abgesucht«, sagt Fernando und deutet auf die Mannschaft der Spurensicherung. »Du hast es nicht so mit Kindern, oder, Rifkin?«

»Was spielt das denn für eine Rolle?«

»Ich wäre in dem Alter auch vor Schreck weggerannt, wenn ich beinahe über eine Leiche gestolpert wäre. Und ich hätte bestimmt nicht brav die Polizei gerufen, wenn ich dem Toten vorher die Brieftasche gemopst hätte.«

»Wie auch?«, versetzt Rifkin. »Als du klein warst, waren Handys noch lange nicht erfunden.«

Fernando ist mit seinen Gedanken bereits woanders, denn gerade wird der Transportsarg davongetragen. »Es ist schon ein komisches Gefühl. Weißt du, ich konnte den Kerl wirklich nicht ausstehen. Er hat sich an Tatorten oft aufgeführt wie die Axt im Walde, und ich habe ihm mehr als einmal Prügel angedroht. Aber dass er mal so endet …«, sinniert er, während er die Vorgänge am Leichenfundort beobachtet. Er kennt diese Ecke von Hannover-

Linden recht gut, denn er wohnt nicht weit entfernt, und als Junge hat auch er diese urbane Wildnis für allerlei Heimlichkeiten krimineller oder auch amouröser Art genutzt. Solche Orte wirken geradezu magisch auf halbwüchsige Jungs. Und nicht nur auf die. Fernando weiß, dass hier viel gefeiert und auch gedealt wird. Die Frage ist, was Markstein dort unten wollte. Einen Informanten treffen? Drogen kaufen? Das wäre gut möglich, der Reporter kam Fernando schon immer vor, als wäre er auf Koks, Speed oder sonst irgendwelchen Aufputschmitteln.

»Bächle ist fertig«, stellt er fest. »Lass uns mal hören, was er zu sagen hat.«

»Todeszeitpunkt geschtern Abend, zwischen zweiundzwanzig und dreiundzwanzig Uhr«, lässt der Rechtsmediziner sein Publikum wissen. »Keine Abwehrverletzungen sichtbar. Todesursache: Schädelfraktur. Ihre Kollägen von der Spurensicherung haben einen Betonbrocken sichergestellt, der högschtwahrscheinlich als Tatwaffe infrage kommt. Genaueres kann ich erscht nach der Obduktion sagen.« Dr. Bächle schaut mit gerunzelter Dackelstirn in die Runde, in Erwartung weiterer Fragen. Doch eigenartigerweise scheint niemand eine zu haben, was die Dackelfalten nur noch vertieft.

»Dann derf i mi verabschieden. Adieu, die Herrschaften!«

»Adieu, Dr. Bächle, à bientôt«, antwortet Oda mit charmantem Lächeln.

»Tja, ich muss dann auch mal wieder«, sagt Jule und hebt im Weggehen lässig die Hand. »Man sieht sich.«

Nachdem die beiden aus dem Blickfeld verschwunden sind, wagt sich Erwin Raukel aus der Deckung. »Brieftasche weg, Schädel eingeschlagen, Tatwaffe improvisiert ... Bestimmt Junkies oder anderes Lindener Gesocks. Selber schuld, wer sich nachts hierherwagt ...«

»Hey, pass auf, was du sagst!« Fernando sieht seinen Kiez nicht gern verunglimpft.

Völxen geht dazwischen. »Rodriguez und Rifkin, fahrt doch

schon mal in die Redaktion der *Bild* und sprecht mit Marksteins Kollegen.«

»Glaubst du, die wissen es noch gar nicht?«, fragt Fernando.

»Wüsste nicht, woher. Also, Abflug.«

»Jawohl, Herr Hauptkommissar«, kommt es, zackig wie immer, von Rifkin, und die beiden wenden sich ab.

»Erwin, konntest du inzwischen Marksteins Adresse rauskriegen und ob es Angehörige gibt?«, erkundigt sich Hauptkommissar Völxen bei Raukel.

Der nickt. »Die Aufgabe hat mich zwar ungemein herausgefordert, aber ich konnte sie dennoch bewältigen.«

»Herrgott, Raukel!« Völxen hat heute gar keinen Nerv für dessen Faxen.

»Er wohnt in Limmer und hat einen sechzehnjährigen Sohn, Felix Rossbach, und eine Ex-Frau. Sie ist zweiundvierzig und heißt Nina Rossbach. Wohnen beide in der Nieschlagstraße, also praktisch um die Ecke.«

»Gut, geh hin und bring es ihnen schonend bei.«

Raukel deutet eine Verbeugung an. »Stets zu Diensten.«

Im Augenwinkel registriert Völxen, wie Oda die Augenbrauen hebt. »Aber bitte, Erwin ...«, fügt er vorsichtshalber hinzu, »... sei ein bisschen sensibel, ja?«

Raukel setzt eine gekränkte Miene auf. »Ich bitte dich, du kennst mich, Völxen. Jeder weiß, dass ich ein Händchen für Witwen und Waisen habe.«

»Besonders für die Witwen«, grinst Oda.

»Entschuldigung!«, ertönt eine kräftige, raue Frauenstimme hinter ihnen. Alle drei wenden sich um. Eine große Frau mit halblangen rötlichen Haaren, etwa Mitte vierzig, hat sich aus der Meute der Medienvertreter gelöst, offenbar frech die Absperrung ignoriert und kommt auf den Leichenfundort zu.

»Hey! Sie da! Zurück!« Einer der Spurensicherer stellt sich ihr breitbeinig in den Weg. »Ist ja gut, ist ja gut!« Sie dreht sich um und steuert nun auf die Ermittler zu. »Nadja Brenninger von der *Bild* Hannover. Was ist passiert?«

Völxen macht Raukel, der bereits jenen Blick über die Reporterin gleiten lässt, mit dem er Frauen grundsätzlich erst einmal mustert, ein Zeichen, den Mund zu halten. Er schaut sich um. Zum Glück ist der Leichenwagen schon unterwegs in die Rechtsmedizin, und auch Dr. Bächle steigt gerade ein wenig hüftsteif in seinen Audi. Völxen ertappt sich bei dem absurden Gedanken, dass Markstein – wäre er nicht selbst das Opfer – garantiert deutlich früher als seine Kollegin am Tatort erschienen wäre, um alle zu nerven, nicht erst, wenn die Leiche schon abtransportiert wurde und sogar schon die ersten Neugierigen angefangen haben, sich zu verkrümeln.

Die Spurensicherung dagegen ist noch eifrig am Werk, und das wird bestimmt noch den ganzen Tag dauern, spekuliert Völxen, denn nichts ist schlimmer als ein vermüllter Tatort im Freien. Aber sollte diese impertinente Person es wagen, dem Fundort der Leiche auch nur einen weiteren Schritt näher zu kommen, wird sie nicht nur ihn, Völxen, sondern auch Rolf Fiedler, den stets überkorrekten und etwas steifen Chef der Spurensicherung, von seiner unangenehmen Seite kennenlernen.

Völxen hat außerdem nicht die Absicht, nassforsches Benehmen zu belohnen, nicht einmal, wenn die Person persönlich betroffen ist, weil das Opfer des Verbrechens ihr Kollege ist. Das scheint sie allerdings noch nicht zu wissen. Aber er wird sich hüten, ihr diese Tatsache jetzt mitzuteilen, denn sonst hat er die Journalistin ab sofort an den Hacken hängen und den ganzen Tag keine ruhigen fünf Minuten mehr, so viel ist sicher. Deshalb zieht er seine imposanten grauen Augenbrauen zusammen und sagt in sehr abweisendem Tonfall: »Frau Brenninger, Sie befinden sich innerhalb des abgesperrten Bereiches eines Tatorts, ich muss Sie bitten, diesen umgehend zu verlassen.«

»Aber Sie können mir doch wenigstens …«

»Ich kann gar nichts. Begeben Sie sich hinter die Absperrung, oder noch besser: Fahren Sie zurück in Ihre Redaktion, und wenden Sie sich heute Nachmittag an den Pressesprecher der Polizeidirektion.«

Die Journalistin würdigt Völxen keines Blickes mehr und dreht sich stattdessen um zu Oda Kristensen und Erwin Raukel, in der Hoffnung, dass von denen etwas kommt. Doch Oda schüttelt den Kopf, und Raukel – wieso, fragt sich Völxen, steht der eigentlich immer noch hier herum, anstatt seinen Auftrag auszuführen? – grinst über die gesamte Breite seines runden Mondgesichts, zuckt bedauernd mit den Achseln und meint: »*Howg*, der Häuptling hat gesprochen.«

Erbost macht die Reporterin kehrt und stapft davon.

»Wie heißt es immer? Es kommt meistens nichts Besseres nach«, seufzt Oda.

»Was für ein Dragoner«, bemerkt Raukel halb angewidert, halb fasziniert. »So was haben sie früher vor die Bierkutschen gespannt. – Was denn, was guckt ihr mich so an? Stimmt doch, oder?«

IV.

»Was?«, fragt Völxen, als er wenig später mit Oda im Dienstwagen sitzt.

»Ich habe nichts gesagt.«

»Aber sehr laut gedacht.«

»Denkst du, unser Frauenversteher vom Dienst ist der Richtige, um eine Todesnachricht zu überbringen?«

»Was hätte ich denn machen sollen, ich kann mich nicht zerreißen.«

»Schon klar. Aber Raukel!«

»Es ist ja immerhin die Ex-Frau ...«

»Na, dann ...«

»Wir dürfen ihn auch nicht unterfordern«, verteidigt Völxen seine Entscheidung.

»Stimmt. Wenn wir ihn zu Markstein in die Wohnung geschickt hätten, um sich dort umzusehen, wäre er bestimmt als Erstes über die Hausbar hergefallen.«

Völxen würde das gern dementieren, aber da die Unterstellung leider nur allzu gut vorstellbar ist, hält er sich zurück, während Oda noch einen draufsetzt: »Hoffentlich zischt er vorher nicht noch ein Bierchen.«

Das vierstöckige Mietshaus in Limmer ist ein Altbau der gleichen Art, die man auch im benachbarten Stadtteil Linden häufiger findet. Ursprünglich waren darin einmal schlichte Arbeiterwohnungen untergebracht, heute braucht es schon ein Gehalt der oberen Mittelklasse, um sich eine der Wohnungen leisten zu können, besonders, wenn die Häuser so aufwendig renoviert wurden wie dieses hier.

Boris Marksteins Domizil liegt im ersten Stock, der *belle etage*. Der Hausflur ist behutsam saniert worden, man hat die alten hölzernen Wohnungstüren samt Buntglasfenstern über dem Türstock wieder hergerichtet. Völxen und Oda erreichen die gesuchte Wohnung. Unter dem Klingelknopf ist ein Namensschild aus mattem gebürstetem Stahl angebracht, auf dem in schwarzer Schrift und Großbuchstaben MARKSTEIN steht. »Passt zu ihm«, findet Oda und fragt: »Wie gehen wir rein? Schlüsseldienst, Dietrich oder Paybackkarte? Diese Altbautüren sind ja meistens ...«

Sie verstummt abrupt, als Völxen sie anstößt und den Finger an den Mund legt. Jetzt sieht sie es auch. Die Wohnungstür steht einen winzigen Spalt offen.

Völxen schiebt die Tür Zentimeter für Zentimeter weiter auf. Beide bleiben reglos stehen und lauschen. Von drinnen hört man Geräusche, die wie das Aufziehen von Schubladen klingen.

Mist, keine Dienstwaffe dabei! Völxen deutet an die Stelle, wo sie normalerweise sitzen sollte, und sieht Oda fragend an, denn die mag Pistolenholster nicht und pflegt ihre Pistole – wenn überhaupt – in der Handtasche mit sich zu führen. Oda schüttelt den Kopf. Beide Waffen befinden sich demnach wohlbehalten auf der Polizeidirektion.

»Verstärkung?«, haucht Oda.

Völxen schüttelt den Kopf und bedeutet Oda, dass er vorangehen wird.

Ganz, ganz langsam öffnet er die Wohnungstür so weit, dass sie nacheinander hindurchpassen. Ein langer Flur empfängt sie. Vorsichtig setzt Völxen einen Schritt vor den anderen. Oda tastet in ihrer Handtasche nach der kleinen Dose Pfefferspray, die sie sicherheitshalber immer dabeihat, während sie Völxen dicht auf den Fersen folgt. Eine der altbautypischen Holzdielen knarrt laut unter Völxens Gewicht. Beide warten kurz, halten den Atem an und bewegen sich dann in Zeitlupe weiter. Links liegt ein geräumiges Wohnzimmer mit hohen Fenstern, in dem Völxen auf die Schnelle nur eine überdimensionale Eckcouch, einen Glastisch und einen mordsmäßigen Fernseher erspäht. Die Geräusche, die sie vorhin vernommen haben, kommen aus dem Zimmer, das hinter der zweiten Tür auf der rechten Seite liegen muss. Die Tür steht einen

Spalt offen, sodass Völxen ein Paar Beine in Jeans und schwarze Männerschuhe sieht. Kopf und Oberkörper kann er nicht erkennen, da der Mann sich gerade über einen Schreibtisch beugt. Völxen lässt die Tür krachend gegen die Wand donnern und ist mit zwei Schritten im Zimmer.

»Polizei! Keine Bewegung!«

Völxen sieht, wie die Hand des Mannes blitzschnell unter seine Jacke fährt. Gleichzeitig dreht dieser sich herum, und Völxen blickt erschrocken in den Lauf einer Pistole.

Das ist sie nun also, die tödliche Fehlentscheidung, vor der ich mich seit über dreißig Jahren fürchte. Selber schuld. Es ist einfach viel zu lange gut gegangen, da wird man leichtsinnig. Nebenbei beachte man die Ironie des Schicksals: Vor zehn Jahren rette ich Markstein das Leben, und jetzt endet meines in seinem Arbeitszimmer. Hoffentlich kann wenigstens Oda ...

»Scheiße, Leute! Habt ihr mich erschreckt!« Völxens Gegenüber lässt die Waffe sinken, steckt sie zurück in sein Holster und blickt Völxen und Oda halb vorwurfsvoll, halb belustigt an, wobei er sich die Latexhandschuhe abstreift. »Markus Hildebrandt, LKA. Kann ich meinen Ausweis aus der Tasche holen, ohne dass die Kollegin mir die Frisur einnebelt?«

Was redet der da? Oda schaut irritiert erst den Mann an – dessen grau melierten Bürstenhaarschnitt sie nicht unbedingt als Frisur bezeichnen würde –, dann die kleine Dose in ihrer Hand. Rasch lässt sie das Haarspray in Reisegröße, das sie beim hastigen Griff in ihre Handtasche offenbar anstelle des Pfeffersprays erwischt hat, wieder in derselben verschwinden und wird dabei tatsächlich rot, was Völxen wirklich schon lange nicht mehr an ihr beobachtet hat.

»Erster Kriminalhauptkommissar Bodo Völxen, meine Kollegin, Hauptkommissarin Oda Kristensen«, presst Völxen, dem der Schreck noch immer in den Gliedern sitzt, vor lauter Verlegenheit übertrieben förmlich hervor.

»Ich kenne Sie«, sagt Hildebrandt zu Völxen. »Ihr Glück, sonst wären Sie jetzt tot.«

Ein Witzbold. Der hat uns jetzt gerade noch gefehlt.

»Was tun Sie hier?«, fragt Völxen.

»Die Wohnung durchsuchen«, antwortet Hildebrandt mit größter Selbstverständlichkeit. Er dürfte Ende dreißig sein. Breiter Brustkorb, stechend blaue Augen, ein Kinn wie ein Schiffsbug. Ein kerniges Mannsbild und ganz bestimmt der Schwarm vieler Kolleginnen, spekuliert Völxen und wirft einen Blick auf den Dienstausweis, den der LKA-Mann ihm jetzt entgegenhält. *Markus Hildebrandt. Kriminalhauptkommissar.*

»Wie sind Sie in die Wohnung gekommen?«, erkundigt sich Völxen in strengem Tonfall.

»Multifunktionstool«, erklärt Hildebrandt mit einem selbstgefälligen Lächeln und zeigt auf ein kleines, klobiges Etui an seinem Gürtel.

»Das wird die Spurensicherer sicher ebenso begeistern wie mich«, versetzt Völxen säuerlich. »War die Tür verschlossen? Gab es Einbruchsspuren – abgesehen von denen, die Sie jetzt wahrscheinlich verursacht haben?«

»Die Tür war vollkommen intakt und zugezogen, aber nicht abgeschlossen«, antwortet Hildebrandt und fügt hinzu: »Deshalb ging es ja auch ratzfatz.«

»Ratzfatz, soso«, knirscht Völxen, der sich nur noch mühsam zu beherrschen weiß. Einfach unglaublich, dass dieser … dieser Multifunktionstool-Cowboy hier einbricht, alles durchwühlt und dabei womöglich wichtige Spuren zerstört!

»Warum interessiert sich das LKA für Markstein?«, will jetzt Oda wissen.

»Das darf ich leider nicht sagen.«

»Es hat sich ja schnell herumgesprochen, dass er tot ist«, stellt Völxen fest und denkt: Jule!

»Hat es«, bestätigt Hildebrandt.

»Und? Was gefunden?«, fragt er.

»Nichts Verdächtiges. Aber Sie sehen ja selbst …« Hildebrandt deutet auf die Bücherregale und Aktenschränke, auf denen sich Ordner, Zeitungen, Magazine und überquellende Mappen mit Zeitungsausschnitten und Ausdrucken stapeln. »Vom Ausmisten hat unser Journalist wohl nicht viel gehalten.«

»Das gehört sicherlich zu seinem Job. Quellenarchive oder so«, wirft Völxen ein, der plötzlich das irritierende Bedürfnis verspürt, Markstein verteidigen zu müssen. Er schaut sich um. Auf dem Schreibtisch steht ein Foto von einem blonden Jungen, der ganz in Teenagermanier leicht mürrisch in die Kamera schaut. Wahrscheinlich sein Sohn. Völxen hat bis vorhin nicht gewusst, dass Markstein eine Familie hatte. Genau genommen weiß er eigentlich immer noch so gut wie gar nichts über den Mann. Nun ja, man hatte schließlich immer nur beruflich miteinander zu tun, und das lief nicht immer harmonisch ab.

An der Wand über den halbhohen Aktenschränken hängen Fotos, die den Reporter mit diversen Promis zeigen: Altbundeskanzler Schröder, Klaus Meine von den Scorpions, Carsten Maschmeyer, Hannes Piekenbrock …

»Sieh an, die geballte Maschsee-Mafia«, bemerkt Oda.

»Ein Wichtigtuer, wenn Sie mich fragen«, meint Hildebrandt.

Da ihn niemand gefragt hat und ihm deshalb auch niemand antwortet, fährt Hildebrandt fort: »Den Laptop nehme ich mit für unsere IT, er ist passwortgeschützt.« Ehe jemand etwas erwidern kann, stöpselt er den Dell-Laptop von dem größeren Bildschirm ab, der auf dem Schreibtisch steht, und steckt ihn in die Hülle, die er unter einem Papierstapel hervorzieht.

Völxen hat im Grunde nichts dagegen. Er hätte den Computer ohnehin zur Auswertung ans LKA bringen lassen. Dort sitzen die Spezialisten oder, wie Rifkin und Konsorten zu sagen pflegen, Nerds, die Passwörter knacken, gelöschte Dateien wiederherstellen und in Erfahrung bringen, wo der Besitzer des Rechners überall im Internet herumgesurft ist. Es ist nur Hildebrandts Übereifer, der ihn ein wenig irritiert.

»Wissen Sie, wo sein Handy ist?«, fragt Hildebrandt.

Völxen blickt sich zu Oda um. Sie hat vorhin, am Tatort, Marksteins Telefon eingesteckt, nachdem die Spurensicherer vergeblich versucht haben, es per Gesichtserkennung oder Fingerabdruck des Toten zu entsperren. Nichts zu machen, der Apparat verlangte zusätzlich eine sechsstellige PIN.

Oda rührt sich nicht. »Oda, das Handy.« Völxen nickt ihr aufmunternd zu. Was sollen sie denn auf der Dienststelle mit einem Gerät anfangen, zu dem sie keinen Zugang haben?

Widerstrebend reicht Oda das Smartphone des Reporters an Hildebrandt weiter.

»Ist es auch das richtige?«, fragt Hildebrandt.

»Finden Sie es raus!«, versetzt Oda patzig.

»Wir müssen möglichst rasch wissen, mit wem er zuletzt telefoniert hat«, erklärt Völxen.

»Das dachte ich mir«, sagt Hildebrandt. Er steckt das Telefon ein und klemmt sich den Laptop unter den Arm. Offenbar hat er alles, was er wollte. Die Türme von Akten und Papieren, die Markstein in seinem Arbeitszimmer hortet, scheinen ihn nicht weiter zu interessieren. Oder ist er schon länger hier gewesen und hat schon alles durchgesehen? Mit den Worten »man sieht sich« stapft er hinaus.

»Wird sich nicht vermeiden lassen«, seufzt Oda.

Krachend fällt die Tür ins Schloss, sodass sie erneut beide zusammenfahren. Völxen lässt sich auf Marksteins Schreibtischstuhl sinken und atmet hörbar aus. »Verdammt! Eine Sekunde lang habe ich gedacht, mein letztes Stündlein hätte geschlagen!«

»Hast du diesen Film gesehen, bei dem dein ganzes Leben noch einmal in Zeitraffer abläuft?«

»Nein, ich bin nicht mal bis zum Vorspann gekommen.« Er sieht Oda an und fragt schmunzelnd: »*Drei-Wetter-Taft*, ja? Ist das Mitführen dermaßen gefährlicher Waffen in Handtaschen eigentlich erlaubt?«

Oda verdreht die Augen.

Beiden ist klar, dass die Haarspraygeschichte bis zum Ende des Tages sowohl beim LKA als auch in der Polizeidirektion Hannover die Runde gemacht haben wird. Dieser Fauxpas wird Oda noch Jahre verfolgen, so viel ist sicher. Man möchte gar nicht daran denken, wie Erwin Raukel reagieren wird, wenn er davon hört.

Der schrille Ton der Türglocke lässt beide zusammenfahren.

»Meine Nerven!«, stöhnt Oda, und Völxen meint: »Das werden die Techniker sein, ich mach auf.«

»Frau Rossbach? Nina Rossbach?«

»Ja?« Eine mittelgroße, schlanke Frau in einer roten Jacke, Jeans und weißen Turnschuhen steht vor der Tür. Sie ist im Begriff abzusperren und hat sich ihre Handtasche quer über die Brust gehängt.

»Was wollen Sie?«

Erwin Raukel antwortet nicht gleich, denn er ist noch ein wenig kurzatmig vom Aufstieg in den dritten Stock.

»Was ist jetzt? Ich hab's eilig, ich muss zur Arbeit.«

Ihr blond gesträhntes Haar ist im Nacken zusammengesteckt, und ihre graugrünen Augen blicken Raukel mit einem halb ungeduldigen, halb beunruhigten Ausdruck an.

Gar nicht mal so übel, das Frauenzimmer, registriert Raukel mit Kennerblick.

»Hauptkommissar ... Erwin Raukel ... Polizeidirektion ... Hannover«, keucht er, obwohl er dieselben Worte gerade eben schon einmal in die Sprechanlage genuschelt hat. »Ich müsste ... kurz mit Ihnen sprechen.« Raukel tupft sich mit seinem inzwischen schon nicht mehr ganz so frischen Stofftaschentuch die Stirn trocken. Dass die Leute aber auch immer so weit oben wohnen müssen!

Ein Anflug von Röte huscht über Nina Rossbachs blasses Gesicht. »O Gott, ist was mit Felix? Ist ihm was passiert? Ist er mit dem Rad verunglückt?« Panik hat sich in ihren Ton geschlichen, ihre Augen sind weit aufgerissen.

»Nein, nein, nein, nur die Ruhe, gnädige Frau. Dem Sohnemann geht's prächtig. Nehme ich mal an«, beruhigt Raukel sie. »Wo ist er denn?«

»In der Schule natürlich«, kommt es etwas gefasster, und schon ist ein misstrauischer Unterton zu hören, als sie fragt: »Was wollen Sie von ihm? Hat er was angestellt?«

»Wie kommen Sie darauf?«, erwidert Raukel.

Sie antwortet nicht.

»Stellt er denn öfter was an?«

»Zeigen Sie mir doch bitte mal Ihren Dienstausweis!«, verlangt Frau Rossbach.

»Verzeihung, mein Fehler.« Raukel greift in die Tasche seines zerknitterten Leinenjacketts und holt das Versäumnis nach.

»Worum geht es?«, fragt Nina Rossbach, noch immer argwöhnisch, nachdem sie den Ausweis genau betrachtet hat.

»Könnten wir das drinnen besprechen?«

Sie stöhnt auf und öffnet die Tür. »Bitte.«

Raukel folgt ihr in die Küche, die aussieht, als hätte sie die Möbel vom Sperrmüll geholt und dann in Pastellfarben angemalt. Das lindgrüne Buffet stammt definitiv aus den Fünfzigern, keiner der drei Stühle gleicht dem anderen, und auch die Küchenzeile ist zusammengestückelt worden. Auf dem weiß lackierten, runden Holztisch stehen zwei leere Kaffeebecher und Müslischalen. Raukel lässt sich auf einem hellgelb gestrichenen Holzstuhl nieder, dessen Armlehnen seinen Körper wie Krebsscheren in die Zange nehmen. Sein Magen knurrt, er ist noch nicht zum Frühstücken gekommen, wenn man den *Coffee to go* mit dem kleinen Schuss darin einmal außer Acht lässt. Am besten, man macht das hier kurz: Die Frau will zur Arbeit und er in die nächstbeste Bäckerei.

Sie nimmt die Tasche von der Schulter. Die Jacke lässt sie an, während sie sich auf einen blauen Stuhl setzt.

»Es geht um Ihren Ex-Mann, Boris Markstein. Er wurde heute früh tot aufgefunden, ganz in der Nähe von hier, in der Rampenstraße neben den alten Industriegleisen.«

»Was?«, fragt sie entsetzt. »Wie ... tot aufgefunden, was meinen Sie damit?«

»Es tut mir sehr leid«, versichert Raukel.

Der Satz ist sogar aufrichtig gemeint, denn das Ganze ist wirklich eine mittlere Katastrophe! Ohne Boris Markstein wird Raukel sich wieder selber mit schottischem Malt Whiskey versorgen müssen, und das wird dann wohl kein sechzehn Jahre alter Lagavulin mehr sein, solch ein Luxus ist bei seinem Gehalt nicht drin. Irgendein schlechter Mensch hat dem harmlosen kleinen Arrangement zwischen ihm und Markstein ein Ende gesetzt: ab und an ein Fläschchen vom alten Schotten, im Austausch für ein paar Insiderinformationen zum Stand der jeweiligen Ermittlungen. Nichts

Weltbewegendes, nichts, was der Pressesprecher der Polizeidirektion nicht sowieso ein, zwei Tage später bekannt gegeben hätte. Markstein war einer, der seinen Beruf ernst nahm, er wollte die Informationen halt gerne als Erster haben, und dafür ließ er auch etwas springen. Niemand hat dadurch Schaden genommen, außer vielleicht die Leber von Hauptkommissar Erwin Raukel.

Frau Rossbach schluckt, presst die Lippen zusammen und atmet durch die Nase einmal tief ein und aus. Keine Tränen, zum Glück. Weinende Frauen machen Raukel nervös, als Mann weiß man dann nie, was man zu ihnen sagen soll und ob sie jemals wieder damit aufhören werden. Stattdessen greift sie nach einer Schachtel Marlboro, die neben dem Brotkasten liegt, und zündet sich eine an. »Wie ist Boris gestorben?«, fragt sie nach einem tiefen Zug. »Wurde er umgebracht?«

»Wie kommen Sie darauf?« Raukels kleine Äuglein glitzern wachsam.

»Weil Sie von der Kripo sind und weil ein gesunder Mann von achtundvierzig Jahren nicht einfach so stirbt. Normalerweise.«

»Es ist richtig, bisher sieht alles sehr nach Fremdverschulden aus«, erklärt Raukel, der sich an Völxens Mahnung erinnert, *sensibel* vorzugehen.

»Fremdverschulden?« Sie dehnt den Begriff, als hätte sie ihn noch nie gehört, und schnippt dabei die Asche ins Spülbecken. Offenbar raucht sie sonst nicht in der Wohnung, denn Raukel sieht nirgendwo einen Aschenbecher.

»Er wurde erschlagen«, bringt er es auf den Punkt, denn sein Magen knurrt schon wieder, und irgendwann wird sie es ja erfahren müssen, *sensibel* hin oder her.

Sie zuckt zusammen. »Erschlagen? Dort unten, bei diesen alten Gleisen? Was wollte er denn da?«

»Kennen Sie die Gegend?«, fragt Raukel lauernd.

»Nein. Ja. Vom Vorbeigehen halt.« Plötzlich schaut sie ihn entsetzt an und sagt: »Du lieber Himmel! Wie soll ich das nur Felix beibringen?«

Raukel weiß darauf auch keine Antwort. Er beschließt, die

Sache abzukürzen. Die üblichen Fragen und dann wird er sich erst mal ums leibliche Wohl kümmern, denn mit leerem Magen ermittelt es sich nicht gut.

»Hatte Ihr Ex-Mann Feinde?«

»Feinde? Ich bitte Sie, er war Journalist, noch dazu einer von der hartnäckigen Sorte. Er ist natürlich einer ganzen Menge von Leuten auf die Füße getreten.«

»Fällt Ihnen jemand ein, der ihm so etwas antun könnte? Jemand, der einen richtigen Hass auf ihn hatte?«

»Mich dürfen Sie da nicht fragen. Boris und ich haben, wenn überhaupt, nur über Felix gesprochen. Wir sind seit zwölf Jahren geschieden, und Felix und ich wohnen erst seit einem Dreivierteljahr wieder in Hannover.«

Das stimmt. Den Meldedaten nach, die ihm Frau Cebulla, die Sekretärin des Dezernats, vorhin auf sein Handy geschickt hat, sind die beiden im letzten Dezember hier eingezogen. Vorhin, im Vorbeigehen, hat Raukel im Wohnzimmer ein Ausziehsofa mit Bettzeug gesehen, auf dem wohl Frau Rossbach schläft, damit Felix das einzige Schlafzimmer für sich hat.

»Wie war denn das Verhältnis zwischen Felix und seinem Vater?«

»Ganz ausgezeichnet«, sagt sie, und seltsamerweise klingt es bitter.

»Aber …?«, fragt Raukel.

»Kein Aber. Seit wir hier leben, sehen sie sich öfter, und Boris verwöhnt … hat Felix verwöhnt«, korrigiert sie sich. »Materiell, zumindest.«

»Ja, das ist typisch«, meint Raukel, der da aus eigener Erfahrung spricht.

Sie blickt ihn verwundert an, und Raukel schenkt ihr reflexartig ein einschmeichelndes Lächeln, ehe er nachhakt, wann sie Boris Markstein zuletzt gesehen hat.

»Das ist schon eine Woche her, mindestens. Er war kurz hier und hat Felix abgeholt. Wenn es etwas zu regeln gab, dann taten wir das meist telefonisch oder über WhatsApp.«

»Leider muss ich Sie der Vollständigkeit halber noch fragen, wo Sie gestern Abend zwischen zehn und elf Uhr waren.«

Sie schüttelt den Kopf und sagt dann förmlich: »Ich war zu Hause, fernsehen.«

»Wo war Ihr Sohn?«

»Bei einem Freund.«

»Welchem Freund?«

»Ich bin nicht sicher. Aber er war gegen elf Uhr wieder hier. Sie denken doch nicht …?« Sie zieht die Augenbrauen zusammen, ihr Blick ist jetzt das pure Misstrauen.

»Das sind nur Routinefragen!«, wehrt Raukel ab, doch sein haarscharfer Verstand schlussfolgert glasklar: Garantiert hat das Söhnchen Dreck am Stecken. Ist ja auch kein Wunder, wenn die strenge väterliche Hand so lange gefehlt hat.

Frau Rossbach blickt ihn verunsichert an und fragt dann beinahe schüchtern: »Kann ich dann jetzt zur Arbeit fahren?«

»Wo arbeiten Sie denn?«

»In der großen Buchhandlung im Bahnhof.« Sie hält die Zigarette kurz unter den Wasserhahn und wirft die Kippe dann in den Abfalleimer.

Raukel löst sich aus der Umklammerung des Stuhls und wuchtet seinen Körper in die Höhe. »Ja, lassen Sie sich nicht aufhalten. Wir rufen Sie an, wenn wir noch was brauchen. Ihre Handynummer?«

Sie diktiert ihm die Zahlen, und Raukel tippt sie in sein Telefon. Als das geschehen ist, fragt er: »Auf welche Schule geht Ihr Sohn Felix?«

»Auf die Helene-Lange … Moment mal! Sie wollen ihn doch jetzt nicht dort aufsuchen, um ihm zu sagen, dass sein Vater ermordet wurde, hoffe ich?« Sie wedelt mit der Hand vor seinem Gesicht herum, als müsse sie einen Schwarm Mücken verscheuchen. »Nein, nein, nein, das kommt gar nicht infrage. Felix ist sehr sensibel.«

»Gute Frau …« Raukel legt seine ganze, über Jahre gereifte Lebenserfahrung in seinen Tonfall, »leider leben wir in digitalen Zeiten. Wäre es Ihnen wirklich lieber, wenn Ihr Sprössling per Facebook oder Twitter vom Tod seines Vaters erfährt?«

»O Gott! Nein, natürlich nicht.«

»Sie können ja mitkommen«, hört sich Raukel sagen, was er sofort bereut.

»Ja, warten Sie.« Sie schnappt sich ihre Tasche und bugsiert Raukel nach draußen. Auf dem Weg nach unten telefoniert sie mit ihrem Arbeitgeber, schildert, was passiert ist, und erklärt, sie komme später. »Das ist ja schließlich ein Notfall«, fügt sie am Ende hinzu und legt auf.

Ich bin zu gut für diese raue Welt, resümiert Raukel, während er schwitzend neben Frau Rossbach herdackelt, die ihr Fahrrad schiebt und dabei ein strammes Tempo vorlegt. *Das kann ja jetzt dauern, bis ich an mein Frühstück komme.*

V.

Das Eintreffen der Techniker und Spurensicherer ist in Boris Marksteins Wohnblock nicht unbemerkt geblieben. Kein Wunder, so wie die vier Kerle mit ihrer Ausrüstung durchs Treppenhaus gepoltert sind.

Als Völxen und Oda Marksteins Wohnung verlassen, um den Leuten dort bei ihrer Arbeit nicht im Weg zu stehen, lehnt eine Frau im gegenüberliegenden Türrahmen.

»Was ist denn da los?«, will die Nachbarin wissen.

Völxen stellt sich und Oda vor, beide zeigen ihre Dienstausweise.

»Zu Ihnen wollten wir sowieso, Frau ... Kemper?« Dieser Name steht in geschwungenen schwarzen Buchstaben auf vergoldetem, schon etwas angelaufenen Messing. *M. Kemper*.

»Maria Kemper, das bin ich«, bestätigt die Frau.

»Können wir kurz reinkommen?«

»Bitte«, sagt sie und macht eine Geste, die an einen Butler erinnert.

Die Wohnung ist genauso geschnitten wie die von Markstein, nur spiegelverkehrt, jedoch vollkommen anders eingerichtet: dunkle, wuchtige Möbel, schwere Gardinen, zu viele Teppiche. Es gibt sogar einen Fernsehschrank, hinter dessen Türen das Gerät schamhaft versteckt werden kann. Oben auf dem altehrwürdigen Möbel stehen zwei Fotos und ein kleiner Blumenstrauß. Rosa Röschen, sie sehen echt aus. Hätte Oda lediglich die Wohnung ohne deren Besitzerin darin betrachtet, hätte sie auf eine Frau in deutlich fortgeschrittenem Alter getippt. Maria Kemper ist jedoch etwa in Odas Alter, also Ende vierzig. Sie trägt graue Leggins, und eine schwarze Tunika verhüllt ihre sehr schlanke Gestalt. Ihr schmales, feines Gesicht ist trotz einiger Falten noch immer hübsch, aber im Moment wirkt sie besorgt und etwas müde.

Sie lässt die Besucher auf steifen Stühlen Platz nehmen, die rund um einen ovalen Esstisch angeordnet sind. Die Tischplatte ist aus edlem Holz mit Intarsien gefertigt, in der Mitte ist eine Etagere aus Kristallglas platziert, in der ein paar Äpfel und darüber *Mon Cheries* liegen.

Völxen überlässt es Oda zu berichten, was mit Maria Kempers Nachbarn geschehen ist.

»Tot? Ermordet?« Frau Kemper starrt die Beamten, die ihr gegenübersitzen, ungläubig an. »Was genau ist denn passiert?«

»Das wissen wir noch nicht«, erwidert Oda.

»Kennen Sie die Gegend an der Rampenstraße, wo das alte Kohlebahngleis verläuft?«, fragt Völxen.

Sie zuckt mit den Achseln. »Ich weiß ungefähr, wo das ist, ja. Was hat er denn dort gewollt? Da ist doch nichts.«

»Das fragen wir uns auch. Die Tat geschah gestern Abend, zwischen zehn und elf Uhr.« Die nächste Frage, die Völxen auf der Zunge liegt, muss er gar nicht stellen. Frau Kemper kommt ihm in vorauseilendem Gehorsam zuvor: »Brauche ich ein Alibi? Ich habe nämlich keines. Ich lebe allein und habe gestern Abend hier ferngesehen.« Sie deutet hinüber auf ein rotes Sofa, auf dem sich eine Decke kringelt, als wäre eben erst jemand von dort aufgestanden. »Um elf war ich schon im Bett.«

»Hätten Sie denn ein Motiv, Ihren Nachbarn zu ermorden?«, erkundigt sich Völxen.

»Ich? Nein, absolut nicht!«

»Sie sind also gut mit ihm ausgekommen?«, fragt Oda.

Maria Kemper nickt. Eine dunkle Haarsträhne löst sich aus ihrem Haar, das zu einem lockeren Knoten zusammengebunden ist. »Ja. Wir sind sogar ab und zu zusammen was essen gegangen. Er hatte es nicht so sehr mit dem Kochen, und manchmal hat er mich gefragt, ob ich Lust habe mitzukommen. Oder wir haben auf dem Balkon ein Glas Wein getrunken. Nicht, dass Sie jetzt was Falsches denken. Wir hatten nichts miteinander, er war überhaupt nicht mein Typ.«

»Sie waren also befreundet«, hält Oda fest.

»Das ist schon fast ein bisschen zu viel gesagt. Ganz locker befreundet vielleicht, ja. Als Nachbar war er jedenfalls okay, und wir waren ja auch fast gleich alt. Er ist ... war achtundvierzig, ich bin ein Jahr jünger. Sonst leben hier im Haus nur sehr alte Leute und junge Familien. Da tut man sich automatisch ein bisschen zusammen.«

»Wann haben Sie Ihren Nachbarn denn zuletzt gesehen?«, will Völxen wissen.

Sie überlegt kurz. »Gestern, gegen Abend, im Hausflur. Er ging gerade. Wir haben ein paar Worte gewechselt, er hat erzählt, dass er diese Woche Urlaub hätte.«

»Um wie viel Uhr war das?«

»Acht Uhr, ungefähr.«

»Wissen Sie, wohin er wollte?«, erkundigt sich der Hauptkommissar.

»Ich glaube, nach Linden, ins *Fiasko*. Dort hat er oft gegessen.«

»Har er gefragt, ob Sie mitkommen möchten?«

»Nein. Ich hätte sowieso abgelehnt, ich war nicht in der Stimmung. Außerdem war er ja schon auf dem Sprung, und ich hätte mich wenigstens noch duschen und umziehen wollen.«

Völxen kennt das alteingesessene Lokal in Linden-Nord von früher, ist aber seit mindestens zwanzig Jahren nicht mehr dort gewesen. Seine Tochter Wanda geht ab und zu hin, weil man dort gut und günstig türkisch essen kann. Der Fußweg vom *Fiasko* bis zum Leichenfundort an der Rampenstraße dürfte mindestens einen Kilometer betragen, liegt also nicht gerade um die Ecke. Falls Markstein wirklich im *Fiasko* essen war, ist er demnach hinterher gezielt zu den alten Bahngleisen gegangen. Warum?

»Wenn Sie und Herr Markstein zusammen essen waren oder ein Glas Wein getrunken haben, worüber haben Sie dann gesprochen?«, erkundigt sich Oda.

Sie seufzt. »Meistens sprach er über sich und seinen Job. Er hat sich gerne mal über seine Kollegen bei der *Bild* ausgelassen.«

»Über jemand Speziellen?«

»Er hatte eine Kollegin, die er nicht leiden konnte, ihr Name ist mir leider entfallen. Aber es war jeder mal dran. Seiner Meinung nach war er der Größte und die anderen Idioten. Ganz so direkt hat er es nicht gesagt, aber so kam es manchmal rüber. Ich muss gestehen, dass ich ihm nicht immer aufmerksam zugehört habe. Bei Leuten, die sehr viel über sich selber reden, stumpft man nach einer Weile ab.«

»Ging Ihnen das nicht fürchterlich auf die Nerven?«, fragt Oda.

»Wie gesagt, wir haben uns ja nicht allzu oft getroffen, vielleicht alle zehn, vierzehn Tage. Wenn mir nicht nach seinen Monologen zumute war, bin ich einfach nicht mitgegangen, das war dann auch kein Problem. Aber mit ihm kam ich wenigstens ab und zu raus. Er wird mir fehlen, irgendwie.« Sie starrt nachdenklich ins Leere und sieht für einen Moment wirklich traurig aus.

Als Odas Blick eine kleine Anrichte streift, fällt ihr etwas ein: »Frau Kemper, Sie können mir sicherlich sagen, wie seine Geldbörse oder die Brieftasche aussah, oder?«

»Seine Brieftasche? Ja, ich habe ihn deswegen einmal aufgezogen, denn das war ein ziemlich scheußliches Ding, meiner Ansicht nach. Sie war braun und hatte eine Schlangenlederprägung.«

Wahrscheinlich ein Überbleibsel aus Marksteins Ledermantel-und-Cowboystiefel-Phase vor gut zehn Jahren, schätzt Oda, behält diese Vermutung aber für sich.

»Hatte er eine Freundin?«, will Völxen wissen.

Maria Kemper lacht kurz auf. »Eine?«

»Also mehrere«, schlussfolgert Oda.

»Mich dürfen Sie da nichts Genaueres fragen, ich habe keinerlei Überblick, was das angeht. Kaum hatte ich mir mal ein Gesicht gemerkt, da war die Sache auch schon wieder vorbei. Und zwischendurch gab immer wieder mal One-Night-Stands ...«

»Woher wissen Sie das?«, fragt Oda.

»Die Wände sind nicht sehr dick.«

»Hätte ich gar nicht gedacht, dass Markstein bei den Damen so gut ankam«, bemerkt Oda ehrlich überrascht.

Frau Kemper lächelt, ein sympathisches, warmes Lächeln, das ihr gut steht. »Tja, so geht es mir auch. Keine Ahnung, was die

Frauen an ihm fanden. Ich meine … rein äußerlich war er ja nicht gerade das, wovon man träumt. Für meinen Geschmack jedenfalls. Vielleicht lag es daran, dass er wortgewandt und auch recht charmant sein konnte, wenn er wollte. Er hatte einen hintergründigen, manchmal direkt schwarzen Humor, mit dem er ganz gut ankam.«

»Er hatte also ein bewegtes Liebesleben, kann man das so sagen?«, fragt Oda.

»Bewegt auf jeden Fall, ob immer Liebe im Spiel war, bezweifle ich. Neulich hatte er wohl auch mal Krach mit einer Dame.«

»Krach?«, wiederholt Völxen.

»Ja, eine Frau hat ihn beschimpft. *Mieser Kerl, hinterhältiges Arschloch*, solche Sachen. Dann wurde die Tür zugeknallt, und jemand rannte die Treppen hinunter.«

»Wann war das?«

»Letzte Woche irgendwann. Abends, so gegen neun. Aber an den genauen Tag erinnere ich mich nicht.«

»Haben Sie die Stimme erkannt?«

»Nein, und ich habe ihn natürlich auch nicht darauf angesprochen.«

»Hat er es bei Ihnen denn nicht versucht?«, erkundigt sich Oda.

»Doch, klar.« Sie lächelt. »Kaum dass er vor vier Jahren hier eingezogen war, stand er schon auf der Matte. Schätze, das war zwanghaft bei ihm. Ich habe ihn auf einen Kaffee eingeladen und ihm klipp und klar gesagt, dass ich prinzipiell nichts mit Nachbarn anfange. Das hat er anstandslos akzeptiert. Hat sogar gemeint, das wäre vernünftig. Danach sind wir prima miteinander ausgekommen.«

»Kennen Sie seine Ex-Frau?«, will Oda wissen.

»Nina? Nicht persönlich, nein, nur aus Erzählungen. Wenn er über sie redete, klang es immer ein wenig von oben herab. Er nannte sie immer *die beste Mutter aller Zeiten*, oder auch *das Muttertier*. Sein Sohn war ab und zu hier, den kenne ich. Felix heißt er.«

»Wie war Marksteins Verhältnis zu seinem Sohn?«, fragt Völxen.

»Wohl ganz gut.« Frau Kemper hat nun ihrerseits eine Frage: »Sagen Sie mir bitte: Wo ist seine Leiche jetzt?«

»In der Rechtsmedizin«, antwortet Völxen verdutzt.

»Würden Sie mir bitte Bescheid geben, sobald die Leiche zur Bestattung freigegeben wird?«

»Äh ... darf ich fragen, warum Sie das interessiert?«, erkundigt sich Völxen.

Maria Kemper geht zum Fernsehschrank, nimmt eines der Fotos herunter und zeigt es den Beamten. Die Aufnahme ist in Schwarz-Weiß und zeigt eine vierköpfige Familie: Eltern und zwei erwachsene Kinder, die vor einem Gebäude stehen. Die junge Frau könnte Maria Kemper sein. Über den Köpfen ist ein Schriftzug zu lesen: *Düker & Söhne Bestattungen.*

»Mein älterer Bruder und ich führen ein Bestattungsinstitut. Boris ... Herr Markstein hat bei mir einen Vorsorgevertrag abgeschlossen, in dem er die Details seiner Beisetzung geregelt hat.«

Völxen ist für einen Moment sprachlos. Er kann sich beim besten Willen nicht vorstellen, dass Markstein so umsichtig und vorausschauend gehandelt haben sollte, wenn es dafür keinen triftigen Grund gab.

»Wieso hat er das gemacht?«, nimmt ihm Oda die Worte aus dem Mund.

»Weil es ratsam ist, das zu tun«, antwortet Frau Kemper, nun ganz professionelle Geschäftsfrau. »Es kann jeden jederzeit treffen, wie man sieht. Dann ist es für die Angehörigen eine große Erleichterung, wenn schon alles, oder zumindest möglichst viel, geregelt ist. Manche Menschen haben auch sehr genaue Vorstellungen und möchten nichts dem Zufall oder den Angehörigen überlassen. Sie verfügen, wer zur Beerdigung eingeladen werden soll und wer nicht, welche Musik bei der Trauerfeier gespielt werden soll ...«

»Markstein auch?«, unterbricht Völxen.

»Nein. Der hat nur verfügt, dass er eine Feuerbestattung möchte und ein Urnengrab in einem Friedwald. Das Urnengefäß hat er auch schon ausgesucht.«

»Wann hat Markstein diesen Vorsorgevertrag abgeschlossen?«, erkundigt sich der Hauptkommissar.

»Vor etwa vier Monaten. Ich müsste im Institut nachsehen, wenn Sie es genau wissen wollen.«

Frau Kemper stellt das Familienfoto von *Düker & Söhne* wieder zurück, neben ein anderes, gerahmtes Bild. Es zeigt ein junges Mädchen von vielleicht siebzehn, achtzehn Jahren. Sie ist ziemlich hübsch, mit langem dunklem Haar und einem scheuen Lächeln. Sie sieht Maria Kemper ein bisschen ähnlich, findet Oda, und fragt: »Ist das Ihre Tochter?«

»Meine Nichte. Ich habe keine Kinder.«

Völxen lässt die Sache mit dem Vertrag keine Ruhe, sodass er noch einmal nachhakt: »Haben Sie Markstein bedrängt, einen solchen Vorsorgevertrag abzuschließen, oder war es seine Idee?«

»Sagen wir mal so: Ich habe ihm von Zeit zu Zeit dazu geraten«, gesteht Frau Kemper, nachdem sie sich wieder hingesetzt hat. »Das bleibt nicht aus, wenn man eine Bestatterin zur Nachbarin hat.«

»Sie haben es ihm also schon früher ans Herz gelegt, nicht erst vor vier Monaten, ist das richtig?«, vergewissert sich Völxen

»Ja«, bestätigt Frau Kemper. »Ich rate das allen meinen Bekannten. Würde ich Ihnen übrigens auch empfehlen. Bei Ihrem Beruf ...«

Völxen geht nicht darauf ein. »Vor vier Monaten«, wiederholt er. »Wurde dieser Vertrag da auf Ihr wiederholtes Drängen hin abgeschlossen, oder ist Markstein selbst damit zu Ihnen gekommen?«

»Letzteres«, antwortet sie, ohne zu zögern. »Ich hatte ihn nämlich schon als hoffnungslosen Fall abgeschrieben, und als er dann doch damit ankam, habe mir noch gedacht: Steter Tropfen höhlt den Stein.«

»Aber einen Grund nannte er nicht?«

»Sie meinen, eine schwere Krankheit oder etwas in der Art? Nein, er hat nichts dergleichen gesagt.«

»Ich dachte auch eher daran, dass er sich vielleicht bedroht fühlte«, entgegnet Völxen.

Maria Kemper überlegt und schüttelt den Kopf. »Nein. Wobei ... er hat hin und wieder einmal angedeutet, dass er sich bisweilen in gefährlichen Kreisen bewegt. Aber nicht im direkten Zusammenhang mit dem Vorsorgevertrag.«

»Was für gefährliche Kreise?«, will Völxen wissen.

»Das hat er nicht genauer erläutert. Ehrlich gesagt habe ich es für Wichtigtuerei gehalten.«

Wichtigtuer. Dieses Wort hört Völxen an diesem Morgen schon zum zweiten Mal in Bezug auf Markstein, auch Hildebrandt vom LKA hat es vorhin angesichts der Promi-Selfies benutzt. Ungeachtet dessen war der »Wichtigtuer« jetzt tot.

Oda lehnt am Dienstwagen und steckt sich eine Zigarette an. »Wetten, wenn wir noch eine Viertelstunde dageblieben wären, hätte die uns goldene Särge aufgeschwatzt und unsere Beerdigungen mit uns durchgeplant!«

»Als Unternehmerin muss sie sehen, wo sie bleibt«, meint Völxen amüsiert und räumt ein: »Und im Grunde hat sie ja nicht unrecht.«

»Also, ich plane jetzt erst mal meine Hochzeit, bevor ich mich mit meiner Beerdigung befasse.«

»Ach, stimmt ja. Wolltest du nicht nächsten Monat heiraten?«

»Das weißt du doch.«

»Wirst du dann Frau Tang heißen?«

»Sei nicht albern.«

»Und? Sind wir alle eingeladen?«, fragt Völxen neugierig.

»Nein«, antwortet Oda. »Keiner von euch. Meine Eheschließung ist meine Privatsache, und außerdem bin ich keine zwanzig mehr, sondern gehe auf die fünfzig zu, da wickelt man so etwas dezent ab.«

»Was hat das denn mit dem Alter zu tun?«, will Völxen wissen, bekommt aber keine Antwort darauf.

»Wir heiraten in Frankreich, im ganz kleinen, exquisiten Rahmen«, erklärt Oda. »Es werden außer Tian und mir nur mein Vater und seine neue, junge Lebensgefährtin da sein.«

»Oh, là, là! Diese Franzosen ... Was ist mit der chinesischen Verwandtschaft?«

»Die bleibt in China. Wir heiraten dann nächstes Jahr noch einmal in Peking, vermutlich mit großem Tamtam.«

»Vermutlich?«

»Mit der Organisation dieser Feierlichkeiten habe ich rein gar nichts zu tun.«

»Oha!«

»Ja, ich fürchte auch, dass da noch so manche Überraschung auf mich zukommt«, lacht Oda und fragt: »Bist du enttäuscht, dass es keine große Sause geben wird?«

»Nein, mir reicht noch die verpatzte Hochzeit von Jule und Fernando. Außerdem habe ich es nicht so mit Anlässen, bei denen ich einen Anzug tragen muss. Aber Sabine wollte es wissen. Sie liebt Hochzeiten.«

»Dann entschuldige mich bitte bei Sabine«, meint Oda. »Oder ihr zwei kommt mit nach Frankreich. Dann könnt ihr unsere Trauzeugen sein, anstelle des Dorftierarztes und des örtlichen Schweinezüchters.«

»Sag das nicht zu meiner Frau, die macht das sonst sofort!«

Oda nimmt einen langen Zug und wechselt das Thema: »Glaubst du der Kemper das mit der guten, harmonischen Nachbarschaft?«

»Wieso denn nicht? Mein Nachbar Köpcke und ich haben auch eine harmonische Nachbarschaft. Wir trinken fast jeden Tag zusammen ein lauwarmes Herrenhäuser am Zaun der Schafweide, das ist Harmonie pur. Zum Glück redet der nicht so viel wie Markstein.«

»Das ist was anderes«, widerspricht Oda. »Das Frett... sorry, Markstein und Maria Kemper – das passt irgendwie nicht.«

»Das sagt sie ja selber. Aber man kann doch trotzdem befreundet sein.«

»Ja, vielleicht hast du recht«, räumt Oda ein und tritt ihre Zigarette aus. »Diese Wohnung, diese Möbel ... ich fand das Ambiente ziemlich deprimierend. Die Frau selbst ist auch schrecklich ernst.«

»Das bringt womöglich der Beruf mit sich. Außerdem hat sie gerade erfahren, dass ihr Nachbar tot ist. Hätte sie darüber Witze machen sollen?«

»Sie ist einsam«, meint Oda. »Ich konnte es förmlich riechen. Und wie hat sie noch mal gesagt? *Steter Tropfen höhlt den Stein.* Vielleicht ist das auch in anderen Lebensbereichen ihre Taktik. Vielleicht hoffte sie, dass aus der guten Nachbarschaft mit Markstein irgendwann mehr würde.«

»Selbst, wenn es so war – macht sie das zur Mörderin?«

»Verschmähte Liebe ...«

»Du meinst, weil er ständig Weibergeschichten am Laufen hatte und sie als Einzige nicht haben wollte, ist sie ihm nachgeschlichen und hat ihn erschlagen?«

»Wenn du es so sagst, klingt es schon ein bisschen weit hergeholt«, gibt Oda zu. »Aber irgendetwas verbirgt diese Frau.«

»Tut das nicht jeder?«, erwidert Völxen achselzuckend.

»Verdammt, wenn wir nur wüssten, was Markstein dort unten bei den Gleisen wollte!«

Felix Rossbach hat wenig vom Aussehen seines Vaters geerbt, was ihm durchaus zum Vorteil gereicht. Statt eines schmalen Frettchengesichts besitzt er breite Wangenknochen, hübsche, schräg stehende Augen und ein ausgeprägtes Kinn. Das dunkelblonde Haar hat er mit viel Gel geglättet und boygroupmäßig in die Stirn gekämmt. Er ist gar nicht begeistert darüber, dass man ihn aus dem Unterricht holen hat lassen, und verleiht seinem Unmut deutlich Ausdruck.

»Was machst du hier, das ist voll peinlich!«, begrüßt er seine Mutter unwirsch und wirft dann einen vernichtenden Blick auf Hauptkommissar Raukel. »Und wer ist der da?«

»Ein Polizist«, sagt Nina Rossbach, und Hauptkommissar Erwin Raukel beeilt sich, sich dem Junior vorzustellen.

Sie stehen im Flur vor der Klassenzimmertür. Frau Rossbach ist anzusehen, dass sie einen anderen Ort bevorzugt hätte, um ihrem Sohn die schlimme Nachricht zu überbringen. Ein Zimmer mit Sitzmöbeln vielleicht. Aber nun bleibt nur der Schulflur. Sie blickt sich unsicher um. Niemand ist zu sehen, man kann gedämpfte Stimmen hinter geschlossenen Türen vernehmen. Sie drückt das Kreuz durch, geht auf ihren Sohn zu und versucht, nach dessen Händen zu greifen. Der zieht sie jedoch hastig weg und weicht zurück, bis er gegen die Wand stößt. »Was ist los, was willst du?«

Nina Rossbach überhört den schroffen Tonfall, vermutlich ist sie ihn gewohnt. Ihr Gesichtsausdruck ist eine Mischung aus Sanftmut und Kummer, als sie nun hervorbringt: »Felix, ich muss dir etwas Furchtbares sagen. Dein Vater lebt nicht mehr. Wie es aussieht, wurde er ermordet.«

Felix sieht zuerst seine Mutter und dann Raukel mit zusammengezogenen Augenbrauen an. Schwer zu sagen, was in diesem Augenblick in ihm vorgeht.

»Wann, wo?« Die Worte sind zweifellos an Raukel gerichtet, aber seine Mutter beginnt zu erklären: »Man hat ihn heute früh gefunden, er lag da unten, wo diese alten Gleise sind …«

»An der Rampenstraße«, ergänzt Raukel. »In der Nähe vom Spielplatz.«

Ein Schatten streift Felix' jungenhaftes Gesicht und macht ihn älter.

Okay, denkt Raukel, bei einem Sechzehnjährigen erwartet man nicht, dass er seiner Mutter auf den Arm springt und sich weinend festkrallt. Aber ein kleines bisschen mehr Emotion dürfte es schon sein …

Es wäre besser gewesen, diesen Part der Ermittlung Oda Kristensen zu überlassen, sieht Raukel ein. Die hat Psychologie studiert und außerdem Erfahrung mit renitenten Teenagern. Ihre eigene Tochter ist zwar inzwischen erwachsen und studiert Medizin, aber als Jugendliche war sie wohl ein ziemlich aufsässiger Feger und hat jede Menge Blödsinn angestellt. Raukel selbst hat zwar auch zwei Kinder, einen Jungen und ein Mädchen, aber er hat nie besonders viel von ihnen gesehen. Als sie klein waren, war er die meiste Zeit im Dienst – oder auch mal in der Kneipe, ja, zugegeben, wer erträgt denn sonst auch den Trubel im Haus nach einem anstrengenden Arbeitstag? –, und als sie ins Teenageralter kamen, war er längst geschieden, und die Sprosslinge hatten nie viel Interesse an ihm gezeigt. Hätte er sie etwa zwingen sollen, ihn zu treffen? Noch dazu war er damals ziemlich auf dem absteigenden Ast gewesen. Scheidung, Suff, Dienstaufsichtsbeschwerden, Versetzungen in Abteilungen, in denen er vermeintlich nicht viel Schaden anrichten konnte …

»Felix! Dein Vater ist tot!« Nina Rossbachs eindringliche Stimme holt Raukel zurück ins Hier und Jetzt. Sie starrt ihren Sohn an, als wolle sie ihn mit Blicken durchbohren. »Hast du das verstanden?«, setzt sie nach.

»Ja. Wurde er erschossen?«

»Wieso erschossen?«, fragt Raukel zurück.

»Wieso nicht?«, erwidert Felix aufmüpfig.

Raukel seufzt. Bei Teenagern, so seine dürftige Erfahrung mit dieser Spezies, gibt es zwei mögliche Vorgehensweisen: Verbrüderung oder Einschüchterung. Ersteres kann man bei diesem arroganten kleinen Schnösel von vornherein vergessen, denn Raukel weiß genau, was sein Gegenüber in ihm sieht: einen dicken, schwitzenden alten Bullen mit Halbglatze und zerknautschtem Gesicht – ein Nichts! Dann also Einschüchterung. Das könnte funktionieren, wenngleich die Mutter wohl auch schützend eingreifen wird. Dennoch reizt es Raukel, den Jungen aus der Reserve zu locken. Außerdem hat dieser ihm eine Frage gestellt, also soll er auch eine Antwort bekommen.

»Jemand hat deinem Vater mit einem Betonbrocken den Schädel eingeschlagen.«

Nimm das, Früchtchen! Mal sehen, ob du jetzt zu einer menschlichen Reaktion fähig bist.

»Musste das sein?«, zischt ihn Nina Rossbach wütend an. Ihr Sohn dagegen hebt lediglich die Augenbrauen und fragt dann: »Kann ich jetzt wieder reingehen?«

Seine Mutter bekommt Schnappatmung. Vermutlich hat sie bis eben keine Ahnung gehabt, was für ein Monster sie da großgezogen hat, spekuliert Raukel im Stillen und sagt zu Felix: »Gleich. Ich hätte noch eine Frage: Was hast du gestern Abend gemacht?«

»Ich war bei Tobi. Tobias Renz, ist ein Kumpel von mir.«

»Wie lange?«

»Sie haben gesagt: *eine Frage.*« Felix wirft einen Blick über die Schulter, hin zur Klassenzimmertür, und fährt fort: »Ich muss wirklich wieder rein. Es ist gerade Mathe, und wir schreiben nächste Woche eine Klausur.«

Die Klausur geht dir am Arsch vorbei, du willst dich nur vor einer Antwort drücken, erkennt Raukel glasklar. »Wir können das Gespräch auch auf der Dienststelle fortsetzen, wenn dir das lieber ist«, bietet er dem Jungen in barschem Ton an. Er ist inzwischen sehr hungrig und daher extrem schlecht gelaunt, und dieses Bürschchen scheint vor lauter zur Schau gestellter Coolness noch gar nicht begriffen zu haben, dass gerade etwas passiert ist, das sein Leben ordentlich durchrütteln wird – was Raukel einerseits leidtut, ihm andererseits aber auch gewaltig auf die Nerven geht. »Also. Wann warst du wieder zu Hause?«

Felix quittiert die Drohung mit einem Schulterzucken, lässt sich aber immerhin zu einer Antwort herab: »Gegen elf?«

»Das stimmt«, pflichtet Nina Rossbach ihrem Sohn bei.

»Geht dieser Tobias Renz in deine Klasse?«

»Nö. IGS Linden.«

»Dann brauche ich seine Adresse.«

»Fössestraße ...«

»Moment, nicht so schnell.« Raukel zückt sein schwarzes, ledergebundenes Notizbuch, was Felix mit einem verächtlichen Verziehen der Mundwinkel quittiert, ehe er ihm die Adresse so langsam und überdeutlich diktiert, als hätte er es mit einem geistig Minderbemittelten zu tun. Raukel ignoriert das provokante Gehabe.

»Was habt ihr den ganzen Abend gemacht?«

»Abgehangen. Bisschen gezockt, auf dem Rechner. War's das jetzt?«

»Für den Anfang, ja. Viel Spaß noch bei Mathe.«

»Felix, willst du nicht lieber mitkommen, nach Hause?«, bedrängt ihn seine Mutter.

»Nein.« Er dreht sich um und geht grußlos wieder zurück ins Klassenzimmer.

»Scheint ja ein ehrgeiziger junger Mann zu sein, der wird es sicher noch weit bringen«, bricht es aus Raukel heraus, nachdem sich die Tür zum Klassenzimmer hinter Felix geschlossen hat.

»Das ist bestimmt nur der Schock«, meint Nina Rossbach.

»Teenager«, bemerkt Raukel versöhnlich. »Wesen von einem anderen Stern.«

Nina Rossbach hat für Raukels Schmeicheleichen nur ein resigniertes Lächeln übrig.

Aber immerhin ein Lächeln!

Rundum zufrieden mit sich selbst strahlt Raukel zurück. Na also! Wenn das nicht sensibel war … Er wendet sich zum Gehen, doch Frau Rossbach macht keine Anstalten, ihm zu folgen.

»Ich warte hier noch bis zur Pause, ich denke, ich sollte Felix überreden, doch mit mir nach Hause zu kommen«, erklärt sie.

»Dann viel Erfolg damit«, wünscht Erwin Raukel und sieht zu, dass er davonkommt.

»He, ihr da«, spricht er wenig später zwei Mädchen an, die ihm am Ausgang des Schulgebäudes entgegenkommen.

»Meinen Sie uns?«, fragt die eine. Die andere kichert.

»Könnt ihr mir sagen, wann die nächste Pause ist?«

»In ungefähr zehn Minuten«, lautet die Antwort, woraufhin die beiden in haltloses Gekicher ausbrechen, als hätte ihnen Raukel den besten Witz aller Zeiten erzählt. Kopfschüttelnd schaut er den beiden nach. In seinem Magen tobt der Hunger, er muss schleunigst etwas zu Essen bekommen, sonst kann er keinen einzigen vernünftigen Gedanken fassen. Es würde ihn aber auch brennend interessieren, ob es Nina Rossbach gelingt, ihren Sohn dazu zu bewegen, mit ihr nach Hause zu gehen.

Zehn Minuten können endlos sein, wenn man sie wartend auf einem Schulhof verbringt und am Verhungern ist. Unweigerlich tauchen Erinnerungen an Erwin Raukels eigene Schulzeit auf, und das sind nicht die besten. Typen wie diesen Felix gab es schon zu seiner Zeit, und immer haben sie auf Jungs wie ihn herabgesehen – bestenfalls. Meistens haben sie ihn schikaniert.

Endlich klingelt es zur Pause, und kurz darauf füllt sich der Hof mit Schülern. Raukel weiß noch, wie er sich früher immer sofort auf sein Pausenbrot gestürzt hat. Heute scheinen die Kids andere Prioritäten zu haben, nämlich ihre Smartphones. Die Mädchen, findet Raukel, sehen alle irgendwie gleich aus. Röhrenjeans, Turnschuhe, langes Haar, Mittelscheitel. Sogar die Schminke ist gleich. Da gab es zu seiner Zeit doch ein bisschen mehr Abwechslung … Raukel wird abrupt aus seinen Betrachtungen gerissen, als neben ihm eine Stimme, scharf wie ein Fallbeil, fragt: »Würden Sie mir bitte verraten, was Sie hier machen?«

Eine ältere Frau mit Pudelfrisur blickt ihn voller Argwohn an. Sie ist dürr wie ein Besenstiel und auch nicht wesentlich größer. Hinter ihr ragt ein hoch aufgeschossener junger Mann in den Spätsommerhimmel, bestimmt ein Referendar.

»Ich warte auf jemanden«, antwortet Raukel.

»Sind Sie ein Elternteil von einem unserer Schüler?«, forscht der Pudel nach.

»Nein«, antwortet Raukel, der über den Pudelkopf hinweg die Schülermeute im Auge behält, um Felix nicht zu verpassen.

»Dann darf ich Sie bitten, sofort das Schulgelände zu verlassen. Gehen Sie, sonst bin ich gezwungen, die Polizei zu rufen.« Vorsichtshalber wirft sie einen Blick über die Schulter, um sich zu vergewissern, dass ihr Adjutant noch die Stellung hält. Der Lulatsch hat die Schultern hochgezogen, und seinem Gesichtsausdruck nach scheint er inständig zu hoffen, dass seine Dienste als Rausschmeißer nicht benötigt werden.

»Ich bin die Polizei.« Raukel hält ihr seinen Dienstausweis hin.

Der Pudel zieht die Krallen ein und sagt etwas milder: »Darf ich Sie dennoch fragen, was Sie hier machen?«

»Gibt es ein Problem?«, mischt sich ein weiterer Lehrer ein, der dazugekommen ist, ein lebendes Klischee mit Brille, Bauch, Bart, Halbglatze und Tennissocken in Trekkingsandalen.

Raukel antwortet nicht, denn gerade sieht er, wie Nina Rossbach mit langen Schritten den Schulhof überquert und zum Tor hinausgeht. Allein und, der Körperhaltung nach, ziemlich bedrückt. Felix steht in der Nähe des Eingangs und macht, was alle seine Artgenossen machen: auf sein Handy starren.

»Hat sich erledigt.« Raukel lässt die drei Mitglieder des Lehrkörpers stehen und nimmt Kurs auf das Schultor.

»War das ein Spanner?«, hört er Sockensandale fragen.

»Ein Polizist.« Der Pudel.

»Was, wirklich? Für mich sah der wie ein Spanner aus.«

Raukel beschleunigt seine Schritte, im Geist schon bei dem Franzbrötchen, das er sich nun endlich einverleiben wird. Andererseits haben ihn die Smartphones der Schüler auf einen Gedanken gebracht. Offenbar darf man das Ding im Unterricht nicht benutzen, sonst würden nicht alle so fanatisch darauf starren, kaum dass sie einen Fuß vor die Klassenzimmertür gesetzt haben. Vielleicht, wenn er sich beeilt, besteht die winzige Chance, dass dieser Tobias Renz von der IGS Linden noch keine Gelegenheit hatte, seine Nachrichten zu lesen, insbesondere nicht die, die ihm Felix bestimmt gerade geschrieben hat. *IGS Linden*. Allein bei dem Begriff dreht sich Raukels leerer Magen um. Die Integrierten Gesamtschulen sind in seinen Augen nichts anderes als die Vorhölle. Auswüchse einer jahrzehntelangen völlig verfehlten Bildungs- und Migrationspolitik. Aber was tut man nicht alles, um ein Verbrechen aufzuklären?, seufzt Raukel, zückt sein Handy und bestellt sich ein Taxi.

VI.

»Was ist denn hier los? Alle ausgeflogen?« Fernando sieht sich um. Die Redaktion der *Bild* Hannover ist dünn besetzt, von den zehn Schreibtischen sind alle bis auf einen verwaist.

Eine junge Frau ist aufgestanden und nähert sich Fernando und Rifkin. Ihr blonder Pferdeschwanz wippt im Takt ihrer trippelnden Schritte. Sie trägt Ballerinas und einen weit schwingenden, schwarzweiß gestreiften Rock mit einem breiten Gürtel, der ihre sehr schmale Taille betont. Ein enges schwarzes Top schmiegt sich an ihren Oberkörper und lässt viel Dekolleté sehen.

»Was kann ich für Sie tun?«, fragt sie mit einem piepsigen Stimmchen, das ihr barbiepuppenhaftes Aussehen noch zusätzlich unterstreicht.

Fernando stellt sich und Rifkin vor. »Und Sie sind?«

»Anna-Lena Petrovic. Volontärin.«

»Wo sind die anderen?«, fragt Rifkin.

»Außentermine, Urlaub oder Homeoffice«, erklärt sie. »Kann ich Ihnen vielleicht weiterhelfen?«

Fernando übernimmt es selbst, der jungen Frau so schonend wie möglich beizubringen, dass ihr Kollege Boris Markstein ermordet aufgefunden wurde, denn Rifkin fehlt es in solchen Situationen gern einmal an Takt und Einfühlungsvermögen.

Doch trotz Fernandos wohlgesetzten Worten – er hat sein tiefes Bedauern ausgedrückt und nichts von einem eingeschlagenen Schädel oder dergleichen erwähnt – bricht Püppi in Tränen aus, nachdem sie ihn ein paar Sekunden lang mit offenem Mund angestarrt hat und dann theatralisch auf den nächstbesten Stuhl gesunken ist. In den darauffolgenden Minuten können die Ermittler nichts anderes tun, als Anna-Lena Petrovic ein Papiertaschentuch nach dem anderen zu reichen.

»Frau Petrovic, nehmen Sie sich bitte zusammen! Wir brauchen

Informationen von Ihnen, und wir haben nicht den ganzen Tag Zeit.« Das war Rifkin, deren Geduldsfaden im Umgang mit Heulsusen schon immer sehr straff gespannt war.

Anna-Lena schaut sie an, als hätten ihre Worte sie aus einer Trance geholt. Sie schnäuzt sich noch einmal, schnieft und sagt: »Okay. Es geht schon wieder. Was wollen Sie wissen?«

Noch während Fernando an einer diplomatischen Formulierung feilt, platzt Rifkin heraus: »Hatten Sie was mit Boris Markstein?«

Sie schluckt und presst hervor. »Ich *hatte*. Es ist vorbei.«

»Seit wann?«, fragt Rifkin.

»Seit drei Wochen.«

»Wer hat Schluss gemacht?«

»Er«, gibt sie freimütig zu. »Aber ich bin drüber weg. Es waren nur ein paar Monate. Aber dass er jetzt tot ist … Und auch noch ermordet! O Gott …« Sie schlägt sich die Hände vors Gesicht.

Ehe sie wieder anfangen kann zu weinen, schiebt Fernando ein: »Welcher der Schreibtische ist seiner?«

Sie deutet auf einen Tisch am Fenster. Die Platte ist bis auf eine Lampe leer geräumt. Als hätte jemand seinen Tod vorhergesehen.

»Ist der immer so ordentlich?«, erkundigt sich Fernando.

»Boris hatte diese Woche Urlaub«, erklärt die Volontärin schluchzend.

Rifkin rüttelt an der Tür des Rollcontainers unter dem Schreibtisch. Abgeschlossen. »Hat jemand hierfür einen Schlüssel?«

»Ich weiß es nicht«, piepst Anna-Lena.

»Woran hat Markstein zurzeit gearbeitet?«, will Fernando wissen.

Sie zuckt mit den Schultern. »An allem Möglichen. Was eben gerade so los ist in der Stadt. Wir sind schließlich eine *Tages*zeitung. Ach ja, und er hat an einem längeren Nachruf auf Hannes Piekenbrock geschrieben. Sie wissen schon …«

»Ich weiß«, sagt Fernando und kann sich den Hinweis nicht verkneifen, dass es in Hannover und Umgebung wohl kaum einen Polizisten gibt, der mit diesem Namen nichts anfangen kann.

»Er hat dessen Lebensgeschichte noch mal recherchiert. Er war der Meinung, dass da vieles zu einseitig dargestellt worden ist.«

»Hat er am Ende rausgefunden, dass der Kerl im Mondschein Gedichte geschrieben hat?«, fragt Rifkin.

Subtiler Humor scheint nicht ihre Sache zu sein, denn Frau Petrovic antwortet: »Das weiß ich nicht. Darüber haben wir nicht mehr gesprochen, wir waren ja schon auseinander, als Piekenbrock gestorben ist.«

»Welche Position hatte Markstein innerhalb der Redaktion?«, will Fernando wissen.

»Seine Schwerpunkte waren Lokalpolitik und Verbrechen aller Art. Und Fußball, aber mehr in Richtung Klatsch und Tratsch über Spieler und Spielerfrauen. Er war gut vernetzt und kannte Gott und die Welt. Ach ja, und er war stellvertretender Redaktionsleiter, zusammen mit der Brenninger. Nadja Brenninger.« Die Volontärin deutet auf einen anderen Schreibtisch, der deutlich unaufgeräumter ist als der von Markstein. Dann senkt sie die Stimme und flüstert: »Die Brenninger ist zuständig für Promiklatsch und die lokale Wirtschaft. Sie und Boris konnten sich nicht ausstehen. Nadja ist scharf auf den Posten von Kurt Nienhage, dem aktuellen Chefredakteur, wenn der in ein, zwei Jahren in Rente geht. Boris war allerdings schon vor der Brenninger da, und er war außerdem der viel bessere Journalist. Aber jetzt dürften ihre Chancen ja wieder gestiegen sein …« Der Unschuldsblick aus ihren blauen Kulleraugen kann niemanden über ihre wahren Absichten hinwegtäuschen.

»Wo finden wir Frau …?« Weiter kommt Fernando nicht, denn in dem Moment geht die Tür auf und eine hochgewachsene, breitschultrige Frau mit einer großen Tasche um die Schultern stürmt in das Großraumbüro.

»Wenn man vom Teufel spricht«, säuselt Anna-Lena Petrovic, dann zieht sie rasch den Kopf ein und huscht zurück auf ihren Platz.

»Hey! Wen haben wir denn da?«, dröhnt die voluminöse Stimme der nunmehr alleinigen stellvertretenden Redaktionsleiterin durch den Raum. »Fernando Rodriguez von der Mordkommission! Was verschafft uns die Ehre?« Nadja Brenninger knallt die Tasche auf ihren Schreibtisch und wirft ihre Jeansjacke über die Stuhllehne.

»Guten Morgen, Frau Brenninger.« Fernando erinnert sich ebenfalls an die Reporterin, die Markstein hin und wieder vertreten hat, und sie war ihm stets mindestens genauso unangenehm wie das Frettchen. Dem konnte man notfalls eine reinhauen oder zumindest damit drohen, was sich bei einer Frau, und sei sie auch eine Walküre, grundsätzlich verbietet. »Das ist meine Kollegin, Oberkommissarin Rifkin.«

»Nadja Brenninger«, stellt sie sich vor und grinst dazu, während Rifkin lediglich nickt.

Mit anderen Klamotten anstatt der auf alt gemachten Jeans, den ausgetretenen Converse und der abgewetzten Lederjacke wäre Nadja Brenninger vielleicht sogar ein Hingucker, spekuliert Fernando. Allerdings passt ihre burschikose Aufmachung gut zu ihrem Benehmen. Gerade lässt sie sich wenig damenhaft auf ihren Schreibtischsessel plumpsen, wo sie breitbeinig und mit auf den Knien aufgestützten Ellbogen sitzen bleibt und fragt: »Und was führt euch zwei Hübschen mitten hinein in unsere gute Stube?«

Ehe die zwei Hübschen antworten können, jammert Anna-Lena drauflos: »Der Tote an der Rampenstraße – warst du nicht gerade dort?«

Nadja dreht den Kopf und mustert die Volontärin wie ein besonders lästiges Insekt, lässt sich aber dennoch zu einer Antwort herab, die sie allerdings an Fernando richtet. »Ja, aber ich bin zu spät gekommen. Die Leiche war schon weg, und die verdammten Bullen haben nichts rausgelassen, nur den üblichen Hinweis auf den Pressesprecher.«

»Da müssen wir uns knapp verpasst haben, so ein Pech aber auch«, meint Fernando.

»Das war Boris!«, ruft Anna-Lena, und es klingt so vorwurfsvoll und anklagend, als würde sie den Tod ihres Ex-Lovers der Brenninger persönlich anlasten. Was sie vielleicht tatsächlich tut, überlegt

Fernando und unterdrückt ein Grinsen. Zickenkrieg, immer amüsant, solange man selbst nicht zwischen die Fronten gerät.

Nadja Brenningers Gesicht wird schlagartig ernst. »Wie, *das war Boris?* Stimmt das?«

Rifkin nickt.

»*Unser* Boris ist ... tot?«, hakt sie nach, als würde sie auch Rifkins Auskunft nicht ganz trauen.

»Ja, es ist wahr«, bestätigt Fernando. »Wir gehen von Fremdverschulden aus.«

Anna-Lena Petrovics Ballerinakörper wird von einem Schluchzen durchgeschüttelt.

Derweil donnert Nadja Brenningers Faust auf die Schreibtischplatte. »Und da lassen die mich eiskalt am Tatort rumstehen wie eine Idiotin! Das ist ja ...« Sie schüttelt den Kopf. Anders als Anna-Lena Petrovic hält sie sich nicht mit Betroffenheitsbekundungen auf – die hätten Fernando und Rifkin ihr sowieso nicht abgenommen –, sondern besinnt sich auf ihre beruflichen Pflichten: »Was genau ist passiert? Wann ist es geschehen, wer hat ihn gefunden, und gibt es schon einen Verdächtigen?«

»Erst einmal: *Wir* stellen heute zur Abwechslung mal die Fragen«, klärt Fernando sein Gegenüber auf.

»Okay«, murmelt die Reporterin. Sie hat ihr Smartphone aus der Tasche gefischt und tippt hektisch darauf herum.

»Frau Brenninger! Würden Sie das bitte lassen?«, fordert Fernando sie auf.

»Ja, Moment, ich muss nur ... hey!« Sie funkelt Rifkin, die ihr das Telefon aus der Hand gerissen hat, wütend an. Die legt es hinter sich auf einen der Schreibtische und sagt unumwunden: »Ihr Kollege wurde gestern Abend zwischen zweiundzwanzig und dreiundzwanzig Uhr ermordet. Wie sieht es mit Ihren Alibis aus, meine Damen?«

Anna-Lena Petrovic klimpert irritiert mit ihren verlängerten, aufgebogenen Wimpern, die Brenninger schnappt gereizt nach Luft und sagt: »Ich war zu Hause. Allein und ohne Zeugen.«

»Wo wohnen Sie?«, fragt Rifkin.

»In Bothfeld, Burgwedeler Straße.«

»Und Sie?«, wendet Fernando sich an Anna-Lena Petrovic. Diese gibt an, sie sei bis etwa einundzwanzig Uhr im Fitnessstudio gewesen, danach zu Hause. Sie wohne in der List, gleich hier um die Ecke, in der Ferdinand-Wallbrecht-Straße.

»Zeugen?«, will Rifkin wissen.

»Ich wohne auch allein. Aber ich habe die Blumen auf dem Balkon gegossen und dabei mit meiner Nachbarin von nebenan geredet. Die hat draußen gesessen und gelesen.« Es kommt Fernando so vor, als würde sie dabei der Brenninger einen triumphierenden Blick zuwerfen.

Fernando bittet sie, die Adresse ihrer Wohnung, des Studios und den Namen der Nachbarin aufzuschreiben. Dann wendet er sich an Nadja Brenninger. »Könnten wir uns irgendwo allein unterhalten?«

Die Journalistin kramt aus ihrer Tasche einen Zehneuroschein hervor und hält ihn der Volontärin entgegen. »Süße, geh bitte mal rüber zum Italiener und hol mir den großen Salat mit Mozzarella.«

»Wie kannst du jetzt nur an Essen denken?«, zischt die Angesprochene voller Verachtung.

»Das Leben geht weiter. *Pronto!*«, setzt Nadja hinzu, als die Volontärin sich nicht gleich rührt, und macht dazu eine entsprechende Handbewegung.

Anna-Lena Petrovic sieht Fernando mit ihren Puppenaugen an, halb um Erlaubnis fragend, halb Hilfe suchend.

»Schon gut, Sie können gehen. Wir wissen ja, wo wir Sie finden«, sagt Fernando betont freundlich zu Frau Petrovic. Die nimmt ihre Handtasche, schleudert noch einen hasserfüllten Blick in Richtung Nadja Brenninger und huscht davon.

»Herrscht hier immer so ein herzlicher Umgangston?«, erkundigt sich Fernando.

Nadja Brenninger winkt ab. »Aus der wird nie eine Journalistin, jedenfalls nicht bei uns. Vielleicht reicht es für ein Frauenmagazin mit Schmink- und Diättipps. Je eher man die Spreu vom Weizen trennt, desto besser. Hat sie erwähnt, dass sie mit Boris gevögelt hat?«

»Hat sie«, bestätigt Fernando.

»Nicht, dass das was Besonderes wäre. Der hat alles genagelt, was nicht bei drei auf den Bäumen war.«

»Sie auch?«, fragt Rifkin, direkt wie immer.

»Nein, ich bin gut im Klettern«, lautet die Antwort.

»Sie hat auch erwähnt, dass er mit ihr Schluss gemacht hat«, verrät Fernando.

»Ach, tatsächlich? Deshalb war sie in letzter Zeit so empfindlich. Aber ja, klar.« Frau Brenninger tippt sich an die Stirn. »Wir haben ja schon September.«

»Was hat das mit dem Monat zu tun?« Fernando hat sich den Stuhl des benachbarten Schreibtisches herangezogen, an dessen Tischkante Rifkin lehnt.

»Bald gibt es wieder Frischfleisch. Die neuen Volontäre und vor allen Dingen Volontär*innen*. Ausgesucht von Nienhage und Markstein, natürlich streng nach ihren Noten und Qualifikationen.«

Die Me-too-Debatte scheint in dieser Redaktion keine merklichen Spuren hinterlassen zu haben, registriert Rifkin und fragt: »Wissen Sie, ob Ihr Kollege Feinde hatte? Wurde er vielleicht bedroht?«

»Soll das ein Scherz sein? Natürlich bekam er Drohungen und wurde beschimpft. Das passiert uns allen hier andauernd.«

»Ich meine solche, die Anlass zur Besorgnis gegeben hätten.«

»Wie soll man das im Voraus wissen?«, erwidert Nadja Brenninger. »Und selbst wenn, dann hätte er das nicht mit mir besprochen, davon gehe ich mal aus.«

»Das Verhältnis zwischen Ihnen und Boris Markstein soll ja nicht das beste gewesen sein«, bemerkt Fernando.

Über der Nasenwurzel seines Gegenübers bilden sich zwei Falten. »Diese Mistkröte mit ihrem vorlauten kleinen Mundwerk!«, knurrt sie.

»Es stimmt also, dass Sie ihn nicht besonders leiden konnten ...«

Nadja Brenninger schaut Fernando herausfordernd an und meint: »Damit wären wir dann wohl schon zwei.«

»Nur habe ich für den gestrigen Abend ein wasserdichtes Alibi«, versetzt Fernando. »Und ich bin auch nicht scharf auf den Posten des Chefredakteurs in diesem Haus.«

»Ach, und deswegen soll ich ...« Sie legt den Kopf schief und schaut Fernando gespielt treuherzig an. »Och, nee, Rodriguez! Jetzt enttäuschen Sie mich aber. Das ist doch eine ganz billige Nummer. Was glauben Sie, wie viele Leute ich im Laufe meines Berufslebens schon hätte um die Ecke bringen müssen, wenn ich so ticken würde?«

»Billig oder nicht, für mich ist das ein Eins-a-Mordmotiv.«

»Ist es nicht«, widerspricht ihm Nadja Brenninger. »Ja, es stimmt, wir konnten uns nicht leiden – aber wer konnte Boris schon wirklich leiden, außer diesen Hühnern, denen er was von einer steilen Karriere vorgelogen hat, um sie ins Bett zu kriegen? *Schätzchen, du bist wirklich außerordentlich talentiert, lass mich dir ein bisschen den Weg ebnen ...* Ja, wir waren Rivalen, auch das ist richtig. Oder vielmehr: Es *war* richtig. Bis sich Markstein praktisch selbst ins Aus gekickt hat.«

»Wodurch?«, will Rifkin wissen.

»Durch seinen Drang zu höheren Weihen«, erklärt die Gefragte in sarkastischem Tonfall. »Er hat unter dem Pseudonym *Jens Hambacher* Artikel für«, sie malt Anführungszeichen in die Luft, »*anspruchsvollere* Blätter geschrieben. Aber so etwas spricht sich immer herum, und außerdem hat er kein großes Geheimnis aus seinen Ambitionen gemacht. Im Gegenteil, er lief hier rum wie ein Gockel. Aber in den oberen Etagen und auch in der Zentrale war man der Meinung, dass der Job des Chefs der Lokalredaktion hundert Prozent Einsatz für *diese* Zeitung erfordert. Sie wollten keinen in einer Führungsposition, dem das Blatt, das ihm seine Miete zahlt und den Kühlschrank füllt, im Grunde nicht gut genug ist.«

»Verstehe«, antwortet Fernando, dem das tatsächlich einleuchtet.

»Fragen Sie ruhig den Nienhage. Das Thema Markstein als sein potenzieller Nachfolger ist schon seit Monaten durch.«

»Also sind Ihre Aussichten jetzt gestiegen?«

Achselzucken. »Ach, wer weiß? Ich rechne nicht wirklich damit, sonst wäre ich naiv. Wie ich diesen Laden kenne, kann es genauso gut sein, dass uns jemand aus Berlin oder Hamburg vor die Nase gesetzt wird, den sie dort aus irgendeinem Grund loswerden wollen. Ich lasse mich überraschen. Ich bin nicht unglücklich, ich mag meinen Job, so wie er ist. Ich fürchte, ich würde mich für einen Sesselfurzerjob gar nicht eignen.«

»Was waren das für Artikel, die Markstein für andere Zeitungen geschrieben hat?«, will Fernando wissen.

Sie schnaubt. »Keine Ahnung. Ich habe mich nicht darum gekümmert.«

»Sorry, aber *das* nehme ich Ihnen nicht ab«, entgegnet Fernando geradeheraus.

»Dann eben nicht«, erwidert sie trotzig. »Googeln Sie Jens Hambacher, das schaffen Sie doch noch, oder?«

Offenbar ist Nadja Brenninger so von Neid zerfressen, dass sie nicht einmal über die Artikel des Kollegen reden kann, die sie, da würde Fernando jede Wette eingehen, garantiert sehr genau kennt.

»Wer hat den Schlüssel dafür?«, erkundigt sich nun Rifkin, die inzwischen vom Tisch aufgestanden ist und vor den verschlossenen Schubladen des Rollcontainers unter Marksteins Schreibtisch kniet.

»Na, er natürlich«, antwortet Nadja Brenninger.

»Wer sonst noch?« Rifkin greift in die Innentasche ihrer Lederjacke. Fernando wirft ihr einen warnenden Blick zu, den sie jedoch ignoriert.

»Vielleicht der Hausmeister?«, antwortet die Brenninger. »Oder Nienhage? Ich weiß es wirklich nicht. Aber ich denke nicht, dass Sie da drin viel finden werden. Boris war fürchterlich paranoid. Wenn er über ein interessantes Thema recherchiert hat, hat er immer alles mit nach Hause genommen, aus Angst, hier könnte jemand herumspionieren und ihm den Stoff vor der Nase wegschnappen. Dabei war das eher seine Masche, sich bei anderen zu bedienen und es dann als seine Idee zu ... Hey, was machen Sie denn da?«

Auch Fernando hat das leise metallische Knacken gehört.

»Ich sehe mir an, was da drin ist«, antwortet Rifkin gelassen. Sie hat während des Monologs der Journalistin zu ihrem Taschenmesser gegriffen und kurzerhand das Schloss des Rollcontainers geknackt. In der schmalen oberen Schublade befinden sich die üblichen Büroutensilien sowie ein Schlüssel an einem Anhänger mit Hannover-96-Aufdruck. Im größeren Fach darunter stehen zwei Kaffeetassen, ein Whiskeyglas, eine angebrochene Flasche Malt Whiskey und ein Handyladegerät. Rifkin hält den Schlüssel in die Höhe, der aussieht, als gehöre er zu einer modernen Schließanlage. »Wofür ist der?«

»Woher soll ich das wissen?«, pflaumt die Brenninger zurück. »Das ist Sachbeschädigung. Ich könnte mich über Sie beschweren.«

Rifkin würdigt dies keiner Antwort und steckt den Schlüssel in eine Beweismitteltüte.

»Ja, ja«, antwortet Fernando, der bereits ahnt, was das Wort *könnte* nach sich ziehen wird, und tatsächlich fährt die Journalistin fort: »Ich könnte aber auch darauf verzichten – gegen gewisse Informationen.«

Fernando wirft Rifkin einen vorwurfsvollen Blick zu.

»Wie wurde er getötet?«, will die Journalistin wissen.

»Er wurde erschlagen.«

»Womit?«

»Wissen wir noch nicht. Der berühmte stumpfe Gegenstand«, schwindelt Fernando, denn Völxen würde ihn durch den Wolf drehen, wenn morgen in der *Bild* etwas von einem Stein stünde.

»Erschlagen. Mein Gott, wie archaisch!« Nadja Brenninger atmet tief durch. »Und? Gibt es schon eine heiße Spur?«

»Nein! Was denken Sie, es ist gerade mal zwei Stunden her, dass er gefunden wurde«, antwortet Fernando, dieses Mal wahrheitsgemäß.

»Wer hat ihn gefunden?«

»Zwei Schüler. Und nein, die Namen werde ich Ihnen auf keinen Fall verraten.«

»War es ein Raubmord?«

»Wir stehen noch ganz am Anfang der Ermittlungen.«

Die Brenninger, die diesen Satz wohl schon zu oft gehört hat, verdreht die Augen und meint anschließend: »Wenn ich mich recht erinnere, ist das Gelände unterhalb der Rampenstraße eine ziemlich finstere Ecke. Was hat er da denn gewollt?«

»Tja, dasselbe wollte ich gerade Sie fragen. Haben Sie eine Idee?«, entgegnet Fernando.

»Kann sein, dass er einen Informanten treffen wollte, der wiederum nicht mit einem Journalisten gesehen werden wollte. Boris war ja in letzter Zeit so *wahnsinnig investigativ*.«

»Wer könnte das gewesen sein?«, erkundigt sich Rifkin.

»Keine Ahnung! Wie gesagt, er war ein Geheimniskrämer, was das anging, und es ist ja nur eine *Idee*. Wenn es so war, dann hatte es vermutlich nichts mit einer Recherche für *diese* Zeitung hier zu tun. Erstens kennen wir die Themen, die demnächst anstehen, und zweitens hatte er diese Woche Urlaub.«

»Hat Markstein Drogen konsumiert?«, fragt Fernando.

»Ihr denkt, er war dort, um Stoff zu kaufen«, dämmert es ihr.

Als gebürtiger Lindener weiß Fernando nur zu gut, dass entlang der alten Gleise nicht nur das Unkraut blüht und wuchert, sondern auch so allerhand illegale Geschäfte. Er selber hat in dieser Ecke schon als Jugendlicher geschmuggelte Zigaretten und gefälschte Fußballtickets verkauft. Etliche Jahre danach, als Fernando als junger Kommissar für das Drogendezernat arbeitete, war das Gebiet immer wieder einmal als Bunker und Umschlagplatz im Gerede. *Lieber Himmel, ist das schon lange her!* Er blickt die Brenninger eindringlich an und insistiert: »Also, noch einmal: Hatte Markstein was mit Drogen am Hut? Koks vielleicht?«

»Keine Ahnung. Aber auf mich wirkte er manchmal ziemlich aufgedreht, ein bisschen hyperaktiv, ja, das stimmt schon«, räumt sie ein. »Allerdings war das wohl eher sein Charakter. Lässt sich Drogenkonsum denn nicht nachweisen? Durch die Analyse einer Haarprobe? Oder kennen Sie sich mit so etwas nicht aus, Herr Kommissar?«

Fernando bleibt die Antwort schuldig, denn Nadja Brenninger, eben noch spöttisch lächelnd, platzt auf einmal heraus: »Da fällt mir gerade etwas ein, weil Sie nach seinen Recherchen fragten. Neulich, vor ungefähr zwei Wochen, hat er mit zwei Typen gesprochen, die in der JVA Sehnde einsitzen. Das habe ich zufällig erfahren. Stefanie, eine Freundin von mir, arbeitet dort als Vollzugsbeamtin, und sie wollte hinterher wissen, ob wir uns neuerdings für die Russenmafia interessieren.«

»Die Russenmafia?«, wiederholt Rifkin, hellhörig geworden.

»Ja, die zwei gehörten wohl dazu.«

»Ist ein entsprechender Artikel von ihm erschienen?«, erkundigt sich Fernando.

»Wie schon gesagt, ich kümmere mich nicht darum, was er außerhalb der *Bild* veröffentlicht«, versetzt die Brenninger abweisend.

»Hatte Markstein nach diesen Gesprächen mit den Häftlingen Probleme mit der Russenmafia?«, will Fernando wissen.

»Selbst wenn, er hätte sich nicht bei mir ausgeweint.«

»Wie lautet der volle Namen der Vollzugsbeamtin der JVA Sehnde?«, fragt Rifkin.

»Stefanie Häusler«, seufzt die Gefragte und wendet sich um, denn gerade wird die Tür zur Redaktion geöffnet. »Ah, da kommt Nienhage. Fragen Sie am besten ihn nach Marksteins Lastern. Die beiden pflegten eine schöne, altmodische Männerfreundschaft.«

Tobias Renz erinnert Hauptkommissar Erwin Raukel paradoxerweise mehr an Boris Markstein als dessen leiblicher Sohn Felix: Tobias ist klein und dünn und hat ähnlich nagetierhafte Gesichtszüge wie Markstein. Durchaus möglich, spekuliert Raukel, dass der umtriebige Reporter seinen Lümmel ein paarmal zu oft rausgeholt hat und infolgedessen ein paar mehr Früchte seiner Lenden zwischen Linden und Limmer herumwieseln.

Anders als Markstein hat der Junge aber kräftiges, lockiges Haar, auf dem eine Baseballkappe sitzt, natürlich verkehrt herum. Von seinem Klassenlehrer aus dem Unterricht geholt, steht Tobias Renz nun im Flur; Daumen in den Gürtelschlaufen, die Schultern lässig gegen die Wand gelehnt, mustert er Hauptkommissar Raukel, der ihm gerade seinen Dienstausweis unter die Nase gehalten hat, mit einem aufsässigen Blick.

»Was 'n los?«

»Was hast du gestern Abend gemacht?«

»Am Rechner gezockt mit meinem Kumpel Felix Rossbach«, kommt es wie aus der Pistole geschossen.

Versuch gescheitert, erkennt Raukel sofort und verflucht wieder einmal die Erfindung des Mobiltelefons. Dieser Rotzlöffel weiß längst Bescheid und hat Instruktionen bekommen. Es war ein Fehler, Felix nicht gleich aufs Revier zu schaffen und ihm sein Handy wegzunehmen, egal wie sehr die Mama dabei gejault und gezetert hätte. Das hat man nun von *sensibel.*

Dieser abgebrühte Strolch hat nicht einmal Respekt genug, um wenigstens ein bisschen so zu tun, als überrasche ihn die Frage und er müsse erst darüber nachdenken, bemerkt Raukel mit wachsendem Verdruss.

»Wo?«, fragt er.

»Bei mir.«

»Von wann bis wann?«

»Von acht bis elf.«

»War sonst noch jemand bei euch in der Wohnung?«

»Näh.«

»Deine Eltern?«

»Nachtschicht.« Unverschämtes Grinsen.

»Schlecht«, meint Raukel.

Tobias hebt die Schultern, die in einem grauen T-Shirt mit nach außen gekehrten Nähten stecken. »Kann's nicht ändern, war schon immer ein armes Schlüsselkind. Sonst noch was, Herr Wachtmeister?«

Dass er nicht einmal wissen will, warum man ihn das alles fragt, ist der Gipfel der Frechheit. Raukel hat genug. Andererseits – der Junge hat begriffen, wie das Leben läuft, der kommt ohne Umschweife zum Punkt, und so schnell war eine Befragung noch selten erledigt. Kein Lamentieren und Rumlabern wie bei Mutter Courage vorhin.

»Erst mal nicht. Aber wie heißt es so schön: Du solltest in nächster Zeit die Stadt nicht verlassen.«

»Okay, Sheriff.«

Raukel wendet sich grußlos ab und eilt den Gang hinunter. Nichts wie raus hier, denn langsam wird die Lage bedrohlich: Sein Magen ist auf die Größe einer Rosine zusammengeschrumpft, jeden Moment kann es passieren, dass ihm vor Entkräftung schwarz vor Augen wird, und dann will er nicht gerade auf dem Flur vor dem Schulklo der IGS Linden zusammenbrechen.

Im Büro des Redaktionschefs Kurt Nienhage sind die Rollos heruntergelassen. Fernando und Rifkin dürfen auf den Freischwingern Platz nehmen und bekommen Kaffee angeboten, was beide ablehnen.

»Es ist furchtbar, unfassbar«, meint Nienhage mit bekümmerter Miene. »Markstein hatte bestimmt seine Fehler, aber er war mein bestes Pferd im Stall. Einer vom alten Schlag, er hat sich noch richtig aufgeopfert, und wenn der sich mal in eine Sache verbissen hatte, dann hat er nicht mehr losgelassen.«

»Ein Frettchen eben«, bemerkt Fernando.

»Ich weiß, dass er sich bei vielen Leuten unbeliebt gemacht hat, manchmal sogar bei mir. Aber irgendwie mochte ich den Kerl«, räumt Nienhage ein und fragt lauernd: »Weiß man schon, was passiert ist?«

»Nicht viel. Aber ein Selbstmord war's nicht, und ein Unfall auch nicht«, lässt Fernando den Redaktionschef wissen.

Dieser sitzt hinter seinem asketisch leeren Schreibtisch und bildet mit seinen langfingrigen, manikürten Händen einen Hohlkörper. Er trägt einen goldenen Ehering. Nienhage sieht nicht aus wie ein Mann, der bald in Rente geht. Sein volles dunkles, an den Schläfen grau meliertes Haar fällt in sanften Wellen nach hinten, und ganz sicher hat er in seinem Gesicht was machen lassen, spekuliert Rifkin. Die Haut um die Augen herum ist glatt wie ein Spannbettlaken, und haben Männer über sechzig nicht normalerweise diese hängenden Wangen und viel mehr Falten am Hals?

»Wo waren Sie gestern Abend zwischen zehn und elf Uhr?«, fragt Rifkin unverblümt.

Nienhage nimmt es ihr nicht krumm und antwortet ebenso geradeheraus: »Zu Hause, bei meiner Familie. Meine Schwiegereltern aus Bayern sind gerade zu Besuch. Ich gebe Ihnen die Nummer von unserem privaten Anschluss, dann können Sie meine Frau und deren Eltern fragen.«

Rifkin nickt und versichert, dass sie das tun werde.

»Ich hörte, Markstein sollte Ihr Nachfolger als Leiter der Redaktion werden«, lässt Fernando einen Versuchsballon steigen.

Nienhage verdreht die Augen und winkt ab. »Diese Gerüchte, es hört nicht auf. Beinahe jede Woche schwirren neue Namen durch die Gegend.«

»Zum Beispiel der von Nadja Brenninger?«, wirft Rifkin ein.

Nienhage schüttelt den Kopf. »Unter uns gesagt: Keiner von beiden hätte diesen Job bekommen. Die Brenninger ist stutenbissig und kann kein Personal führen, und außerdem glaube ich nicht, dass sie noch allzu lange bei uns arbeiten wird.«

»Wieso nicht?«, fragt Fernando erstaunt.

»Sie ist verlobt.«

»Sie wird doch wohl kaum zu Hause am Herd bleiben wie in den Fünfzigern«, erwidert Rifkin erschüttert.

Nienhage blickt Rifkin an wie ein weiser alter Mann eine aufsässige Göre, die etwas Unpassendes von sich gegeben hat. In arrogant-geduldigem Tonfall erklärt er: »Ihr Zukünftiger heißt Wolf-Dietrich Stegemann und entstammt altem hannoverschem Geldadel. Nadja will zwar weiterarbeiten, aber ich weiß doch, wie das läuft. Es wird auf die Dauer sicher nicht funktionieren, wenn *er* in distinguierten Kreisen verkehrt und *sie* als Lokalreporterin für eine Boulevardzeitung im Dreck wühlt. Er wird ihr alsbald einen gut bezahlten Posten als Pressesprecherin eines seriösen Unternehmens zuschanzen, da mache ich jede Wette. Und ich denke, Frau Brenninger weiß das auch, sie hat es nur noch nicht verinnerlicht.«

»Interessant«, findet Fernando.

»Ich war auch ziemlich erstaunt«, gesteht Nienhage. »Aber wo die Liebe hinfällt ...« Der Chefredakteur und Fernando tauschen einen machohaften Verschwörerblick und ein Grinsen.

»Und Markstein kam auch nicht für den Job infrage, der hatte ja höhere Ambitionen«, seufzt Nienhage dann.

»Wir haben davon gehört. Das hat Ihnen nicht gefallen?«, erkundigt sich Rifkin.

»Vom beruflichen Standpunkt aus gesehen natürlich nicht. Aber ich konnte ihn verstehen. Ich hätte es ihm sogar gegönnt, wenn er noch eines Tages die Karriereleiter hinaufgefallen wäre.«

»Waren Sie befreundet?«, fragt Fernando.

»Nein, das wäre zu viel gesagt. Wir haben ab und zu mal ein Glas Malt zusammen getrunken, wenn es abends spät wurde. Aber ich lege ansonsten Wert auf die Trennung von Beruflichem und Privatem.«

»Markstein hat das ja nicht so eng gesehen«, bemerkt Rifkin.

Nienhage hebt abwehrend die Hände. »Der Redaktionsklatsch kümmert mich nicht. Wer mit wem – das sollen die Leute unter sich ausmachen. Verhindern kann man es ohnehin nicht.«

»Aber Markstein war doch auch stellvertretender Redaktionsleiter, nicht wahr?«, erinnert sich Rifkin an die Aussage der Petrovic. »Ist es bei Ihnen normal, dass man in leitender Position reihenweise die Volontärinnen flachlegt?« Rifkin erntet für ihre unverblümte Art einen grimmigen Seitenblick von Fernando, den sie ignoriert.

Nienhage kräuselt die Lippen zu einem zerknirschten Lächeln: »Zugegeben, gerne habe ich das nicht gesehen«, räumt er ein. »Vielleicht habe ich da zu oft beide Augen zugedrückt.«

Oder du sitzt selbst im Glashaus, denkt Rifkin, hält aber den Mund.

Fernando fragt auch den Redaktionsleiter nach Feinden Marksteins und ob er wisse, ob dieser Drohungen erhalten habe. Erwartungsgemäß antwortet Nienhage dasselbe wie zuvor schon Nadja Brenninger, einschließlich der Frage: »Woher soll man wissen, welche man ernst nehmen soll und welche nicht?«

»Hatte Markstein ein Drogenproblem?«, setzt Rifkin nach.

»Was?« Der Chefredakteur zieht erstaunt die Augenbrauen hoch. »Jetzt fahren Sie aber schwere Geschütze auf, junge Frau.«

»Hat er?«, insistiert Rifkin, die nicht gern *junge Frau* genannt wird, schon gar nicht von selbstgefälligen alten Säcken wie diesem hier.

»Nicht, dass ich wüsste. Aber seien wir realistisch: Gut möglich, dass er ab und zu mal eine *Line* gezogen hat, er ist ja schon von Berufs wegen in Kreisen verkehrt, wo so etwas zuweilen vorkommt. Aber er hatte kein Suchtproblem. Das hätten ich und die Kollegen bestimmt gemerkt.«

»Haben Sie mitbekommen, ob er irgendein brisantes Projekt in der Mache hatte?«, fragt Fernando.

Nienhage lacht kurz auf. »Für uns? Nein, da fällt mir nichts ein. In den Tagen vor seinem Urlaub war die Piekenbrock-Sache am Köcheln, und als sich herausstellte, dass der Mann eines natürlichen Todes gestorben ist, hat Markstein sich auf dessen Nachruf gestürzt. Es sollte wohl eine Serie von Berichten werden. Ich habe ihn einfach mal machen lassen.«

»Wissen Sie etwas über seine Projekte für andere Zeitungen? Hat er vielleicht mal die Russenmafia erwähnt?«, setzt Rifkin nach.

»Russenmafia? Kann ich mir nicht vorstellen. Markstein war ein wilder Hund, das schon, aber er war nicht lebensmüde.«

Fernando bedankt sich und steht auf, Rifkin tut es ihm gleich.

»Halten Sie uns bitte auf dem Laufenden?«, fragt Nienhage und händigt Rifkin und Fernando je eine Visitenkarte aus. »Schließlich betrifft es uns persönlich. Es wäre peinlich, wenn relevante Ergebnisse auftauchen und die Konkurrenz vor uns Bescheid wüsste.«

»Es läuft alles wie sonst auch, über den Pressesprecher«, sagt Rifkin und streckt Nienhage seine Visitenkarte direkt wieder entgegen. »Ihren Privatanschluss bräuchten wir noch. Damit wir Ihr Alibi nachprüfen können.«

»Musst du immer so garstig sein?«, fragt Fernando beim Verlassen des Redaktionsgebäudes.

»Fürs Rumschleimen werde ich nicht bezahlt«, versetzt Rifkin und geht ihrerseits zum Angriff über: »Und was sollte dieses dämliche Grinsen zwischen euch, als die Verlobung der Brenninger zur Sprache kam?«

»Ich weiß nicht, wovon du redest«, behauptet Fernando, kann sich dann aber doch nicht beherrschen und meint nach einer Weile: »Dabei hätte ich geschworen, dass sie eine Lesbe ist.«

VII.

Es ist früher Nachmittag, die Mitarbeiter des Dezernats für Tötungsdelikte haben sich in Völxens Büro eingefunden und über das Sofa und die zwei Besucherstühle verteilt. Nur Hauptkommissar Völxen thront hinter seinem Schreibtisch auf seinem orthopädischen Sessel. Er streicht sich müde über das Gesicht und unterdrückt dabei ein Gähnen. Der starke Filterkaffee, den Frau Cebulla vorhin serviert hat, hat seine Wirkung noch nicht entfaltet. »Fassen wir zusammen …« beginnt er. »Was haben wir bis jetzt?«

»Einen Hühnerhaufen und einen toten Gockel«, konstatiert Erwin Raukel, der in der Sofaecke lümmelt und die verschränkten Hände auf seiner Bauchkugel abgelegt hat.

»Erwin, dann fang doch gleich mal an zu berichten«, fordert Völxen den Kollegen auf.

»Gut, meinetwegen. Da wäre also die Ex-Gattin, Nina Rossbach, laut Meldedaten zweiundvierzig Jahre alt, eine recht angenehme Erscheinung, wenn ich das anfügen darf. Vor zehn Monaten sind sie und ihr Sohn Felix aus Hildesheim nach Hannover gezogen, angeblich, damit sich Markstein und sein Sohn öfter sehen können. Zuvor hat sich Markstein wohl nicht allzu sehr um seinen Sprössling gekümmert, aber seit er wieder in der Nähe war, hat er versucht, Versäumtes nachzuholen. Das hat der Mutter nicht so recht behagt. Aber ob das als Mordmotiv ausreicht?« Raukel wirft einen fragenden Blick in die Runde. Niemand antwortet. »Nina Rossbach hat kein Alibi für die Tatzeit«, fährt Raukel fort. »Ihr Sohn übrigens auch nicht wirklich. Sein Kumpel Tobias Renz bestätigt, dass sie beide bei ihm zu Hause waren und am Computer gezockt haben, aber die Eltern von Tobias waren auf der Arbeit. Es könnte also gut sein, dass beide lügen. Zumal Tobias Renz ein ausgekochtes Früchtchen ist.«

»Warum sollte Felix seinen Vater töten?«, fragt Völxen.

»Du hättest ihn sehen sollen, als seine Mutter und ich ihm die Nachricht überbracht haben.« Erwin Raukels Dreifachkinn gerät in Bewegung, als er bei der Erinnerung daran erschaudert. »Kaum eine Miene hat er verzogen. Es war regelrecht unheimlich. Er hat nur ganz nüchtern gefragt, ob er erschossen wurde.«

»Warum denn das?«, will Oda Kristensen wissen.

»Was weiß ich? Vielleicht dachte er, das wäre eine *coole* Art zu sterben. Ich habe ihm dann in nüchternen Worten erklärt, was passiert ist, und was war seine Reaktion?« Raukel legt an dieser Stelle eine Kunstpause ein und fährt fort: »Keine! Er hat nur gefragt, ob er jetzt wieder zurück in den Matheunterricht gehen könne, der wäre wichtig. Ich meine – hallo? Er kriegt gerade gesagt, dass man seinem Vater den Schädel mit einem Stein eingeschlagen hat, und er kann es nicht erwarten, weiter Rechenaufgaben zu machen. Mit so einem stimmt doch was nicht!«

»Ja, ziemlich krass«, wirft Fernando ein.

»Dieses Bürschchen und seine Frau Mama sollten wir uns auf jeden Fall noch etwas genauer anschauen«, endet Raukel.

»Das klingt interessant«, bestätigt Oda. »Wenn du nichts dagegen hast, würde ich das gern übernehmen.«

»Dafür wäre ich dir sogar überaus dankbar, werte Kollegin«, säuselt Raukel. »Ich kann nicht so gut mit Durchgeknallten, und dieses kleine Monster ...«

»Apropos kleine Monster«, unterbricht Rifkin. »Rodriguez und ich haben diese zwei Jungs, die die Leiche gefunden haben, in die Mangel genommen. Wegen der fehlenden Brieftasche ...«

»Wir glauben nicht, dass sie sie genommen haben«, sagt Fernando rasch.

»Das ist nicht ganz richtig«, korrigiert ihn Rifkin. »*Du* bist dir sicher, dass sie die Brieftasche nicht genommen haben. Ich habe Zweifel.«

»Echt, Rifkin, du siehst wirklich immer nur das Schlechte in den Menschen!«, beklagt sich Fernando.

»Ist ja gut«, geht Völxen dazwischen. »Klärt das ein andermal.«

»Völxen und ich hatten auch eine interessante Begegnung«,

berichtet nun Oda, »und zwar mit Marksteins Flurnachbarin Maria Kemper. Sie ist siebenundvierzig Jahre alt und Inhaberin eines Bestattungsinstituts. *Düker & Söhne Bestattungen*, altes Familienunternehmen, sie und ihr älterer Bruder führen es zusammen. Sie lebt allein, ein eher introvertierter Typ. Sie wollte von uns wissen, wann Marksteins Leiche freigegeben wird, weil sie ihn sozusagen unter Vertrag genommen hat.«

»Tja, Geschäft ist Geschäft«, meint Raukel trocken.

»So scheint sie das auch zu sehen. Frau Kemper und Markstein waren angeblich locker befreundet, auf gutnachbarlicher Basis. Er scheint einen regen Verschleiß gehabt zu haben, was Frauenbekanntschaften angeht, und Maria Kemper hat berichtet, dass es letzte Woche eine lautstarke Auseinandersetzung zwischen Markstein und einer Frau gegeben hat. Die Stimme der Dame hat sie leider nicht erkannt.«

»Lief da was zwischen Markstein und der Nachbarin?«, fragt Raukel.

»Angeblich hat er sie als Mann nicht interessiert«, meint Oda. »Was ich durchaus nachvollziehen kann. Aber wer weiß, vielleicht hat sie gelogen? Verschmähte Liebe kann auch ein Motiv sein. Auf jeden Fall wirkte sie auf mich einsam.«

»Markstein stand anscheinend mehr auf junges Gemüse«, meint Fernando. »Er hatte was mit der Volontärin, Anna-Lena Petrovic, die ist gerade mal vierundzwanzig, also halb so alt wie er.«

»Sieh einer an!« Erwin Raukel schnalzt anerkennend mit der Zunge. Die anderen verdrehen die Augen.

Rifkin fährt fort: »Sie hat bei der Todesnachricht gleich einen Heulkrampf bekommen, obwohl er vor drei Wochen mit ihr Schluss gemacht hat.«

»Wir könnten Frau Kemper Stimmproben vorlegen, auch von der Ehefrau«, schlägt Oda vor.

»Gute Idee, aber ich halte die Volontärin nicht wirklich für fähig, Markstein mit einem Stein den Schädel einzuschlagen, schon rein körperlich nicht«, meint Fernando. »Sie ist klein und wiegt höchstens fünfzig Kilo.«

»Sie geht ins Fitnessstudio«, erinnert sich Rifkin. »Wer weiß, was sie da trainiert. Einen Stein hochzuheben traue ich ihr kräftemäßig schon noch zu.«

»Aber sie hat ein Alibi«, entgegnet Fernando.

»Was wir noch prüfen müssen«, stellt Rifkin klar.

»Dann wäre da noch Marksteins Kollegin Nadja Brenninger«, geht Fernando zu der in seinen Augen verdächtigeren Redaktionsmitarbeiterin über. »Sie bestreitet, dass sie mit Markstein um eine Beförderung konkurriert hat, gibt aber zu, dass sie ihn nicht leiden konnte.«

»Das ging ja vielen so mit Markstein«, ergänzt Rifkin und grinst dabei kurz hinüber zu Fernando, ehe sie noch einmal das zurückliegende Gespräch mit der Journalistin wiedergibt.

»Sie kann kein Alibi vorweisen«, fügt Fernando hinzu. »Und sie ist laut ihrem Chef verlobt mit einem reichen Typen.«

»Was, wirklich? Na, der Mann hat sich was vorgenommen«, tönt es von Raukel.

»Marksteins Chef, Kurt Nienhage, schien von Markstein als Journalist recht viel zu halten, und ich hatte den Eindruck, dass die zwei trotz Marksteins Eskapaden ganz gut miteinander konnten«, erklärt Rifkin. »Dennoch hat er ihn nicht als seinen Nachfolger gesehen.«

Völxen trinkt von seinem Kaffee, der längst kalt geworden ist, und meint dann: »Zusammengefasst lässt sich also sagen: Die meisten Personen aus Marksteins unmittelbarer beruflicher und privater Umgebung haben kein Alibi oder nur ein zweifelhaftes. Andererseits haben wir bis jetzt bei keinem von ihnen ein ausreichendes Mordmotiv entdecken können.«

»Wir müssen den Personenkreis erweitern und außerdem noch tiefer graben, irgendwann finden wir schon ein Motiv«, meint Oda.

»Der Mann war Journalist«, stellt Völxen fest. »Wenn ich höre, dass ein Journalist ermordet wurde – woran denke ich da als Erstes?«

»Dass er seine Nase irgendwo reingesteckt hat, wo es gefährlich für ihn wurde«, antwortet Fernando.

»Gut möglich«, pflichtet ihm Oda bei. »Man kann über Markstein denken, wie man will, aber ein Feigling war er nicht.«

Rifkin meldet sich zu Wort: »Markstein hat unter seinem Pseudonym Jens Hambacher für andere Zeitungen geschrieben. Da könnte doch vielleicht etwas Brisantes dabei sein. Ich habe Frau Cebulla dazu bewegen können, im Netz schon mal nach den Artikeln zu suchen, während wir hier die bisherigen Ermittlungsergebnisse rekapitulieren.«

Völxen hebt erstaunt die Augenbrauen. »Wirklich? Wie haben Sie das denn geschafft?«

Seine Verwunderung ist durchaus gerechtfertigt, denn Frau Cebulla, die eigentlich die Sekretärin des gesamten Dezernats ist, nimmt für gewöhnlich keine Anweisungen entgegen, die nicht von Hauptkommissar Völxen persönlich kommen, und Frauen haben bei ihr ohnehin einen schweren Stand. Bisweilen schaffen es Fernando oder Raukel, sie mit Schmeicheleien rumzukriegen, aber auf gar keinen Fall Elena Rifkin, die mit ihren achtundzwanzig Jahren gerade einmal halb so alt ist wie Frau Cebulla und deren *zackige Art* die besonnene Sekretärin gar nicht leiden kann.

»Mit Charme«, sagt Rifkin, ohne eine Miene zu verziehen, auch nicht, als alle anderen grinsen.

»Gut gemacht, Rifkin«, lobt Völxen seine jüngste Kommissarin.

»Danke, Herr Hauptkommissar.«

Fernando verdreht die Augen und formt stumm die Worte *Streberin* in Rifkins Richtung. Die zeigt ihm dezent den Mittelfinger.

»Ich schlage vor, dass Rifkin und ich jetzt gleich zur JVA Sehnde fahren und mit diesen zwei Häftlingen sprechen, die angeblich zur russischen Mafia gehören sollen«, bietet Fernando an und macht Anstalten, sich von seinem Stuhl zu erheben.

»Einen Moment noch«, hält ihn Völxen zurück »Da ist noch eine Sache. Als Oda und ich in Marksteins Wohnung ankamen, war schon jemand da. Ein gewisser Hauptkommissar Hildebrandt vom LKA. Er hat im Arbeitszimmer herumgeschnüffelt und Marksteins Laptop und sein Mobiltelefon mitgenommen.«

»Was heißt *mitgenommen*, du hast es ihm selbst gegeben«, murmelt Oda.

»Und hat der LKA-Fuzzi auch gesagt, warum er da war?«, will Erwin Raukel wissen.

»Keinen Ton«, antwortet Völxen. »Aber unter diesem Gesichtspunkt scheint es mir auch kein Zufall zu sein, dass Jule heute Morgen am Tatort aufgetaucht ist.«

»Moment mal«, ruft Fernando sofort. »*Ich* habe Jule eine Nachricht geschrieben, nachdem ich gesehen habe, dass der Tote Markstein ist. Immerhin kannte sie ihn ganz gut. Er hat ihr seinerzeit geholfen, als ihre Mutter ermordet worden ist …«

»Ja, ja, schon gut«, wehrt Völxen ab.

»Ich kann sie fragen, was es mit diesem Hildebrandt auf sich hat und ob da was im Busch ist«, erbietet sich Fernando.

Völxen schüttelt den Kopf. »Lass mal, bring sie nicht in Verlegenheit. Ich gehe lieber den offiziellen Weg.«

»Soll das heißen, Markstein war möglicherweise ein V-Mann vom LKA?«, vergewissert sich Rifkin.

Ehe Völxen ihr antworten kann, platzt Erwin Raukel heraus: »Womöglich ist unser aller Lieblingsreporter das erste Opfer der Aktentaschen-Affäre.«

Alle wissen, was damit gemeint ist. Im Mai diesen Jahres wurde einem LKA-Beamten die Aktentasche aus seinem privaten Fahrzeug gestohlen. Der Mann war ein Führungsbeamter für sogenannte *Vertrauenspersonen*. Mit den Dokumenten aus dieser Tasche wäre es möglich gewesen, sämtliche aufgeführten V-Personen zu enttarnen. Die Tasche war Tage nach dem Diebstahl von einem Angler aus einem See gefischt worden, die Unterlagen waren angeblich noch darin.

»Die V-Leute, deren Kontaktdaten in diesen Dokumenten standen, sollen aber in Sachen Islamismus und Salafismus tätig gewesen sein«, gibt nun Völxen zu bedenken.

»Jaaa, das sagen die im Ministerium«, antwortet Raukel gedehnt. »Aber wer weiß, wer da noch alles draufstand? Die geben doch immer nur so viel zu, wie sie unbedingt müssen. Die hätten das Ganze doch am liebsten vollständig unter den Teppich gekehrt.«

Tatsächlich hatten das LKA und das Innenministerium zunächst versucht, die Angelegenheit zu vertuschen. Erst durch eine Anfrage des Norddeutschen Rundfunks ans Ministerium gelangte die Sache zwei Monate später doch noch an die Öffentlichkeit, und endlich erfuhr auch der Innenausschuss im Landtag davon. Angeblich fehlten, laut Ministerium, in der Tasche lediglich persönliche Dinge des Beamten wie Bargeld und seine EC-Karte. Die sensiblen Informationen aus dem Bereich der operativen Informationsbeschaffung seien »nach Auffassung des Ministeriums« weder gestohlen noch ausgewertet worden. Dennoch war diese hochpeinliche Geschichte ein gefundenes Fressen für die Presse und die Opposition im Landtag, und für das niedersächsische Landeskriminalamt natürlich alles andere als ein Ruhmesblatt. Als wenige Wochen später auch noch bekannt wurde, dass beim LKA außerdem eine streng vertrauliche Akte verschwunden war und obendrein bei der Polizeiinspektion Celle eine Maschinenpistole vermisst wurde, war dem Kesseltreiben der Medien und der Opposition Tür und Tor geöffnet.

»Hat sich Markstein je mit Islamisten und Salafisten beschäftigt?«, mischt sich Oda in die Unterhaltung.

»Bis jetzt haben wir keinen Hinweis darauf«, meint Fernando. »Aber wir haben ja seine Unterlagen noch nicht gesichtet.«

Völxen winkt ab. »Wie dem auch sei. Unsere Freunde vom LKA sollen uns mitteilen, warum einer von ihnen in der Wohnung war und warum sie an Marksteins Computer und Handy gar so interessiert sind. Wenn sie einen auf topsecret machen, können sie meinetwegen auch gerne ohne uns ermitteln, ich werde mich nicht um diesen Fall reißen«, setzt er grimmig hinzu.

»Heißt das, wir warten solange ab und tun gar nichts, oder was?«, fragt Fernando. Er hat sich und Rifkin bereits in der JVA Sehnde angemeldet, um mit der Justizvollzugsbeamtin Stefanie Häusler zu sprechen, jener Bekannten, die Nadja Brenninger von Marksteins Besuch bei den beiden inhaftierten Russen berichtet hat.

»Nein, das heißt es nicht«, wehrt Völxen ab. »Bis ich von höherer Stelle nichts Gegenteiliges höre, machen wir erst mal ganz normal weiter. Fernando und Rifkin, ihr fahrt in den Knast, alle anderen beginnen mit genaueren Hintergrundrecherchen zu Marksteins Angehörigen und Kollegen. Ich werde darauf drängen, dass spätestens morgen die Daten von Marksteins Laptop und Handy vorliegen. Auf keinen Fall werden wir tagelang wie die blinden Hühner herumlaufen, während man uns womöglich wichtige Daten und Tatsachen vorenthält.«

»Weise gesprochen, großer Häuptling«, meint Raukel und wuchtet sich ächzend aus dem Sofa. »Ich sehe nach, ob unsere geschätzte Frau Cebulla schon welche von diesen Artikeln gefunden hat.«

Als hätte die Genannte vor der Tür gestanden und gelauscht, klopft es in genau diesem Moment, und Frau Cebulla betritt das Büro in ihren dezent quietschenden knallbunten Birkenstock-Sandalen. Sie legt einige bedruckte Seiten auf Völxens Schreibtisch mit den Worten: »Entschuldigen Sie die Störung, Herr Hauptkommissar, aber hier sind die Artikel, die Sie so dringend haben wollten.«

»Die *ich* …? Ach, stimmt, die Artikel. Die kommen wie gerufen, das haben Sie sehr gut gemacht, vielen Dank, Frau Cebulla«, säuselt Völxen, wobei er hinüberschielt zu Rifkin.

Die macht einen auf Pokerface.

»Gern geschehen«, lächelt Frau Cebulla und schlappt wieder hinaus.

»Das war riskant«, meint Fernando zu Rifkin, während er den Dienstwagen aus der Stadt hinaussteuert.

»Hm, was denn?«, fragt Rifkin. Sie ist abgelenkt, weil sie während der Fahrt die Kopien der Ausdrucke von Marksteins Artikeln überfliegt.

»Die Cebulla anzulügen. Wenn sie dir auf die Schliche kommt, hast du für alle Zeiten bei ihr verschissen. Und sie hat ein Gespür für Lügen, glaub mir.«

»Allzu weit her kann es mit ihrem Gespür nicht sein«, versetzt

Rifkin. »Immerhin ist sie erst kürzlich auf einen Heiratsschwindler reingefallen.«

»Autsch!«

»Was denn? Stimmt doch.«

»Wirklich, Rifkin, du kannst manchmal so gnadenlos sein!«

Rifkin schüttelt verständnislos den Kopf und vertieft sich wieder in ihre Lektüre, wobei sie stöhnt: »Fahr langsamer, mir wird schlecht.«

»Seit wann wird dir beim Autofahren schlecht? Bist du schwanger?«

»Red keinen Stuss! Mir wird schlecht, wenn ich lesen muss und nicht rausschauen kann und jemand noch dazu rast wie ein Irrer!«

»Okay, okay«, Fernando drosselt das Tempo. »Ich will nur diese Häusler erwischen, bevor sie Feierabend macht.«

»Die wird schon warten.«

»Wie läuft es denn eigentlich mit dir und dem schönen Toni Bronski vom KDD?«, wechselt Fernando das Thema.

»Gut«, kommt es einsilbig. »Und ich nenne ihn Anton. Oder nein, eigentlich Bronski. Und er ist beim SEK.«

»Keine Probleme mit der kleinen Tochter? Wie alt ist sie gleich wieder? Fünf, sechs? Ich meine – du und Kinder, das kann ich mir nicht wirklich vorstellen.«

»Dann lass es!«

»Hast du ihn schon deiner Mutter vorgestellt?«

»Was? Nein. Mein Kerl geht meine Mutter überhaupt nichts an.«

Fernando lacht. »Das hätte ich mal zu *meiner* Mutter sagen müssen. Die hätte mir die Augen ausgekratzt!«

Rifkin, die prinzipiell findet, dass ihr Privatleben kein Thema für Unterhaltungen mit Kollegen darstellen sollte, hat die Nase voll und geht zum Gegenangriff über: »Und was ist mit dir und Jule? Wann gibt's endlich Nachwuchs? Klappt's nicht, oder will sie keine Kinder? Du willst doch sicher welche, und deine Mutter geiert ja schon. Wie werdet ihr es nennen, wenn es ein Junge wird, und wie, wenn es ein Mädchen wird?«

»Okay, okay, hör auf! Ich hab's kapiert, ich halte ja schon die Klappe«, wehrt Fernando den Platzregen an Fragen ab.

Für eine Weile herrscht eisiges Schweigen im Dienstwagen.

Was war das früher harmonisch mit Jule, denkt Fernando. Okay, zugegeben, es war nicht immer nur harmonisch, Jule konnte im Dienst schon auch manchmal rechthaberisch und zickig sein. Aber kein Vergleich zu Rifkin.

»Und? Was hat Markstein vom Stapel gelassen?«, erkundigt sich Fernando, nachdem sie die Stadtgrenze hinter sich gelassen haben. Schweigsamkeit kann er einfach nicht lange ertragen.

»Es sind drei Artikel«, berichtet Rifkin und lässt die Blätter sinken. »Einer ist vor einem Vierteljahr erschienen, bei *Spiegel Online*. Darin geht es um dieses Römerlager, das vor ein paar Jahren in der Nähe von Wilkenburg entdeckt wurde. Dort will ein internationaler Konzern Kies abbauen und dann das Gebiet fluten, aber eine Gruppe engagierter und historisch interessierter Bürger will das verhindern. Und die Bürger von Hemmingen wollen auch keinen Kiesabbau vor ihrer Haustür, sodass sie nun den Widerstand organisieren. Es ist eine typische David-gegen-Goliath-Geschichte, inklusive der Beschreibung von Zuständigkeitsquerelen und der Lustlosigkeit und Unfähigkeit verschiedener Behörden. Da kriegen ein paar Leute ihr Fett weg, aber es klingt nicht so brisant, als dass man Markstein dafür erschlagen müsste.«

»Nein, wohl eher nicht«, stimmt ihr Fernando zu.

»Der zweite Artikel war vor acht Wochen im *Stern* und dreht sich um Veganer und Tierschützer, die nicht immer lieb und sanft sind. Da wird dann schon mal ein Pelzgeschäft demoliert oder Sabotage an den Lieferwagen einer Metzgereikette geübt.«

»Nennt er Namen?«

»Von Aktivisten? Nein, natürlich nicht.«

»Bei wem macht er sich unbeliebt, bei den Veganern oder den Karnivoren?«

»Bei niemandem«, antwortet Rifkin. »Er hält sich an die Regeln, beschreibt nur, lässt beide Seiten zu Wort kommen, aber bezieht selbst keine Stellung. Mir kommt es allerdings so vor, als hätte er bei einer Aktion mitgemacht. Die Beschreibung, wie sie in diesen Schweinestall einbrechen und alles filmen, um es ins Netz zu stellen, liest sich recht authentisch.«

»Hast du gewusst, dass Völxens Tochter auch mal bei so einer militanten Tierschutzgruppe war?«, fragt Fernando.

»Wanda Völxen? Echt jetzt? Ich dachte, die wäre eine Musterstudentin und -tochter.«

»Ist schon ein paar Jahre her, war vor deiner Zeit. Sie war an illegalen Videoaufzeichnungen in einer Legebatterie beteiligt. Hat deswegen ziemlichen Ärger gekriegt, zuerst mit der Staatsanwaltschaft und dann mit ihrem Herrn Papa.«

»Die Ärmste.«

»Ach, die ist nicht so leicht einzuschüchtern, die hat Eier. Außerdem ist die Sache für sie dann doch noch ganz glimpflich ausgegangen, es fehlten Beweise. Aber was ich sagen wollte: Wähle deine Worte sorgfältig, wenn du das Thema *militante Tierschützer* gegenüber unserem Silberrücken erwähnst.«

»Danke für die Warnung.« Rifkin fährt mit ihrem Bericht fort. »Nummer drei ist was für uns, der Artikel stand letzte Woche bei *Zeit Online*. Es ist eine Reportage über die Hierarchien unter den Insassen von Haftanstalten, im Hinblick auf verschiedene Nationalitäten und Ethnien. Es geht hauptsächlich darum, wie man aus Sicht der Justizvollzugsbeamten Ruhe und Ordnung in den Knast bringt und die Chancen der Resozialisierung erhöhen oder überhaupt erst ermöglichen kann. Der Tenor ist in etwa: Neben den radikalen Islamisten erweisen sich besonders die Russen oder russischstämmigen Deutschen als therapieresistent und unzugänglich. Vor allem die, die zur Organisierten Kriminalität gehören. Für die ist Gesetz, was ihr Clan von draußen vorgibt, andere Regeln zählen für sie nicht. Sie sitzen ihre Zeit ab, ohne sich auch nur im Geringsten kooperativ zu verhalten oder Interesse an ihrer Resozialisierung zu zeigen. – Mann, wer hätte das gedacht?« Rifkin wirft den Kopf zurück und lacht aus vollem Hals. Man hört Rifkin selten so herzhaft lachen. Zumindest nicht im Dienst.

»Was ist daran jetzt so lustig?«, will Fernando wissen.

»Dass er dafür erst umständlich recherchieren musste! Er hätte mich fragen können, das hätte ich ihm auch erzählen können.«

»Stimmt. Ich auch«, bemerkt Fernando und schielt dabei hinüber zu seiner Kollegin.

»Außerdem ist es geradezu drollig, wie krampfhaft er in seinem Artikel das Wort *Russenmafia* vermeidet. Dabei ist jedem vollkommen klar, wovon eigentlich die Rede ist«, meint Rifkin.

»Wir sind gleich da.« Fernando biegt links ab und folgt einer schmalen Straße. Zu beiden Seiten dehnt sich flaches Land, Wiesen, Felder und mittendrin, wie eine Fata Morgana, die Zäune und Mauern der Haftanstalt Sehnde. Ein Hochsicherheitsgefängnis – wer hier sitzt, ist nicht nur in der U-Bahn schwarzgefahren.

»Semjonow, Wassili und Sorokin, Michail. Beide hatten Besuch von Boris Markstein, Journalist, und zwar am Dienstag, den 6. August, von fünfzehn Uhr bis fünfzehn Uhr vierzig, jeweils für zwanzig Minuten.«

Stefanie Häusler löst den Blick ihrer stechend grauen Augen von ihren Notizen und mustert die beiden Beamten, als erwarte sie ein Lob für die Auskunft. Sie sitzen in einem Aufenthaltsraum, den sie nach einer Odyssee durch lange Gänge und unzählige Türen erreicht haben. Außer ihnen dreien ist niemand zugegen. Die Häftlinge, hieß es, seien entweder bei der Arbeit oder in ihren Zellen. Nur zu bestimmten Zeiten sei den Insassen der Aufenthalt in diesem Raum gestattet.

»Danke sehr«, sagt Fernando artig zu der Justizvollzugsbeamtin mit den kurz geschnittenen, grauen Haaren. »War der Besuch Marksteins angemeldet?«

»Ja, natürlich. Zwei Wochen vorher, alles ganz ordnungsgemäß.«

»Hat Markstein noch andere Häftlinge besucht?«, will Rifkin wissen.

Stefanie Häusler verneint. »Hier nicht. Er hat aber mit ein paar Vorzeigejungs von der JVA Hannover geredet. Das hat er erwähnt, als er das erste Mal hier war, und die O-Töne in seinem Artikel scheinen von denen zu stammen. Natürlich mit geänderten Namen.«

»Als er *das erste Mal* hier war? Was meinen Sie damit?«, hakt Rifkin nach.

»Markstein war …«, sie blättert ihn ihrem Notizblock, »… am 18. Juli schon einmal hier. Er hat mit zwei Mitgliedern der Anstaltsleitung gesprochen, einer Psychologin und dem Seelsorger, und außerdem mit Leuten vom Vollzugsdienst in verschiedenen Stationen, darunter auch mit mir.«

»Es ging um diesen Artikel?« Rifkin legt die Blätter auf den Tisch.

»Ja, genau«, bestätigt Frau Häusler nach einem kurzen Blick.

»Wie fanden Sie ihn?«, erkundigt sich Fernando.

»Ganz okay. Er wirft ein erhellendes Licht auf die Arbeit des Justizvollzugs, und es steht zumindest nichts Falsches darin. Das ist bei diesem Mann immerhin schon mal bemerkenswert.«

»Wie meinen Sie das?«, fragt Fernando.

»Sein Ruf ist ja recht durchwachsen, um es mal vorsichtig auszudrücken.«

Dass die Vollzugsbeamtin keine hohe Meinung von Markstein hat, wundert Fernando und Rifkin nicht, schließlich ist sie mit Nadja Brenninger befreundet, die aus ihrer Geringschätzung keinen Hehl gemacht hat.

»Haben diese zwei Häftlinge außer von Markstein sonst noch Besuch gehabt? Kurz davor oder danach?«, will Rifkin wissen.

»Moment … Nein. Keine Besuche. Und ich befürchte fast, Sie haben sich ebenfalls vergeblich herbemüht. Wassili Semjonov lässt ausrichten …« Sie unterbricht ihren Satz und meint: »Ich wiederhole jetzt besser nicht wörtlich, was er gesagt hat. Er möchte jedenfalls nicht mit der Polizei sprechen.«

»Klar«, erwidert Rifkin, die alles andere auch gewundert hätte. »Und der andere?«

»Michail Sorokin wurde letzten Montag entlassen, seine Haftzeit war vorbei.«

»Wurde ihm etwas davon erlassen?«, fragt Fernando.

»Haben Sie Marksteins Artikel nicht gelesen?«, entgegnet Frau Häusler.

Rifkin souffliert: »Da gibt es ein Zitat von einem gewissen Wladimir Z., das lautet in etwa: *Der ganze Psycho- und Anti-Aggressions-Scheiß interessiert mich nicht. Ich sitz meine Zeit hier drin auf einer Arschbacke ab, ohne mich von denen verbiegen zu lassen. Die denken, sie können uns weichkochen, wenn sie uns nicht arbeiten lassen oder uns den Fernseher wegnehmen. Da scheiß ich drauf. Für unsereins gelten andere Regeln, die können uns mal.*«

»Da haben Sie Ihre Antwort«, meint Frau Häusler mit einem resignierten Achselzucken.

»Haben Sie die Adresse von Sorokin?«, fragt Fernando.

»Er ist offiziell deutscher Staatsbürger, seine Großeltern sind in den Achtzigern als Russlanddeutsche eingebürgert worden. Bei seiner Inhaftierung war er bei seiner Mutter in Seelze gemeldet. Als er ging, hat er uns keine Adresse genannt. Da er regulär entlassen wurde und nicht auf Bewährung, konnten wir ihn nicht dazu zwingen.«

»Wofür hat er gesessen?«, will Rifkin wissen.

»Schwerer Raub. Er ist mit drei Jahren glimpflich davongekommen, weil er zur Tatzeit erst neunzehn und noch ein unbeschriebenes Blatt war. Bei vorzeitiger Entlassung wären es vielleicht nur zwei gewesen, aber Sie haben ja gehört, was er vom modernen Strafvollzug hält.« Stefanie Häusler zuckt unter dem Hemd ihrer Uniform mit den Achseln und sagt: »Es wurde gemunkelt, dass er an dem Raub, den er gestanden und für den er hier eingesessen hat, in Wirklichkeit gar nicht beteiligt war. Er soll für einen älteren, vorbestraften Täter eingesprungen sein, der natürlich viel mehr aufgebrummt bekommen hätte. So etwas bringt Punkte bei den Bossen der Organisation, es ist eine gute Gelegenheit, um Loyalität zu beweisen und schnell aufzusteigen.«

»Welcher Organisation?« Rifkin schafft es, diese Frage mit einem perfekten Unschuldsblick zu stellen.

»Der russischen Mafia, was denken Sie denn? Dass er die orthodoxe Kirche meint, wenn er sagt, für ihresgleichen würden *andere Regeln* gelten?« Frau Häuslers Blick verrät ihr Entsetzen über so viel Unbedarftheit bei einer Polizistin.

Rifkin grinst in sich hinein. Jetzt ist es ja endlich gefallen, das böse M-Wort. »Die beiden gehörten zur Russenmafia?«, vergewissert sie sich, so erstaunt, als wollte sie es kaum glauben.

»Im weitesten Sinne zum Clan von Igor Baranow. Der sagt Ihnen doch was, oder?« Die Vollzugsbeamtin wendet sich fragend an Fernando, dem sie offenbar mehr Kompetenz zutraut.

»Ja, das tut er«, bestätigt dieser. »Ein landesweit bekannter und auf vielen Feldern international tätiger Geschäftsmann, dem man nie Unregelmäßigkeiten nachweisen kann.«

»So kann man es auch formulieren«, meint Stefanie Häusler trocken.

»Wofür sitzt Semjonow?«, will Rifkin wissen.

»Schwere Körperverletzung. Er war als Drogenschmuggler tätig und hat bei einer Schießerei unter konkurrierenden Banden einen Albaner angeschossen, der das nur knapp überlebt hat. Semjonow ist ein paar Monate vor Sorokin inhaftiert worden, und er wird noch mindestens ein Jahr bleiben müssen. Eine vorzeitige Entlassung können Sie bei ihm ebenso vergessen.«

»Kannten sich die beiden vorher?«, fragt Fernando.

»Das kann ich nicht mit Sicherheit sagen. Semjonow ist zwanzig Jahre älter und war im Drogengeschäft aktiv, Sorokin gehörte zu einer Bande von landesweit tätigen Serieneinbrechern. Aber wie dem auch sei, Semjonow hat seinen jungen Landsmann sofort unter seine Fittiche genommen.«

»Wieso wollte Markstein ausgerechnet mit den beiden reden? Woher kannte er die Namen?«

Fernandos Frage scheint heikel zu sein, denn zum ersten Mal im Verlauf des Gesprächs wirkt Stefanie Häusler ein wenig verlegen. Sie zögert und sagt schließlich: »Von mir.«

»Wie das?«, wundert sich Rifkin.

»Bei seinem ersten Besuch erkundigte sich Markstein, ob wir auch wirklich *schwere Jungs* hier hätten – diesen albernen Ausdruck benutzte er wirklich. Ich erklärte ihm, dass wir eine Haftanstalt mit sehr hohem Sicherheitsstandard sind und dass hier, mit Ausnahme des Bereichs der U-Haft, nur Strafgefangene einsitzen, die Haftstrafen ab drei Jahren aufwärts verbüßen. Also ja, wir haben hier *schwere Jungs*. Dann wollte er wissen, ob wir Insassen hätten, die zur Organisierten Kriminalität gehörten. Ich habe erst ausweichend geantwortet, aber er kam immer wieder darauf zu sprechen, und ich hatte den Eindruck, dass er sich besonders für die russische Mafia interessiert. Also habe ich ihm die zwei Namen genannt, nachdem er mir hoch und heilig versprach, ihnen nicht zu sagen, dass er sie von mir hat. Ich war mir hundertprozentig sicher, dass sie sowieso ablehnen würden und die Angelegenheit damit vom Tisch wäre.«

»Das wäre meine nächste Frage gewesen«, verrät Fernando. »Wieso haben Semjonow und Sorokin überhaupt mit Markstein geredet? Was hatten sie davon?«

»Die wollten zuerst auch gar nicht mit ihm sprechen, genau wie ich vermutet habe«, erklärt Frau Häusler. »Aber seltsamerweise haben sie mich ein paar Tage später dann gebeten, mit Markstein einen Termin auszumachen.«

»Wer oder was hat den Meinungsumschwung verursacht?«, will Fernando wissen.

»Das haben sie mir nicht gesagt. Vielleicht Eitelkeit und Geltungsdrang? Vielleicht wollten sie der Welt zeigen, was für knallharte Typen sie sind, und uns, den Beschäftigten im Strafvollzug, auch noch mal über die Presse die Botschaft vermitteln, die Ihre Kollegin gerade vorgelesen hat? Keine Ahnung. Ich kannte deren Einstellung jedenfalls schon vorher. Die halten damit ja nicht gerade hinterm Berg.«

Fernando ist nicht hundertprozentig zufrieden mit dieser Erklärung, aber er belässt es dabei. »Wann haben Sie Ihrer Freundin Nadja Brenninger von Marksteins Besuch erzählt?«

»Das weiß ich nicht mehr genau. Ich treffe sie ab und zu im Stadion, wir haben Dauerkarten und sitzen nebeneinander. Dann redet man halt, besonders, wenn das Spiel nicht allzu viel hergibt.«

»Verstehe«, erwidert Fernando, selbst ein leidgeprüfter Fan von Hannover 96.

»Ich wollte von ihr wissen, ob Markstein sich vielleicht in Wirklichkeit mehr für die Russenmafia interessiert als für die Probleme des modernen Strafvollzugs, wie er ja vorgegeben hat«, erklärt Frau Häusler.

»Und? Was hat sie gesagt?«

»Sie meinte wörtlich: Wenn Boris sich mit der Russenmafia anlegen will, dann viel Spaß.«

Fernando hat noch eine Frage. »Nur aus Neugierde: Kennen Sie Frau Brenningers Verlobten?«

»Nein. Wie gesagt, Nadja und ich sehen uns fast nur noch beim Fußball, und da war er noch nie dabei.«

»Woher kennen Sie und Frau Brenninger sich eigentlich?«, forscht Fernando weiter, während Rifkin ungeduldig mit dem Fuß auf- und abwippt.

Stefanie Häusler lächelt, und ihre harten Augen bekommen einen milden Ausdruck. »Wir hatten mal denselben Freund, vor zig Jahren.«

»Gleichzeitig?«, entschlüpft es Fernando.

»Nein, nacheinander. Ist ewig her, das war in den wilden Neunzigern. Der Kerl war ein Idiot, aber immerhin verdanken wir ihm unsere Freundschaft.«

»Rührend«, sagt Rifkin, und Fernando bedankt sich für die Auskünfte.

Beide stehen auf.

»Ich bringe Sie raus«, sagt Frau Häusler und klappert demonstrativ mit ihrem Schlüsselbund. »Ohne mich kommen Sie hier nicht weit.«

»Und schon wieder hätte ich geschworen, dass sie eine Lesbe ist«, bekennt Fernando, als er und Rifkin auf der Heimfahrt im Wagen sitzen.

»Dein Urteilsvermögen, was Frauen angeht, lässt zu wünschen übrig.«

»Nur weil ich an einem Tag zweimal danebenlag. Das heißt noch gar nichts.«

»Quatsch. Als ich zu euch in die Dienststelle gekommen bin, hättest du dasselbe geschworen, ich konnte es dir ansehen.«

»Nein! Das stimmt nicht! Raukel, der ja, der steckt voller Vorurteile, aber ich doch nicht!«, ereifert sich Fernando – kann aber leider nicht verhindern, dass seine Ohren knallrot anlaufen.

Rifkin ist mit ihren Gedanken schon weiter. »Ich würde wirklich zu gern wissen, was die zwei Typen mit Markstein zu besprechen hatten.«

»Steht doch in seinem Artikel.«

»Vielleicht gibt es noch mehr. Vielleicht wollten die zwei aussteigen.«

»Und das erzählen sie einem Journalisten? Ebenso gut könnten sie sich gleich erschießen«, meint Fernando.

»Auch wieder wahr«, gibt Rifkin zu. »Stattdessen ist Markstein tot – kaum dass dieser Michail Sorokin aus der Haft entlassen wurde. Zufall?«

»Und sein Motiv?«

Rifkin überlegt. »Er hat Markstein doch zu viel verraten, und jemand von oben, vielleicht sogar Baranow selbst, hat ihm nahegelegt, dass er diesen Fehler schleunigst korrigieren soll.«

»Steile These«, urteilt Fernando.

Rifkin zuckt mit den Schultern. »Markstein hat vielleicht gehofft, über die zwei an Baranow ranzukommen.«

»Wieso an Baranow?«, fragt Fernando.

»Wenn ich Journalist wäre«, beginnt Rifkin, »würde ich dann zum Thema Russenmafia über zwei Typen der unteren Chargen schreiben wollen, die im Knast sind? – Nein. Was mich und die Leser wirklich interessiert, ist der Boss von dem Laden, oder etwa nicht?«

»Da ist was dran.«

»Vielleicht ist es ihm zu Kopf gestiegen, dass er zu unserem Rockerkönig Pieke einen relativ guten Draht hatte. Markstein war ja fast so etwas wie sein Hofberichterstatter«, spekuliert Rifkin weiter. »Und nachdem Pieke tot war, hat er nach Ersatz gesucht.«

»Aber Baranow ist eine ganz andere Nummer als Pieke«, gibt Fernando zu bedenken. »Pieke war im Herzen ein Rocker, und er hat das Rampenlicht gemocht. Baranow ist ... keine Ahnung ... ein Schatten. Manchmal glaube ich, er existiert gar nicht.«

»Doch, tut er«, murmelt Rifkin, die es besser weiß.

»Und was die Geschäfte angeht: Gegen Baranow war Pieke ein Chorknabe«, fährt Fernando fort.

»Markstein wollte eben hoch hinaus. Vielleicht zu hoch«, antwortet Rifkin.

Ihr Kollege denkt eine geraume Weile darüber nach, dann meint er: »Vielleicht wollte Markstein zwei Fliegen mit einer Klappe schlagen.«

»Ich kann dir gerade nicht folgen«, gesteht Rifkin.

»Völxen und Oda sind doch heute früh in Marksteins Wohnung diesem LKA-Mann, diesem Hildebrandt, begegnet«, erinnert Fernando sie. »Vielleicht wollte Markstein einen Artikel über die Russenmafia schreiben ...«

»... und hat gleichzeitig als Informant fürs LKA gearbeitet«, ergänzt Rifkin. »Doch was hätte er davon? Außer, sich in Lebensgefahr zu begeben.«

Fernando zuckt mit den Achseln. »Warum arbeiten Leute als Informanten? Als ich noch beim Drogendezernat war, hatten wir auch welche.«

»Ja, und? Was hat eure Helferlein dazu getrieben?«

»Ein paar wollten sich wichtig fühlen – denen war natürlich nicht zu trauen, die haben dir Gott weiß was erzählt. Viele hatten Dreck am Stecken und waren erpressbar, und wieder andere haben sich etwas davon versprochen. In Marksteins Fall ging es vielleicht um einen gegenseitigen Austausch von Informationen. Denn eins muss man ihm lassen, er war immer gut informiert und hat oft vor allen anderen über die Entwicklung eines Falls Bescheid gewusst.«

»Wenn Markstein tatsächlich ein Informant des Landeskriminalamts war, werden das die lieben Kollegen niemals zugeben.«

»Selbstverständlich nicht.«

»Also sollten wir Michail Sorokin finden und ihn dazu bringen, mit uns zu reden«, schlussfolgert Rifkin.

Fernando gibt ein schnaubendes Lachen von sich. »Nichts leichter als das.«

»Am besten, wir versuchen es gleich mal bei der Adresse seiner Mutter.«

»Was, jetzt noch?«, fragt Fernando.

»Nein, an Weihnachten.«

»Och, komm schon … Es ist bald Feierabend.«

»Okay, dann eben morgen nach dem Meeting«, lenkt Rifkin ein. »Falls uns wer fragt, warum wir nicht heute schon hingefahren sind – es war keiner da.«

»So langsam kapierst du, wie der Laden läuft.«

VIII.

»Hast du eigentlich schon mal über deine Beerdigung nachgedacht?«

Sabine Völxen lässt die Gabel mit dem sorgfältig komponierten Happen, bestehend aus einer Tomatenscheibe, einem Stückchen Mozzarella und einem Blatt Basilikum, sinken und blickt ihren Mann über den Küchentisch hinweg verblüfft an. »Wie bitte?«

»Deine Bestattung. Wo du liegen möchtest, wie die Feierlichkeiten sein sollen, ob Feuer- oder Erdbestattung ...«

»Ja, schon gut. Wieso fragst du mich das ausgerechnet jetzt, beim Abendessen?«

»Wann wäre denn ein günstiger Zeitpunkt? Beim Frühstück?« Völxen nimmt einen Schluck von seiner Weißweinschorle.

»Das weiß ich nicht. Ich fühle mich eigentlich noch recht fit«, bekennt Sabine irritiert.

»Es kann jeden jederzeit treffen. Denk an Piekenbrock. Oder den armen Markstein.«

»Du rechnest also damit, dass ich demnächst tot unterm Apfelbaum liege? Oder dass mich jemand ermordet?«

»Aber nein ...«

»Die Sache mit Markstein macht dir wohl wirklich sehr zu schaffen«, meint Sabine, aber dann runzelt sie misstrauisch die Stirn. »Oder ist was mit dir? Fühlst du dich krank? Hast du Angst, dass *dir* das passiert? Ich meine, es stimmt schon, du solltest etwas mehr auf dich achten. Gewicht, Ernährung, Stress. Du bist im gefährlichen Alter ...«

»Was? Nein! Ich bin kerngesund!«

»Du hast Rücken.«

»Daran stirbt man nicht.« Völxen hat das Gefühl, dass das Gespräch gerade in eine vollkommen falsche Richtung abgleitet. »Mir fehlt nichts, und natürlich rechne ich auch nicht mit deinem baldigen Ableben, um Himmels willen! Sei doch nicht immer so makaber, Sabine!«

»Ich bin makaber? Wer hat denn beim Essen damit angefangen, von *meiner* Beerdigung zu reden?«

»Ja, schon gut«, lenkt Völxen ein. »Es ist nur, weil ich heute mit der Inhaberin eines Bestattungsinstituts gesprochen habe.«

»Warum tust du so was und sagst mir nichts davon? Ich meine, vorher. Ich wäre doch mitgekommen.«

»Dienstlich, es war dienstlich. Sie ist Marksteins Nachbarin, Oda und ich haben sie als Zeugin befragt.«

»Sag das doch gleich.« Sabine führt endlich die Gabel zum Mund, aufmerksam beobachtet von Oscar. Der Terriermischling hat den kleinen Schlagabtausch von seinem Korb in der Ecke aus verfolgt und dabei die Ohren angelegt, denn er hat ein ausgesprochen gutes Gespür für dicke Luft. Jetzt entspannt er sich, stellt die Lauscher wieder auf und hofft auf ein Stückchen Mozzarella.

»Die Dame muss ja einen ziemlichen Eindruck auf dich gemacht haben, dass du dich noch am selben Tag nach meinen letzten Wünschen erkundigst«, konstatiert Sabine, nachdem sie einen Schluck Weißwein genommen hat. »Hast du uns einen Prospekt mit Särgen mitgebracht?«

»Unsinn! Sie hat uns nur am Rande des Gesprächs geraten, uns beizeiten Gedanken zu machen, das ist alles.«

»Geschäftstüchtig, die Gute. Aber ich kann dich beruhigen, ich habe das alles neulich mit Wanda besprochen.«

Nun ist es an Völxen, seine Mahlzeit zu unterbrechen. »Mit Wanda? Wieso mit Wanda?«

»Weil sie uns hoffentlich überleben wird«, erklärt Sabine lakonisch. »Und du gehst wahrscheinlich davon aus, dass ich vor dir sterbe …?«, fragt Völxen lauernd.

»Ich nicht, aber die Statistik.«

»Und da dachtest du: Lohnt sich gar nicht, mit dem Alten über so was zu sprechen, denn wenn *ich* sterbe, schaut der sich schon längst die Radieschen von unten an?«

»Bodo, komm wieder runter!« Sabine ist kurz davor, richtig sauer zu werden. »Das Thema hat sich neulich durch Zufall ergeben.«

»Ach, durch Zufall!«, höhnt Völxen.

Oscar legt erneut die Ohren an.

»Herrgott, was denkst du dir nur? Ich habe Wanda doch nicht zu einem Gespräch über meine Beerdigung einbestellt und dich absichtlich außen vor gelassen! Ich weiß nicht mehr, wie wir darauf gekommen sind, es hat sich einfach ergeben. Und jetzt würde ich dieses Thema gerne vertagen, auf einen Zeitpunkt, an dem du wieder besser gelaunt und weniger mimosenhaft bist.« Sie schiebt ihren Stuhl zurück und steht auf.

»Ich bin prächtig gelaunt!«, behauptet Völxen. »Zumindest war ich es.« Er erhebt sich ebenfalls und bringt seinen Teller zur Spülmaschine. Dann stapft er in den Flur und öffnet die Haustür.

»Ja, klar, geh ruhig und lass dich von deinen Seelenverwandten trösten!«, ruft ihm Sabine hinterher.

Oscar ist ebenfalls aufgesprungen. Für einen Moment ist er unschlüssig, wem er sich anschließen soll. In der Küche könnte noch etwas für ihn abfallen, aber seinem Herrn nach draußen zu folgen entspricht eigentlich mehr seinem Naturell. Sabine nimmt ihm die Entscheidung ab. »Raus mit dir«, sagt sie und scheucht den Hund ihrem Ehemann hinterher, der schon auf dem Weg zur Schafweide ist.

An den Zaun gelehnt holt Völxen ein paarmal tief Luft. Man merkt, dass der Herbst naht. Das Gras ist schon feucht, und ab und zu weht ein kühler Lufthauch vom Deister her über die Weide. Eine Amsel singt, die letzten Mücken tanzen in den Strahlen der untergehenden Sonne. Über einem Rübenfeld kreist ein Milan. Die Schafe nehmen nur flüchtig Notiz von ihm. Amadeus, der Schafbock, blickt ihn am längsten an, ehe er angriffslustig den Kopf senkt und sein Gehörn am Stamm des Apfelbaums wetzt. Danach widmet er sich wieder der Nahrungsaufnahme, genau wie die vier Damen. Oscar, die Nase am Boden, verfolgt irgendeine Spur entlang des Zauns.

Es war eine der besten Entscheidungen seines Lebens, vor dreißig Jahren diesen alten Hof am Dorfrand zu kaufen, zu einer Zeit, als das Landleben noch nicht sonderlich hip war. In jahrelanger Freizeitbeschäftigung haben er und diverse Helfer den Hof renoviert und umgebaut. Nicht, dass schon alles fertig wäre. Aber es wird. Der Weg ist das Ziel.

Und mindestens genauso gut war es, die Schafe anzuschaffen – zunächst gegen den Willen seiner Frau. Aber Frauen sind ja meistens erst mal dagegen, egal, worum es geht. Klar machen die Tiere Arbeit, und die Tierarztrechnungen sind auch nicht ganz ohne; aber sie halten das Gras auf der Obstwiese kurz, und die therapeutische Wirkung der Schafsbeobachtung kann man gar nicht hoch genug bewerten. Denn hier, am Schafszaun, kann Völxen am allerbesten abschalten. Wer weiß, ob er in seinem Job so lange durchgehalten hätte, wenn er und Sabine in der Stadt geblieben wären, wo Schafhaltung naturgemäß unangebracht ist.

Sein Nachbar Jens Köpcke pirscht sich heran. Wie immer trägt er seine blaue Latzhose und die Schiebermütze und hält die zwei obligaten Bierflaschen zwischen seinen kräftigen Pranken.

»'n Abend, Kommissar!«

»'n Abend«, brummt Völxen.

»Feierabendbierchen gefällig?«

Völxen streckt wortlos die Hand aus, und der Hühnerbaron reicht ihm die Flasche, die er zuvor mit einem gekonnten Handkantenschlag am Zaunpfahl geöffnet hat. Der Pfahl weist bereits Spuren unzähliger geöffneter Kronkorken auf. Lauwarmes Herrenhäuser quillt aus dem Flaschenhals, und Völxen leert die Hälfte davon in einem Zug, was Köpcke mit gerunzelter Stirn beobachtet.

»Ärger?«, erkundigt sich der Nachbar.

»Mhm.«

»Dienstlich?«

Völxen schüttelt den Kopf und deutet mit dem Daumen über seine Schulter in Richtung Haus.

Der Hühnerbaron erkennt glasklar, dass in diesem Fall jedes weitere Wort überflüssig ist. Beide nuckeln an ihren Flaschen und genießen die Stille. Völxen kennt keinen, der so ausdauernd schweigen kann wie der Hühnerbaron. Eine Eigenschaft, die er von Jahr zu Jahr mehr zu schätzen weiß.

Nach einer Viertelstunde ist die Sonne hinter dem Gebirgsrücken des Deisters versunken. Sofort wird es kühl und dämmrig. Die weißen Körper der Schafe scheinen über dem Gras zu schweben.

Völxen reicht dem Nachbarn die leere Flasche. »Danke, Jens.«

»Da nich für.« Köpcke tippt sich an die Mütze, und die zwei gehen ihrer Wege, wobei Völxen überlegt, wen Sabine wohl vorhin gemeint hat mit der Seelenverwandtschaft.

»Wunderbar, haben Sie vielen Dank!« Hauptkommissar Erwin Raukel strahlt die junge Frau mit dem langen dunklen Zopf an, die gerade ein großes Gilde vor ihn hingestellt hat. Das Pils ist kühl und frisch, Balsam für seine Kehle. Was für ein Tag! Schon über zwölf Stunden ist er nahezu pausenlos im Dienst, und es ist noch immer kein Ende abzusehen. Da kommen heute aber einige Überstunden zusammen. Denn Raukel hat sich rein dienstlich hierherbegeben, in den Garten dieser Lindener Kneipe namens *Fiasko*. Er hat sich für diese Recherche freiwillig gemeldet, denn irgendwer muss sich schließlich opfern – und auf ihn warten weder Weib noch Kind, Hund oder Katz oder gar Schafe.

»Aber übertreib es nicht«, hat Völxen ihn ermahnt, und Raukel fragt sich gerade, was sein Boss wohl damit gemeint haben könnte. Dass er zu viele Überstunden aufschreibt oder zu viel isst? Völxen, dieser bedauernswerte Schafstrottel, plagt sich seit Jahr und Tag ohne viel Erfolg mit diversen Diäten herum, die ihm seine Frau in schöner Regelmäßigkeit auferlegt. Erwin Raukel ist da zum Glück anders gestrickt. Erstens ist er Single, und zweitens genießt er das Leben in vollen Zügen und steht zu seinen Rundungen.

Apropos essen. Diese Platte mit den Buletten, die die Bedienung gerade an den Nebentisch getragen hat, sieht wirklich nicht übel aus. Er winkt der jungen Dame und bittet sie, ihm dasselbe zu bringen. »Den Salat können Sie meinetwegen weglassen, ich bin ja kein Schaf.«

»Lieber Bratkartoffeln?«

»Endlich eine, die mich versteht!« Diese Kneipe hier wird ihm von Minute zu Minute sympathischer.

Eine Stunde und drei Bier später besinnt sich Raukel wieder auf seine eigentliche Aufgabe. Als die Bedienung gerade ein bisschen Luft hat, fragt er sie, ob sie gestern Abend auch Dienst hatte.

Die junge Frau nickt. »Ja, wieso?«

Raukel hält ihr sein Handy mit Marksteins Foto hin. »War der gestern auch hier?«

»Wieso?«, kommt es misstrauisch.

Raukel zeigt ihr so dezent wie möglich seinen Dienstausweis.

Sie nickt. »Das ist der Boris von der *Bild*. Der, den sie ermordet haben, das hat sich schon rumgesprochen. Ja, der war gestern hier. Kam gegen halb neun und hat Köfte gegessen und zwei Jever getrunken.«

»*Köfte?*«, wiederholt Raukel naserümpfend. Bestimmt irgendein hipper Multikultifraß. »Was ist das denn?«

»Das, was Sie gerade hatten.«

»Ach, Buletten! Sagen Sie das doch gleich. Die waren übrigens ausgezeichnet.«

»Danke.«

»Wie heißen Sie, junge Dame?«

»Yasmin Gök.«

»Wie schreibt man das?«

Sie verdreht kurz die Augen, setzt sich dann sprungbereit auf die äußerste Kante des Stuhls und schreibt ihren Namen auf Raukels Bierdeckel.

»Bitte auch Ihre Telefonnummer, falls wir noch Fragen an Sie haben sollten.«

Sie zögert. Ihre dunklen Augen sind argwöhnisch auf Raukel gerichtet. »Das wird jetzt aber keine plumpe Anmache, oder?«

Raukel wirft sich in die Brust, blickt sein Gegenüber streng an und sagt entrüstet: »Ich muss doch sehr bitten, ich bin ein redlicher Beamter im Dienst! Möglicherweise sind Sie die letzte Person, die mit einem Mordopfer gesprochen hat.«

»Na dann«, meint sie, dem Anschein nach nicht restlos überzeugt. Immerhin setzt sie sich nun richtig auf den Stuhl und kritzelt ihre Handynummer neben ihren Namen.

»War Markstein gestern allein hier?«, setzt Raukel die Befragung fort.

»Ja.«

»Wo hat er gesessen?«

»Zuerst draußen. Dort drüben, mit dem Rücken zum Zaun.« Sie zeigt auf den Tisch in der äußeren Ecke des Gartens. »Als das Essen kam, ist er reingegangen, weil es angefangen hat zu regnen. Es hat zwar gleich wieder aufgehört, aber dann war alles nass, und er ist dringeblieben. Er hat an dem kleinen Tisch neben dem Ofen gesessen.«

»Was hat er gemacht?«

»Was man halt so macht in einer Kneipe. Gegessen, Bier getrunken.«

»Die zwei Jever. Nicht mehr?«

»Nein.«

»Keinen Verdauer?«

»Wie bitte?«

»Ein Schnäpschen?«

»Nein. Aber einen Zigarillo hat er geraucht. Also, als er noch draußen gesessen hat.«

»Hat er mit jemandem gesprochen?«

»Nein, ich glaube nicht. Die meiste Zeit hat er auf seinem Smartphone rumgewischt. Er kam mir ehrlich gesagt ein bisschen bedröppelt vor.«

»Bedröppelt?«, wiederholt Raukel.

»Nicht besonders gut drauf. Ruhiger als sonst jedenfalls. Normalerweise hat er immer ein paar dumme Sprüche losgelassen oder versucht, witzig zu sein. Nicht, dass ich auf seine Altmännerwitze scharf gewesen wäre, aber so war er eben. Also ... ich müsste dann mal wieder ...«

»Wir sind gleich fertig. Immerhin geht es um Mord«, entgegnet Raukel scharf, dem noch immer das Wort *Altmännerwitze* übel aufstößt. Markstein war achtundvierzig, zehn Jahre jünger als er.

»Wann ist er gegangen?«, fragt er.

»Weiß ich nicht genau. Halb zehn, zehn.«

»War es eher halb zehn oder eher zehn? Es ist wichtig, dass wir das eingrenzen«, setzt Raukel in bedeutungsvollem Tonfall hinzu, ehe ihn ein Geistesblitz streift: »Gibt's einen Kassenbon?« *Oder läuft das hier alles an der Steuer vorbei?*

»Ja, den gibt's natürlich«, versichert sie.

»Yasmin, können wir noch drei Bier bestellen?«, tönt es einen Tisch weiter.

»Ich komme sofort!«, ruft sie den Durstigen zu.

»Den Kassenbon muss ich bitte sehen«, verlangt Raukel.

»Das macht der Chef. Da steht aber keine Uhrzeit drauf.« Sie geht zum Nebentisch und nimmt die Bestellung auf.

Raukel stöhnt. *Typisch! Verdammtes türkisches Laisser-faire!*

»Nur noch eine Frage, bitte«, hält Raukel die junge Frau auf ihrem Rückweg in Richtung Tresen auf.

Sie bleibt stehen, sichtlich genervt.

»War jemand bei ihm, als er gegangen ist?«

»Nein, er war allein. Ich hab ihn noch die Bennostraße runtergehen sehen«, antwortet sie. »Und ich glaube, es war eher gegen zehn.«

»Danke sehr, junge Dame. Ich denke, ich nehme noch ein Bier. Und einen Raki.«

»Dürfen Sie das denn?«

»Sehe ich aus, als wäre ich minderjährig?«, grinst Raukel.

»Sie sind doch im Dienst, haben Sie gesagt.«

»Seit eben habe ich Feierabend.«

»Hier riecht es köstlich, und ich bin am Verhungern!« Fernando wirft seinen Rucksack in die Ecke und küsst Jule zur Begrüßung auf die Wange.

Die ist gerade dabei, einen grünen Salat zu mischen. »Es gibt Auberginenauflauf.« Sie deutet auf den Backofen. »Müsste gleich fertig sein.«

»Hast du den gemacht?«, fragt Fernando und bemüht sich, nicht allzu erstaunt zu klingen, denn Jule hat es nicht allzu sehr mit dem Kochen.

»Nein, nur den Salat«, antwortet Jule, woraufhin Fernando automatisch annimmt, dass der Auflauf von seiner Mutter stammt, obwohl Auberginenauflauf in ihrem Repertoire ganz neu sein muss. Pedra bringt ihnen beinahe täglich etwas vorbei, was angeblich im Laden übrig geblieben ist. Fernando hat aber eher den Verdacht, dass sie extra für ihn und Jule kocht, denn sosehr seine Mutter Jule auch mag, deren Kochkünsten traut sie nicht wirklich.

Jule stellt den Auflauf auf den Tisch, und Fernando schaufelt sich eine gehörige Portion davon auf den Teller.

»Und? Wie weit seid ihr im Mordfall Markstein?«, will Jule wissen.

»*Weit* ist das komplett falsche Wort«, seufzt Fernando und berichtet von seinen und Rifkins Ermittlungen in der JVA. »Wir hatten den Gedanken, dass er vielleicht als Informant für euch gearbeitet hat.«

»Fürs LKA? Wie kommt ihr darauf?«

»Erstens hat er auffallend hartnäckig darauf hingearbeitet, ausgerechnet die zwei Typen im Knast zu interviewen, die der Russenmafia nahestehen«, beginnt Fernando und fährt dann, entgegen Völxens Anweisung, fort: »Und dann ist da noch ein gewisser Hauptkommissar Markus Hildebrandt vom LKA. Der hat in Marksteins Wohnung rumgeschnüffelt, als Völxen und Oda dort ankamen. Er hat den Laptop und das Handy einkassiert und sich bis Dienstschluss weder bei uns gemeldet noch Daten rausgerückt. Kennst du diesen Kerl?«

»Hildebrandt«, wiederholt Jule nachdenklich. »Den kenn ich vom Sehen. Ein eingebildeter Machotyp, gehört auch zum Organisierten Verbrechen. Ich weiß aber nicht, woran er arbeitet.«

»Ihr seid im selben Dezernat, und du weißt das nicht?«

»Das Dezernat ist groß, und es gibt eine ganze Reihe von Sonderkommissionen, die mehr oder weniger geheim sind. Es gibt kein Organigramm, auf dem ich nachsehen könnte, wer woran arbeitet. Und selbst wenn ich es wüsste, dürfte ich mit dir nicht darüber reden. Außerdem – hatten wir nicht die Abmachung getroffen, über Dienstgeheimnisse zu schweigen, als ich zum LKA gegangen bin?«, erinnert Jule ihren Ehemann.

»Immerhin hast du mich nach dem Fall Markstein gefragt.«

»Stimmt«, gesteht Jule.

»Du hast recht, soll Völxen sich damit rumschlagen. – Das ist übrigens sehr lecker«, meint Fernando, während er sich noch einen Nachschlag nimmt. »Interessant gewürzt, mal was anderes.«

»Ich werde es ausrichten«, schmunzelt Jule.

»Ist das Hackfleisch, Rind oder Schwein?«

»Weder noch«, grinst Jule. »Es ist veganes Gehacktes.«

»Doch nicht etwa …«

»Von nebenan, ja.«

Fernando lässt die Gabel fallen. Für einen Moment ist er versucht, den Bissen, den er gerade zu sich genommen hat, wieder auszuspucken, aber er würgt ihn dann doch hinunter und sagt: »Bist du verrückt? Wenn meine Mutter das mitkriegt!«

»Hat sie. Ich habe ihr erklärt, dass ich dort ein bisschen spionieren gehe.«

»Und das hat sie geglaubt?«

»Ich kann sehr überzeugend sein. Außerdem stimmt es.«

Fernando steht auf und kratzt den Rest, der noch auf seinem Teller war, in den Mülleimer.

»Findest du nicht, dass du jetzt überreagierst? Eben hat's dir doch noch super geschmeckt.«

»Und jetzt bin ich satt. Das ist … das ist ein Vertrauensbruch erster Güte!«

»Du stellst dich an, als wollte ich dich vergiften.«

Das überhört Fernando und fragt: »Warum warst du wirklich dort? Hat es dir die Schwuchtel mit den goldenen Löckchen angetan? Bist du deshalb neuerdings so scharf auf das vegane Zeug?«

»Sei nicht albern. Goldlöckchen war gar nicht im Laden, sondern seine blauhaarige Freundin mit den Tattoos und dem vielen Blech im Gesicht.«

»Wie enttäuschend«, ätzt Fernando.

»Ich war dort, weil es mir schmeckt. Die haben auch tolle Smoothies.«

»Ist dir Pedras Essen jetzt nicht mehr gut genug?«

»Doch, es ist gut. Aber auch ein bisschen … gestrig.«

»Gestrig?«

»Zu viel Fleisch und Wurst. Ich möchte etwas mehr auf meine Ernährung achten. Ich will nicht in zehn Jahren aussehen wie Raukel.«

»Okay, von mir aus kannst du essen, was du willst …«

»Wie überaus großzügig!«

»… aber geh bitte in Zukunft zu einem anderen veganen Imbiss, nicht zu diesen Typen. Sonst ist der Ärger mit *ihr* vorprogrammiert.« Fernando deutet in Richtung Decke, denn Pedra Rodriguez wohnt zwei Stockwerke höher in dem Lindener Mietshaus, in dessen Erdgeschoss der Laden liegt und das Fernando und Jule vor Kurzem gekauft haben – hauptsächlich vom Erbe von Jules Mutter.

»Es schadet nicht, wenn wir uns mit denen arrangieren«, findet Jule. »Sie sind nun mal da, wem soll es nützen, wenn wir uns spinnefeind sind? Es hat auch keiner mehr was wegen des Schinkens in Pedras Fenster gesagt.«

»Das wäre ja auch noch schöner!« Fernando schnappt sich die Tüte mit dem Müll und trägt sie nach unten.

»Bist du jetzt sauer?«, fragt Jule, als er wieder da ist. Dieser plötzliche Arbeitseifer kommt ihr verdächtig vor.

»Nein.« Fernando nimmt sich ein Bier aus dem Kühlschrank und trinkt direkt aus der Flasche.

»Komm schon. Wegen eines veganen Auflaufs wirst du doch nicht …«

»Es hat gar nichts damit zu tun«, meint Fernando. »Echt nicht.«

»Was hast du dann?«

»Es ist wegen Markstein. Es ist eigenartig, wenn jemand stirbt, den man immer als seinen Feind betrachtet hat.«

»Stimmt«, greift Jule seinen Gedanken auf. »Schon an meinem ersten Tag in Völxens Dezernat hättest du dich um ein Haar mit ihm gekloppt.«

Fernando grinst. »Das war, als wir diese abgeschnittene Zunge gefunden haben, und du dich vor Markstein verplappert hast. Wenn mir damals einer gesagt hätte, dass ich *dich* mal heirate …« Er trinkt von seinem Bier.

»Ja? Rede ruhig weiter!«

»Du warst so eine Zicke! Furchtbar empfindlich, man durfte nicht den winzigsten Spruch loslassen, schon warst du eingeschnappt oder bist einem schier an die Gurgel gegangen!«

»Deine Sprüche waren durch die Bank dämlich oder sexistisch, meistens sogar beides«, entgegnet Jule. »Du warst der schlimmste Macho der gesamten Polizeidirektion – frag Oda, falls du denkst, ich übertreibe. Du hast nicht nur Journalisten Prügel angedroht, du hast auch Zeugen eingeschüchtert, mit Zeuginnen geflirtet, Türen eingetreten, und Dienstvorschriften haben dich nicht im Geringsten interessiert. Wenn mir damals einer gesagt hätte, dass ich *dich* mal heirate, hätte ich denjenigen in die Psychiatrie einweisen lassen.«

Jule hat die Ellbogen aufgestützt, das Kinn auf die gefalteten Hände gelegt und ihre bernsteinfarbenen Augen blitzen Fernando über den Tisch hinweg lebhaft an.

»Ich habe nur Markstein Prügel angedroht, anderen Journalisten so gut wie nie«, verteidigt sich Fernando.

»Den Rest gibst du also zu?«

Fernando lässt die Frage unbeantwortet. Er weiß, dass Jule ihn nur von seinen trüben Gedanken ablenken will, aber ihm ist gerade nicht nach einem Geplänkel.

Jule wird ebenfalls wieder ernst. »Ja, ich muss auch dauernd an Markstein denken. Wir kennen ihn schon so lange, aber eigentlich haben wir nichts über ihn gewusst. Wir haben ihn immer nur als lästiges Übel betrachtet. Oder auch mal als nützliches, je nachdem.«

»Sogar heute am Tatort habe ich jede Minute damit gerechnet, dass seine Wieselfresse um die Ecke biegt und er allen mit seinem *Bitte-ein-Statement-Gelaber* auf die Nerven geht«, gesteht Fernando. »Bis mir dann einfiel, dass *er* es ist, der da unten liegt. Ist das nicht verrückt?«

»Ein bisschen«, lächelt Jule.

»Gott, am Ende wird mir der Kerl noch fehlen«, seufzt Fernando.

Jedes Mal, wenn Rifkin durch die Eilenriede, Hannovers großen Stadtwald, läuft, denkt sie dasselbe: Kaum zu glauben, dass man mitten in der Stadt ist. Man hört nur an wenigen Stellen Verkehrsgeräusche, stattdessen zwitschern Vögel, die Luft ist frisch und würzig und riecht tatsächlich nach Wald. Sie versucht, ihre Schritte denen ihres Begleiters anzugleichen, denn es irritiert sie, wenn neben ihr jemand in einem anderen Rhythmus läuft. Der Jemand ist Bronski, Anton Bronski: achtundachtzig Kilo Muskeln, Sehnen und Kraft, verteilt auf einen Meter neunzig. Sie und Bronski haben sich vor ein paar Monaten unter wenig romantischen Umständen kennengelernt: an einem Tatort in der Nähe einer Autobahnraststätte. Da war Bronski noch beim Kriminaldauerdienst. Nun ist Toni Bronski, wie ihn abgesehen von Rifkin die meisten Freunde und Kollegen nennen, seit vier Wochen beim SEK. Das passt zu ihm, findet sie. Mit seinem kurz geschorenen Haar sieht er genauso aus, wie man sich einen Hünen vom Sondereinsatzkommando vorstellt. Und Bronski arbeitet daran, dass dies auch so bleibt. Rifkin, selbst gut durchtrainiert, hat zwar keine Ambitionen, beim SEK anzuheuern, aber geht trotzdem gern mit ihm laufen.

Sie traben locker nebeneinanderher, als Bronski plötzlich fragt: »Wann stellst du mich eigentlich endlich deiner Mutter vor?«

»Jetzt fängst du auch noch damit an!«, platzt Rifkin ärgerlich heraus.

»Wieso *auch noch?* Wer fängt noch damit an?«, fragt er. Seine Stimme ist fest, er ist kein bisschen außer Puste, Rifkin nur ein klein wenig.

»Rodriguez.«

»Seit wann führst du mit Rodriguez Beziehungsgespräche?«

»*Ich* mache gar nichts. Er wollte es wissen, und ich habe ihm gesagt, wohin er sich seine aufdringlichen Fragen stecken soll«, schwindelt Rifkin und klagt: »Der Kerl kann nicht im Dienstwagen sitzen und einfach mal die Klappe halten. Er leidet an verbalem Durchfall, immer muss er reden, und wenn ihm nichts mehr einfällt, stellt er mir dumme Fragen über Sachen, die ihn nichts angehen.«

»Vielleicht steht er auf dich.«

»Auf gar keinen Fall.«

»Was macht dich da so sicher?«

Sie stößt einen Lacher aus. »Rodriguez hat anscheinend lange Zeit in dem Wahn gelebt, er wäre eins achtzig. Ich habe seine Illusion zerstört, denn ich *bin* eins achtzig – und einen halben Kopf größer als er. Anfangs hat er mich hinter meinem Rücken *das russische Riesenweib* genannt.«

»Tja, aus seiner Perspektive ...«, lacht Bronski, der das Ablenkungsmanöver sehr wohl durchschaut. »Also?«, insistiert er.

»Also was?«

»Deine Mutter. Die Frage war, wann du mich ihr präsentierst.«

»Am besten gar nicht«, antwortet Rifkin.

»Warum nicht?«

»Sie wird dich nicht mögen.«

»Woher willst du das wissen? Die meisten Mütter mögen mich.«

»Du siehst aus wie ein Polizist und bist Polizist, und meine Mutter mag keine Polizisten.«

»Das ist ein Witz, oder?«

»Nein. Das steckt bei ihr noch so drin, von früher, als wir noch in St. Petersburg gelebt haben. Mein Vater war Journalist und hatte öfter Ärger mit der russischen Miliz. Bevor sie ihn umgebracht haben. Die oder andere ...«

»Die russische Miliz! Das kann man doch überhaupt nicht vergleichen!«, ereifert sich Bronski.

»Tut sie aber«, antwortet Rifkin.

»Wie kann sie so denken, schließlich bist du ...«

»Dass ich Polizistin geworden bin, nimmt sie mir jeden Tag aufs Neue übel«, fällt ihm Rifkin ins Wort. »Wenn ich jetzt auch noch einen Polizisten anschleppe, dann werde ich enterbt. Nicht, dass es viel zu erben gäbe. Aber die Goldrandteller, die sind dann futsch.«

»Das ist doch lächerlich«, meint Bronski. »Vielleicht solltest du es einfach darauf ankommen lassen. Ich kann gut mit älteren Damen.«

»Wenn du sie ältere Dame nennst, fliegst du sofort raus. Außerdem siehst du aus wie ein Russe.«

»Ich sehe aus wie ein Russe?«, kommt es entgeistert von Bronski, der ihr neulich erzählt hat, er habe polnische und deutsche Vorfahren.

»In ihren Augen schon, ja.«

»Was, zum Teufel, hat sie gegen Russen? Sie ist doch selbst ...«

»Oh, oh, oh! Schwerer Fehler! Nenn sie nie Russin. Sie begreift sich als Jüdin. Und inzwischen als Deutsche.«

»Okay, kein Problem. Gut, dass du mir das vorher gesagt hast.«

»Das mit dem Polizisten und dem Russen ist auch alles nicht so schlimm ...«

»Na, siehst du!«

»Aber du bist ein Goj.«

»Was bin ich?«

»Kein Jude.«

»Ist sie denn sehr gläubig?«, fragt Bronski.

»Nicht die Bohne. Sie geht nur in die Synagoge, um den Klatsch und Tratsch mitzukriegen, der in der jüdisch-orthodoxen Gemeinde rumschwirrt.«

»Dann kann es ihr doch nicht gar so wichtig sein«, argumentiert Bronski.

»Doch. Alle paar Wochen versucht sie, mich zu verkuppeln – mehr oder weniger plump.«

»Umso wichtiger ist es, dass du mich ihr vorstellst, damit das aufhört.«

»Du bist doch nicht etwa eifersüchtig?«, grinst Rifkin. »Ist ja süß.«

»Du lenkst schon wieder ab«, stellt er fest. »Okay, ich klebe mir ein paar Schläfenlocken an und behaupte, ich sei Versicherungsvertreter.«

»Tolle Idee!« Rifkin boxt ihn in die Seite.

Er läuft eine Weile schweigend weiter, dann aber sagt er: »Weißt du, was ich glaube? Du hast dir das alles nur ausgedacht. Kann es sein, dass in Wirklichkeit gar nicht deine Mutter das Problem ist, sondern du?«

»Quatsch«, entgegnet Rifkin. »Mit mir ist alles bestens. Mit *uns* ist alles bestens, finde ich. *Never change a running system!* Sogar Leonie hat sich inzwischen an mich gewöhnt …« Bronskis sechsjährige Tochter ist das Produkt eines One-Night-Stands. Ihre Mutter erlitt einen tödlichen Autounfall, als Leonie drei war. Zu ihrer eigenen Überraschung kommt Rifkin ganz gut klar mit der Sechsjährigen. Und das, obwohl die Kleine voll auf die Farbe Rosa abfährt und auch sonst einige Prinzessinnenallüren an den Tag legt, bei denen sich Rifkin regelmäßig die Haare sträuben. Anfangs haben beide ein wenig gefremdelt, aber dann hat Rifkin dem Mädchen ein paar Selbstverteidigungsgriffe beigebracht, mit denen Leonie auch prompt einen Kindergarten-Rowdy zu Boden gerungen hat. Danach war sie die Heldin im Kindergarten und Rifkin die Heldin für Leonie. Jetzt geht sie seit einem knappen Monat zur Schule. »Also warum, bitte schön, kann denn nicht alles so bleiben, wie es ist?«, keucht Rifkin, die nun allmählich doch ein wenig außer Atem ist.

»Weil das Leben ein Fluss ist«, antwortet Bronski.

Rifkin stöhnt gequält auf, wie immer, wenn Bronski einen seiner Kalendersprüche absondert. Zwei Minuten lang laufen sie stumm nebeneinander her, dann lenkt sie schließlich ein: »Okay, du willst es ja nicht anders. Treffen wir eben meine Mutter. Wie wär's am Wochenende? Kaffee und Kuchen mit Mamutschka?«

»Am Wochenende habe ich Leonie«, antwortet Bronski. Da sich die Betreuung einer Sechsjährigen und der Dienstplan eines Polizisten nicht besonders gut vereinbaren lassen, lebt das Mädchen die meiste Zeit bei ihrer Großmutter und kommt nur, wenn ihr Vater frei und auch keinen Bereitschaftsdienst hat. Eine Regelung, die Rifkin nicht schlecht findet.

»Meine Mutter mag kleine Mädchen. Lieber als Polizisten«, fügt Rifkin hinzu.

»Ich will mich nicht hinter meine kleine Tochter klemmen, um deiner Mutter zu gefallen. Sie muss schon *mich* akzeptieren«, entgegnet Bronski.

»Du willst es auf die harte Tour, verstehe.«

»Aber immer doch«, grinst nun auch Bronski und meint: »Wie wär's mit morgen Abend?«

»Morgen schon?«, fragt Rifkin erschrocken zurück.

»Je früher du es hinter dich bringst, desto besser«, meint er.

»Okay, von mir aus. Du hast recht, bringen wir es hinter uns. Ich rufe sie an. Zufrieden?«

IX.

»Guten Morgen, Herr Hauptkommissar. Moin, Oscar!«

Frau Cebulla stellt das kleine Tablett mit der Schafstasse, der Zuckerdose und einem Schälchen mit Keksen auf den Schreibtisch. Daneben legt sie die zusammengefaltete Ausgabe der *Bild* von heute, Dienstag, den 10. September. Das mit der Zeitung ist ungewöhnlich, zumal Völxen nicht zur Stammleserschaft dieses Blattes gehört, aber es herrschen ja besondere Umstände, und Frau Cebulla denkt offenbar mit.

»Danke sehr, Frau Cebulla.«

»Lindenblütentee. Wirkt beruhigend.«

»Ich bin doch ganz ruhig«, wundert sich Völxen.

»Noch«, erwidert sie und verlässt das Büro.

Völxen schwant nichts Gutes, als er nach der Zeitung greift. Die *Bild* Hannover erscheint heute mit einem komplett schwarzen Titelblatt, in dessen Mitte in großen fahlgrauen Lettern Marksteins Name prangt und dahinter ein Kreuz. Auf der ersten Seite des Lokalteils wird der *beliebte, kompetente und überaus geschätzte Kollege* über den grünen Klee gelobt. Es wurden Archivbilder hervorgekramt, die Markstein zusammen mit der örtlichen Prominenz zeigen. Einige B- und C-Promis, die man gestern wohl noch auf die Schnelle erreicht hat, tun ihre Trauer und ihr Entsetzen über den schrecklichen Tod von Boris Markstein kund. Mit alledem kann der Hauptkommissar gut leben, nichts anderes war zu erwarten gewesen. Leider hat man es jedoch nicht dabei belassen. Auf Seite zwei wird bereits wild über den Tod des Reporters spekuliert. Raubmord? Racheakt? Im Zentrum der Thesen steht die Behauptung, Boris Markstein habe im Dunstkreis der Russenmafia recherchiert, was möglicherweise mit seinem gewaltsamen Tod in Zusammenhang stehen könnte.

»Diese Vollidioten! Himmelherrgott noch mal!« Völxens Faust

donnert auf die Schreibtischplatte, sodass Oscar hochschreckt und bellend zur Tür rennt.

»Platz, Oscar! Alles gut.«

Der Terrier beruhigt sich wieder, sein Herrchen nicht. Dabei ist dieser Zeitungsartikel erst der Anfang einer Reihe von Ärgernissen, die dieser Tag noch bringen wird.

Nachdem Völxen den Tee probiert und dann postwendend in den Topf des Gummibaums entleert hat, geht er über den Flur, um sich in Frau Cebullas Büro einen Kaffee zu holen.

»Ich mache das schon«, erbietet sich Frau Cebulla. Die neue Kaffeemaschine ist ein luxuriöses Exemplar, das Kaffee auf hunderterlei Arten machen kann, aber wie alle komplizierten Mechanismen verträgt auch dieser keine unsachgemäße Handhabung, deshalb wacht die Sekretärin mit Argusaugen über ihren Schatz.

Ehe Völxen samt seinem *Cappuccino extrastark* wieder geht, bittet er sie, einen gewissen Markus Hildebrandt vom LKA ausfindig zu machen und diesen dann mit ihm zu verbinden.

Eine halbe Stunde lang rührt sich nichts. Völxens Geduld ist schon arg strapaziert, da kommt Frau Cebulla in sein Allerheiligstes und teilt ihm voller Bedauern mit, dass der Beamte offenbar *im dienstlichen Einsatz* sei. Und, nein, seine Handynummer habe der Anwärter, den sie schließlich an den Apparat bekommen habe, nicht herausrücken wollen.

Ihr Chef schluckt einen saftigen Fluch hinunter. *Im dienstlichen Einsatz*. Wahrscheinlich schläft er sich heute mal gründlich aus und geht noch irgendwo einen Kaffee trinken, ehe er an seiner Arbeitsstelle aufläuft. Man kennt doch diese hohlen Formeln – nicht zuletzt von sich selbst.

»Ich versuche es weiter«, verspricht Frau Cebulla.

»Wenigstens weiß man jetzt, dass der Kerl beim LKA tatsächlich existiert«, tröstet sich Völxen.

»Und wir haben seine Durchwahl«, setzt Frau Cebulla stolz hinzu. »Es war gar nicht so leicht, an die ranzukommen.«

»Was täte ich nur ohne Sie! Geben Sie sie mir, dann werde ich es selber versuchen.«

Frau Cebulla legt den Zettel mit der Telefonnummer vor Völxen hin, lächelt geschmeichelt und nimmt das Tablett mit der leeren Schafstasse an sich. Im Hinausgehen streift ihr Blick den Gummibaum. Im Untersetzer des Topfs steht eine grünliche Flüssigkeit.

»Ich werde der Putzkolonne eine Nachricht hinterlassen, dass sie die Pflanzen nicht so übermäßig gießen sollen.«

»Wie? O ja, tun Sie das«, meint Völxen mit Unschuldsmiene.

Kaum ist die Sekretärin gegangen, klopft es an seine Tür.

Es ist Oda, die anscheinend nur gekommen ist, um Salz in die Wunde zu streuen, indem sie wissen will, ob es was Neues vom LKA gibt. Ein Blick in Völxens Gesicht genügt ihr als Antwort.

»Weißt du, was mich wundert?«, fragt sie. »Dass diese dumme Haarspray-Geschichte noch nicht die Runde gemacht hat. So etwas ist doch normalerweise ein gefundenes Fressen für die lieben Kollegen. Ich habe mich schon seelisch darauf vorbereitet, dass ich heute die Lachnummer des Dezernats sein werde. Aber nichts ist passiert.«

»Das kommt schon noch«, prophezeit Völxen. »Hildebrandt ist noch nicht mal im Dienst.«

»Aber gestern hätte er den ganzen Tag Zeit gehabt, die Story zum Besten zu geben. Ich glaube nicht, dass er das sein lässt, weil er ein Gentleman ist.«

»Verdammt, Oda!«, regt sich Völxen auf. »Hast du jetzt wirklich keine anderen Sorgen?«

Oda stützt sich mit den Händen auf den Schreibtisch, beugt sich zu ihrem Chef hinüber und fixiert ihn mit ihren Gletscheraugen. »Nein, habe ich nicht«, sagt sie scharf. »Denn ich frage mich schon die ganze Zeit, *warum* er unsere Begegnung verschweigt.«

»Du meinst ...«

»Ich meine, dass unser Dream-Team Rodriguez und Rifkin vielleicht gar nicht so falschliegt mit der Vermutung, Markstein könnte ein Informant des LKA gewesen sein.«

»Es würde jedenfalls diese Heimlichtuerei erklären, und auch, warum Hildebrandt so scharf auf den Rechner und das Handy war«, stimmt ihr Völxen zu.

»Bestimmt werden die Daten darauf erst einmal bereinigt, ehe wir sie zu sehen kriegen.«

»Das befürchte ich auch«, knurrt der Hauptkommissar.

»Ich hole mir trotzdem einen Beschluss und fordere die Verbindungsdaten vom Provider an«, schlägt Oda vor. »Mal sehen, ob sich da Differenzen ergeben.«

Das Morgenmeeting findet heute erst um zehn Uhr dreißig im Besprechungsraum statt. Oberkommissarin Elena Rikfin hat die Vorbereitung übernommen. Sie hat Marksteins Lebenslauf und beruflichen Werdegang ausgedruckt und für alle kopiert. Er ist in Hannover-Vahrenwald groß geworden, seine Eltern waren beide bei der Conti beschäftigt. Das Abitur hat Markstein auf dem zweiten Bildungsweg gemacht, er hat ein Studium der Politologie am Otto-Suhr-Institut in Berlin angefangen, aber nach vier Semestern abgebrochen. Danach hat er sich bei diversen Blättern hochgearbeitet, von der *Bäckerblume* bis zur *Bild*.

Rifkin hat außerdem zwei große Pinnwände mit Fotos bestückt. Die erste Wand zeigt Bilder von Markstein zu seinen Lebzeiten sowie Porträts der Menschen aus seinem näheren Umfeld. Da Markstein ein Einzelkind war und seine Eltern nicht mehr leben, sind seine Ex-Frau Nina Rossbach und der Sohn Felix seine einzigen Angehörigen. Daneben hängen sein Chef Kurt Nienhage und die wichtigsten Kollegen und Kolleginnen bei der *Bild*, mit denen er enger zusammengearbeitet hat, allen voran die Damen Anna-Lena Petrovic, versehen mit dem Hinweis *Ex-Geliebte*, und Nadja Brenninger. Es gibt auch ein Bild von Maria Kemper, unter das Rifkin *Nachbarin/Freundin* geschrieben hat. Wahrscheinlich stammt es von der Webseite des Bestattungsunternehmens *Düker & Söhne*, denn Frau Kempers Bruder ist auch darauf. In der Ecke pinnt ein Foto von Tobias Renz, dem Jungen, bei dem Felix Rossbach den Abend verbracht haben will. Die zweite Pinnwand ist vollgepflastert mit Aufnahmen von Opfer und Tatort. Marksteins Leiche in mehreren Perspektiven, die Kopfwunde im Großformat und die Gegenstände, die er bei sich trug: die Jacke, das Mobiltelefon, ein Schlüsselbund, ein Feuerzeug. Es haben hier schon weit grausamere Bilder gehangen, aber trotzdem hätte Völxen gut darauf verzichten können. Es ist eben doch etwas anderes, wenn man das Mordopfer kennt. Daneben gibt es einige Fotos der Tatwaffe, die zwischenzeitlich von der Forensik eindeutig als solche identifiziert worden ist. Es ist ein Betonbrocken, aus dem eine u-förmig gebogene Eisenstange ragt.

»Sehr praktisch, dieses Armiereisen. Sozusagen ein Griff. Wie geschaffen zum Zuschlagen«, meint Erwin Raukel dazu.

»Wo kommt dieser Brocken her, weiß man das?«, will Völxen wissen.

Die Frage ist an Rolf Fiedler gerichtet, der als einziger Externer an diesem Treffen teilnimmt. Der Staatsanwalt hatte sein Erscheinen zwar in Aussicht gestellt, aber Frau Cebulla ließ vorhin ausrichten, dass ihm etwas dazwischengekommen sei.

»Nein«, antwortet der Chef der Spurensicherung. »Es gibt in der Nähe kein Bauwerk, von dem das Stück abgefallen oder abgebrochen worden sein könnte. Theoretisch könnte der Täter es mitgebracht haben. Andererseits liegt dort unten neben den Gleisen jede Menge seltsames Zeug rum. Und der Brocken wiegt drei Kilo, wer schleppt so was mit sich rum?«

»Vermutlich niemand, der bei Verstand ist«, stimmt ihm Völxen zu.

Aber wer, der bei Verstand ist, würde seine Mitmenschen erschlagen?

»Wir konnten darauf keine Fingerabdrücke sicherstellen«, erklärt Fiedler weiter. »Die Spurenlage in diesem Fall ist überhaupt eine Katastrophe. Was wir allein im Radius von zehn Metern um die Leiche herum an Müll aufgesammelt haben, das geht auf keine Kuhhaut. Und ehe jemand fragt: Es wird dauern, bis wir das alles nach Fingerabdrücken und DNA untersucht haben. Also, in den nächsten paar Tagen braucht mir keiner mit Fragen kommen, wir können nicht hexen.« Bei diesen Worten schaut er Hauptkommissar Völxen an.

Der nimmt diese Botschaft mit gerunzelter Stirn zur Kenntnis. Wenigstens hat sich der von Dr. Bächle geschätzte Todeszeitpunkt – Sonntagabend zwischen zehn und elf Uhr – durch die Aussage der Bedienung im *Fiasko* bestätigt, wie Raukel schon heute Morgen stolz vermeldet hat.

»Aber etwas haben wir doch«, verkündet Fiedler, und legt damit ein dramaturgisches Talent an den Tag, das Völxen bei dem ansonsten staubtrockenen Lulatsch gar nicht vermutet hätte.

»Wir sind ganz Ohr«, sagt der Hauptkommissar.

»In der Nähe vom Spielplatz haben wir im Gebüsch ein Päckchen Marihuana gefunden. Dreißig Gramm, um genau zu sein. Nicht gerade ein Jahrhundertfund, aber dennoch. Wir konnten verschiedene Fingerabdrücke auf der Plastikhülle sicherstellen, die haben wir auch schon an die Kriminaltechnik weitergeleitet. Es war aber kein Treffer dabei.«

»Hat man irgendwo eine leere Geldbörse oder Brieftasche gefunden?«, erkundigt sich Rifkin.

»Vielleicht eine braune mit Schlangenmuster?«, ergänzt Oda.

Fiedler schüttelt den Kopf. »Nein, damit kann ich nicht dienen. Wir haben einen Kulturbeutel, einen alten Koffer und eine Bademütze, gebrauchte Kondome, alte Autoreifen, kaputte Klappstühle, etliche Einweggrills und Einwegspritzen und jede Menge Scherben von Bierflaschen ...«

»Ja, danke«, wehrt Völxen ab. Er hat genug gehört und fragt sich, was er dem Pressesprecher der Polizeidirektion gleich erzählen soll, dem die Medienmeute schon gierig auflauert.

»Das war's von meiner Seite. Braucht ihr mich noch?«, will Fiedler wissen.

»Nein, erst mal nicht. Danke, Rolf. Du sagst uns Bescheid, wenn ...«

»Klar doch. Dann noch einen produktiven Tag.« Fiedler tippt sich an eine imaginäre Mütze auf seinem Kopf und geht hinaus.

Er hinterlässt ein ratloses Schweigen.

»Demnach sieht das für mich nach einem spontanen Tathergang aus«, meint schließlich Oda.

»Also doch ein Raubmord?«, stößt Raukel ins gleiche Horn. »Nur weil er Journalist war, heißt das ja noch lange nicht, dass geheimnisvolle, finstere Mächte hinter seinem Tod stecken müssen.« Bei diesen Worten sehen seine kleinen, listigen Äuglein mit einem spöttischen Ausdruck hinüber zu Rodriguez und Rifkin, deren Russenmafia-Theorie inzwischen auch zu ihm durchgedrungen ist. »Er kann auch ganz schnöde mit irgendeinem Junkie aneinandergeraten sein, vielleicht wollte er seine Kohle nicht rausrücken, die Sache eskaliert, und zack … Stein übern Schädel und aus die Maus.«

»Das hat ja keiner ausgeschlossen«, entgegnet Fernando. »Fragt sich nur, was er an einem Sonntagabend in dieser Ecke wollte.«

»Vielleicht Drogen kaufen«, meint Rifkin.

»Das Drogendezernat soll uns sämtliche Leute nennen, die in dieser Gegend und drum herum regelmäßig dealen«, ordnet Völxen an und fügt dann hinzu: »Gut, Leute, das war's fürs Erste. Gehen wir die Unterlagen aus Marksteins Wohnung durch und sprechen noch einmal mit Ex-Frau, Sohn und Ex-Freundin, und dann fragen wir die Nachbarin, ob sie eine der Stimmen dem Streit im Hausflur zuordnen kann.«

»Rifkin und ich wollten noch mal bei der Mutter von diesem Michail Sorokin vorbeischauen«, erklärt Fernando und schwindelt: »Da war gestern niemand zu Hause.«

»Das Alibi der Heulsuse müssen wir auch noch überprüfen«, ergänzt Rifkin und korrigiert sich sofort. »Anna-Lena Petrovic. Die Volontärin und …«

»Ja, ja, ich weiß, wer das ist«, wehrt Völxen ab. »Worauf wartet ihr, erledigt das.« *Und ich werde diesem Hildebrandt Beine machen*, fügt Völxen im Stillen hinzu.

Es erfordert allerdings noch einiges an Geduld und Zeit, ehe Völxen gegen Mittag endlich Hauptkommissar Markus Hildebrandt an den Apparat bekommt.

Wann er denn mit den Daten von Marksteins Mobiltelefon und Computer rechnen könne, erkundigt er sich, mühsam beherrscht, denn die vielen vergeblichen Anrufe haben seine Laune nicht gerade gebessert.

Die Jungs und Mädels von der IT seien dran, antwortet der Kollege.

»Das war nicht meine Frage«, kommt es gereizt von Völxen.

Hildebrandt faselt etwas von komplizierten Verschlüsselungen, die es zu knacken gelte.

»Wenigstens die Liste seiner letzten Anrufe müsste doch schon vorliegen«, entgegnet Völxen. »Oder habt ihr sein Telefon auch noch nicht geknackt?«

»Ich werde nachfragen und mich sofort persönlich darum kümmern, versprochen«, säuselt Hildebrandt. »Gibt es denn bei euch schon neue Erkenntnisse?«

»Ein paar, ja«, antwortet Völxen und verleiht seiner Stimme dabei einen munteren Klang.

Ein paar Sekunden lang ist es still in der Leitung.

»Ja – und? Wären Sie so nett, Ihr Herrschaftswissen mit uns zu teilen?«, kommt es dann in süffisantem Tonfall vom LKA-Mann.

»Erst die Telefonliste«, antwortet Völxen.

Jetzt werden andere Saiten aufgezogen.

»Kommen Sie, Völxen, das können Sie doch nicht ...«

Völxen kann. Er legt auf.

Arschloch, arrogantes! Wobei er jede Wette macht, dass Hildebrandt gerade dasselbe über ihn denkt.

»Ich habe nachgedacht«, verkündet Rifkin, als sie und ihr Kollege Rodriguez im Dienstwagen sitzen.

»Ach, sag bloß.«

»Diese Tatwaffe – das sieht für mich ganz und gar nicht nach Russenmafia aus. Wenn er eine Kugel zwischen die Augen bekommen hätte oder einen Messerstich mitten ins Herz, dann ja. Aber ein Betonbrocken über den Schädel, das ist ... so unelegant. Das riecht für mich nach spontaner Wut.«

»Du wirst lachen, aber das habe ich mir vorhin auch schon gedacht«, gesteht Fernando. »Jemand, den plötzlich die Mordlust überkommt, und dann liegt da dieser Brocken herum …«

»Endlich sind wir uns mal einig.«

Fernando fährt fort: »Außerdem glaube ich nicht wirklich, dass uns die Spur der beiden Knackis irgendwohin führt. Selbst wenn die zwei gegenüber Markstein ins Plaudern geraten sind – was wissen die schon? Was könnten zwei so niedere Chargen an Markstein verraten haben, dass Baranow es für nötig gehalten hätte, ihn deswegen umbringen zu lassen?«

Rifkin nickt. »Baranow wäre nicht der, der er heute ist, wenn jeder kleine Autoschieber und Einbrecher über sensible Interna seiner Organisation Bescheid wüsste.«

»Etwas anderes wäre es allerdings, wenn Markstein irgendwie das Vertrauen von Baranow erworben hat, oder von Leuten, die in der Hierarchie höher stehen als diese zwei Eierdiebe …«

»… und Baranow dann rausgekriegt hätte, dass er fürs LKA spioniert«, vollendet Rifkin den Satz.

»Okay, Rifkin, aber dann hätte ich mal eine ketzerische Frage: Warum suchen wir überhaupt noch nach diesem Sorokin?«

»Ich wüsste einfach gern, was für Fragen Markstein ihm gestellt hat«, antwortet sie. »Vielleicht kriegen wir so raus, in welche Richtung er recherchiert hat, worum es ihm *wirklich* gegangen ist.«

»Na gut«, seufzt Fernando. »Besser das, als uns durch Marksteins Papierkram zu wühlen. Aber ich wette, dieser Sorokin ist längst untergetaucht und treibt woanders sein Unwesen.«

Ilona Sorokin, die Mutter des vor Kurzem entlassenen Häftlings, wohnt im dritten Stock eines unscheinbaren Wohnblocks in Seelze, und sie ist sogar zu Hause. Fernando hat allerdings den Eindruck, dass sie ihnen nur aus Versehen die Tür geöffnet und eigentlich jemand anderen erwartet hat.

Laut Meldedaten ist sie dreiundvierzig. Sie sieht jedoch älter aus, und das trotz – oder wegen – einer dicken Schicht Make-up und großzügig mit blauem Lidschatten verspachtelter Augen. Sie ist klein, was vielleicht der Grund ist, weshalb sie auf Schuhen mit mörderisch hohen Absätzen steht. Ein eng anliegender Overall in Leopardenprint setzt ihre ausgemergelte Figur mit den unnatürlich hervorstehenden Ballonbrüsten in Szene.

Fernando stellt sich und Rifkin vor. »Wir würden gern Ihren Sohn Michail sprechen. Ist er zu Hause?«

»Nix verstehen«, behauptet sie, lässt einen russischen Redeschwall auf die Beamten los und macht dazu Handbewegungen, die ihnen deutlich zu verstehen geben, dass sie verschwinden sollen.

Die beiden grinsen sich nur an.

»Frau Sorokin, wir wissen, dass Sie in Deutschland geboren wurden und nie woanders gelebt haben, also ersparen Sie uns diese Komödie, von wegen *nix verstehen*. Wenn Sie als Reminiszenz an die Kultur des Herkunftslandes Ihrer Eltern lieber Russisch sprechen möchten, dann ist das natürlich auch kein Problem, obwohl Ihres ganz miserabel ist«, erklärt Rifkin in perfektem Russisch und gönnt der Dame des Hauses ein großzügiges Lächeln. »Also, noch einmal: Können Sie uns sagen, wo wir Ihren Sohn Michail finden?«

Ilona Sorokin hat nach diesem Vortrag ihre deutschen Sprachkenntnisse offenbar wiedergefunden und antwortet: »Er wohnt nicht hier. Ich weiß nicht, wo er ist. Er hat letzte Woche ein paar Sachen geholt, und seitdem habe ich nichts mehr von ihm gehört.«

»Haben Sie eine Telefonnummer?«

»Nein.«

»Irgendeine Ahnung, wo wir ihn finden können?« Fernando nötigt sich ein Lächeln ab. »Er hat nichts zu befürchten, wir müssen ihm nur ein paar Fragen stellen.«

»Ich weiß nichts.«

Fernando lässt einen Versuchsballon los. »Kennen Sie zufällig einen gewissen Igor Baranow?«

Ein kurzes, nervöses Blinzeln, dann antwortet sie: »Keine Ahnung, wer das sein soll.«

»Wovon leben Sie eigentlich, Frau Sorokin?« Rifkin kann gut über die Schulter der Hausherrin spähen, in ein rosa tapeziertes Zimmer, in dem ein Metallbett steht, an dessen Kopfende ein paar Plüschhandschellen baumeln.

»Ich führe ein Nagelstudio.«

Fernando kann sich gerade noch beherrschen, aber nur, weil Rifkin ihm verstohlen einen kleinen Tritt versetzt.

»Ein Nagelstudio, aha«, sagt Rifkin, ohne eine Miene zu verziehen.

Frau Sorokin hält zur Veranschaulichung ihre Hand mit den überlangen Fingernägeln in die Höhe, die mit hellblauem Lack und Glitzerelementen versehen sind.

»Dann hoffen wir mal, dass Ihr *Nagelstudio* einer Überprüfung durch die Gewerbeaufsicht und die Steuerbehörden standhält«, flötet Rifkin, greift in die Innentasche ihrer Lederjacke und streckt der Frau ihre Visitenkarte hin. »Oder Sie ersparen sich den Ärger und lassen sich bis morgen einfallen, wo wir Ihren Sohn finden. Am besten soll er mich direkt anrufen.«

Die Inhaberin des Nagelstudios beschränkt sich auf einen eisigen Blick und schnappt sich die Karte, wobei Rifkin um Haaresbreite einem Hieb ihrer Krallen entgeht.

Dann knallt Frau Sorokin die Tür zu, und die beiden Ermittler machen kehrt und gehen die Treppe hinunter. Ein Stockwerk tiefer kommt ihnen ein älterer, glatzköpfiger Mann entgegen, der bei ihrem Anblick den Kopf senkt und das Gesicht zur Seite dreht.

»Zur Maniküre eine Treppe höher«, ruft ihm Rifkin hinterher.

X.

Es ist Nachmittag, Hauptkommissarin Oda Kristensen hat ihren Schreibtisch leer geräumt und kurz durchgelüftet, damit es in dem kleinen Büro nicht allzu sehr nach Rauch riecht. Das seit Jahren in sämtlichen Behörden geltende Rauchverbot wird von Oda konsequent ignoriert, davon zeugt der mit Klebeband versiegelte Rauchmelder an der Decke ihres Büros, den ihr Chef geflissentlich übersieht. Oda hat Mutter und Sohn Rossbach herbitten lassen, und beide sind tatsächlich brav erschienen. Offiziell will sie deren Aussagen protokollieren, bei der Gelegenheit jedoch zugleich aus den beiden noch ein wenig mehr Informationen herauskitzeln. Sie hat Felix bereits in den Vernehmungsraum bringen lassen – ein Viertelstündchen im eigenen Saft zu schmoren hat in der Vergangenheit schon bei so manchem Kandidaten wahre Wunder bewirkt.

Oda bittet Frau Rossbach in ihr Büro und lässt sie vor dem Schreibtisch Platz nehmen. Nina Rossbach behagt es offensichtlich gar nicht, dass ihr Sohn Felix allein in dem ungemütlichen Vernehmungszimmer auf sie warten soll, und auch das ist so gewollt und wird sich möglicherweise positiv auf ihre Auskunftsfreude auswirken. Wenigstens hofft Oda das.

»Danke, dass Sie und Felix so schnell kommen konnten. Ich bin Hauptkommissarin Oda Kristensen, und ich würde gerne zuerst Ihre Aussage zu Protokoll nehmen. Haben Sie etwas dagegen, wenn ich das Gespräch aufzeichne?«

Frau Rossbach schüttelt den Kopf. Ihr Mund ist verkniffen, eine Falte steht wie ein Ausrufezeichen über ihrer Stirn. »Aber niemand verhört Felix ohne mein Beisein!«, fordert sie energisch.

»Das ist kein Verhör, wir befragen Sie und Felix nur, weil wir mehr über das Opfer herausfinden möchten. Felix hat selbstverständlich das Recht zu schweigen, ebenso wie Sie. Aber wir respektieren Ihren Wunsch«, versichert Oda. Sie setzt das Aufnahmegerät in Gang, nennt Datum und Uhrzeit, ihren Namen und Dienstgrad sowie den Namen von Nina Rossbach und dass es sich um eine Zeugenbefragung handelt. »Frau Rossbach, wie lange waren Sie und Boris Markstein verheiratet?«

Die Gefragte scheint überrascht zu sein, aber sie entspannt sich ein wenig. »Sechs Jahre«, antwortet sie. »Aber es war ein Irrtum, wie sich bald herausstellte, wir haben nicht zusammengepasst. Nach zwei Jahren Ehe war ich kurz davor, ihn zu verlassen, da wurde ich schwanger. Also haben wir es noch einmal versucht. Vor zwölf Jahren haben wir uns dann doch scheiden lassen, da war Felix vier.«

»Das war sicher nicht leicht für Sie«, meint Oda mitfühlend.

»Stimmt. Bis zu unserer Trennung hatte ich nur halbtags gearbeitet, aber dann brauchte ich einen Vollzeitjob. Die Buchhandlung in der List, für die ich gearbeitet hatte, konnte oder wollte mich nicht ganztags beschäftigen, und deshalb bin ich mit Felix nach Hildesheim gezogen, wo ich eine volle Stelle bekommen hatte. Ich wusste schon, dass das für Felix nicht so optimal ist, aber was hätte ich tun sollen?« Sie sieht aus, als erhoffe sie sich Odas Zustimmung. Die tut ihr den Gefallen und wirft ein: »Sie mussten sich und Ihren Sohn ja schließlich ernähren.«

»Genau. Von einem Halbtagsjob und dem Kindesunterhalt konnten wir nicht leben.«

»Sagen Sie, Frau Rossbach, wie haben Sie und Boris sich eigentlich kennengelernt?«

Jetzt lächelt sie sogar. »Durchs Motorradfahren.«

»Ach, wirklich?«

»Ist schon mindestens zwanzig Jahre her. Nachdem Felix auf der Welt war, habe ich damit aufgehört.«

»Und Ihr Mann?«

»Er erst mal nicht.«

Oda macht aus ihrer Verwunderung keinen Hehl. »Ich habe ihn nie auf einem Motorrad gesehen.«

»Er ist nicht mehr besonders oft gefahren. Aber ich glaube, er hat noch irgendwo eine Harley rumstehen.«

»Eine Harley?«, wiederholt Oda, noch verblüffter.

»Die hat er sich nach der Scheidung zugelegt.« Nina Rossbach lächelt. »Frauen kaufen sich neue Klamotten und lassen sich eine andere Frisur schneiden, und er hat sich die Harley gekauft. Hat mich auch gewundert, denn zu mir hat er immer gesagt, Harleys wären etwas für Großväter.«

»War er je in einem dieser Motorradclubs?«, fragt Oda.

»Zu meiner Zeit nicht. Später vielleicht, denn er fuhr zu diesen Treffen, davon hat er mal erzählt.«

»Kann es sein, dass seine Nähe zu dem kürzlich verstorbenen Hannes Piekenbrock aus dieser Zeit stammt?«

»Gut möglich. Ich glaube, die zwei kennen ... kannten ... sich schon recht lange.«

»Steht Felix auch auf Motorräder?«

»Nein, überhaupt nicht. Ich bin sehr froh darüber.«

»Worauf steht Felix dann?«

»Computerspiele. Skaten ... Er lernt viel für die Schule.«

Oda registriert, wie Frau Rossbach sich innerlich anspannt, sobald die Rede auf ihren Sohn kommt. Während sie vorhin spontan und unbedarft drauflosgeredet hat, vergehen nun jedes Mal ein, zwei Sekunden, ehe sie antwortet.

»Die Nachricht vom Tod seines Vaters muss ein ziemlicher Schock für Ihren Sohn gewesen sein ...«

Nina Rossbach ist nicht dumm. Sie kann sich an zwei Fingern abzählen, dass Oda längst über Felix' kühle Reaktion auf die Todesnachricht Bescheid weiß. »Er neigt dazu, Kummer in sich hineinzufressen. Aber natürlich ist es ein Schock, wenn der eigene Vater ermordet wird.«

»Sie und Felix sind letztes Jahr im Dezember von Hildesheim nach Hannover-Linden gezogen. Ist das richtig?«

»Ja.«

»Gab es einen Grund dafür?«

»Ich hatte eine neue Stelle, und ich wollte, dass Boris sich öfter ...« Sie hält inne und korrigiert sich: »... dass Felix und sein Vater sich regelmäßiger sehen können. Felix wollte unbedingt nach Linden«, setzt sie hinzu.

»Sein Vater wohnt aber in Limmer.«

»Das ist ja nicht weit weg, und Linden fand Felix cooler. Keine Ahnung, wer ihm diesen Floh ins Ohr gesetzt hat, vermutlich Boris. Felix hat ihn ja auch schon früher ab und zu besucht, daher kannte er sich aus.«

»Wieso sind Sie mitten im Schuljahr umgezogen?«

»Ich habe zum 1. Dezember eine neue Stelle gefunden. Jobs für Buchhändlerinnen wachsen nicht auf Bäumen, ich musste die Gelegenheit wahrnehmen.«

»Verstehe. Und an der Helene-Lange-Schule fühlt Felix sich wohl?«

»Ich denke schon, ja.«

»Hat er an seiner neuen Schule schon Freunde gefunden?«

Wieder muss sie erst nachdenken. »Ein paar«, kommt es schließlich.

»Kennen Sie diese Freunde?«

»Nicht alle. Sie sind nicht so oft bei uns, weil die Wohnung so beengt ist. Zwei Zimmer, Küche, Bad, das war's. Und billig ist sie auch nicht gerade.«

Oda hat das Gefühl, dass sie über alles lieber sprechen würde als über ihren Sohn.

»Hat Felix denn ein eigenes Zimmer?«

»Ja, natürlich. Ein Teenager ...« Sie beendet den Satz nicht.

»Wo schlafen dann Sie?«

»Im Wohnzimmer, auf einer Bettcouch. Das ist okay.«

»Haben Sie einen Partner, einen Freund?«, erkundigt sich Oda.

»Ich wüsste zwar nicht, was das die Polizei angeht, aber nein.«

»Hat Felix eine Freundin?«

»Ich glaube nicht.«

»Sie glauben?«

»Er ist sechzehn, er erzählt mir natürlich nicht alles.«

Nach wie vor gibt sie sämtliche Antworten, die ihren Sohn betreffen, mit Verzögerung. Oda kommt sich vor, als würde sie über eine schlechte Leitung mit jemandem am anderen Ende der Welt sprechen.

»Kennen Sie Tobias Renz?«

»Kennen wäre zu viel gesagt. Er ist ein Freund von Felix.«

Oda hat ihre Hausaufgaben gemacht, nicht nur, was Felix und seine Mutter angeht. Auch Tobias Renz, mit dem Felix Rossbach angeblich den gestrigen Abend verbracht hat, hat sie überprüft und einen Treffer gelandet: Ladendiebstahl und zwei Verstöße gegen das Betäubungsmittelgesetz, und das mit dreizehn. Danach allerdings nichts mehr, wobei nach Odas einschlägigen Erfahrungen nicht unbedingt von einer Läuterung auszugehen ist. Viel eher hat er seine Methoden verfeinert und lässt sich beim Dealen nicht mehr erwischen.

»Tobias geht aber an die IGS Linden. Woher kennen sich die beiden?«, will Oda wissen.

»Das weiß ich nicht.«

»Welchen Eindruck hatten Sie von diesem Jungen?«

»Wieso fragen Sie das? Stimmt was nicht mit ihm?«

Auf ihren Mutterinstinkt ist also Verlass.

»Ich darf Ihnen dazu keine Auskunft geben. Leider.«

»Gibt es eine Akte über ihn? Ist er straffällig geworden?« Keine Verzögerung dieses Mal. Sie wirkt plötzlich aufgeregt.

»Wie gesagt ...« Oda hebt bedauernd die Hände, vergisst aber nicht, Frau Rossbach dabei vielsagend zuzunicken. Eine stumme, vertrauensfördernde Botschaft von Mutter zu Mutter.

»Danke, ich habe genug gehört. Der Typ hat mir von Anfang an nicht gefallen, wenn ich ehrlich sein soll!«

»Als Sie und Felix noch in Hildesheim wohnten, ging Felix auf die Robert-Bosch-Gesamtschule, nicht wahr?«

Nina Rossbach presst verärgert die Lippen zusammen, ehe sie sagt: »Sie müssen nicht um den heißen Brei herumreden. Sie wissen inzwischen sicher längst, dass Felix in Hildesheim von der Schule geflogen ist.«

»Weil er auf dem Schulgelände mit Marihuana gedealt hat«, ergänzt Oda ohne Umschweife.

»Das ist Vergangenheit. Jetzt macht er so etwas nicht mehr. Er hat begriffen, dass es um seine Zukunft geht.«

Und doch zieht er mit einem in ganz Linden bekannten Kleindealer in der Gegend herum.

»Kifft Felix?«

»Nein!«, kommt es energisch.

»Frau Rossbach, glauben Sie mir, ich weiß aus eigener Erfahrung, wie es ist, alleinerziehende Mutter eines Teenagers zu sein«, verrät Oda. »Ich hatte seinerzeit mit meiner Tochter ganz ähnliche Sorgen. Seien Sie aufrichtig: Sie sind nach Hannover gezogen, weil Sie Probleme mit Felix hatten, mit denen Sie allein nicht mehr fertigwurden. Deshalb wollten Sie, dass sich sein Vater mehr um ihn kümmert. Liege ich da richtig?«

»Ja, das stimmt.« Sie lässt einen tiefen Seufzer hören. »Früher war Felix ein nettes, unkompliziertes Kind. Ich lebte lange Zeit in dem Irrglauben, er hätte die Trennung von Boris und mir erstaunlich gut verkraftet. Aber etwa mit zwölf ging es los. Schlechte Noten, aufsässiges Benehmen daheim und in der Schule, dann wurde er im *Media-Markt* beim Klauen erwischt, und das mit dem Rausschmiss aus der Schule hat mir schließlich den Rest gegeben. Es wurde höchste Zeit, dass Boris auch mal Verantwortung übernimmt. Umso schlimmer ist es, dass er jetzt tot ist.« Sie stöhnt auf und schüttelt den Kopf.

Typisches schlechtes Gewissen einer alleinerziehenden Mutter, die sich und die Trennung vom Vater für sämtliche Fehlleistungen und Pubertätslaunen des Sohnes verantwortlich macht, erkennt Oda.

»Hat sich das Benehmen Ihres Sohnes denn gebessert, seit Sie hier wohnen?«

»Ja, schon.«

»Felix hat sich also an Regeln gehalten?«

»Ja«, kommt es gedehnt. »Meistens.«

»Gibt es eine Regel, wann Felix unter der Woche abends zu Hause sein muss?«

»Eigentlich um zehn Uhr.«

»*Eigentlich?* Hat er sich daran gehalten oder nicht?«

»Nicht immer auf die Minute, aber im Großen und Ganzen

schon. Er hat inzwischen begriffen, dass ein guter Schulabschluss wichtig ist. Seine Noten sind jetzt viel besser als vorher. Und er kifft nicht!«, wiederholt sie mit Vehemenz.

»Wie war das gestern Abend? Wann ist Felix da nach Hause gekommen?«

»So gegen halb elf?«, antwortet sie ein wenig unsicher.

»Meinem Kollegen gegenüber haben Sie beide angegeben, es sei elf Uhr gewesen.«

Sie schnaubt ungehalten. »Ich bin vor dem Fernseher eingeschlafen. Als ich um elf Uhr wach geworden bin, war er schon in seinem Zimmer. Ich habe ihn nicht gefragt, wann genau er zurückgekommen ist. Hören Sie, ich weiß genau, worauf Ihre Fragen hinauslaufen, und ich kann Ihnen eines sagen: Felix ist sicher kein Engel, aber er war nie gewalttätig, und er würde seinem Vater niemals so etwas antun! Nie!«

»Das behaupte ich doch gar nicht«, meint Oda beschwichtigend. »Ich will doch nur ein paar Fakten abklären.«

»Mir kommt es so vor, als ob Sie Felix verdächtigen.«

Oda merkt, dass sie aufpassen muss. Wenn sie Nina Rossbach zu sehr verärgert, wird sie gar nichts mehr sagen.

»Haben Vater und Sohn denn nach Ihrem Umzug hierher viel Zeit miteinander verbracht?«

»Viel nicht. Er war ja immer schwer beschäftigt mit seinen Recherchen – und vermutlich seinen Weibergeschichten.«

Da ist noch immer eine gewisse Bitterkeit. Verständlich. Während sie auf alles verzichtet, einschließlich auf einen neuen Partner, lässt es Markstein in jeder Hinsicht krachen: tolle Wohnung, gut bezahlter Job, jede Menge Frauen …

»Waren Sie eifersüchtig? Hatten Sie gehofft, dass Sie und er wieder zusammenkommen?«

»Was, ich?« Sie stößt einen künstlichen Lacher aus. »Nein, da sind Sie völlig auf dem Holzweg. Mir ging es nur um Felix.«

»Sie hatten sich also mehr Unterstützung bei der Erziehung Ihres Sohnes von ihm erhofft, nachdem Sie extra hierhergezogen sind, ist das richtig?«

Achselzucken. »Ich weiß nicht. Ja, vielleicht.«

»Gab es feste Zeiten, zu denen die beiden sich trafen?«

»Nein, Felix ist alt genug, um das eigenständig zu entscheiden und sich selbst mit Boris zu verabreden, oder mit ihm zu chatten. Dafür hatte er ja schließlich sein nagelneues Smartphone von ihm bekommen.«

Ihr bitterer Tonfall ist Oda nicht entgangen.

»Ihr Ex-Mann hat seinen Sohn also materiell ziemlich verwöhnt, kann man das so sagen?«, tastet sich Oda voran.

»Ja, das kann man so sagen«, stößt sie wütend hervor. »Ich meine, okay, ab und zu eine Belohnung für gute Noten, warum nicht? Aber eine neue Spielkonsole, das teure Handy, ein Mountainbike, Geld für Markenklamotten ... Da kann ich natürlich nicht mithalten, mit meinem mickrigen Gehalt.«

»Ja, das ist nicht fair«, stimmt ihr Oda zu. »Hatten Sie Angst, dass sich Felix dadurch mehr seinem Vater zuwendet und Sie nur noch als Autorität wahrnimmt?«

Ihre Augen werden schmal. »Erst kümmert er sich jahrelang kaum um seinen Sohn. Wie oft musste ich Felix, als er noch kleiner war, trösten, wenn Boris mal wieder einen Termin kurzfristig abgesagt hat? Uns jetzt auf einmal spielt er den Großkotz! Und ich bin die Spaßbremse, wenn ich etwas sage.« Nina Rossbach hat offenbar gerade gemerkt, dass sie sich zu sehr hat gehen lassen. Sie beißt sich auf die Lippen, als könnte sie ihre Worte so zurücknehmen.

»Also war Ihr Verhältnis zu Ihrem Ex-Mann nicht das allerbeste«, hält Oda fest.

»Wir kamen klar«, wehrt sie ab. »Streit gibt's überall mal.«

»Wurde es dabei auch mal laut?«, erkundigt sich Oda.

»Wie meinen Sie das?«

»Haben Sie sich letzte Woche im Treppenhaus Ihres Ex-Mannes vor seiner Wohnung mit ihm gestritten? Lautstark?«

»Nein!« Sie blickt Oda finster an und sagt: »Okay, es gab Diskussionen. Das kommt nun mal vor, bei geschiedenen Partnern. Aber nicht letzte Woche, und schon gar nicht brülle ich in Hausfluren herum. Wofür halten Sie mich? Denken Sie wirklich, ich hätte den Vater meines Kindes umgebracht, nur weil er ihm zu viel Zeug kauft? Das ist doch pervers!«

Oda findet, dass es Zeit wird, Klartext zu reden: »Frau Rossbach, Sie haben wegen Felix Ihre Wohnung in Hildesheim und vermutlich auch Ihren Freundeskreis aufgegeben und sind hierhergezogen. Sie haben sich beruflich eher verschlechtert und schlafen im Wohnzimmer auf dem Sofa, damit Ihr Sohn ein eigenes Zimmer haben und in einem angesagten Viertel leben kann. Kurz gesagt, Felix ist Ihr Lebensinhalt, oder sehe ich das falsch?« Oda wartet nicht, bis Frau Rossbach ihre rhetorische Frage beantwortet, sondern fährt fort: »Sie erbringen wirklich jedes Opfer, damit es ihm gut geht. Da erwartet man als Mutter unweigerlich ein Mindestmaß an Dankbarkeit und, ja, nennen wir es ruhig Liebe. Oder wenigstens ein bisschen Respekt und Anerkennung. Aber dann kommt der feine Herr Papa daher, und anstatt dem Jungen die Leviten zu lesen, wie Sie es gehofft haben, und ihm ein strenger Vater zu sein, der ihn auf den Pfad der Tugend zurückführt, verwöhnt er seine Sohn bloß nach Strich und Faden mit teuren Sachen. Und wir wissen ja alle, wie bestechlich Teenager sind. Sie mussten fürchten, dass Ihr Ex-Mann Ihnen den Jungen mit seinen Geschenken abspenstig macht, dass er sich nach und nach seine Zuneigung erkauft …«

»Schluss damit!« Frau Rossbach ist erbost aufgesprungen. »Diesen Blödsinn muss ich mir nicht länger anhören.«

Volltreffer, konstatiert Oda im Stillen.

»Frau Rossbach, es tut mir leid, wenn ich Ihnen zu nahegetreten bin«, rudert Oda zurück. »Wir sind auch gleich fertig, bitte.«

Sie setzt sich auf die Stuhlkante, bereit, beim nächsten falschen Wort von Oda aus dem Büro zu stürmen.

»Wann haben Sie Boris Markstein zuletzt gesehen oder gesprochen?«

»Gestern haben wir telefoniert, irgendwann abends«, erklärt sie mit müder Stimme. »Gegen acht Uhr, wann genau, weiß ich nicht, aber Sie können ja sicher sein Handy checken.«

Wenn das mal so einfach wäre!

»Worum ging es?«

»Am kommenden Wochenende soll ich zu einer Fortbildung. Ich habe Boris gebeten, sich um Felix zu kümmern, damit der nicht zwei Tage allein oder mit seinen Kumpels in der Wohnung rumhängt. Er hat zugesagt. Das war das letzte Mal, dass ich mit Boris gesprochen habe.« Sie wischt sich mit dem Handrücken über die Augen.

»Danke, Frau Rossbach. Dann wollen wir Ihren Sohn mal nicht länger warten lassen.«

»Na also, geht doch«, sagt Völxen zu seinem Hund Oscar, der nach einem kurzen Spaziergang durch den Maschpark friedlich in seinem Korb relaxt. In der Zeit des Gassigehens ist in Völxens elektronischem Posteingang eine E-Mail von Hildebrandt aufgetaucht. Im Anhang befinden sich Marksteins Verbindungsnachweise der letzten Tage: Telefonate und SMS. Von Letzteren gab es allerdings nur eine, die er empfangen hat, eine Transaktionsnummer von seiner Bank.

Immerhin war man beim LKA so liebenswürdig, Völxen nicht nur die Verbindungen zu schicken, sondern dazu noch eine Liste von Marksteins Telefonkontakten, die sage und schreibe sechshundertachtzig Personen umfasst, die Markstein fein säuberlich in Gruppen eingeteilt hat: *Privat, Kollegen, Politik, Polizei u. Justiz, Fußball, Promis, Wirtschaft, Medien, Sonstige*.

Sehr ordentlich, das alles, muss Völxen zugeben, und außerdem einigermaßen verwunderlich, wenn man an das Chaos in seinem Arbeitszimmer denkt. Zu fast allen Personen hat der Journalist den Beruf oder die Firma, die Funktion, den Dienstgrad oder was ihm sonst noch wichtig erschien, eingetragen. Es ist das reinste *Who's who* der Stadt und der Region, fast jeder, der irgendetwas zu sagen hat oder hatte, oder irgendwann öffentlich in Erscheinung getreten ist, sei es positiv oder negativ, ist darin zu finden. Bestimmt würde manch ein Berufskollege für diese Liste morden, denkt der Hauptkommissar bei sich und muss über seine makabre Anwandlung schmunzeln. Bemerkenswert findet Völxen auch, dass er seine Verflossene, die Volontärin Anna-Lena Petrovic, nicht unter *Privat*, sondern unter *Kollegen* eingespeichert hat. Überhaupt finden sich in der Gruppe *Privat* nur ein gutes Dutzend Namen, die meisten davon sind Frauen, wahrscheinlich seine Ex-Geliebten. Nur ein Mann ist dabei, ein gewisser Quentin, ohne Nachnamen oder sonstige Angaben. Offenbar hatte Markstein kaum Freunde. Was andererseits wiederum nicht verwunderlich ist, wer will schon mit einem Typen wie ihm befreundet sein?, überlegt Völxen. Maria Kemper ist unter *Sonstige* aufgeführt, zwischen Handwerkern, Pizzaservice und Autowerkstatt. *Bestattungsinstitut Düker* ist unter ihrem Namen vermerkt. Nicht Nachbarin, nicht Freundin. Ob sie wohl gekränkt wäre, wenn sie das wüsste? Bei den *Promis* steht neben zahlreichen anderen auch Hannes Piekenbrock mit Handy- und Festnetznummer.

Sehr aufschlussreich, so eine Kontaktliste, verräterisch geradezu, denkt Völxen und nimmt sich vor, seine eigene bei Gelegenheit zu überarbeiten.

Auch sein Name steht in Marksteins Kontakten, wie zu erwarten in der Kategorie *Polizei*, und darunter *PD, Chef Morddezernat*. Oda Kristensen ist ebenfalls gespeichert, als seine Stellvertreterin, und dann gibt es da noch einen Namen, um den er sich später kümmern wird …

In der an sich recht umfangreichen *Polizei*-Gruppe tauchen überraschenderweise lediglich drei Beamte des LKA auf: Der Chef der Behörde, der Pressesprecher und Jule Wedekin, aber von ihr hat der Reporter nur die private Handynummer gespeichert. Es fällt Hauptkommissar Völxen schwer zu glauben, dass Markstein tatsächlich keine weiteren Verbindungen zu wichtigen Leuten vom LKA hatte, wo doch das Ressort »Verbrechen« bei der *Bild* zu seinen Kernaufgaben gehörte. Für Völxen ein klares Indiz dafür, dass diese Liste bereits bereinigt wurde. Womöglich war dies der Grund, warum es mit den Handydaten bis heute Mittag gedauert hat. Noch etwas ärgert den Hauptkommissar: Vermutlich hat Markstein, wie die meisten modernen Menschen mittlerweile, seine

Korrespondenz über WhatsApp oder einen ähnlichen Messenger-Dienst abgewickelt, doch diese sicherlich aufschlussreichen Korrespondenzen hat Hildebrandt nicht mitgeschickt. Hätte Völxen das vielleicht explizit erwähnen sollen? Kann man denn von einem Kollegen beim LKA nicht verlangen, dass er ein bisschen mitdenkt? Völxen beschleicht der Verdacht, dass dieses Versäumnis Hildebrandts Rache für Völxens kleinen Erpressungsversuch sein könnte.

Der reinste Kindergarten, das kann ja noch heiter werden, denkt Völxen voller Verdruss und begnügt sich erst einmal mit dem, was er hat. Die Anrufe der letzten zwei Wochen sehen auf den ersten Blick alle unverdächtig aus. Ein Hin und Her mit dem Chef und den Kollegen aus der Redaktion, dazu Nina, Felix, ein paar Pressesprecher und C-Promis, um das Sommerloch zu füllen. Keine Anrufe von oder zu rätselhaften Prepaidnummern, überhaupt keine unbekannten Nummern. Die letzten zwei Tage vor seinem Tod gab es nur drei ein- und ausgehende Gespräche, zwei mit Nina Rossbach und eines mit Sohn Felix.

Er hat die Liste gerade weggelegt, als Oda Kristensen hereinkommt, sich unaufgefordert auf das Sofa fläzt und fragt: »Wusstest du, dass Markstein auf Harleys stand?«

»Nein«, antwortet Völxen, der mit gerunzelter Stirn beobachtet, wie Oscar sich aus seinem Korb bequemt und zu Oda aufs Sofa springt, um sich von ihr die Ohren kraulen zu lassen. »Und? Was ist damit?«

»Nichts. Ich finde nur, dass das eine interessante und unerwartete Facette von Marksteins Persönlichkeit ist.«

»Bringt uns diese Facette irgendwie weiter?«

»Ich glaube nicht«, räumt Oda ein. »Es erklärt lediglich seine Nähe zu Pieke und Konsorten.«

»Pieke hat nur leider das beste Alibi der Welt, er war schon tot«, erwidert Völxen. »Und da Markstein kaum jemals ein kritisches Wort über ihn geschrieben hat, sehe ich in diesen Kreisen auch kein Motiv, oder bist du da anderer Meinung?« Völxen gibt sich redlich Mühe, seine schlechte Laune nicht an Oda auszulassen, aber ganz gelingt es ihm nicht. Wenn sie plaudern will, soll sie zu Frau Cebulla gehen oder in die Kantine, er hat schließlich zu tun!

»Gibt's denn überhaupt irgendwas Neues?«, fragt er.

»Nicht wirklich«, gesteht Oda. »Die Befragung von Felix hätte ich mir sparen können. Solange Muttern dabei ist, lässt der natürlich nichts raus, was einen Schatten auf das rosarote Bild wirft, das sie von ihm hat.« Oda schüttelt den Kopf. »Erzählt die mir doch tatsächlich das Märchen von Felix' wundersamer Wandlung vom Grasdealer, der von der Schule geflogen ist, zum geläuterten Musterknaben, der jetzt nur noch brav lernt.«

»Vielleicht stimmt es ja? Der väterliche Einfluss ...«

»Komm schon, Völxen, das glaubst du doch selbst nicht. Ich denke, die Rossbach ist selbst nicht hundertprozentig von der Unschuld ihres Sprösslings überzeugt. Jedenfalls verhindert sie mit allen Mitteln, dass wir ihn allein sprechen. Ich habe die beiden jetzt zum Erkennungsdienst geschickt, Fingerabdrücke und DNA nehmen, zum Abgleich.«

»Was ist mit diesem Freund, diesem Tobias Renz? Sollten wir den nicht mal vorladen?«, meint Völxen.

Oda nickt. »Ich habe eine Streife zu seiner Wohnung geschickt, damit sie ihn herbringen. Der hat nicht zum ersten Mal mit der Polizei zu tun, der kennt sich also aus und wird uns den Stinkefinger zeigen. Vielleicht sollten wir Fernando die Befragung überlassen.«

Völxen winkt ab. »Der ist auch nicht mehr, was er mal war. Wenn du ihn einschüchtern willst, wirf ihn Rifkin zum Fraß vor«, entgegnet Völxen, nur halb im Ernst.

»Auf jeden Fall lasse ich seine Fingerabdrücke mit denen auf dem Drogenpäckchen abgleichen, von dem Fiedler heute Morgen gesprochen hat. Und die von Felix natürlich auch.«

»Tobias Renz ist aktenkundig, denke ich. Hat man damals denn nicht seine Fingerabdrücke genommen?«

»Anscheinend nicht«, seufzt Oda und erhebt sich ächzend vom Sofa. »Gleich kommt die Petrovic. Mal sehen, ob uns die was Neues erzählen kann.«

Kann sie nicht, oder sie will nicht, stellt Oda bereits nach wenigen Minuten fest. Die Volontärin trägt heute demonstrativ einen schwarzen Hosenanzug, als wäre sie Marksteins Witwe und nicht bloß die vor Kurzem geschasste Affäre. Sie wirkt gefasst, aber dennoch so, als würde sie jeden Moment in Tränen ausbrechen. Ausgeprägter Hang zur Theatralik, konstatiert Oda insgeheim. Was nicht ausschließt, dass sie Markstein tatsächlich noch immer nachtrauert, auch wenn der sie bitter enttäuscht hat. Womöglich idealisiert sie ihn posthum, blendet aus, dass er ihr den Laufpass gegeben hat, und lebt in dem Wahn, dass sie bestimmt wieder zusammengekommen wären.

»Frau Petrovic, ich muss Ihnen leider sagen, dass Ihr Alibi wackelt«, verkündet Oda, nachdem die Präliminarien überstanden sind und die Aufnahme läuft.

»Wie bitte? Das kann nicht sein.«

»Meine Kollegen waren gerade bei Ihrer Nachbarin, mit der Sie sich am Sonntagabend zur fraglichen Zeit über das Balkongeländer hinweg unterhalten haben. Die Frau bestätigt dieses Gespräch, aber sie erinnert sich nicht mehr an die genaue Uhrzeit. Nur dass es schon dunkel gewesen ist, konnte sie mit Sicherheit sagen. Aber dunkel wird es ja jetzt schon um neun.«

Das ist keine Finte, Rifkin hat vor einer Viertelstunde eine entsprechende Nachricht geschickt. Oda glaubt nicht wirklich, dass dieses zart gebaute Wesen, das sie nun anschaut wie ein verdutzter Welpe, ihrem Ex einen drei Kilo schweren Betonbrocken über den Schädel gezogen hat – und danach nach Hause gegangen ist, ihre Balkonblümchen gegossen und mit der Nachbarin geplaudert hat. So abgebrüht ist sie nicht, da müsste Oda sich schon schwer täuschen. Der Hinweis auf die Unzulänglichkeit ihres Alibis ist jedoch sehr hilfreich, um die Frau ein wenig zu verunsichern, denn die meisten Zeugen und Verdächtigen kooperieren deutlich besser, wenn sie sich nicht auf der sicheren Seite wähnen.

»Frau Petrovic, hat Boris Markstein mit Ihnen je über seine Recherchen in Sachen Russenmafia gesprochen?«, will Oda jetzt wissen.

»Russenmafia?«, wiederholt sie, als höre sie dieses Wort zum ersten Mal. »Nein!«

»Oder haben Sie zufällig etwas mitbekommen? Ein Telefonat vielleicht, oder lag mal ein Schriftstück herum …?«

»Glauben Sie, ich habe ihm hinterhergeschnüffelt?«, kommt es entrüstet.

Genau das glaubt Oda, oder hält es zumindest für möglich. »Etwas muss an der Sache dran sein, es steht ja heute sogar in Ihrem Blatt. Und da steht doch immer die Wahrheit.«

»Sehr witzig!« Die Volontärin rollt mit den Augen wie ein genervter Teenager und meint dann: »Die Brenninger und der Chef haben den heutigen Artikel verfasst, keine Ahnung, woher die das mit der Russenmafia haben. Ich durfte nur die Archivbilder ausgraben, die Boris mit allen möglichen Promis zeigen. Er hat nie mit mir über die Projekte gesprochen, die er für andere Zeitungen geplant hat. Wenn, dann sprachen wir höchstens über das, was demnächst in der *Bild* erscheinen sollte.«

»Und was sollte von ihm demnächst dort erscheinen?«

»Piekenbrocks Lebensgeschichte in mehreren Folgen.« Sie kann sich ein kleines Naserümpfen nicht verkneifen. »Aber das alles habe ich in der Redaktion bereits Ihren beiden Kollegen erzählt.«

»Ist nur fürs Protokoll«, erklärt Oda. »Frau Petrovic, wie lange waren Sie und Boris Markstein zusammen?«

»Sechs Monate, ungefähr.«

»Mit wem war er davor zusammen?«

»Das weiß ich nicht.« Sie schlägt die Beine übereinander und verschränkt abweisend die Arme. »Wir haben nicht über unsere zurückliegenden Beziehungen gesprochen.«

»Mir scheint, Sie beide sind überhaupt nicht viel zum Reden gekommen«, bemerkt Oda.

Ihr Gegenüber wirft ihr einen bösen Blick zu. Ihre Wangen sind inzwischen flammend rot.

»Kommen Sie, Frau Petrovic, das klingt unglaubwürdig. Falls er keine Namen seiner Verflossenen genannt hat, gab es doch sicher ein paar Gerüchte.«

»Auf so was gebe ich nichts, und ich wollte davon auch nichts hören«, beharrt die Petrovic und murmelt: »Bestimmt waren es irgendwelche Tinder-Schlampen.«

»Danke, Frau Petrovic, das war's auch schon.« Oda hat, was sie wollte: eine Aufnahme für Frau Kemper, um herauszufinden, wer da neulich im Hausflur herumgekreischt hat.

XI.

Die Familie Renz wohnt im Hochparterre eines unscheinbaren Blocks in der Fössestraße in Linden. Oberkommissar Jens Grünberg und Kommissaranwärterin Maria Petrelli von der Polizeiinspektion West wollen nach mehrmaligem Klingeln schon aufgeben, aber schließlich wird die Tür doch noch geöffnet. Ein nachlässig rasierter Mann mit wirrem Haar sieht die beiden Uniformierten halb verschlafen, halb misstrauisch an. »Was ist denn?«

»Sind Sie der Vater von Tobias Renz?«

»Das will ich doch hoffen«, grinst er.

»Wir sind hier, um Ihren Sohn Tobias zu einer Befragung abzuholen. Ist er denn da?«, erkundigt sich Grünberg.

Das Grinsen weicht einem misstrauischen Stirnrunzeln. »Was für eine Befragung denn?«

»Jemand von der Polizeidirektion will mit ihm reden, er hat nichts zu befürchten«, versichert Maria Petrelli rasch.

»Erst will ich wissen, worum es geht«, beharrt der Vater des Jungen.

»Sie können mitkommen, dann erfahren Sie es«, schlägt Oberkommissar Jens Grünberg vor.

»Tobias?«, ruft der Mann mit rauchiger Stimme ins ebenso verräuchert riechende Innere der Wohnung und dreht sich dabei um. Er trägt ein Muskelshirt, das zwar wenige Muskeln, aber dafür Teile eines Tattoos sehen lässt. Eine Eidechse? Wohl eher ein Drache.

Sein Ruf verhallt ungehört oder unbeachtet.

»Tobias! Komm sofort her!«, schallt es mit Vehemenz durch den Flur.

»Der Bengel hat bestimmt wieder seine Stöpsel in den Ohren und hört nichts außer seiner Scheißmucke!«, erklärt Herr Renz nun den Beamten.

Im Zimmer am Ende des Flurs hört man ein rumpelndes Geräusch. Alle drei warten darauf, dass sich die Tür öffnet, aber nichts geschieht, nur ein Klappern tönt aus dem Zimmer.

»Scheiße! Der türmt!« Grünberg rempelt den Hausherrn zur Seite, sprintet im Slalom durch den langen Flur, wobei er diversen Schuhen, einem Kasten Bier, einem Korb mit Altpapier und einem überquellenden Kleiderständer ausweichen muss. Er reißt die Tür mit einem aufgeklebten Totenkopf und dem Hinweis *No entry* auf. Ein Fensterflügel steht offen. Grünberg wirft einen Blick nach draußen in den Hinterhof. Der Hof ist bis auf einen Satz Mülltonnen kahl und rundum umgeben von Häusern. Keine Möglichkeit, sich zu verstecken. Es gibt nur einen Ausgang durch den Torweg zur Straße. »Maria, der kommt vorne raus!«, brüllt Grünberg über seine Schulter und hastet durch den Flur zurück.

Seine Kollegin hat bereits reagiert und ist die vier Stufen hinab auf die Eingangstür des Wohnhauses zugestürmt. Gerade will die Polizistin die Tür aufreißen, da wird diese von außen geöffnet, und eine junge Frau schiebt einen Kinderwagen hindurch. »Zur Seite bitte, das ist ein Einsatz!«

»Was ... was ist denn los?«, kommt es erschrocken. Maria Petrelli hat keine Zeit für Erklärungen. Sie quetscht sich an der verdutzten Frau und ihrem Gefährt vorbei, aber das kostet wertvolle Sekunden. Dann steht die Kommissaranwärterin ratlos auf der Straße neben einem Fahrradständer und sieht sich hektisch nach allen Seiten um. Kollege Grünberg taucht neben ihr auf.

»Mist! Keine Ahnung, in welche Richtung er gelaufen ist«, gesteht Petrelli.

»Der kann nicht weit sein. Du rechts, ich links«, ordnet Grünberg an. Beide rennen los.

Ein paar Minuten später stehen sie keuchend und frustriert neben ihrem Streifenwagen. Grünberg telefoniert, sagt ein paarmal »okay« und »habe verstanden« und legt dann auf. »In der PD sind sie *not amused*«, lässt er seine Partnerin wissen.

»Verfluchter Mist!«, ärgert sich Maria Petrelli. »Wäre ich nur ein bisschen schneller gewesen. Aber ich konnte ja schlecht die Mutter samt Kinderwagen über den Haufen rennen.«

»Ist nicht deine Schuld. Die hätten uns sagen müssen, dass Fluchtgefahr besteht«, beruhigt Grünberg die Anwärterin. »Jetzt wollen sie, dass wir etwas besorgen, worauf seine Fingerabdrücke sind.«

»Das darf doch nicht wahr sein!«, regt sich Hauptkommissar Völxen auf. Er steht bei Oda im Büro und macht seinem Ärger Luft. »Da schicken sie zwei Supertalente, die noch grün sind hinter den Ohren, und die lassen diesen Bengel natürlich glatt entwischen. Aus der Wohnung! Wie blöd kann man sich anstellen?«

»Den kriegen sie schon noch«, meint Oda. »Dann haben wir wenigstens einen Grund, ihn in die Mangel zu nehmen.«

»Fragt sich nur, wann das sein wird«, grollt Völxen.

Angelockt von der zornigen Stimme des Dezernatsleiters hat sich auch Erwin Raukel aus seiner Höhle gewagt.

»Was treibst du eigentlich den ganzen Tag?«, erkundigt sich Völxen bei dieser Gelegenheit.

»Ich sehe mir schwere Maschinen und leichte Mädchen an.«

»Erwin, ich bin gerade überhaupt nicht in der Stimmung für deine Scherze!«

»Wann bist du das je?«, erwidert Raukel betrübt. »Im Übrigen war das kein Scherz, sondern die nackte Wahrheit, sozusagen.« Er unterbricht sich, um über sein Wortspiel zu kichern, ehe er erläutert: »Ich gehe gerade Marksteins Recherchen für Piekenbrocks Nachruf durch. Das Rotlichtviertel war nun mal sein Biotop, was kann ich dafür? Es wäre vielleicht mal ganz nett, wenn mir jemand mit dem ganzen Krempel aus Marksteins Arbeitszimmer helfen würde, oder soll ich die ganzen Kisten allein durchackern?«

»Erwin, wir müssen reden«, entgegnet Völxen, dem da gerade etwas einfällt.

»Bitte schön, meine Tür steht dir jederzeit offen.«

»In *meinem* Büro«, sagt Völxen und dreht sich um, wobei er Odas neugierigen Blick ignoriert.

Die Haustür ist zugefallen. Grünberg und Petrelli klingeln sich in den Hausflur und dann noch einmal an der Wohnungstür der Familie Renz. Nichts rührt sich, kein Laut dringt aus dem Inneren der Wohnung.

»Herr Renz?« Grünberg donnert mit der Faust gegen die Tür. »Bitte öffnen Sie.«

Stille. Grünberg bearbeitet weiter die Tür.

Doch es helfen weder Appelle an die Vernunft noch Drohungen oder Sturmklingeln und Türklopfen. Der Hausherr hat offenbar auf stur geschaltet. Dagegen hat der Radau die Flurnachbarin auf den Plan gerufen, es ist dieselbe, deren Kinderwagen Petrelli vorhin an der Verfolgung des Jungen gehindert hat. Jetzt hält die junge Frau ein sabberndes Baby auf dem Arm, dessen Gesicht, Hemd und Lätzchen Spuren pürierter Karotten trägt.

»Was ist denn los?«

»Kein Grund zur Beunruhigung«, versichert Maria Petrelli und entlockt der Mutter sogar ein Lächeln, als sie mit quiekender Stimme ihr Entzücken über *das süße Baby* kundtut. Anschließen sagt sie, wieder in normalem Tonfall: »Vielleicht können Sie uns helfen. Diese Fahrräder da draußen ... Wissen Sie zufällig, welches davon Tobias, dem Jungen von nebenan, gehört?«

»Das schwarze Mountainbike mit den neongelben Felgen«, antwortet die Nachbarin prompt. »Das blöde Ding stand immer im Hausflur, bis der Hausmeister es ihnen verboten hat. Finde ich nur gerecht. Wenn ich meinen Kinderwagen nicht in den Flur stellen darf, muss dieses Ding da auch nicht stehen.«

Maria Petrelli bedankt sich und sagt wenig später zu Jens Grünberg, der schon grinsend bei den Fahrrädern steht und den Daumen hebt: »Dann hol ich mal den Bolzenschneider.«

»Ich wusste gar nicht, dass ihr so dicke wart, du und Markstein«, beginnt Völxen, nachdem er und Raukel allein im Büro des Hauptkommissars sind.

»Och, *dicke* würde ich nicht sagen, das nicht, nein. Aber ich fand ihn gar nicht so übel, jedenfalls nicht so wie alle anderen hier, die immer auf ihm rumgehackt haben«, meint Raukel und rutscht ein wenig nervös auf dem Stuhl vor Völxens Schreibtisch herum.

Oscar, dessen seismografisches Gespür für Stimmungen und Schwingungen Ärger anzeigt, legt schon mal die Ohren an.

»Immerhin hast du Markstein deine private Handynummer gegeben.«

»Nicht, dass ich wüsste. Wie kommst du darauf?« Raukel spielt den Verblüfften.

»Sie steht in Marksteins Kontaktliste, unter *Raukel, Erwin, privat.*«

»Ach. Wirklich? Nun, vielleicht habe ich ihn mal mit meinem privaten Handy angerufen, das kann schon sein. Da hat er die Nummer wohl gleich gespeichert. Gründlich, der Mann«, setzt Raukel hinzu.

»Mhm«, macht Völxen nachdenklich. »Möglich. Ja, das ist gut möglich«, meint er, und in einem Anflug von Sadismus genießt er es fast ein bisschen, wie sich die ausgelegte Schlinge um Raukels praktisch nicht vorhandenen Hals langsam zuzieht.

»So wird's gewesen sein.« Raukel verzieht das Gesicht zu einem jovialen Grinsen.

»Aber was solltest du für einen Grund haben, Markstein von deinem privaten Handy aus anzurufen?«, setzt Völxen die peinliche Befragung fort.

Raukel geht zum Gegenangriff über. »Völxen, alter Freund, ich bitte dich! Seit wann bist du so ein Korinthenkacker? Jemand vom alten Schrot und Korn wie ich ist immer im Einsatz für die gerechte Sache. Da unterscheidet man nicht ständig zwischen Dienst und privat, verstehst du?«

»Ja, das verstehe ich«, meint Völxen.

»Außerdem hatten Markstein und ich ein gemeinsames *privates* Interesse«, verkündet Raukel nun.

»Ach. Darf ich fragen, was das ist?«

»Pferde«, verkündet Raukel strahlend. »Ich habe ihn öfter auf der Rennbahn in Langenhagen getroffen, und wir haben uns gelegentlich dort verabredet und hin und wieder auch ein paar Tipps für Wetten ausgetauscht.«

»Was es nicht alles gibt«, staunt Völxen.

»Dann wäre das ja jetzt geklärt, oder?«, fragt Raukel.

»Im Grunde schon«, nickt Völxen. »Da wäre nur eine Sache: In den Tagen nach Hannes Piekenbrocks Tod hast du viermal mit Markstein telefoniert. Ging's da auch um Pferde?«

Raukel ringt theatralisch seine kurzen Arme und erklärt: »Das war die Hölle! Die haben doch alle am Rad gedreht, die gesamte Presse. Und auch wenn es immer heißt *über Tote nicht Schlechtes*, muss ich sagen, der Kerl wurde richtig lästig und aufdringlich. Machte einen auf Kumpel, um mir Informationen zu entlocken. Weil er mich im Dienst nicht erwischt hat, hat er's eben auf dem privaten Handy versucht. Ich musste ihn ein paarmal abwimmeln. Selbstverständlich habe ich geschwiegen wie ein Grab.«

Hauptkommissar Völxen streicht sich übers Kinn, während er diese Rede auf sich wirken lässt, und meint dann: »Es ist nur so: Drei von den vier Malen hast du *ihn* angerufen, und zwar lange nach Feierabend.«

Raukels Augen werden zu winzigen Schlitzen. »Was willst du mir eigentlich unterstellen, Völxen? Komm schon, raus damit!«

»Gut, Erwin, reden wir Tacheles. In der Tat habe ich schon seit längerer Zeit das Gefühl, dass dieser Kahn, in dem wir hier alle sitzen, ab und zu ein bisschen leckt. Und komischerweise tropfte es immer auf Markstein.«

»Das sind böse Behauptungen, Völxen, besonders, wenn man bedenkt, wie lange wir uns schon kennen!«, entgegnet Raukel und sieht dabei abgrundtief gekränkt aus. »Hast du dafür auch Beweise?«

»Nein, nur Indizien. Aber nimm es als Warnung, Erwin. Du weißt, du bist angezählt, du hast dir im Lauf der Jahre einfach zu viel …« Völxens Dienstapparat klingelt.

»Völxen. – Sein Fahrrad? – Gut, besser als nichts. – Nein, bringt es direkt zur KTU. Das kriegt ihr doch hin, oder? Sagt denen … Nein, ruft mich noch mal an, wenn ihr dort seid.« Er legt auf und murmelt etwas von zwei Grünschnäbeln, die gerade noch einmal die Kurve gekriegt hätten.

»Geht's um den Kumpel von Marksteins Sohn?«, erkundigt sich Raukel.

»Zwei Superhelden von der Streife sollten ihn zu einer Befragung herschaffen, und er ist ihnen entwischt.«

»Kein Wunder, wenn man bedenkt, wer heutzutage bei unserem Verein alles genommen wird.« Raukel, offenbar bereit, unter sämtliche Missverständnisse einen Schlussstrich zu ziehen, verbeißt sich in das neue Thema: »Dieser Tobias ist ein Kiffer und dealt, darauf verwette ich meinen Allerwertesten. Was, wenn Tobias und Felix ein kleines Joint Venture hatten? Vielleicht war Tobias Renz der Lieferant, der wohnt schon länger hier und hat die besseren *connections*. Beide versorgen im Dunstkreis ihrer verschiedenen Bildungseinrichtungen ihre Kundschaft, aber beide können den Stoff nicht bei sich zu Hause lagern, also brauchen sie ein Depot ...«

»Das Päckchen, das die Spurensicherung gefunden hat«, lässt sich Völxen auf Raukels Ablenkungsmanöver ein, denn im Grunde ist zum vorangegangenen Thema schon alles gesagt.

Raukel spinnt den Faden eifrig weiter: »Markstein beschleicht womöglich der Verdacht, dass sein Sprössling nicht ganz so brav ist, wie seine Frau Mama uns weismachen will. Der Mann weiß, wo was läuft. Er macht zu später Stunde eine kleine Stippvisite an diesem *special place* und erwischt die beiden in flagranti bei einem kleinen Handel oder sieht, wie sie gerade gemütlich einen durchziehen ...«

»Felix soll seinen Vater erschlagen haben, weil der ihn beim Kiffen erwischt?«

»Ich weiß, das klingt unschön«, räumt Raukel ein. »Aber im Affekt ist schon manches passiert.«

»Wird man von Cannabis nicht eher relaxed und ein bisschen albern? Habe ich mir sagen lassen«, fügt Völxen hinzu.

»Vielleicht haben sie was ganz anderes eingeworfen. Crack, Pillen, was weiß denn ich, was da heutzutage zirkuliert? Oder es war der andere, Tobias, der fürchtete, dass er mit auffliegt, wenn Markstein Theater macht. Deshalb ist er vorhin wohl auch abgehauen ...«

»Warten wir ab, was die Auswertung der Fingerabdrücke bringt«, meint Völxen. Er muss zugeben, dass an dem, was Raukel sich zusammengereimt hat, schon etwas dran sein könnte. »Wenn das so ist, sollten wir – und damit meine ich dich, Erwin – den Fundort im Auge behalten. Tobias weiß vielleicht noch nicht, dass wir seinen Vorrat gefunden haben. Also wird er danach suchen, jetzt, wo die Spurensicherung das Gebiet wieder freigegeben hat.«

»Es kann natürlich auch ganz anders gewesen sein«, wendet Raukel nun ein, der großes Ungemach auf sich zukommen sieht. »Markstein war schlicht und einfach zur falschen Zeit am falschen Ort und wurde ausgeraubt und dabei erschlagen.«

»Wo du es schon erwähnst ... Besorg mir doch eine Liste sämtlicher Bürger von Linden-Mitte, die schon einmal wegen Gewalt- und Drogendelikten auffällig geworden sind.«

»Was? Das ist nicht dein Ernst?«, entgegnet Raukel entsetzt. »Ich meine, das ist *Linden*, das ist das reinste Chicago ...«

»Sehe ich aus, als wäre ich zum Scherzen aufgelegt?«

»Völxen, ich bitte dich, was soll ich denn noch alles tun? Den Tatort überwachen *und* diese Liste erstellen ... ich kann mich schlecht zerreißen, das musst du doch einsehen.«

»Gut, dann sollen Rifkin oder Rodriguez den Fundort überwachen. Sag ihnen Bescheid, wo auch immer sie sich gerade herumtreiben.«

Völxens Telefon klingelt erneut. Raukel nutzt die Gelegenheit. Ehe sein Vorgesetzter ihm eine weitere *mission impossible* aufbürden kann, verdrückt er sich flink aus dem Büro.

Völxen nimmt den Hörer ab. Er rechnet mit Grünschnabel Grünberg, aber der Anruf kommt aus der Rechtsmedizin.

»Dr. Bächle, was gibt es Neues?«

»Ned viel«, antwortet Bächle. »Der Todeszeitpunkt hat sich bestätigt, außerdem die Todesursache und die Tatwaffe, dieser Betonbrocken. Dem Opfer wurde zweimal auf den Schädel geschlagen. Zwar fascht an dieselbe Schtelle, aber es müssen zwei Schläge gewesen sein. Da hat es einer wirklich ernscht gemeint.«

»Sieht so aus«, murmelt Völxen. »Folgten die Schläge unmittelbar aufeinander?«

»Das lässt sich nicht mit Sicherheit sagen. Es kann auch eine kurze Zeit zwischen dem erschten und dem zweiten vergangen sein.«

»Kann er sich nach dem ersten Schlag noch fortbewegt haben?«

»Ja, des ischt möglich, aber nicht weit. Beide Schläge erfolgten, als er sich in aufrechter Position befand.«

»Könnte es sein, dass der erste Angriff direkt auf diesem Spielplatz erfolgt ist und er sich dann bis zu der Stelle, an der man ihn gefunden hat, bewegt hat? Das waren gute zwanzig Meter, wenn ich mich recht erinnere.«

»Das wäre im Rahmen des Möglichen«, räumt Dr. Bächle ein und fährt fort: »Das Opfer hatte außerdem 0,7 Promille Alkohol im Blut und seine letschte Mahlzeit beschtand aus Hackfleisch und Salat, unter anderem Weißkraut, Karotten, Tomaten ...«

»Ja, danke, Dr. Bächle«, unterbricht Völxen den schwäbischen Sermon. »Was ist mit Drogen?«

»Im Blut war nur der Alkohol nachweisbar, sonscht nix.«

»Das gilt aber nur für die Stunden vor der Tat, nicht wahr?«

»Exakt.«

»Dr. Bächle, mich würde interessieren, ob Markstein ab und zu noch andere Drogen konsumiert hat. Cannabis oder Kokain, zum Beispiel. Das kann man doch nachweisen, in den Haaren, oder irre ich mich?«

»Freilich, da gibt's Möglichkeiten. Es ischt ja ausreichend langes Kopfhaar vorhanden, wir können eine Schpektralanalyse durchführen. Man kann daraus ein Konsummuster ablesen und ziemlich genau sagen, ob er regelmäßig oder nur gelegentlich etwas konsumiert hat. Oder eben gar nicht.«

»Wunderbar. Wenn Sie das veranlassen könnten, wäre ich Ihnen sehr dankbar, Dr. Bächle«, schleimt sich Völxen ein.

»Des dauert aber a weng«, warnt ihn der Mediziner.

»A *weng?*«, wiederholt Völxen befremdet.

»Ein Weilchen.«

»Ah.«

»Zwei, drei Daag, mindeschtens.«

»Ja nun, dann ist das halt so. Danke, Dr. Bächle«, seufzt Völxen, wünscht dem Mediziner noch einen schönen Tag und legt auf.

Zum wiederholten Mal öffnet er sein Mailpostfach. Nichts vom LKA. War ja klar.

Es klopft an die Tür.

Himmelherrgott, hat man denn hier nicht mal eine Sekunde lang seine Ruhe!

»Ja!«

Frau Cebulla streckt den Kopf durch die Tür. »Da ist eine ältere Dame, die Sie sprechen möchte.«

»Was will sie denn von mir?«

»Sie möchte eine Aussage zum Mordfall Markstein machen. Sie war schon auf der Wache in Linden, aber die haben sie zu Ihnen geschickt.«

Völxen fragt sich allmählich ernsthaft, ob die Kollegen der PI West sich heute dazu verschworen haben, ihm den Tag zu versauen. Erst geht ihnen ein Schüler durch die Lappen, und jetzt schicken sie ihm eine wahrscheinlich verrückte Alte mit Wahnvorstellungen, die ihm zum Dienstschluss hin noch den letzten Nerv rauben wird. Völxen spielt mit dem teuflischen Gedanken, sie zu Raukel zu schicken, aber dann erbarmt er sich und sagt: »Also gut, meinetwegen.«

Hereingetrippelt kommt eine kleine, dürre, alte Frau, die trotz der warmen Temperaturen einen schwarzen Hut mit schmaler Krempe und einen leichten beigefarbenen Mantel trägt. Völxen schätzt ihr Alter auf weit über achtzig. »Oscar, Platz und bleib!«, ermahnt er den Terrier, der aufgestanden ist, um die ihm unbekannte Person zu beschnüffeln. Als das Raubtier wieder in seinem Korb liegt, wünscht Völxen der Besucherin einen guten Tag.

»Guten Tag, Herr …«

»Völxen, Hauptkommissar Völxen, bitte setzen Sie sich. Darf ich erfahren, wer Sie sind?«

Sie lässt sich sehr langsam und kreuzlahm auf einem der Besucherstühle nieder. Als sie endlich sitzt, krallt sie sich an den Henkeln ihrer Handtasche fest und beginnt: »Mein Name ist Elsa Dorn, und ich möchte Ihnen etwas geben, das ich gestern ... also, es gehörte dem Mann, den sie gefunden haben. Dem Toten.«

»Dann lassen Sie mal sehen.«

Sie öffnet umständlich ihre Handtasche und legt eine lederne Brieftasche auf Völxens Schreibtisch. Sie ist braun und hat ein Schlangenmusterrelief. Völxen blickt erst die Brieftasche an, dann die alte Frau. »Augenblick, bitte!« Er bückt sich und kramt in den Tiefen der Schubladen seines Schreibtisches nach dem Karton mit den Einweghandschuhen. Als er sie endlich findet, streift er ein Paar über und öffnet die Brieftasche. Er betrachtet kurz Marksteins Personalausweis. Auch sein Presseausweis steckt daneben sowie ein Haufen anderer Plastikkarten und Geld. Zweihundertvierzig Euro in Scheinen und etwas Münzgeld.

»Es ist alles noch da«, erklärt die Frau. »Ich gebe zu, ich wollte erst das Geld behalten, aber dann ...«

»Warten Sie!« Völxen hebt die Hand mit dem Silikonhandschuh. »Erzählen Sie bitte der Reihe nach. Wieso, wann und wie sind Sie in den Besitz dieser Brieftasche gelangt?«

»Ich bin ...«

»Noch einen Augenblick«, unterbricht Völxen erneut. »Am besten, wir zeichnen das Gespräch auf und fertigen gleich ein Protokoll an, das spart uns Zeit. Sind Sie damit einverstanden?«

Frau Dorns kleine Gestalt sinkt noch ein bisschen mehr in sich zusammen. »Ein Protokoll? Ist das unbedingt notwendig?«

»Sie haben mir immerhin gerade ein Beweisstück aus einem Mordfall auf den Tisch gelegt«, erklärt Völxen.

»Gut, wenn es sein muss«, kommt es seufzend.

Völxen zieht die Handschuhe wieder aus, macht das Aufnahmegerät startklar und sagt: »Frau Dorn, schildern Sie mir bitte, wie Sie in den Besitz dieser Brieftasche gelangt sind.«

»Ich bin spazieren gegangen, gestern früh. Da habe ich ihn gefunden, diesen Toten.«

»Wo haben Sie ihn gefunden?«

»An der Rampenstraße, unten, bei den Gleisen. Ich habe seine Jacke aufgehoben und dabei die Brieftasche gefunden. Ich habe sie eingesteckt und bin gegangen. Sonst habe ich nichts angefasst. Das ist alles.«

»Warum haben Sie die Brieftasche eingesteckt?«

Sie schluckt, dann sagt sie leise: »Ich habe das viele Geld gesehen und bin schwach geworden.«

»Warum haben Sie nicht einfach nur das Geld rausgenommen?«

»Weil ... weil ich die Brieftasche schon angefasst hatte. Und ich dachte, dass da jetzt meine Fingerabdrücke drauf sind.«

»Das war sehr geistesgegenwärtig«, bemerkt Völxen und denkt: reichlich viel kriminelle Energie, die alte Dame!

»Ich schaue viele Krimis im Fernsehen an, daher weiß ich so etwas.«

»Und weil Sie die Brieftasche an sich genommen haben, haben Sie auch nicht die Polizei gerufen?«

»Ich ... na ja, ich habe ja auch kein Handy.«

»Gut, Frau Dorn. Wissen Sie noch, wie der Tote dalag, in welcher Haltung?«

»Auf dem Bauch. Ich habe die Wunde am Kopf gesehen, ich wusste sofort, dass er tot ist, und zwar schon länger. Das Blut war schon verkrustet.«

»Das lernen Sie alles aus dem Fernsehen?«, wundert sich Völxen.

»Ich war dreißig Jahre lang Krankenschwester, davon acht Jahre in der Notaufnahme. Da sieht man häufiger Kopfwunden. Und Tote auch«, fügt sie lakonisch hinzu.

»Wie spät war es, als Sie den Toten gefunden haben?«

»Halb sieben ungefähr. Ich habe nicht auf die Uhr gesehen. Es wurde gerade erst hell.«

»Ist Ihnen sonst irgendetwas aufgefallen? Waren Personen in der Nähe?«

»Nein, da war niemand, nur ich.«

»Warum waren Sie so früh unterwegs, Frau Dorn?«

»Ich bin spazieren gegangen. Das mache ich öfter, ich schlafe schlecht.«

»Leben Sie allein?«

»Ja. Ich wohne seit über fünfzig Jahren im selben Haus in der Viktoriastraße.«

»Und da gehen Sie unten an den alten Gleisen spazieren, wo das Unkraut mannshoch wächst und Müll und Scherben herumliegen? Es tut mir leid, Frau Dorn, aber das nehme ich Ihnen nicht ab.«

Die alte Dame weicht dem bohrenden Blick ihres Gegenübers aus und flüstert: »So war es aber.«

Völxen schaltet das Aufnahmegerät aus und betrachtet die kleine, alte Frau, die zusammengekauert vor ihm sitzt. Mantel, Hut, Handtasche und Schuhe sehen aus, als wären sie einmal teuer gewesen, aber vermutlich hat sie die Sachen noch in D-Mark bezahlt. Sie trägt ein in Blautönen gemustertes seidenes Halstuch über dem Mantelkragen, aber an einer Stelle ist es verrutscht, und man sieht, dass der Stoff an der Kante des Kragens brüchig und abgewetzt ist. Elsa Dorn, schlussfolgert der Hauptkommissar, ist eine, die es nicht dicke hat, die aber Wert darauf legt, gewisse Standards zu erhalten. Die verblichene Eleganz dieser alten Dame rührt etwas in Völxen an.

»Sie waren Flaschen sammeln, nicht wahr?«, sagt er unumwunden und lächelt sie dabei verständnisvoll an. »Wir müssen das nicht ins Protokoll schreiben, ich würde es nur gerne wissen.«

Sie nickt und wird rot. Aus der Manteltasche zieht sie ein zerknülltes Stofftaschentuch hervor und wischt sich damit über die Augen.

Derweil entwirft Völxen im Geist ein Szenario: Elsa Dorn steht am Montagmorgen in aller Herrgottsfrühe auf, um ein paar Flaschen zu ergattern. Sie entdeckt den leblosen Körper. Hartgesotten durch ihren früheren Beruf, rennt sie nicht gleich weg, sondern sieht sich den Leichnam genauer an. Dabei fällt ihr eine Brieftasche in die Hände, mit über zweihundertvierzig Euro darin. Viel Geld für eine Rentnerin, die Flaschen sammeln muss, um über die Runden zu kommen. Klar, dass sie da erst einmal der Versuchung unterliegt. Aber jetzt sitzt sie hier.

»Warum sind Sie jetzt doch noch zur Polizei gegangen?«, will der Hauptkommissar wissen.

»Ich habe heute früh die Zeitung gesehen, die *Bild*, die liegt immer beim Bäcker. Da habe ich plötzlich Angst gekriegt. Falls mich doch wer gesehen hat ... Und ich dachte auch, dass es einfach nicht richtig ist, das Geld und die Brieftasche zu behalten. Weil in der Zeitung auch etwas über einen Raubmord gestanden hat, und das stimmt ja nicht. Ich habe ihn zwar beraubt, aber nicht ermordet.«

Völxen lächelt die Frau aufmunternd an. »Das war sehr anständig und mutig von Ihnen herzukommen, Frau Dorn, Sie haben meinen Respekt. Wenn Sie sich einen Augenblick gedulden, dann tippe ich Ihre Aussage kurz in den Computer, Sie unterschreiben das Protokoll, und dann lasse ich Sie nach Hause fahren, einverstanden?«

»Und der Diebstahl? Was wird damit?«

»Welcher Diebstahl? Die Brieftasche ist doch hier. Ich verstehe, dass Sie schon älter sind und sich gestern nicht wohlgefühlt haben und deshalb die Brieftasche eben erst heute vorbeibringen konnten, womit Sie uns wirklich sehr geholfen haben.«

Ein ganz zartes Lächeln breitet sich in ihrem Gesicht aus.

»Möchten Sie einen Kaffee oder einen Tee, während ich das Protokoll fertig mache?«

»Einen Kaffee?«, kommt es zaghaft.

Völxen ruft Frau Cebulla an und bittet sie, Kaffee und eine ordentliche Ladung Kekse zu bringen. Bis es so weit ist, fängt er schon mal an zu tippen.

Frau Dorn scheinen die Kekse ausgesprochen gut zu schmecken. Oscar hat sofort bemerkt, dass sein Herrchen schwer mit Tippen beschäftigt ist, also nutzt er die Gunst der Stunde und pirscht sich an die Besucherin heran. Die lässt einen Keks fallen, den der Hund noch in der Luft aufschnappt und sich einverleibt. Völxen räuspert sich und blickt seinen Hund streng an, aber Oscar stellt sich taub und blind und bleibt hartnäckig neben der alten Dame sitzen.

»Ein feiner Hund«, meint Frau Dorn. »Ich hätte auch immer gern einen gehabt.«

»Er heißt Oscar, und er ist ein Satansbraten«, antwortet Völxen. Er druckt sein Werk zweimal aus und legt Frau Dorn ein Blatt zur Unterschrift vor. Ohne den Text zu lesen, kritzelt sie ihren Namen unter die knappe Seite, leert ihre Tasse und steht auf.

»Moment, Sie bekommen noch eine Kopie«, sagt Völxen. Hinter seinem Bildschirm hantiert er umständlich an einem Briefumschlag herum, klebt ihn zu und reicht ihn Frau Dorn, die ihn in ihre Handtasche steckt.

»Nicht wegschmeißen!«, mahnt Völxen. »Lesen Sie das Protokoll zu Hause noch mal gründlich durch, das ist wichtig.«

»Ist gut«, nickt sie und sieht dabei leicht verwirrt aus. »Auf Wiedersehen, Herr Kommissar«, verabschiedet sie sich und trippelt auf ihren schiefen Absätzen wieder hinaus.

XII.

Rifkin und Fernando haben sich ein spätes, dafür ausgedehntes Mittagessen bei Pedra Rodriguez gegönnt und sind gerade dabei, wieder aufzubrechen, gut gelaunt und pappsatt, als Erwin Raukel anruft und ihnen Völxens Anordnung übermittelt, den Rest des Nachmittags in der Nähe des Spielplatzes an der Rampenstraße zu verbringen und Tobias Renz aufzulauern.

»Ist das dein Ernst?«, fragt Fernando entsetzt. »Haben wir nichts Wichtigeres zu tun?«

Noch einen Espresso zu trinken, beispielsweise.

»Ich bin nur der Bote«, antwortet Raukel kichernd und legt auf.

»Das will ich von ihm selbst hören.« Fernando, der Raukel grundsätzlich nicht über den Weg traut, ruft seinen Chef an und bekommt zur Antwort, warum sie noch nicht unterwegs seien.

»Und halt die Augen offen. Der Kerl ist mit allen Wassern gewaschen, er ist vorhin schon den Helden von der PI West entwischt.«

»So eine verdammte Scheiße!«, murmelt Fernando und erntet dafür einen bösen Blick von seiner Mutter, die es nicht leiden kann, wenn ihr Nando flucht.

Rifkin ist schlauer und macht ihrem Ärger auf Russisch Luft. Auch sie verspürt nur wenig Drang, den Nachmittag zwischen lärmenden Gören an einem Spielplatz zu verbringen. Aber Befehl ist Befehl.

»Für dich ist es eine gute Übung«, meint Rifkin, als sie unterwegs sind. »Du kannst testen, wie es ist, falls das bei dir und Jule demnächst mal etwas wird.«

»Eigentlich hat Völxen gesagt, dass du das machen sollst«, entgegnet Fernando. »Eine Frau an einem Spielplatz fällt weniger auf.«

»Ohne Kind schon«, kontert Rifkin. »Außerdem glaube ich dir kein Wort. Und ich sage dir gleich, dass ich heute pünktlich Feierabend mache.«

»Hast du ein Rendezvous?«

»So ähnlich. Ich muss ... ich will Bronski meiner Mutter vorstellen.«

»Wo sind Rifkin und Rodriguez?«, fragt Oda, nachdem sie und Erwin Raukel sich kurz vor Dienstschluss zu einem raschen Informationsaustausch in Völxens Büro eingefunden haben.

»Auf dem Spielplatz an der Rampenstraße, eine Observierung«, antwortet Raukel an Völxens Stelle.

»So gemütlich möchte ich es auch mal haben«, bemerkt Oda.

Völxen geht nicht darauf ein, sondern verkündet: »So, Leute die Raubmordthese ist vom Tisch.«

»Wie das?«, fragt Raukel.

Völxen deutet auf die Brieftasche, die in einer Beweismitteltüte auf seinem Schreibtisch liegt. »Eine ältere Flaschensammlerin hat sie mitgenommen und vorhin hierhergebracht.«

»Scheußliches Ding«, stellt Oda fest.

»Was ist drin?«, will Raukel wissen. »Oder hat die Oma schon alles geplündert?«

»Nein, hat sie nicht«, widerspricht Völxen. »In der Brieftasche ist leider nichts Aufschlussreiches, nur das Übliche. Kredit- und EC-Karten, der Presseausweis, diverse Kundenkarten und gute vierzig Euro Bargeld.«

Oda Kristensen betrachtet die Urnengefäße im Schaufenster des Bestattungsinstituts *Düker & Söhne* in der Calenberger Neustadt. Einige erinnern an Kaffeedosen oder Sektkühler, andere sehen aus wie tönerne oder bronzene Artefakte aus vorchristlicher Zeit. Darüber hinaus gibt es kunstvolle Gebilde aus buntem Glas, schlichte, eiförmige Gefäße und die Ökoversionen: ein einfacher Holzkasten und etwas, das wie ein Baumstumpf mit Deckel aussieht. Auf einem vasenförmigen Gefäß sind die Sehenswürdigkeiten Hannovers dargestellt: das neue Rathaus und die Marktkirche. Bestimmt gibt's auch welche mit Hannover-96-Aufdruck, spekuliert Oda. Ich könnte mir eine machen lassen, auf der das Polizeipräsidium abgebildet ist. Sie öffnet die Tür, eine helle Glocke schlägt an. Ist das Gebimmel nicht ein bisschen zu fröhlich für einen Bestatter, wäre ein dumpfer Gong nicht angebrachter? In dem Raum, der sehr hell beleuchtet ist und zartgelbe Wände hat, ist niemand zu sehen. Rechts gibt es einen kleinen Empfangstresen, auf dem sich Ständer mit allerlei Prospekten befinden, dahinter stehen ein Schreibtisch mit einem Bildschirm darauf und mehrere Aktenschränke. Auf einem halbhohen Regal entdeckt Oda dasselbe Foto, das auch auf Frau Kempers antiquiertem Fernsehmöbel steht: das junge Mädchen mit dem langen dunklen Haar.

Auf der anderen Seite des Raums gruppieren sich vier hellgraue Sessel um einen niedrigen Tisch, an der Wand dahinter sind kleine, versetzte Podeste angebracht, auf denen sich weitere Urnengefäße befinden. Dazwischen hängt eine große, gerahmte Fotografie: Kieselsteine in einem Bach.

Oda hört Stimmen aus einem angrenzenden Raum, der hinter dem Empfangstresen durch eine Schiebetür erreichbar ist. Sie steht einen Spalt offen.

»Das kannst du alleine machen! Ich fasse diesen Dreckskerl nicht an. Ich rühre überhaupt keinen Finger für den!«

Maria Kemper, eindeutig, und sie scheint ziemlich wütend zu sein.

»Das muss du auch nicht. Das ist meine Sache, es muss dich nicht kümmern«, antwortet eine Männerstimme.

»Volker, wie kannst du nur? Ich kenne dich gar nicht mehr wieder«, kommt es verzweifelt von Maria Kemper.

»Du hast keine Ahnung, also misch dich nicht ein!«, entgegnet er schroff.

»Wie bitte? Was soll das heißen, *ich habe keine Ahnung?*«

»Weißt du, Maria, wenn wir nur noch moralisch integre Leute bestatten, können wir den Laden gleich dichtmachen«, erklärt die Männerstimme. Sie klingt deutlich ruhiger als die von Frau Kemper. »Das ist ein Riesenauftrag! Ich muss auch ans Geschäft denken. Es würde sich rumsprechen, wenn wir das ablehnen, so etwas können wir uns nicht leisten.«

Oda beugt sich über den Tresen und linst durch den Türspalt, kann aber nur eine Reihe von Särgen erkennen.

»Komm mir nicht so. Du weißt genau, wovon ich rede!«, ruft Maria Kemper.

»Jetzt gib schon Ruhe, Maria. Ich mach das alleine. Hätte ich sowieso gemacht«, erwidert er.

Das Gespräch verstummt, dafür hört man das Geräusch eines Akkuschraubers.

Oda eilt auf leisen Sohlen noch einmal zur Eingangstür und macht sie einmal auf und wieder zu, sodass es erneut klingelt und der Eindruck entsteht, als sei sie eben erst hereingekommen. Dieses Mal haben die Bestattungsunternehmer die Glocke anscheinend gehört. Durch den Spalt in der Tür kann Oda jetzt sehen, wie sich ein Mann ein Sakko überwirft, seine Krawatte zurechtrückt und sich einmal kurz durch sein glattes dunkelbraunes Haar streicht. Dann öffnet er die Schiebetür und begrüßt die Besucherin mit einem zurückhaltenden, offenen Lächeln. »Volker Düker. Was kann ich für Sie tun?«

Kein »Guten Tag«, registriert Oda und denkt: wie bei uns, wenn wir Todesbotschaften überbringen, denn da wäre es der blanke Sarkasmus, den Leuten einen Guten Tag zu wünschen.

Seine Stimme ist sanft und verbindlich, genau wie der Blick aus seinen hellbraunen Augen. Niemand würde vermuten, dass er sich vor zehn Sekunden noch mit seiner Schwester gefetzt hat. Oda schätzt ihn auf Mitte fünfzig. Er trägt ein cremefarbenes Hemd und schwarze Hosen, Sakko und Krawatte sind dunkelgrau. Seine Gesichtszüge ähneln denen seiner Schwester, auch er hat ein längliches Gesicht, eine schmale Nase und etwas eng stehende Augen. Alles in allem ein gut aussehender Mann.

Oda stellt sich vor und erkundigt sich, ob Maria Kemper zu sprechen sei. Sie müsse sie um einen Gefallen im Mordfall Markstein bitten. Oda hat den Namen des Ermordeten extra fallen lassen, um zu sehen, wie Volker Düker reagiert. Hatten die zwei sich vielleicht gerade wegen Markstein in der Wolle? Das kann eigentlich nicht sein. Schließlich hat Maria Kemper ihren Nachbarn doch hartnäckig zu diesem Vorsorgevertrag überredet, erinnert sich Oda, und noch gestern war sie überaus erpicht darauf, dass sein Leichnam nach der rechtsmedizinischen Untersuchung auch wirklich zu ihnen kommt. Nein, es muss sich um jemand anderen handeln. Oda hat da auch schon eine Idee …

»Ah, Markstein«, greift Volker Düker nach dem Köder. »Marias Nachbar. Furchtbare Sache, das hat meine Schwester ziemlich mitgenommen.«

»Kannten Sie Boris Markstein?«, hakt Oda nach.

»Flüchtig. Zuerst nur von Marias Erzählungen, aber vor ein paar Monaten war er hier und hat einen Vorsorgevertrag abgeschlossen und sich eine Urne ausgesucht. – Nein, keine von diesen«, lächelt Düker, als er sieht, wie Oda die Urnen auf den Podesten und im Fenster abscannt. Oda hätte zu gern gewusst, für welches Modell Markstein sich entschieden hat. Bestimmt eine Designerurne.

»Mochten Sie ihn?«, fragt sie.

»Wie gesagt, ich kannte ihn kaum. Als Kunde war er angenehm. Kurz entschlossen und unkompliziert. Aber na ja – wer mag schon Sensationsreporter?«

»Ihre Schwester mochte ihn«, antwortet Oda.

Darauf geht er nicht ein, sondern zeigt mit einer einladenden Geste auf die Sitzgruppe. »Bitte, setzen Sie sich doch einen Augenblick, ich hole sie.«

Der graue Sessel ist bequem, der Raum hell und freundlich, aber dennoch macht sich in Oda eine gewisse Beklemmung breit. Schon ein eigenartiger Beruf, Bestatter, findet sie. Wir haben es zwar auch oft mit Leichen zu tun, aber das hier ist doch etwas ganz anderes.

Maria Kemper kommt eine Minute später herein. Auch sie wirkt beherrscht und freundlich. Die Fähigkeit, jederzeit die Contenance zu wahren, scheint eine Grundvoraussetzung in der Bestattungsbranche zu sein.

»Guten Tag, Frau … Verzeihung, mir ist Ihr Name entfallen.«

»Kristensen.«

Frau Kemper trägt einen blauen Arbeitskittel und riecht nach

Desinfektionsmittel. Oda mag sich lieber nicht vorstellen, womit sie gerade beschäftigt gewesen ist.

»Frau Kemper, Sie erwähnten gestern Vormittag bei unserem Gespräch einen Streit, den Sie etliche Tage vor Marksteins Tod im Hausflur gehört haben, erinnern Sie sich?«

»Ja?«

»Ich möchte, dass Sie sich zwei Aufnahmen anhören und mir sagen, ob eine der Stimmen die ist, die Sie gehört haben.«

»Gut.« Frau Kemper zieht ihren Kittel aus und wirft ihn über den Drehstuhl, der hinter dem Tresen steht. Darunter trägt sie Jeans und T-Shirt. Offenbar hatte sie heute nicht vor, Kundschaft zu empfangen. Sie setzt sich der Ermittlerin gegenüber in einen der grauen Sessel. Oda spielt ihr nacheinander die Stimmen von Nina Rossbach und von Anna-Lena Petrovic vor.

»Ich erkenne beide. Die erste ist seine Ex-Frau, habe ich recht?«

Oda nickt.

»Die zweite ist seine letzte Freundin. Die war ein fürchterliches Plappermaul, man hörte sie öfter im Flur, wenn sie zusammen kamen oder gingen, immer musste sie quatschen, und immer war es banales Zeug. Aber der Streit – nein, das war keine von denen. Tut mir leid.«

»Das macht gar nichts, dann wissen wir immerhin das schon mal mit Sicherheit«, antwortet Oda.

»Wie weit sind Sie denn? Ich meine – hat man schon eine Spur?«, will Maria Kemper wissen.

»Nichts von Belang, leider«, meint Oda aufrichtig, obwohl die richtige Antwort gelautet hätte, dass sie darüber keine Auskunft geben dürfe. »Darf ich Sie etwas fragen?«

»Bitte.«

»Warum heißen Sie Kemper? Waren Sie mal verheiratet?«

Sie nickt. »Ist schon lange her, sozusagen in einem anderen Leben. Es hat nicht lange gehalten. Er war ein Kollege, damals, als ich noch bei der TUI gearbeitet habe.«

»Also waren Sie nicht immer Bestattungsunternehmerin?«

»O nein. Ich wollte das eigentlich nie.« Sie schaut sich um, als wolle sie sich vergewissern, dass die Tür zu ist – was der Fall ist –, und senkt dann die Stimme. »Mein Bruder hat das Geschäft von unserem Vater übernommen. Wie der Name schon sagt: *Düker & Söhne*. Er hat es mit seiner Frau geführt. Aber Anna, seine Frau, hatte psychische Probleme, sie litt an starken Depressionen, die immer wiederkamen, und dann war sie zu nichts zu gebrauchen. Sie war sehr oft weg, in Kliniken oder Rehaeinrichtungen.«

Bestattungsunternehmerin ist wahrscheinlich der letzte Beruf, den man ausüben sollte, wenn man depressiv veranlagt ist, denkt Oda, während sie Frau Kemper weiter zuhört, die gerade erzählt: »Wenn meine Schwägerin ausfiel, habe ich mich um meine Nichte Katharina gekümmert und im Geschäft ausgeholfen. Aber ich konnte mich ja schließlich auch nicht zerreißen.« Der letzte Satz klingt, als müsste sie sich für irgendetwas entschuldigen.

»Sie haben sicher getan, was Sie konnten«, meint Oda.

»Meine Ehe ging in die Brüche – nicht nur deswegen, das war nur der äußere Anlass, die Ausrede meines Ex-Mannes. Kurz danach gab es in unserer Abteilung eine Umstrukturierung. So nennen sie das heutzutage, wenn sie Leute rauswerfen. Weil ich so oft gefehlt hatte, war ich eine der Ersten, der man kündigte. Ich wusste nicht, wohin, also bin ich eben bei *Düker & Söhne* als Teilhaberin eingestiegen. Mein Bruder hat es mir angeboten, er war froh über meine Zusage. So konnte er sich mehr um seine kranke Frau kümmern.«

»Ich verstehe«, sagt Oda.

»Hätte er sich doch nur mehr um seine Tochter gekümmert anstatt um diese Irre!«, bricht es plötzlich aus ihr heraus, doch sie fängt sich schnell wieder. »Entschuldigen Sie. Das eben hätte ich nicht sagen sollen, das mit der Irren. Sie konnte ja auch nichts dafür.«

»Das ist Ihre Nichte, nicht wahr? Katharina?« Oda deutet auf das Foto auf dem Aktenschrank.

Frau Kemper nickt. »Ja, das war sie. Sie ist tot.«

»Wie furchtbar. Was ist passiert?«

»Drogen, Überdosis. Sie war neunzehn! Sie ist in üble Kreise abgerutscht, und als wir begriffen haben, was los ist, war es zu spät. Da hat sie keinen mehr an sich rangelassen.« Es klingt anklagend. Wen klagt sie an? Katharinas Mutter, den Vater, sich selbst?

»Es ist schon zehn Jahre her, aber ich überlege immer noch jeden Tag, was wir falsch gemacht haben, wo wir versagt haben, was wir hätten tun sollen.«

»Wie geht es der Frau Ihres Bruders jetzt?«, fragt Oda.

»Sie ist auch tot. Sie hat Tabletten genommen, ein Jahr danach.«

»Das tut mir leid.«

Frau Kemper steht abrupt auf. »Entschuldigen Sie, das gehört eigentlich nicht hierher. Ich muss auch wieder ... Oder war noch etwas?«

»Nein. Danke für Ihre Offenheit.« Oda, die mehr gehört hat, als sie hören wollte, wendet sich zum Gehen, doch ehe sie die Tür öffnet, erlaubt sie sich noch einen Schuss ins Blaue: »Eine ganz andere Frage, nur aus Neugierde. Mir ist zu Ohren gekommen, dass Ihr Institut die Beerdigung von Hannes Piekenbrock ausrichtet. Stimmt das, oder sind das Gerüchte?«

»Es ist wahr«, antwortet Maria Kemper, und ihr Gesicht spricht dabei Bände.

XIII.

Rifkin schiebt ihr Rad durch den Hausflur in den Hinterhof. Normalerweise trägt sie es am Abend hinauf in ihre Dachwohnung im vierten Stock, denn sie findet, dass das edle Gerät nur dort wirklich sicher untergebracht ist. Aber vielleicht – oder sogar höchstwahrscheinlich – muss sie ja heute noch einmal von der Südstadt nach Wülfel fahren, zu ihrer Mutter. Sie hat sich bis jetzt noch nicht überwinden können, sie anzurufen und ihren und Bronskis Besuch anzukündigen. Insgeheim hat sie den ganzen Tag über darauf gehofft, dass bei Bronski etwas dazwischengekommen ist. Doch von ihm kam nur eine WhatsApp-Nachricht mit dem Wortlaut: *Es klappt doch heute Abend?* Sie hat ihm noch nicht geantwortet, aber wenn das heute wirklich noch etwas werden soll, dann muss sie jetzt schleunigst in die Gänge kommen, immerhin ist es schon kurz nach achtzehn Uhr.

Vielleicht hat ja ihre Mutter schon etwas vor. Rifkin kann sich zwar nicht vorstellen, was das sein sollte, denn ihre Mutter ist ausgesprochen häuslich und geht selten am Abend aus, aber man kann ja nie wissen.

Bronski liegt gar nicht so falsch mit seiner Vermutung, dass Rifkins Argumente nur Ausflüchte sind. Ihre Mutter wird ihn attraktiv finden, sie wird zwar über seinen Polizistenjob bekümmert die Stirn in Falten legen und über seine nicht jüdische Herkunft ein paarmal seufzen, mehr aber auch nicht. Doch nach einem Kennenlernen würde Mamutschka sich bei jedem künftigen Treffen und jedem Telefonat nach Rifkins und Bronskis »Zukunftsplänen« erkundigen, und wenn ihr erst seine Tochter Leonie vorgestellt würde, gäbe es überhaupt kein Halten mehr. Darauf kann man gut verzichten, und Rifkin graut es jetzt schon davor, denn es fühlt sich an, als würde sie sich damit irgendwie festlegen. Das erste Glied einer Kette. Falls die Beziehung eines Tages in die Brüche gehen sollte, müsste sie sich dann auch noch bei ihrer Mutter dafür rechtfertigen.

Doch es gibt wohl kein Zurück mehr. Bronski wäre sauer, wenn sie die leidige Angelegenheit noch weiter verschleppt.

Rifkin hat ihr Fahrrad im Hof angeschlossen und den Hausflur durch die Hintertür betreten. Vor den Briefkästen stehen zwei Männer in Kapuzenpullis. Sie drehen ihr den Rücken zu und scheinen die Namensschilder auf den Briefkästen zu studieren. Rifkins Instinkt als Frau und Polizistin sagt ihr sofort, dass mit diesen beiden etwas nicht stimmt. Einbrecher? Typen, die alte Leute an der Haustür abzocken?

»Kann ich Ihnen helfen?«, fragt sie mit fester Stimme und in misstrauischem Tonfall, während sie auf die beiden zugeht. Die beiden drehen sich um. Elena Rifkin schreit auf.

Sie würde es nie zugeben, schon gar nicht vor ihren Kollegen, aber sie hat panische Angst vor Masken – egal ob Clowns, Tiere oder sonstige gruselige Fratzen. Und die Gummigesichter, in die sie jetzt blickt, könnten gruseliger gar nicht sein: Donald Trump und Wladimir Putin. Davon abgesehen haben Leute, die in Hausfluren herumlungern und Masken tragen, wohl grundsätzlich nichts Gutes im Sinn.

Rifkin ist für eine Sekunde vor Schreck erstarrt, doch dann kommt Bewegung in sie, denn der Kerl mit der Putinmaske geht auf sie zu und greift nach ihren Armen. Rifkin versetzt ihm einen Tritt gegen die Kniescheibe und kann sich ihm entwinden. Doch inzwischen ist der Mann mit der Trumpmaske ebenfalls näher gekommen und steht nun hinter Rifkin. Die spürt, wie sich ein Unterarm um ihren Hals schlingt. Sie keilt aus, schlägt wild um sich, kann sich erneut befreien, doch nun platziert Putin – der, genau wie der andere, schwarze Lederhandschuhe trägt – einen harten Faustschlag auf ihrem linken Wangenknochen. Der Hieb lässt sie taumeln, dennoch schafft sie es, kurz und hart zurückzuschlagen. Es ist mehr ein panischer Reflex als ein gezielter Schlag gegen die Gummimaske. Doch anscheinend hat sie getroffen, denn unter seiner Maske flucht der Typ auf Russisch und greift sich an seine Putinnase. In diesem Moment bekommt Donald Trump Rifkins linkes Handgelenk zu fassen. Sie ächzt vor Schmerz auf, als er ihr den Arm auf dem Rücken verdreht.

»Still! Keinen Ton mehr!«, zischt es unter der Trumpmaske auf Deutsch, aber mit einem unverkennbar russischen Akzent. Putin hat sich von seinem Nasenstüber wieder einigermaßen erholt. Er kommt auf sie zu und packt sie bei den Haaren, und dann versteift sich Rifkins Körper erneut vor Angst, denn sie spürt etwas Kaltes, Hartes an ihrem Hals, und aus dem Augenwinkel sieht sie ein metallisches Schimmern.

»Hauptkommissar Völxen, darf ich Sie ganz kurz sprechen?«

Völxen, der mit Oscar an der Leine gerade das Pförtnerhaus der Polizeidirektion hinter sich gelassen hat, bleibt stehen und dreht sich um. Die Stimme ist ihm bekannt vorgekommen. Jetzt erkennt er die Frau mit dem rötlichen Haar auch wieder: Der *Dragoner*, wie Raukel sie in seiner unnachahmlich charmanten Art genannt hat.

»Ist das Ihr Hund? Der ist ja süß. Wie heißt er denn? Kommt er immer mit zum Dienst?«

»Frau Brenninger«, seufzt Völxen. »Sparen Sie sich dieses Gesülze. Sie lauern mir doch nicht etwa auf?«

»Was bleibt mir denn anderes übrig?«, klagt die Ex-Kollegin von Markstein.

»Das will ich Ihnen sagen: Wenden Sie sich an den Pressesprecher der Polizeidirektion. Ich gebe Ihnen gern seine Nummer, falls Sie die noch nicht haben sollten.«

»Sehr witzig«, entgegnet Nadja Brenninger und spielt die Gekränkte. »Finden Sie nicht, dass Sie mir gestern am Tatort gleich hätten sagen müssen, dass es sich bei dem Toten um Boris handelt?«

»Müssen? Ich muss gar nichts«, gibt Völxen zurück. »Am wenigsten muss ich Ihnen den Namen eines Mordopfers nennen, solange dieses noch nicht offiziell identifiziert worden ist.«

»Es wäre anständig gewesen«, insistiert die Reporterin, die es offenbar darauf anlegt, die beleidigte Leberwurst zu spielen, um ihm ein schlechtes Gewissen zu machen.

»Ich habe befürchtet, dass Sie vor Trauer zusammenbrechen, deshalb habe ich es Rifkin und Rodriguez überlassen, Ihnen die schlimme Botschaft zu überbringen. Ich hoffe, die zwei waren taktvoll genug«, entgegnet Völxen voller Sarkasmus, denn er hat jetzt Feierabend, und die Frau geht ihm fürchterlich auf die Nerven. Mehr noch als Markstein in seinen besten Zeiten. Wie hatte Oda gestern am Tatort gleich noch mal gemeint? *Es kommt meistens nichts Besseres nach.* Wie wahr!

Die Journalistin wechselt die Taktik, nun schlägt sie einen kumpelhaften Ton an. »Kommen Sie schon, Völxen, geben Sie sich einen Ruck. Sie müssen doch irgendetwas herausgefunden haben, immerhin ist der Mord jetzt schon fast zwei Tage her.«

»Wenden Sie sich an den Pressesprecher«, wiederholt Völxen, nimmt Oscars Leine kurz und geht entschlossenen Schrittes weiter.

»Es gibt also keine Fortschritte, keine heiße Spur?«

»Das habe ich nicht gesagt.«

»Also gibt es eine Spur.«

»Das habe ich auch nicht gesagt.«

»In welche Richtung ermitteln Sie? Liegt das Motiv in seinem Beruf oder im privaten Umfeld? Hat sich der Verdacht einer Verbindung zur Russenmafia erhärtet, sind Sie deshalb so extrem verschwiegen?«

An Völxens Schläfe beginnt eine Ader zu pochen, und am liebsten würde er diesem impertinenten Weibsbild deutlich mitteilen, was er von ihr und der von ihrer Zeitung verbreiteten Russenmafiageschichte hält. Aber er ist schon zu lange in diesem Geschäft und hat schon zu viele aufdringliche Reporter abgewimmelt, um sich nun von ihr zu einer wie immer gearteten Äußerung provozieren zu lassen – weder zum aktuellen Fall, noch zu ihrer Person. Denn was immer er ihr anvertrauen würde, es würde verdreht und sinnentstellt in ihrem Blatt wiedergegeben werden, darauf kann man wetten. Um zu vermeiden, seine zornigen Worte morgen früh gedruckt sehen zu müssen, schluckt er sie hinunter und presst lediglich hervor: »Ich würde jetzt gerne weitergehen, Frau Brenninger. Ohne Ihre Begleitung, wenn's recht ist.«

»Stillhalten, du Biest«, zischt es von hinten an Rifkins Ohr.

»Was wollt ihr von mir?«, fragt sie auf Russisch.

»Mitkommen«, antwortet Putin und wischt sich das Blut, das mittlerweile unter seiner Maske heraustropft, mit dem Ärmel seines schwarzen Sweatshirts ab.

»Wohin?«, fragt Rifkin.

Keiner antwortet. Trump hält Rifkin nach wie vor den Pistolenlauf ans Genick, Putin tastet sie nach Waffen ab. Er findet keine, nimmt aber ihr Handy an sich und schaltet es aus. Dann öffnet er die Haustür, macht einen Schritt nach draußen und schaut sich kurz nach beiden Seiten um. Es scheint niemand unterwegs zu sein. Ohne die Straße aus den Augen zu lassen, winkt er seinem Kumpan Trump. Rifkin, den Lauf im Nacken, wird von diesem zur Haustür hinausgeschoben. Ein anthrazitgrauer Wagen parkt direkt vor der Tür in zweiter Reihe, die Warnblinkanlage ist eingeschaltet.

Rifkin hat Angst, und der Drang, um Hilfe zu rufen, ist mächtig. Aber sie beherrscht sich. Man sollte Männer, die einem eine Waffe an den Kopf halten, besser nicht verärgern. Außerdem – wer sollte ihr in den nächsten Sekunden schon zu Hilfe eilen? Denn gerade öffnet Putin die hintere Tür des Wagens und befiehlt ihr einzusteigen. »Wenn du dich benimmst, passiert dir nichts«, tönt es hinter seiner Maske.

Das beruhigt Rifkin nur minimal, doch sie sieht ein, dass sie momentan ganz schlechte Karten hat. Also rutscht sie hinter den Fahrersitz, und Putin, der jetzt die Waffe hält, setzt sich neben sie. Es ist eine Pistole, eine Makarow, auch PM genannt, stellt Rifkin nach einem Seitenblick fest.

Wenn sie es schaffen könnte, ihm die Waffe zu entreißen …

Trump setzt sich hinters Steuer. Rifkin versucht, sich so viele Details wie möglich einzuprägen. Der Wagen riecht neu. Auf dem Lenkrad sieht sie die vier Audi-Ringe. Das war's dann aber auch schon, denn Putin hat plötzlich eine schwarze Stofftasche in der

Hand, die er ihr jetzt über den Kopf stülpt. Er knotet die Henkel in ihrem Nacken zusammen, während der Wagen angelassen wird. Dann gibt es einen Ruck, und sie fahren mit quietschenden Reifen los.

Rifkins Angst wird zur Panik, sosehr sie auch dagegen ankämpft. »Was soll das, was wollt ihr von mir?«, ruft sie durch den Stoff. Ihre Stimme hätte energisch klingen sollen, doch es schwingt ein kläglicher Unterton mit, für den sie sich selbst verachtet.

»Hände zusammen.«

»Ich will erst wissen, was das soll.« Das hörte sich doch schon besser an, energischer. Nur keine Angst zeigen.

Der Schlag kommt ohne Vorwarnung. Ihr Kopf donnert gegen die Scheibe. »Au! Verflucht noch mal«, brüllt sie ihre Wut und ihren Frust heraus.

»Maul halten jetzt und Hände zusammen!« Putins Stimme klingt nun klarer, er hat anscheinend die Maske abgenommen. Rifkin spürt, wie ihr ein breiter Kabelbinder um die Handgelenke gelegt und zugezogen wird. »Mir wird schlecht, wenn ich beim Autofahren nichts sehe.«

»Oh, der Prinzessin wird schlecht«, höhnt Putin.

»Arschloch!«, zischt Rifkin.

»Tu dir selbst einen Gefallen, Mädchen, und halt einfach die Klappe«, sagt Trump vorn am Steuer und klingt dabei fast fürsorglich. Auch er hat die Maske abgenommen, das kann Rifkin hören. Er klingt älter als Putin.

Widerwillig folgt sie seinem Rat. Sie muss sich konzentrieren, denn sie versucht, im Sekundentakt zu zählen. Vielleicht wird sich das irgendwann als hilfreich erweisen, um die Entfernung von ihrem Haus bis zu dem Ort, an den man sie bringt, abzuschätzen. Falls es für sie überhaupt ein *Irgendwann* geben wird.

Völxen und Oscar sind der übereifrigen Medienvertreterin glücklich entronnen und gehen gerade durch die Fußgängerzone in Richtung Hauptbahnhof, um von dort mit der S-Bahn nach Hause zu fahren. Es ist viel los in der City, das warme spätsommerliche

Wetter scheint sich stimulierend auf die Kauflust der Hannoveraner auszuwirken. Wie viele Kosmetikläden es inzwischen gibt! Bestimmt fünf oder sechs allein auf den letzten fünfzig Metern. Dennoch, findet Völxen, sehen die Leute nicht wesentlich schöner aus als früher. Das sollte einem doch zu denken geben.

Oscar trabt munter neben ihm her, schnüffelt hier, hebt dort das Bein und geht zwischendurch auf die Stadttauben los, die oft allzu provozierend vor seiner Nase herumspazieren. Dabei scheint er jedes Mal zu vergessen, dass er angeleint ist.

Völxen selbst ist nicht ganz so gut gelaunt wie sein Hund. Nicht nur wegen der Brenninger, die hat er schon fast vergessen. Aber es war ein langer Tag, der wenig gebracht hat. Marksteins Tod ist und bleibt rätselhaft. Hauptkommissar Markus Hildebrandt vom LKA hat sich auch nicht mehr gemeldet, und Völxen war sich zu schade dazu, ihm schon wieder hinterherzutelefonieren. Wenn das morgen nicht besser wird mit dem Informationsfluss, beschließt er, wird er ein ernstes Wort mit dem Vizepräsidenten und dem Staatsanwalt wechseln müssen, um die Fronten und Zuständigkeiten zu klären.

Normalerweise nutzt Völxen den Nachhauseweg, um sich innerlich auf den Feierabend einzustellen. Gleich wird er von der S-Bahn-Station nach Hause radeln, Oscar vorn im Korb sitzend. Der Terrier wird jeden ankläffen, der ihn überholt – und das sind meist nicht wenige –, der Fahrtwind wird Völxens schütteres Haar zerzausen und ihm hoffentlich die trüben Gedanken aus dem Kopf blasen. Er freut sich schon auf ein Feierabendbier am Zaun der Schafweide. Am Wochenende wird er die restlichen Äpfel vom Baum ernten und zur Obstverwertung bringen, damit sie Saft daraus machen. Er merkt, wie sich seine Stimmung langsam wieder hebt, während er am Kröpcke vor dem Eiscafé stehen bleibt und überlegt, ob er sich zum Abschluss der Sommersaison einen allerletzten Eisbecher gönnen soll. Nicht, dass er während des Sommers allzu viele konsumiert hätte: drei, vier vielleicht, wenn's hochkommt. Völlerei oder Verzicht, das ist jetzt die Frage. Er seufzt. In seinem Alter verzeiht der Körper keine Exzesse mehr. Ein Eis *und* ein Feierabendbier, und die Waage wird morgen früh prompt ein Kilo mehr anzeigen. Also sollte er auf einen der beiden Genüsse verzichten. In diesem Moment stehen an einem der äußeren Tische die Gäste auf und gehen. Ein Zeichen!

»Komm Oscar, du kriegst die Waffel. Und kein Wort zur Chefin daheim, hörst du?«, ermahnt Völxen den Terrier und lässt sich auf einem der frei gewordenen Stühle nieder.

Er bestellt einen Amarenabecher und schwelgt in dem verbotenen Genuss, als sein Handy klingelt. Es ist Jule, wie das Display verrät.

»Hey, Völxen, schon Feierabend?«, fragt sie munter.

»Bist du neuerdings meine Stechuhr?«, raunzt er zurück, und nutzt die Gelegenheit, um eine Beschwerde anzubringen. »Falls deine Kollegen morgen immer noch Informationen zurückhalten, dürfen sie den Fall sowieso ohne mich lösen. Deshalb sehe ich das gerade ganz entspannt und gönne mir zum Dienstschluss einen Eisbecher.«

»Du klingst aber gar nicht entspannt, sondern ziemlich angefressen«, erwidert Jule.

»Was gibt es? Geht es um Markstein?«, fragt Völxen, während er mit dem Löffel eine Kirsche im Kreis herumschiebt.

»Ja. Ich will Fernando nicht in Verlegenheit bringen, deshalb rede ich besser gleich mit dir. Aber nicht am Telefon«, sprudelt Jule hervor. »Wo bist du?«

»Am Kröpcke.«

»Treffen wir uns in zehn Minuten bei *Balzac*, gegenüber vom Bahnhof?«

»Gut, bis gleich.«

Er löffelt seinen Eisbecher leer und nimmt einen zu großen Happen, sodass ihm die Kälte in die Stirn steigt und über seiner Nase einen stechenden Schmerz verursacht. »Mist, verdammter«, murmelt er und winkt dem Kellner zum Bezahlen.

Jule wartet schon bei einem großen Chai Latte auf ihn. Völxen holt sich einen Espresso und setzt sich zu ihr an den winzigen Tisch auf der Empore, von wo man einen guten Überblick über den Rest des Cafés hat, ohne selbst von den meisten Gästen beachtet zu werden. »Leidest du jetzt auch schon an Paranoia?«, fragt Völxen.

»Nein, aber die Kollegen wissen natürlich, dass ich einen guten Draht zu euch habe. Ich will nicht, dass uns wer zusammen sieht.«

»Du hast vermutlich recht«, gibt Völxen zu.

»Pass auf: Ich habe läuten hören, dass Markstein vor einigen Monaten mal vom Verfassungsschutz vernommen worden ist.«

»Vom Verfassungsschutz?«, wiederholt Völxen erstaunt. »In welcher Angelegenheit?«

»Es ging wohl um diese radikalen Veganer und Tierschützer.«

»Stimmt, Markstein hat einen Artikel darüber geschrieben.«

»Anscheinend nicht nur das. Er hat in diesem Fall wohl sehr gründlich recherchiert und war angeblich bei ein paar Aktionen selbst dabei. Aus Dummheit oder wahrscheinlich eher aus Eitelkeit hat er das in seinem Artikel auch dezent anklingen lassen, und schwupp – schon hatte ihn der Verfassungsschutz auf dem Kieker.«

»Interessant.«

»Die militante Veganerszene wird schon seit Längerem von einer Ermittlungsgruppe des LKA beobachtet. Es werden in letzter Zeit nämlich vermehrt Brandsätze gegen Ställe und Schlachthöfe geworfen, es wurden Lastwagen einer Metzgereikette angezündet ...«

»Ich hörte davon«, nickt Völxen.

»Offenbar hat sich in Niedersachsen ein harter Kern gewaltbereiter Aktivisten gebildet. Etwa ein Viertel der bundesweit registrierten Attacken auf Zoodirektoren, Jäger, Metzger, Pelzhändler und Manager von Pharmakonzernen finden in Niedersachsen statt. Kein Wunder, wir sind ja auch Agrarland«, bemerkt Jule dazu.

»Gibt es auch etwas, das ich noch nicht weiß?«, fragt Völxen brummig.

»Nur Geduld«, lächelt Jule gut gelaunt. »Es heißt, das LKA Niedersachsen hat inzwischen ein paar V-Leute in die Szene eingeschleust. Um die nicht zu gefährden und weiter ungestört agieren zu können, habe man Markstein auf die Finger geklopft und ihn zurückgepfiffen. Markstein kannte ja Gott und die Welt, der hätte womöglich noch den einen oder anderen alten Bekannten in der Szene getroffen und sich vielleicht verplappert.«

»Hm«, meint Völxen.

»Das ist die *eine* Version«, fährt Jule fort. »Die andere ist die, dass man versucht hat, Markstein selbst als V-Person anzuwerben.«

»Und welche stimmt nun?«

»Das weiß ich noch nicht«, räumt Jule ein.

»Deshalb war Hildebrandt in der Wohnung, kaum dass Marksteins Leichnam kalt war, und hat sich Marksteins Rechner gekrallt«, dämmert es Völxen. »Er wollte nachsehen, ob sich Material darauf befindet, mit dem wir, die dummen Trampeltiere von der PD, womöglich V-Leute enttarnen könnten. Was glauben die eigentlich, wen sie vor sich haben?«

»Pscht«, mahnt Jule. »Reg dich nicht auf.«

»Wie soll ich mich da nicht aufregen, wenn man mir unter fadenscheinigen Ausreden wichtiges Material vorenthält? Ist ja scheißegal, ob Marksteins Mörder gefunden wird oder nicht, Hauptsache, die *Aktion* wird nicht gefährdet!«

»So ticken die nun mal«, bekennt Jule. »Ich wollte nur, dass du das weißt und dich darauf einstellen kannst.«

»Sehr umsichtig von dir, Jule. Ich danke dir.«

»Ich kenne dich halt«, lächelt sie und steht auf. »Dann noch einen schönen Feierabend.«

»Dir auch. Augenblick!« Völxen ist noch etwas eingefallen. Er winkt Jule zu sich heran. »Hat diese Sache mit der Russenmafia, die heute in der *Bild* steht, irgendjemanden bei euch nervös gemacht? Hat überhaupt einer darauf reagiert, egal wie?«

Jule scheint zu überlegen, dann antwortet sie: »Nein, davon hat kein Mensch gesprochen. Jedenfalls nicht in meiner Gegenwart. Ich fürchte, das war eine Ente. Sie haben sich mangels Masse irgendetwas Reißerisches aus den Fingern gesaugt, das kennt man doch. Morgen ist es wieder was anderes, hinter dem Markstein angeblich her war, vielleicht der IS oder Scientology«, kichert Jule.

»Gott bewahre«, stöhnt Völxen und kippt seinen Espresso.

Es ist seltsam, ohne Kind an einem Spielplatz zu sitzen. Die misstrauischen Blicke haben nun, da Rifkin sich vom Acker gemacht hat, noch zugenommen. Das Publikum hat inzwischen gewechselt. Am Nachmittag saßen fast nur Mütter mit Kleinkindern um den Sandkasten herum, während die größeren Kinder ohne Aufsicht auf dem ziemlich hohen Klettergerüst herumturnten. Manchmal konnte Fernando gar nicht mehr hinschauen, jeden Moment hat er damit gerechnet, gleich eines von ihnen wiederbeleben zu müssen. Jetzt, gegen neunzehn Uhr, sind es Väter, die mit älteren Kindern, vorwiegend Jungs, hier Fußball spielen. Er überlegt, wie es wohl wäre, wenn er einer von ihnen wäre, der mit seinem Sohn ... Peng! Ein verirrter Ball knallt gegen die Lehne der Bank. Einer der Väter – er sieht aus wie Jesus, nur dicker – kommt provozierend langsam auf ihn zu und hebt den Ball auf, der drei Meter vor der Bank zum Liegen gekommen ist. Aber anstatt sich umzudrehen und sich wieder seinem Nachwuchs zu widmen, schaut er Fernando an und fragt: »Was treibst du hier?«

Fernando seufzt. Mit so einer Frage hat er im Grunde schon lange gerechnet, allerdings hatte er sie eher von den Müttern erwartet.

»Ich sitze hier.«

»Versteh mich nicht falsch, Mann, aber das ist komisch, wenn ein einzelner Typ an einem Spielplatz nur so dasitzt ...«

Fernando winkt den pummeligen Jesus heran, zeigt ihm seinen Dienstausweis und sagt: »Drogendezernat, verdeckte Ermittlung. Hier soll des Öfteren gedealt werden.«

»Oh!« Der Mann sieht für einen Moment erschrocken aus, dann fängt er sich wieder. »'tschuldige. Alles klar. Das ist ... gut, Mann, ja, das wird höchste Zeit, dass da mal was gegen unternommen wird. Alles klar, Mann, nichts für ungut.«

»Kein Problem«, säuselt Fernando. »Es ist anerkennenswert, wenn Bürger Zivilcourage zeigen und verdächtige Personen ansprechen.«

»Ja, dann ... noch viel Erfolg. Allerdings hast du dir einen schlechten Zeitpunkt ausgesucht.«

»Wieso das?«

»Na ja, nachdem sie hier gestern früh den Toten gefunden haben, hat sich das Gesocks natürlich verpisst. Da war ja gestern den ganzen Tag die Polizei zu Gange.«

»Verstehe.«

»Aber die kommen wieder. Die sind wie die Ratten.« Der Mann klemmt sich den Ball unter den Arm und geht gemessenen Schrittes wieder zu seinen Mitspielern, die schon auf ihn warten.

So, wie der aussieht und riecht, zieht der bestimmt selbst ganz gern mal einen durch, spekuliert Fernando. Dass der Ball ihm beinahe die Rübe weggefegt hätte, war sicher auch kein Zufall. Das kleine Intermezzo hat seine Laune nicht gerade gebessert. Sein Handy klingelt, und Fernando hofft, dass es Völxen ist, der ihm eine Ablösung ankündigt.

Es ist Jule, die wissen will, ob und wann er zum Abendessen kommt.

»Gar nicht!«, antwortet er sauer. »Ich sitze hier seit Stunden auf diesem verdammten Spielplatz an der Rampenstraße und warte auf einen Kleindealer.«

»Oha! Hat Völxen dich rausgeschmissen, bist du wieder im Drogendezernat?«

»Sehr witzig! Ich bin halb verhungert, und natürlich ist der Kerl nicht aufgetaucht und wird es auch nicht tun, das Ganze ist eine vollkommen idiotische Aktion.«

»Du Ärmster«, flötet Jule. »Wie lange musst du da noch bleiben?«

»Keine Ahnung! Ich warte noch ein bisschen und ruf dann Völxen an und frag ihn.«

»Tu das. Immerhin hat er schon Feierabend.«

»Woher weißt du das?«

Jule beantwortet seine Frage nicht, sondern sagt: »Ich bring dir was zum Essen vorbei, okay? Wir machen ein Picknick daraus.«

»Superidee. Das nenne ich mal die perfekte Tarnung.«

XIV.

Fünfhundertvierundsechzig, fünfhundertfünfundsechzig ... verdammt, wo bringen die mich nur hin? Aus der Stadt raus, in irgendein Waldstück, wo sich mich hinrichten und gleich verscharren können? Rifkin hat jedoch das Gefühl, dass sie noch immer in der Stadt sind, denn sie müssen immer wieder anhalten, und die Geräusche, die Gerüche ... es fühlt sich nicht an wie draußen auf dem Land. Vorhin hat es sich nach Schnellweg angehört, da sind Autos und Lkw an ihnen vorbeigerauscht. Bei Sekunde vierhundertachtzig sind sie abgebogen, eine lange Linkskurve, danach ging es mehrmals um ein paar Ecken. Rifkin ist jetzt tatsächlich übel. Sie versucht, es zu ignorieren.

Fünfhundertachtzig, fünfhunderteinundachtzig ... Der Blinker tickt, der Wagen wird langsamer, biegt rechts ab, holpert über eine Bodenwelle und kommt zum Stehen. Der Motor wird abgestellt, dann hört man das Geräusch eines Rolltors, das sich in Bewegung setzt. Rifkin kann nicht sagen, was überwiegt, die Erleichterung darüber, dass die Fahrt endlich vorbei ist, oder die Angst, was jetzt gleich mit ihr passieren wird.

Der Fahrer, Trump, steigt aus dem Wagen und lässt die Tür offen. Rifkin hört, wie er leise auf Russisch telefoniert: »Sie ist hier. – Ja, ging glatt. So einigermaßen jedenfalls. – Okay.«

Es riecht nach Schmieröl. Eine Autowerkstatt?

Ihr Nebenmann, Putin, steigt jetzt ebenfalls aus. »Du bleibst sitzen und wartest hier«, sagt er zu Rifkin. Auch er lässt die Tür offen, vermutlich behält er sie von draußen im Auge.

Es vergehen ein, zwei endlose Minuten. Ihre Gedanken rasen. *Wer sind diese Kerle, Handlanger der Russenmafia? Haben der Gefängnisbesuch von ihr und Rodriguez und dieser blöde* Bild*-Artikel tatsächlich ein paar Leute aufgeschreckt? War das sozusagen ein Stich ins Wespennest? Und was ist dann mit Fernando, Völxen und dem Rest des Dezernats – wollen sie die auch entführen und zum Schweigen bringen?*

Rifkin hört, wie eine Tür geöffnet wird und wieder zufällt. Eine Eisentür, dem Geräusch nach. Eine dunkle Männerstimme sagt auf Russisch: »Nehmt ihr den Sack ab.«

Jemand beugt sich ins Auto und fummelt an dem Knoten in ihrem Nacken herum, dann wird der Sack von ihrem Kopf gezogen. Rifkin blinzelt gegen das Licht. Ihre Hände sind immer noch mit Kabelbinder gefesselt, ihr linkes Auge ist inzwischen zugeschwollen, die Haut drum herum brennt. Das wird ein nettes Veilchen geben.

Langsam gewöhnen sich Rifkins Pupillen an die Helligkeit, die von zwei Neonröhren ausgeht. Putin und Trump haben sich die Masken wieder aufgesetzt. Die Nase von Putin, der am Kotflügel lehnt, sieht bestimmt nicht gut aus, denn der Kragen des weißen T-Shirts, das er unter dem Kapuzenpulli trägt, ist schon ganz vollgeblutet. Sie befindet sich in einer großen Garage oder einem Lagerraum. Rechter Hand stehen Holzkisten, leider ohne irgendeinen Aufdruck, links davon parkt ein dunkelgrüner Jaguar.

Der Mann, der den Raum durch die Eisentür betreten hat, kommt jetzt auf den Wagen zu. Er trägt schwarze Anzughosen, schwarze Budapester, ein sandfarbenes Sakko zum anthrazitgrauen Hemd und keine Maske, wie Rifkin, die schon mit Merkel, Macron oder Erdogan gerechnet hat, erleichtert registriert. Der Mann hat sanfte, aber dennoch männliche Gesichtszüge und volles dunkles Haar. Teurer Haarschnitt, erkennt Rifkin. Er ist mittelgroß und schlank, jedoch mit breiten Schultern. Vermutlich gut durchtrainiert. Rifkin kennt ihn, nicht nur von Fotos, sondern auch in natura. Er verkehrt regelmäßig im Club ihres Bruders Sascha, der zum Leidwesen seiner Schwester nicht immer wählerisch ist, was seinen Umgang angeht. Sie weiß, dass Baranow Mitte vierzig ist, und vor allen Dingen weiß sie, dass er ein branchenübergreifendes kriminelles Imperium führt und man ihm dennoch nie irgendeine Straftat nachweisen konnte. Bis jetzt. Denn das hier ist ja wohl eindeutig Entführung und Freiheitsberaubung einer Staatsbeamtin, und sollte sie jemals lebend hier rauskommen ...

Ihre Gedankengänge werden unterbrochen, denn jetzt setzt er

sich neben sie und schließt die Wagentür. Rifkin erschnuppert ein edles Rasierwasser.

Er spricht sie auf Deutsch an: »Oberkommissarin Elena Rifkin. Schön, Sie kennenzulernen. Als Erstes möchte ich mich für die Umstände unseres Treffens entschuldigen. Mein Name ist Igor Baranow.«

»Was zum Teufel soll das hier werden?«, giftet Rifkin ihn an.

Eine schnelle Bewegung, dann hat Baranow plötzlich ein Springmesser in der Hand. Rifkins ohnehin schon stark erhöhter Adrenalinspiegel schießt durch die Decke. Er greift nach ihren Händen. »Still halten, bitte, die Klinge ist sehr scharf.« Das stimmt. Mit einem einzigen, glatten Schnitt durchtrennt er den Kabelbinder an ihren Händen.

Rifkin reibt sich die Gelenke und setzt sich schräg hin, um Baranow mit ihrem noch unversehrten Auge besser böse ansehen zu können.

Auch er hat sich ein wenig zur Seite gedreht, sodass sie sich nun beinahe gegenübersitzen. »Das mit Ihrem Auge tut mir leid, ehrlich. Es sollte nicht so laufen, ich hatte extra um höflichen Umgang gebeten. Soll ich Ihnen einen Eisbeutel holen lassen?«

»Ihre Entschuldigung und Ihren Eisbeutel können Sie sich sonst wohin stecken«, antwortet Rifkin, die plötzlich von einer Welle von Wut davongetragen wird, auf Russisch.

»Wir müssen reden«, entgegnet Baranow, nun ebenfalls in seiner Muttersprache. Er ist die Ruhe selbst, und ein kleines amüsiertes Lächeln kräuselt seine elegant geschwungenen Lippen.

»Dann reden Sie.«

»Warum wollten Sie und Ihr Kollege Semjonow und Sorokin sprechen?«

»Weil Boris Markstein mit den beiden gesprochen hat. Es ist unsere Aufgabe als Ermittler des Morddezernats, jeder Spur nachzugehen.«

Er lächelt noch immer und fragt: »Denken Sie wirklich, dass ich oder einer meiner Geschäftspartner irgendetwas mit diesem Mord zu tun haben?«

»Es ist unerheblich, was wir denken. Wir ermitteln. Wenn Sie meine Meinung hören wollen: Leute, die Polizistinnen entführen und verletzen, sind sicher auch zu einem Mord an einem Journalisten fähig, wenn der etwas herausgefunden hat, was ihnen nicht passt.«

Jetzt ist das Lächeln aus seinem Gesicht verschwunden.

»Semjonow und Sorokin können meinetwegen den ganzen Tag mit Journalisten sprechen, das interessiert mich nicht. Aber es interessiert mich, wenn mein Name im Zusammenhang mit einem Mord an einem Journalisten in der Zeitung steht. Das schadet meinem Ruf als Geschäftsmann, verstehen Sie?«

»Für das, was die *Bild* geschrieben hat, können wir nichts«, sagt Rifkin. »Der Mann arbeitete schließlich für die – wundert es Sie wirklich, dass sich seine Kollegen wie die Aasgeier auf jeden noch so kleinen Hinweis stürzen?«

»Also gab es einen Hinweis.«

»Nicht von uns. Wir haben die Kollegen von Markstein nur vernommen, nichts weiter«, beteuert Rifkin.

Baranow scheint über Rifkins Worte nachzudenken. Schließlich meint er: »Ich bin genauso daran interessiert wie Sie, dass dieser Mord aufgeklärt wird, vielleicht sogar noch mehr. Deshalb schlage ich vor, dass wir folgende Übereinkunft treffen, und mit *wir* meine ich mich und Sie, Ihren Chef und Ihre Kollegen: Sie stören durch Ihre Ermittlungen meine Kreise nicht und ich nicht die Ihren.«

»Mein Chef soll also dem Staatsanwalt erklären, dass wir einen Deal mit der Russenmafia haben?«

Rifkin beobachtet, wie sich sein Gesicht beim Wort Russenmafia verzieht, als hätte er Zahnschmerzen.

»Sie schauen zu viele schlechte Filme«, sagt Baranow. »Ich mache Geschäfte, nichts weiter. Ganz legale Geschäfte. Zugegeben, manchmal nutze ich Grauzonen, das ist alles. Besprechen Sie meinen Vorschlag mit Ihrem Vorgesetzten.«

»Das werde ich«, antwortet Rifkin. »Aber an dem werden Sie sich die Zähne ausbeißen. Der ist nämlich integer.«

»Integer«, wiederholt er mit leisem Spott.

»Muss ich Ihnen erklären, was das bedeutet?«, versetzt Rifkin, die langsam wieder Oberwasser bekommt, seit sie weiß, dass sie nur die Botin spielen soll.

Baranow hat den Arm auf die Lehne der Rückbank gelegt und betrachtet sie mit einer Mischung aus Wohlwollen und Neugierde. »Warum sind Sie Polizistin geworden, Elena? Und ausgerechnet bei der Mordkommission?«, fragt er dann im Tonfall eines Psychiaters bei einer therapeutischen Sitzung.

»Das geht Sie nichts an.«

»Hat es vielleicht mit Ihrem Vater zu tun? Der Fall Markstein muss Ihnen sicher sehr nahegehen. Beide waren Journalisten, beide wurden ermordet ...«

Rifkin begnügt sich mit einem hasserfüllten Blick. *Was soll das werden, denkt er wirklich, dass er mich mit dieser Freud-Nummer rumkriegt?*

»Wer hat Ihren Vater ermordet, 98 in St. Petersburg? Wurde das jemals herausgefunden? KGB, FSB?«

Rifkin antwortet wieder nicht. Selbst wenn sie es wüsste, wäre dieser Mensch der Letzte, mit dem sie über ihren ermordeten Vater sprechen würde.

»Genau betrachtet ist das unwahrscheinlich, finden Sie nicht?«, fährt Baranow fort.

Rifkin zuckt mechanisch mit den Schultern.

»Ende der Neunziger gab es vonseiten der Regierung keine Zensur mehr, da herrschte schon längst Perestroika, und die Zeitungen waren bereits von Oligarchen aufgekauft worden. Gut möglich, dass Ihr Vater einem von denen auf die Zehen gestiegen ist. Er war doch bestimmt ein aufrechter und überzeugter Kommunist, oder? Es muss ihm gründlich gegen den Strich gegangen sein, wie sich diese Kleptokraten das Land unter den Nagel gerissen haben. Das alles wissen Sie wahrscheinlich gar nicht mehr. Wie alt waren Sie, als er starb und Ihre Familie danach hierherfloh? Sieben, nicht wahr?«

»War's das jetzt?«, fragt Rifkin, innerlich kochend.

»Sie haben recht, das ist ein weites Feld, darüber können wir uns ein andermal unterhalten, vielleicht bei einem Drink in Saschas Club, wenn diese ganze unerfreuliche Sache vorbei ist.«

»Ganz bestimmt werde ich mit Ihnen einen trinken gehen«, sagt Rifkin voller Verachtung.

»Wissen Sie eigentlich, dass Ihr Bruder für mich arbeitet?«

Sie blickt ihn spöttisch an. »Das würde er nie tun!«

»Fragen Sie ihn.«

Das werde ich, beschließt Rifkin, nun doch leicht verunsichert. Was meint er damit? Zahlt Sascha etwa Schutzgeld an diesen Verbrecher? Aber selbst wenn, dann würde er das wahrscheinlich nicht zugeben. Plötzlich fällt Rifkin noch etwas ein. »Michail Sorokin. Lebt der noch?«

Baranow wirft den Kopf in den Nacken und lacht aus vollem Hals.

»Natürlich. Was denken Sie bloß von mir?«

»Das wollen Sie nicht wissen.«

Er steigt aus. Ehe er geht, beugt er sich noch einmal zu ihr hinab und sagt: »Es war mir trotzdem ein Vergnügen, Elena Rifkin.«

»Mir weniger«, antwortet Rifkin.

Baranow winkt Trump und Putin heran und ermahnt sie so, dass Rifkin es gut hören kann, ihren Gast auf der Rückfahrt gefälligst höflich zu behandeln.

Trump setzt sich wieder ans Steuer, Putin neben sie. Wieder bekommt sie die Einkaufstasche übergestülpt, aber immerhin keine Handfesseln mehr. Auf der Rückfahrt verzichtet sie aufs Zählen.

Ihre Angst ist weg, ihr Adrenalinspiegel nähert sich allmählich wieder dem normalen Bereich. Wütend ist sie aber immer noch. Was glaubt Baranow, dieser selbstgefällige Arsch, wer er ist, und vor allen Dingen, *wo* er ist?

Elena Rifkin ist nie gefragt worden, ob sie nach Deutschland gehen möchte, nach dem Tod ihres Vaters ging alles recht schnell. Anfangs war es hier für sie, die kein Wort Deutsch konnte und nichts verstand, nicht leicht. Doch sie ist eine Kämpfernatur, sie hat sich durchgebissen, und wenn sie eines schätzt an diesem Land, das sie mittlerweile als ihre Heimat betrachtet, dann, dass es eben nicht normal ist, dass sich Beamte einschüchtern, kaufen und bestechen lassen, und dass die Polizei hier nicht nach der Pfeife eines Kriminellen tanzt. Das wird auch Baranow lernen müssen.

Solchen grimmigen Gedanken hängt Rifkin nach, während sie gegen die erneut aufflammende Übelkeit ankämpft. Auch ihre Begleiter schweigen, bis der Wagen hält und sie aussteigen darf. Zum Abschied drückt ihr einer von ihnen wortlos ihr Telefon in die Hand. Sie hat noch immer den schwarzen Stoffbeutel über dem Kopf, als der Audi mit Vollgas wieder losfährt. Bis sie ihr Handy weggesteckt, die Henkel des Beutels aufgeknotet, einen tiefen Atemzug genommen hat und wieder etwas sehen kann, ist das Auto schon zu weit weg, um das Nummernschild zu lesen. Rifkin schickt ihm einen Fluch hinterher und schaut sich um. Man hat sie am Altenbekener Damm rausgelassen, nicht weit von zu Hause entfernt. Vor ihr steht ein abgerissener Typ mit einer Bierflasche in der Hand, der sie aus glasigen Augen interessiert anstarrt und fragt: »Ist das 'ne Kunstaktion oder so 'n Scheiß?«

Rifkin hat keine Ahnung, wovon er spricht. Sie nickt und geht davon. Erst jetzt merkt sie, wie sehr ihr die Knie zittern.

»Voll daneben«, schallt es ihr hinterher, und jetzt begreift Rifkin, was er meint.

Der schwarze Stoffbeutel, den sie in der Hand hält, wirbt für die jährlich wiederkehrende flächendeckende Kunstausstellung namens *Zinnober* mit der Aufschrift: *Support your local artist.*

Ein kühler Windhauch weht vom Deister herab und lässt Völxen frösteln. Die ersten Blätter segeln vom Apfelbaum auf die Schafweide. Es dämmert. Die Tage werden merklich kürzer.

»Wieder alles im Lot mit dir und deiner Regierung?«, hat sich Jens Köpcke vor zehn Minuten erkundigt, als er sich mit den obligaten zwei Flaschen lauwarmem Herrenhäuser zu seinem Nachbarn gesellt hat.

»Mhm«, hat Völxen geantwortet. Sabine hat das Thema Bestattung nicht mehr angesprochen und Völxen wohlweislich auch nicht. Tief im Innern ist ihm klar, dass er sich gestern Abend reichlich seltsam, um nicht zu sagen, kindisch, benommen hat. Jetzt nimmt er einen Schluck aus der Bierflasche und platzt unvermittelt heraus: »Weißt du was, Jens? Ich bin eine Hummel.«

»Hä?«

»Hummeln können eigentlich gar nicht fliegen, rein physikalisch gesehen. Und doch tun sie es.«

Der Hühnerbaron betrachtet erst seinen Nachbarn und dann die Bierflasche mit einem Ausdruck, als zweifle er im Nachhinein an deren harmlosem Inhalt.

»Ich rede von meinem Beruf«, erklärt Völxen. »Als ich bei der Kripo anfing, habe ich meine Vernehmungsprotokolle noch mit Schreibmaschine und Durchschlagpapier getippt, ich konnte noch Fingerabdrücke an Tatorten sicherstellen und sie notfalls sogar selbst auswerten, aber heute ... Ohne DNA-Analyse läuft gar nichts mehr, man muss nur die Handydaten auswerten, und schon weiß man, wo einer wann war, und die Gerichtsmedizin kann an einem Haar von dir nachweisen, was du vor einem halben Jahr zu Mittag gegessen hast.«

»Was, wirklich?«

»Das war ein bisschen übertrieben«, räumt Völxen ein. »Es ist ja nicht so, dass ich das alles verteufle, ganz im Gegenteil. Viele Verbrecher würden ohne den technischen Fortschritt noch immer frei herumlaufen. Es ist nur manchmal ... unheimlich. Wenn ich mir anschaue, was meine jungen Kollegen so alles mit ihren Smartphones anstellen!« Automatisch fasst sich Völxen an die rechte hintere Hosentasche, wo sein Handy eigentlich stecken sollte, wenn er es nicht auf dem Küchenschrank liegen gelassen hätte. Er »vergisst« es gerne einmal, wenn er zur Schafweide geht, seinem ganz persönlichen Ort analoger Geborgenheit.

»Deshalb wundere ich mich darüber, dass ich noch immer Verbrechen aufkläre und Täter überführe. Bei jedem neuen Fall befürchte ich, dass ich auffliege und sie plötzlich alle merken werden, dass ich eine Hummel bin und eigentlich nicht mehr die Voraussetzungen habe zu fliegen«, beendet Völxen seine ungewöhnlich lange Rede und nimmt einen ordentlichen Schluck aus der Bierflasche.

Köpcke lässt sich das alles eine Weile durch den Kopf gehen. Schließlich haut er seinem Nachbarn tröstend auf die Schulter und meint: »Da kannst du mal sehen, Kommissar: Technischer Fortschritt hin oder her – was zählt, sind halt immer noch Erfahrung und Grips.« Um seine Worte zu unterstreichen, tippt der Hühnerbaron mit seinem Zeigefinger gegen seine blaue Schirmmütze.

»Trotzdem bin ich froh darüber, dass ich bald in Pension gehe. Dann muss ich vielleicht nicht mehr erleben, dass unsere Jobs durch KI ersetzt werden.«

»Durch wen?«

»Künstliche Intelligenz. Roboter.«

Köpcke nickt bedächtig und grinst: »Wenigstens bin ich fein raus. Zumindest, solange Roboter keine Eier legen.«

»Die Rettung naht«, jubelt Fernando, als Jule einen Korb mit verschiedenen Schüsseln und einem Baguette darin auf die Bank stellt. »Du hast aber nicht wieder bei den Idioten von gegenüber eingekauft, oder?«, fragt er misstrauisch.

»Nein. Heute ist alles von Mutti«, versichert Jule, drückt ihm einen Kuss auf die Wange und setzt sich zu ihm. Fernando inspiziert den Korb. »Bionade? Echt jetzt? Kein Bier?«

»Wir sind schließlich im Dienst«, sagt Jule streng.

»Du doch nicht. Und ich kann auch mit einem Bier noch geradeaus gucken.«

»Stell dir vor, es kommt zum Einsatz ...«

»Wird es nicht«, prophezeit Fernando. »Das ist nur wieder so eine Schnapsidee vom Alten. Blinder Aktionismus, wenn du mich fragst. Der Kerl wird sich ausrechnen können, dass die Polizei hier alles abgesucht und das Päckchen gefunden hat. Und selbst wenn nicht: Er hatte die vergangene Nacht und den ganzen Vormittag Zeit, um danach zu suchen.«

»Ist doch egal. Ich finde es nett hier. Wir sollten öfter ein Picknick im Freien machen.«

»Wir haben einen Balkon«, meint Fernando.

»Das ist nicht dasselbe. Du bist manchmal so furchtbar unromantisch!«

»Findest du das hier etwa romantisch?«, erkundigt sich Fernando mit einer ausholenden Bewegung. »Ein leerer Spielplatz an einem verlassenen Industriegleis?«

»O ja! Wenn die rote Lindener Sonne hinterm Schnellweg versinkt und mit ihren letzten Strahlen die drei warmen Brüder golden aufglühen lässt ... Was kann es Romantischeres geben?«, fragt Jule gut gelaunt.

Fernando muss lachen. »Freut mich, dass Linden die poetische Ader in dir weckt.«

Jule fällt ihrem Ehemann spontan um den Hals und flüstert dicht an seinem Ohr: »Nicht umdrehen, aber dahinten ist einer.«

»Wie sieht er aus?«

»Kann ich nicht erkennen«, wispert Jule. »Er trägt einen Kapuzenpulli. Die Dinger gehören verboten!«

»Rumknutschen!«, ordnet Fernando an. »Sonst schöpft er noch Verdacht.«

»Ich sage doch: Linden ist hochromantisch«, kichert Jule. Sie klettert auf Fernandos Schoß, damit dieser sich wieder gerade auf die Bank setzen, unauffällig den Kopf drehen und zur Seite schielen kann, während sie sich so intensiv küssen, als wollten sie einander die Zähne reinigen.

»Nimm deine Haare weg, ich seh nichts!«

Jule streicht ihr halblanges hellbraunes Haar hinters Ohr, wobei auch sie einen Blick zur Seite riskiert. »Blond, groß«, flüstert sie.

»Das ist nicht Tobias Renz«, murmelt Fernando zwischen zwei Knutschattacken. »Das ist der Sohn von Markstein.«

»Was machen wir jetzt?«

»Weiterknutschen.«

»Kann es sein, dass du die Situation ein bisschen zu sehr ausreizt?« Jule kommt sich vor wie ein Teenager, oder vielmehr so, wie sie als Teenager hätte sein wollen.

»Überhaupt nicht! Dienst ist Dienst.«

»Machst du das mit Rifkin ... auch immer so?«, fragt Jule zwischen zwei Zungenküssen.

»Klar. Die frisst einen schier auf, glaub mir!«

»Achtung, er kommt näher!«

»Okay, gib alles, *babe!*«

Die Gestalt geht an ihnen vorbei, während sie vorgeben, schwer beschäftigt zu sein.

»Und jetzt?«, flüstert Jule.

»Das Päckchen hat in dem Gebüsch hinter uns gelegen. Sobald er dort ist, schnappe ich ihn mir. Geh runter von mir, und setz dich ... hey!«

Jule ist aufgesprungen und auf den Jungen zugerannt, der vor dem Gebüsch steht und den Boden mit seinem Handy ableuchtet. Ehe Felix reagieren kann, hat sie ihn von hinten angesprungen und mit einem Tritt gegen die Beine zu Fall gebracht.

»Au! He, was soll das?«, kreischt der Attackierte.

Fernando ist inzwischen bei den beiden angekommen. »Ja, was soll das?«, knurrt er in Richtung Jule.

»Ich wollte nur sehen, ob ich's noch draufhabe.« Jule, die früher ziemlich gut in Karate war, den Sport aber in letzter Zeit etwas schleifen hat lassen, kniet auf Felix' Rücken und hält ihn mit eisernem Griff fest.

»Wer sind Sie? Was wollen Sie von mir?«, keucht der Junge, dem die Kapuze vom Kopf gerutscht ist.

»Kripo Hannover, Hauptkommissar Rodriguez, und das ist Hauptkommissarin Wedekin vom LKA. Die sind immer so brutal«, fügt Fernando entschuldigend hinzu. »Und du bist Felix Rossbach, nicht wahr?«

»Äh, ja?«

»Und hast da drin nach dem Gras gesucht, das leider die Spurensicherung schon gestern früh dort gefunden hat. Komm, steh auf, wir wollen nur mit dir reden.« Fernando hilft Felix beim Aufstehen, hält ihn aber am Arm fest. Jule hebt das Handy auf, das Felix bei ihrem Angriff fallen gelassen hat.

»Ich bin hier nur spazieren gegangen, das ist ja wohl nicht verboten!«, ruft Felix wütend, nachdem er sich aufgerappelt hat. »Mein Handy!«, blafft er Jule an. »Geben Sie mir mein Handy zurück!«

»Ich schlage vor, wir setzen diese Unterhaltung auf dem Revier fort«, entgegnet Jule, die gar nicht daran denkt, seiner Aufforderung zu folgen, sondern Felix mit seinem eigenen Handy ins Gesicht leuchtet.

Er hält die Hand vor den Lichtstrahl und beschwert sich: »Sie dürfen mich gar nicht verhören, wenn meine Mutter nicht dabei ist.«

»Hör zu«, beginnt Fernando, »ich schlage dir Folgendes vor: Wir verraten deiner Mutter nicht, wonach du hier gesucht hast, und im Gegenzug unterhalten wir uns jetzt ein bisschen.«

Er scheint darüber nachzudenken. »Okay«, kommt es schließlich.

Fernando lockert seinen Griff, und sie gehen zurück zu der Bank.

»Setz dich«, sagt Jule. »Willst du eine Bionade? Wir haben auch noch ein bisschen Couscoussalat.«

»Jule, das ist eine Befragung, kein Picknick.«

»Ich will mein Handy zurück!«, verlangt Felix.

»Vergiss es. Erst reden wir«, antwortet Jule.

»Nein, *wir* reden«, stellt Fernando klar und deutet auf Felix und sich. »Du bist nur … Zeugin.«

In der Zeit, die Felix gebraucht hat, um eine Bionade zu trinken und den Rest des Couscoussalats zu verdrücken, hat sich das Ehepaar Rodriguez schließlich darauf geeinigt, dass in erster Linie Fernando den Jungen befragt. »Immerhin ist es unser Fall, du dürftest gar nicht hier sein«, hat er als Argument ins Feld geführt.

»Gut, meinetwegen.«

»Ich habe meinen Vater nicht umgebracht«, beginnt Felix, ohne danach gefragt worden zu sein.

»Das hat ja auch keiner behauptet«, antwortet Fernando. »Fangen wir von vorn an. Tobias und du, woher kennt ihr euch?«

Es gibt eine kurze Pause, dann gesteht er: »Ich hab mal ein bisschen Gras bei ihm gekauft.«

»Nur für dich? Oder zum Weiterverkaufen?«

Der Junge, der zwischen Jule und Fernando auf der Bank sitzt, knetet stumm seine Hände.

»Felix, deine kleinen Geschäfte interessieren in unserem Dezernat kein Schwein, und wir müssen das auch nicht an die große Glocke hängen. Uns geht es darum, den Mord an deinem Vater aufzuklären. Das willst du doch auch, oder?«

»Ja, natürlich.«

»Dann hilf uns bitte.«

»Okay, ja«, nickt Felix. »Ich habe ein paarmal ein bisschen Gras von ihm gekauft, nur so, für mich. Dann habe ich ihm vorgeschlagen, dass ich ihm ein paar Leute aus meiner Schule als Kunden vermitteln kann, wenn er mich dafür am Gewinn beteiligt. Das haben wir dann gemacht. Ab und zu haben wir uns dann auch einfach so getroffen, zum Zocken und Abhängen.«

»Woher hat Tobias das Zeug?«

»Von so 'nem Schwarzen, dem das Revier hier gehört. Ich kenn den Namen nicht.«

»Eins kapier ich nicht«, gesteht Fernando. »Du bist in Hildesheim von der Schule geflogen, weil du gedealt hast. Warum machst du das jetzt wieder?«

»Weil ich Geld brauche.«

»Dein Vater war doch großzügig zu dir, seit du hier wohnst. Neues Handy, Klamotten ...«

»Ja, ja, er hat mir schon ein paar Sachen gekauft. Das Handy und so. Ich will aber nicht immer betteln und mich zigmal bedanken müssen, wenn ich eine neue Jeans oder ein Paar Sneaker haben will.«

»Also dealst du lieber.«

Felix zuckt mit den Achseln. »Ist doch nur Gras. Ich versteh den ganzen Aufstand nicht. Irgendwann wird das legal sein, so wie in Holland, dann schert sich keiner mehr darum.«

»Aber noch ist es illegal, und du reitest dich damit in die Scheiße«, hält Fernando dagegen.

Felix schaut mit finsterem Blick hinüber zu Jule, die ungeniert sein Handy durchforstet. »He, Sie. Dürfen Sie das eigentlich?«

»Ruf doch die Polizei«, antwortet Jule.

Fernando fährt mit der Befragung fort: »Felix, versetz dich mal in unsere Lage: Wir finden die Leiche deines Vaters nur einen Steinwurf weit entfernt von der Stelle, an der ihr euer Gras gebunkert habt. Was würdest du an unserer Stelle wohl denken?«

»Zufall?«

Rodriguez rollt mit den Augen.

»Was glaubst du, was wollte dein Vater am Sonntagabend hier?«

»Keine Ahnung.«

»Darf ich auch etwas beisteuern?«, meldet sich Jule zu Wort.

Fernando ist ohnehin mit seinem Latein am Ende. »Bitte schön.«

»Im Anrufprotokoll deines Handys sind am Sonntagabend zwischen zwanzig und zweiundzwanzig Uhr dreißig insgesamt acht verpasste Anrufe von deiner Mutter verzeichnet. Allein zwischen zwanzig und einundzwanzig Uhr hat sie es sechsmal versucht.«

»Ja, sie nervt«, meint Felix dazu.

»Was wollte sie?«, fragt Jule.

»Woher soll ich das wissen? Ich bin ja nicht rangegangen.«

»Hat sie vielleicht auch was geschrieben?«

»Nein.«

»Denk noch mal genau nach«, meint Jule. »Du hast seltsamerweise zwei Chatverläufe auf deinem Handy gelöscht: den zwischen dir und Tobias und den zwischen dir und deiner Mutter.«

»Ja, und?«, kommt es unsicher.

»Dass du die Korrespondenz zwischen dir und deinem Graslieferanten eliminierst, bevor du zu einer Befragung zur Polizei gehst, ist nachvollziehbar«, fährt Jule fort. »Aber was hast du für Geheimnisse mit deiner Mutter?«

Felix vergräbt die Hände zwischen seinen Schenkeln und betrachtet den zartrosa glühenden Horizont im Westen.

»Rede, sonst müssen wir deine Mutter fragen, was sie an dem Abend so Dringendes von dir wollte«, droht Fernando.

»Okay, ich sag Ihnen, wie es war«, platzt Felix heraus. »Am Sonntagabend wollten Tobias und ich eigentlich noch hierherkommen, weil Tobias meinte, es müsste was für ihn da abgelegt worden sein.«

Felix zeigt bei diesen Worten über seine rechte Schulter nach hinten, in Richtung des Gebüschs, das er vorhin abgesucht hat. »Wir haben zuerst bei ihm abgehangen und gewartet, bis es dunkel geworden ist. Aber als wir gerade losgehen wollten, hat es angefangen, in Strömen zu pissen. Also sind wir wieder umgekehrt und haben eine Weile am Rechner gezockt und dabei nicht auf die Zeit geachtet. Als Tobias dann irgendwann meinte, dass wir jetzt echt mal lossollten, war es schon fast elf. Ich sagte, ich müsse nach Hause, weil meine Mutter sonst wieder Theater macht, und Tobias hatte auch nicht sonderlich viel Bock, noch mal rauszugehen. Er meinte, er könnte das Päckchen auch einfach morgen früh holen und wir könnten uns dann nach der Schule treffen. Auf dem Weg nach Hause habe ich dann mein Handy gecheckt – ich hatte es gleich nach dem ersten Anruf meiner Mutter auf stumm geschaltet. Da war eine WhatsApp von ihr, ich solle auf keinen Fall zu unserem *Drogendepot* gehen. Zu Hause hat sie sich sofort auf mich gestürzt und wollte wissen, wo ich war. Ich habe ihr die Wahrheit gesagt: bei Tobias. Natürlich habe ich so getan, als wüsste ich nicht, was sie mit *Drogendepot* meint.«

»Hat sie dir das geglaubt?«, fragt Jule.

»Keine Ahnung.«

»Wieso solltest du da nicht hin?«, will Fernando wissen.

»Weiß nicht. Ich bin gleich in mein Zimmer und hab mich eingeschlossen. Beim Frühstück hat sie kein Wort gesagt und ich auch nicht, und kurz darauf kam sie zusammen mit diesem Bullen in die Schule …« Mit dem Ärmel seines Kapuzenpullis wischt er sich über die Wange.

»Warum ist Tobias heute Nachmittag vor der Polizei geflohen?«, fragt Fernando.

»Was weiß ich? Ich glaube, das ist bei ihm einfach ein Reflex. Kann ich jetzt gehen?«

»Gleich. Erst will ich noch wissen, wo Tobias sich aufhält.«

»Ich weiß es echt nicht. Er hat eine Menge Kumpels, die ich nicht kenne.«

»Falls du was von ihm hörst, gibst du uns Bescheid, ja«, ordnet

Fernando an. »Er hat von uns nichts zu befürchten, aber er muss dein Alibi bestätigen, in einer offiziellen Zeugenvernehmung. Sag ihm das.«

»Okay.« Er schnappt sich sein Handy, das Jule ihm hinstreckt, und verschwindet.

Rifkins Hand zittert so sehr, dass sie Mühe hat, die Haustür aufzuschließen. Als sie an der Stelle vorbeikommt, an der die zwei Maskenmänner ihr aufgelauert haben, läuft ihr ein Schauder über den Rücken. Das kann ja heiter werden, denkt sie, während sie die Treppen hinaufgeht. Werde ich jetzt jedes Mal, wenn ich an den Briefkästen vorbeikomme, das große Flattern kriegen? Werde ich mich in Zukunft fürchten, den Hausflur zu betreten? Muss ich umziehen, damit ich nicht durchdrehe? Was wirklich idiotisch wäre. Sie haben einmal rausgefunden, wo ich wohne, dann schaffen sie das auch ein weiteres Mal.

Sie schließt ihre Wohnungstür zweimal hinter sich ab, lehnt sich gegen die Wand im Flur und wartet, bis das Zittern aufhört. Dann zieht sie Jacke und Schuhe aus und bearbeitet ihren Boxsack, bis ihr die Arme wehtun. Vorhin, auf der Rückfahrt, war sie hauptsächlich wütend auf Baranow und seine Leute, jetzt richtet sich ihre Wut gegen sich selbst. Wie hilflos sie sich angestellt hat, wie leicht sie zu überwältigen war. Okay, die beiden hatten eine Waffe, aber dennoch hätte sie es denen nicht so leicht machen dürfen. Die gequetschte oder im besten Fall gebrochene Nase ihres einen Gegners ist ein zu niedriger Preis. Sie zieht sich aus, stopft ihre Kleidung in die Waschmaschine – beinahe hätte sie das Handy in der Jeans vergessen – und schaltet die Maschine ein.

Danach stellt sie sich unter die Dusche. Sie duscht lange, seift sich ein paarmal ein und wäscht sich zweimal die Haare, als ob sie damit etwas ungeschehen machen könnte.

Rifkin, du benimmst dich nicht rational, du bist kein Vergewaltigungsopfer, also hab dich gefälligst nicht so!

Eingewickelt in ihren Bademantel geht sie zum Kühlschrank, holt ein Coolpack für ihr Auge heraus und schenkt sich einen

Wodka ein, den sie auf einmal hinunterkippt. Mit einem zweiten Glas setzt sie sich auf das Sofa und versucht, sich mit dem Argument zu trösten, dass es weit schlimmer hätte kommen können. *Außer einem blauen Auge ist dir doch nicht viel passiert, krieg dich wieder ein, Elena Rikfin. Du bist Polizistin, keine Heulsuse!*

Sie überwindet sich und schaltet ihr Handy ein.

Vier Nachrichten von Bronski.

Ach, du Scheiße! Der geplante Besuch bei ihrer Mutter! Daran hat sie zwischenzeitlich gar nicht mehr gedacht. Nur gut, dass sie sich noch nicht bei ihrer Mutter angemeldet hatte, die wäre längst durchgedreht.

Bronskis erste zwei Nachrichten klingen verwundert, die dritte ärgerlich und die letzte ziemlich beleidigt.

Wenn du schon kneifst, könntest du wenigstens Bescheid sagen. Kein guter Stil, Rifkin.

Sie verzichtet darauf, ihm zu antworten. Was sollte sie ihm auch sagen oder schreiben? Die Wahrheit? Er würde ausrasten und womöglich sofort herkommen, und dann würde er ihr blaues Auge zu sehen kriegen ... nein!

Sie lehnt sich zurück, dreht die kalte Kompresse noch einmal um und schließt die Augen. Auf einmal ist sie schrecklich müde. Schlafen wäre sicher nicht verkehrt, am besten gleich hier, auf dem Sofa ...

Plopp. Das Geräusch einer SMS. Sie braucht eine Weile, um sich aufzurappeln und nachzusehen.

Unbekannte Nummer.

Es gibt keinen Text, nur verschiedene Fotos. Rifkins Mutter, die ihre Blumentöpfe gießt. Sabine Völxen, die ihren Arbeitsplatz, die Musikhochschule, verlässt, einen Klarinettenkoffer unter dem Arm. Eine Haustür mit der Nummer 31, mit der Rifkin nichts anfangen kann. Eine Wiese mit fünf Schafen, die unter einem Apfelbaum stehen. Fernandos Mutter hinter der Theke ihres spanischen Lebensmittelladens. Beim letzten Foto zieht Rifkin scharf die Luft ein. Es zeigt Bronskis Tochter Leonie im Außengelände ihrer Grundschule.

»Du Dreckschwein«, flüstert Rifkin. Dann springt sie auf, rennt ins Bad und übergibt sich.

»Glaubst du ihm?«, fragt Jule, während sie beobachtet, wie Felix' schmale Gestalt rasch mit der Dunkelheit verschmilzt.

»Ich neige dazu. Du nicht?«, entgegnet Fernando.

»Doch, schon. Ich sehe bei ihm vor allen Dingen kein Motiv.«

»Totschlag im Affekt?«

Jule zuckt mit den Achseln und atmet hörbar aus. »Ach, ich weiß nicht. Irgendwie ist der Junge nicht der Typ dafür. Und Markstein? Ich kann mir nicht vorstellen, dass der seinen Sohn mit einem Joint erwischt und dann ein Mordstheater veranstaltet. Wie ich ihn kannte, hätte der doch eher ziemlich cool reagiert, vielleicht sogar einen auf Kumpel gemacht und einen mitgeraucht.«

»Du hattest immer schon eine höhere Meinung von Markstein als ich«, räumt Fernando ein. »Aber ich gebe dir recht. Dagegen benimmt sich seine Mutter so, als würde sie Felix verdächtigen, seinen Vater ermordet zu haben. Und wie Mütter nun einmal sind, versucht sie, ihn zu beschützen.«

»Du meinst, deine Mutter würde dich decken, egal was du anstellst?«, fragt Jule.

»Hundertprozentig«, antwortet Fernando und fügt rasch hinzu: »Dich bestimmt auch. Jetzt komm, lass uns endlich nach Hause gehen, es wird hier langsam frisch.«

»Willst du nicht Völxen anrufen und informieren?«

»Bloß nicht«, wehrt Fernando ab. »Das hat Zeit bis morgen. Er kann ziemlich grantig reagieren, wenn man ihn beim Schafekraulen stört, oder was immer er um diese Zeit auch treibt.«

Im matten Lichtschein der Solarlampen, mit denen Sabine den Garten großzügig bestückt hat, tastet sich Völxen wieder von der Obstwiese zurück ins Haus. Sein Mobiltelefon blinkt. Rifkin hat eine SMS geschickt: Sie will ihn morgen vor Dienstbeginn *in einer wichtigen Sache* sprechen. Seltsam. Wenn es wirklich wichtig ist, warum ruft sie dann nicht an? Vielleicht ist es nicht wichtig für den laufenden Fall, sondern nur für sie. Will sie befördert werden? Hat sie einen Job in einem anderen Dezernat im Auge? Ist sie schwanger? Soll er zurückrufen und sie fragen?

Nein, was auch immer sie auf dem Herzen hat, es muss nicht heute Abend geklärt werden. Irgendwann ist auch mal Schicht im Schacht. Völxen simst ein schlichtes *O.k.* zurück, schenkt sich ein kühles Weizenbier ein und trägt es hinüber ins Wohnzimmer, wo im Fernsehen ein gewisser Monsieur Poirot im Dreiteiler herumstolziert und seinen brillanten Verstand an einem tumben Dorfpolizisten wetzt.

Lackaffe, eingebildeter, denkt Völxen, hütet sich aber, dies laut auszusprechen. Lieber scheucht er den Terrier vom Sofa und lässt sich mit einem Seufzer neben seiner Frau in die Polster plumpsen.

Home, sweet home.

»Meinst du, so ein Poirot-Bart würde mir stehen?«, fragt er nach einer Weile.

»Nein«, erwidert Sabine prompt. »Es reicht schon, dass du vermutlich in absehbarer Zeit so eine Glatze haben wirst wie er.«

»Dann werde ich mir ebenfalls mein Resthaar lackschwarz färben.«

»Dann musst du aber auch jeden Morgen eine Handvoll Pomade draufklatschen«, grinst Sabine. »Tolle Aussichten sind das.«

XV.

Es ist Mittwochmorgen kurz vor acht, Fernando hängt müde über seiner Kaffeetasse, aber er ist immerhin schon angezogen, während Jule gerade erst aus dem Bad kommt, sich im Morgenmantel auf einen Stuhl fläzt und Fernando strahlend anlächelt.

»Ich dachte schon, du kommst nie mehr aus dem Bad raus. Wieso bist du noch nicht angezogen, musst du nicht zum Dienst?«

»Ich habe heute erst zur Zweiten«, erklärt Jule. »Dafür gehe ich heute Nachmittag zu Piekes Trauerfeier. Dienstlich natürlich.«

»Na, viel Spaß. Ich bin gespannt, was der Alte zu dem sagen wird, was wir gestern aus Felix herausgequetscht haben«, meint Fernando.

Aber Jule scheint sich nicht mehr für den Fall zu interessieren, sondern sagt: »Fernando, ich muss dir was ...«

Beide zucken zusammen, als es in diesem Moment an der Tür Sturm klingelt. Nun wird auch noch vehement dagegengehämmert.

»Schau nach, was sie will«, seufzt Jule.

Fernando geht öffnen. »Mama, was ist? Wir müssen zur Arbeit.«

»Sieh dir an, was sie gemacht haben!« Pedra Rodriguez schäumt vor Wut, das erkennt ihr Sohn auf den ersten Blick.

»Wer hat was gemacht?«

»Komm einfach runter, dann wirst du es schon sehen!« Sie spricht spanisch, wie immer, wenn sie sehr aufgeregt ist, und winkt Fernando hektisch zu sich heran. Der wirft einen entschuldigenden Blick über die Schulter und folgt seiner Mutter durch das Treppenhaus und zur Tür hinaus.

Der Himmel ist wolkenverhangen, und es ist abgekühlt, registriert Fernando am Rande.

Der Laden seiner Mutter ist noch geschlossen, was man an den heruntergelassenen grauen Rollläden erkennen kann.

»Da!« Pedra Rodriguez zeigt anklagend auf den Rollladen. In

großen blutroten Lettern steht über die gesamte Breite: *Fleischfresser sind Mörder!*

Fernando verharrt für ein paar Sekunden regungslos, dann dreht er sich um. Unweigerlich fällt sein Blick auf das Fenster und das Firmenschild des veganen Bistros *Vetisch* auf der anderen Straßenseite. »So, jetzt reicht's!«

»Das finde ich auch«, zetert Pedra. »Was kommt wohl als Nächstes, zünden sie mir wieder die Bude an, wie schon einmal?«

»Keine Sorge, ich regle das«, sagt Fernando, der sich nur mit Mühe beherrschen kann. »Mama, du gehst jetzt wieder rauf und frühstückst, oder was du sonst machen wolltest, und ich bringe das in Ordnung.«

»Bist du da sicher?«

»O ja, das verspreche ich dir«, antwortet Fernando mit mühsam unterdrückter Wut.

Nach kurzem Zögern geht Pedra tatsächlich zurück ins Haus.

Einem ersten Impuls folgend will Fernando den Nachbarladen sofort erstürmen, aber dann hat er eine Idee, wie er seinen Auftritt dort eindrucksvoller gestalten könnte. Er kehrt noch einmal um, geht über den Innenhof und betritt den Laden seiner Mutter durch die Hintertür. Erst vor ein paar Tagen hat Pedra frischen Iberico-Schinken geliefert bekommen ...

Das *Vetisch* hat bereits seit sieben Uhr geöffnet, denn sie bieten dort auch Frühstück und fair gehandelten *Coffee to go* an, natürlich mit pflanzlicher Milch. Jule hat ihn mal davon probieren lassen – ein scheußliches Gebräu!

Fernando betritt den Laden, der zu dieser frühen Stunde noch leer ist, bis auf den Kerl hinter der Kühltheke, den Jule mit Kosenamen wie »Goldlöckchen« und »süßer Schnuffel« bedacht hat.

Doch jetzt hat es sich ausgeschnuffelt!

Der junge Mann sperrt erschrocken die Augen auf, als er Fernando mit der Schinkenkeule über der Schulter in den Laden kommen sieht. »Ich weiß schon, ich hab's schon gesehen, es tut mir leid. Aber wir waren das nicht!«

»Wer ist *wir?*«, fragt Fernando.

»Na, *wir*, unser Ladenkollektiv. So was machen wir nicht, ich schwöre es!«

»Dann war es wohl jemand von eurer Kundschaft«, meint Fernando. Als keine Antwort kommt, lässt er den Schinken mit Karacho auf die Theke donnern und fragt: »Wer war es?«

Goldlöckchen presst sich mit dem Rücken gegen den Kühlschrank, in dem bunte Smoothies aufgereiht sind. »Ich weiß nicht, Mann, woher soll ich das wissen?«

Fernando setzt sich auf die Theke und hält Goldlöckchen den Schinken unter die Nase. »Weißt du, Junge, ich lebe jetzt schon über vierzig Jahre in diesem Viertel, und bisher war das Motto hier immer *leben und leben lassen*. Hier drin war schon alles Mögliche, ein Dönerladen, ein Pizzalieferant ... und alles lief friedlich ab. Aber so was ...«, Fernando deutet mit einer Kopfbewegung nach draußen, »... geht gar nicht!«

»Das sehe ich ganz genauso, das tut mir ja auch sehr leid«, kommt es verängstigt.

»Leidtun wird da nicht reichen.« Fernando ist wieder aufgestanden. Sein Blick ruht nachdenklich auf seinem Gegenüber, während er den Schinken wie einen Baseballschläger hin- und herbaumeln lässt.

»Was ... was willst du?«, stammelt Goldlöckchen schließlich mit hochroten Wangen.

»Ich will, dass du da rübergehst und die Sauerei wegmachst, und zwar auf der Stelle. Bis mittags will ich nichts mehr davon sehen, nicht mal den kleinsten Schatten, hast du verstanden?«

»Ja. Geht klar, okay.«

»Danach kaufst du meiner Mutter einen schönen, großen Strauß Blumen, und den bringst du ihr vorbei, zusammen mit einer aufrichtigen Entschuldigung.«

»Okay, ist gut, Mann, beruhig dich wieder.«

»Nenn mich nicht Mann, mein Name ist Fernando Rodriguez.«

»Okay, Fernando, alles cool.«

»Cool ist hier gar nichts. Das war noch nicht alles«, fährt Fernando fort. »Ich will die Namen von denen, die das waren.«

»Wie stellst du dir das vor? Ich bin schließlich nicht Sherlock Holmes!«, kommt es aufmüpfig.

Fernando wirft sich den Schinken über die Schulter und wendet sich zum Gehen. »Gib dir Mühe, Goldstück. Das wäre besser für uns alle. Wir sehen uns!« Grimmig lächelnd verlässt er den Imbiss, überquert die Straße und geht durch die Toreinfahrt.

»Fernando!«

Jule betritt gerade den Hinterhof, um ihr Fahrrad aufzuschließen, als Fernando um die Ecke kommt. »Was willst du mit dem Schinken? Du siehst aus wie ein Neandertaler!«

»Ich habe deinen Freund da drüben mal daran riechen lassen«, antwortet Fernando.

»Was?«

»Er war begeistert.«

»Der Herr Hauptkommissar ist noch nicht da«, lässt Frau Cebulla Rifkin wissen.

»Ich weiß. Kann ich vielleicht trotzdem da drin auf ihn warten?«

Frau Cebulla mustert Rifkin und vor allen Dingen deren große schwarze Sonnenbrille mit unverhohlenem Argwohn.

»Er weiß Bescheid, wir sind verabredet«, setzt Rifkin hinzu.

»Meinetwegen«, antwortet Frau Cebulla reserviert. »Moment.« Widerwillig schlappt sie zurück in ihr Büro, kommt mit einem Schlüsselbund und der heutigen Ausgabe der *Bild* wieder und öffnet die Tür zum Allerheiligsten ihres Chefs. »Hoffentlich hat er die schon gesehen und konnte sich in der Bahn ein bisschen abreagieren«, seufzt sie und legt die Zeitung auf den Schreibtisch. »Darf ich fragen, warum Sie eine Sonnenbrille aufhaben, Frau Rifkin, heute scheint doch gar keine.«

Rifkin dreht sich um, nimmt kurz die Brille ab und schaut Frau Cebulla tief in die Augen. Ihr Veilchen mit dem angeschwollenen oberen Augenlid macht seinem Namen in einem dunklen Lila inzwischen alle Ehre und sieht richtig übel aus.

Die Sekretärin schlägt die Hände vor ihren Mund. »O Gott, was haben Sie angestellt?«

»Feindberührung.«

»Soll ich Ihnen einen Kaffee bringen?«, fragt Frau Cebulla, nun voll des Mitleids.

»Gerne, das wäre sehr nett. Einen starken, wenn's geht.« Den kann Rifkin wirklich gebrauchen, denn sie hat in dieser Nacht nicht viel geschlafen. Sie schnappt sich die Zeitung und setzt sich damit auf das Sofa. Auf der ersten Seite des Lokalteils ist ein Bild von Hauptkommissar Völxen. Er sitzt an einem Tisch in einem Café und hat einen Eisbecher vor sich stehen. Auch Oscar ist gut getroffen, wie er von seinem Herrn gerade ein Stück von der Eiswaffel bekommt. Die Bildunterschrift lautet: *So unbeschwert genießt Hauptkommissar Völxen seinen Feierabend! Der Mörder an unserem Kollegen Boris Markstein läuft noch immer frei herum! Das scheint den Chef der Mordkommission jedoch nicht zu stören!*

Bescheuerte Bande. Wenn es nichts zu berichten gibt, kann man ja immer noch die Behörden schlechtmachen, das scheint ja gerade ohnehin in Mode zu sein. Was für eine billige Nummer, und diese peinlichen Ausrufezeichen. Rifkin faltet die Zeitung wieder zusammen und legt sie auf den Schreibtisch.

Dieses Sofa hat was, es ist wirklich bequem. Sie legt den Kopf auf die Lehne. Bloß jetzt nicht wegdösen, ermahnt sie sich, und ist trotzdem kurz davor, als die Tür geöffnet wird.

Ihr Chef tritt ins Büro und hält Frau Cebulla, die ein Tablett trägt, die Tür auf. Er trägt heute schwarze Hosen zum dunkelgrauen Jackett. Den Hund hat er zu Hause gelassen.

»Rifkin, was gibt ... du lieber Himmel! Was ist mit Ihrem Auge passiert?«

»Guten Morgen, Herr Hauptkommissar.« Rifkin wartet, bis die Sekretärin das Tablett mit der Kaffeekanne, den zwei Bechern – einer mit Schaf, einer mit Blümchen – und einer Schale mit Keksen abgestellt und den Raum wieder verlassen hat. Als Völxen ihr gegenüber im Sessel Platz genommen hat, erklärt sie: »Ich hatte eine Begegnung mit Putin und Trump.«

Ihr Chef sieht sie an, als mutmaße er, es habe auch ihr Kopf gehörig was abbekommen.

Während Rifkin die Kaffeebecher füllt, berichtet sie in dürren Worten von den Ereignissen des gestrigen Abends und schließt mit den Worten: »... und dann, eine Stunde später etwa, kam diese SMS. Ich habe sie Ihnen gerade eben weitergeleitet.«

Wortlos fingert Völxen sein Telefon aus der Brusttasche seines Jacketts. War sein Teint während Rifkins Bericht noch leicht gerötet vor Zorn, so kann man nun beobachten, wie beim Betrachten der Fotos die Farbe aus seinem Gesicht weicht.

»Was, zum Teufel ... ist das Ihre Mutter, Rifkin?«

Sie nickt. Völxen scrollt weiter. »O Gott, das ist Sabine! Und Pedra Rodriguez. Und diese Tür, dort wohnt meine Tochter Wanda. Die hat zum Glück gerade Semesterferien und ist irgendwo in Europa unterwegs. Und das Kind, wer ist das Kind?«

Es klopft an die Tür.

»Jetzt nicht!«, ruft Völxen, aber schon kommt Fernando herein. »Moin, Völxen, hi, Rifkin, stellt euch vor, wen wir gestern ...«

»Ich sagte, jetzt nicht!«, unterbricht ihn Völxen harsch.

»Sorry, ich dachte nur ...« Fernando stockt und zieht die Augenbrauen hoch, als er Rifkins Veilchen bemerkt. »Wow, Rifkin! Ist das die Antwort deiner Mutter auf Bronski?«

»Raus!«, kommt es unisono von Rifkin und Völxen.

»Ist ja gut, lasst mich am Leben.« Fernando weicht zurück. »Ich muss dich aber gleich dringend sprechen, Völxen.« Endlich macht Fernando die Tür hinter sich zu.

Völxen hält es nicht mehr in seinem Sessel. Er steht auf, tigert ein paarmal im Büro auf und ab, dann setzt er sich hinter seinen Schreibtisch und ruft Frau Cebulla an. Sie möge bitte dafür sorgen, dass sie in den nächsten zehn Minuten nicht mehr gestört werden, von niemandem.

»Das Kind ist Leonie, die Tochter meines Freundes«, nimmt Rifkin den Faden wieder auf.

»Weiß er von diesen Fotos?«

»Nein, natürlich nicht.« Sie hat Bronski vor einer Stunde geschrieben, dass sie gestern zu einem Einsatz musste und sich nicht melden konnte. Auch sei sie die nächsten Tage nur schwer abkömmlich. Bis jetzt kam keine Antwort. Bestimmt ist er eingeschnappt, denkt Rifkin. Sie betrachtet ihren Vorgesetzten. Der hat die Ellbogen auf seinem Schreibtisch aufgestützt und das Gesicht in den Händen vergraben. So bleibt er ein paar Sekunden lang sitzen, dann rafft er sich auf und fragt: »Was ist Ihre Meinung, Rifkin?«

»Na ja ... diese Fotos waren ein echter Schock ...«

»Das sehe ich auch so. Aber dürfen wir uns damit erpressbar zeigen?«

Rifkin schnaubt. »Allein für diese Fotos könnte ich ihn schon umbringen. Wenn ich mir vorstelle, dass seine Handlanger sogar Leonie im Schulhof aufgelauert haben ... Wenn Bronski das jemals erfährt, gibt es noch einen Mord, so viel ist sicher. Aber ich habe nachgedacht. Baranow ist zwar ein ausgemachter Dreckskerl, keine Frage, aber ehrlich gesagt glaube ich nicht, dass er etwas mit dem Mord an Markstein zu tun hat.«

»Warum reagiert er dann wie ein gereizter Stier? Heißt es nicht, wo Rauch ist, ist auch Feuer?«, hält Völxen dagegen.

»Er reagiert so, weil er es kann«, erwidert Rifkin. »Und weil er seinen Namen nicht im Zusammenhang mit einer Mordermittlung in der Zeitung lesen will. Es war eine Unmutsäußerung, wenn man so will.«

»Eine bemerkenswerte Formulierung, wenn man Ihr zugeschwollenes Auge und diese Fotos betrachtet«, wirft Völxen ein.

Rifkin fährt unbeirrt fort: »Baranow hat jahrelang durch krumme Geschäfte und kriminelle Handlungen ein kleines Imperium aufgebaut und jede Menge Geld angehäuft. Zuhälterei, Menschenhandel, Autoschieberei, Zigarettenschmuggel, Drogenhandel – überall hatte er seine Finger drin. Doch jetzt hat er das Stadium erreicht, in dem er kein Verbrecher mehr sein will. Zumindest keiner, der sich die Hände schmutzig macht. Er will den soliden Geschäftsmann geben, ein *Global Player* sein, der am liebsten vergessen machen will, woher sein Vermögen stammt.«

»Hat er das gesagt?«

»Nicht wörtlich, aber das war mein Eindruck. Es missfällt ihm, wenn sein Name als Synonym für die Russenmafia benutzt wird, diese Ära möchte er gerne hinter sich lassen.«

»Ja, klar. Vom Saulus zum Paulus, das würde ihm so passen, diesem abgeseiften Gangster. Komisch, irgendwie erinnert mich das an unseren Freund Piekenbrock, Gott hab ihn selig. Der war doch zuletzt auch der reinste Vorzeigebürger.«

Rifkin, fokussiert wie immer, spricht weiter: »Dazu kommt: Bis jetzt haben wir nichts Konkretes gefunden, womit Markstein Baranow geschadet hätte. Keinen Artikel über ihn oder die Russenmafia, keinen Hinweis auf eine tiefer gehende Recherche, nur diese harmlose Knastgeschichte. Ich befürchte fast, wir haben uns in eine Sackgasse hineinmanövrieren lassen. Das Vorpreschen der *Bild* war natürlich auch alles andere als nützlich.«

Völxen nickt. »Stimmt, Rifkin, *bis jetzt* haben wir nichts Belastendes gefunden. Aber wir hatten ja auch noch keinen Zugriff auf Marksteins Rechner.«

»Wann werden wir den kriegen?«

»Heute noch, hoffe ich«, antwortet Völxen grimmig und schaut bei diesen Worten demonstrativ auf seine Armbanduhr. »Ich muss jetzt auch gleich los, ich treffe mich mit dem Vizepräsidenten und dem Chef des LKA. Mal sehen, was dabei rauskommt.«

»Ah, deshalb der feine Zwirn.«

»Der *feine Zwirn* ist für heute Nachmittag. Da findet Hannes Piekenbrocks Trauerfeier statt«, klärt Völxen sein Gegenüber auf.

»Hätte ich gar nicht gedacht, dass sein Tod Sie so mitnimmt, Herr Hauptkommissar«, spöttelt Rifkin.

»Ich hätte gerne, dass Sie und Rodriguez mich dorthin begleiten. Es schadet nicht, ein wachsames Auge auf die Herrschaften vor Ort zu haben.«

»Das mit dem einen Auge krieg ich hin«, meint Rifkin.

Völxen, der trotz allem kurz grinsen muss, fährt fort: »Sie und Rodriguez werden das erlauchte Publikum filmen, und zwar ganz offen. Das sollen ruhig alle mitbekommen.«

»Ich verstehe, Herr Hauptkommissar.«

»Die Andacht findet um fünfzehn Uhr in der Kreuzkirche statt. Sie nehmen es wohl wörtlich mit der Trauer*feier*: Gefeiert wird danach in einem Club im Rotlichtviertel. Dazu sind wir aber nicht eingeladen«, fügt Völxen hinzu.

»Soll ich Rodriguez in die Sache mit Baranow einweihen?«, fragt Rifkin. »Ich meine, immerhin ist ja seine Mutter auch auf den Fotos.«

»Nein, vorerst nicht, der dreht sonst durch.«

»Was soll ich Baranow sagen, falls der sich in der Zwischenzeit bei mir meldet?«

»Sagen Sie diesem Feigling, wenn er etwas will, soll er gefälligst mit mir reden.«

»Jawohl, Herr Hauptkommissar.« Rifkin steht auf.

»Vielleicht haben wir heute Mittag gar keinen Fall mehr, das wäre die eleganteste Lösung«, überlegt Völxen. »Soll sich das LKA doch damit herumschlagen. Ach, Rifkin, wären Sie so nett, mir meine Kaffeetasse rüberzugeben? So viel Zeit muss sein.«

Rifkin stellt die Tasse neben die Tastatur, setzt sich ihre Sonnenbrille wieder auf und fragt im Hinausgehen: »Herr Hauptkommissar, wissen Sie eigentlich, was der Name Baranow bedeutet?«

»*Njet*«, antwortet Völxen, der sich gerade anschickt, die *Bild*-Zeitung aufzuschlagen.

»Schafbock«, sagt Rifkin und macht, dass sie rauskommt.

Die Tür des Büros hat sich gerade hinter ihr geschlossen, da wird drinnen fürchterlich laut geflucht. Oda Kristensen, die Rifkin auf dem Flur entgegenkommt, hebt fragend die Augenbrauen.

»Morgenmuffel«, erklärt Rifkin.

»Und das da?« Oda deutet auf Rifkins Sonnenbrille.

»Kater.«

Völxen braucht ein paar Minuten, um sich nach der Betrachtung seines Fotos in der *Bild* wieder halbwegs zu beruhigen. Dieses elende, hinterhältige Miststück Nadja Brenninger! Gegen diese Schlange war Markstein ja schon fast ein Heiliger. Vielleicht sollte man diesem Weibsbild bei Gelegenheit ein bisschen auf die Finger klopfen. Leute ohne Alibi für die Tatzeit sollten sich überhaupt nicht so weit aus dem Fenster lehnen. Er schaut auf die Uhr. Himmel, schon zwei Minuten nach neun! Höchste Zeit, sich hinüber in das über hundert Jahre alte, imposante Gebäude des Polizeipräsidiums zu begeben. Es ist nicht Völxens Art, Leute auf ihn warten zu lassen, und schon gar nicht seinen Vorgesetzten, den Vizepräsidenten, und dazu noch den Chef des LKA.

In der Tür prallt er beinahe mit Erwin Raukel zusammen, der offenbar gerade zu ihm wollte. Der Nächste bitte, denkt Völxen genervt.

»Moin, Völxen. Nettes Foto von euch beiden, wirklich gut getroffen, besonders der Hund.«

XVI.

Sie sind nicht zu dritt in dem kleinen Besprechungsraum, wie Völxen erwartet hat, sondern zu fünft. Zusammen mit dem LKA-Chef ist der Multifunktionstool-Cowboy Markus Hildebrandt gekommen, und zu Völxens Überraschung nimmt auch Oberstaatsanwalt Roland Funke an dem Meeting teil.

Völxen ist überhaupt nicht in diplomatischer Stimmung, und normalerweise hätte er sich das auch deutlich anmerken lassen. Doch zwei Umstände zwingen ihn, sich zu beherrschen. Da ist dieses unselige Foto von ihm und Oscar in der Eisdiele, das wirklich zum ungünstigsten Zeitpunkt auftaucht und das sicher alle schon gesehen haben. Keiner spricht es an, aber es steht im Raum wie der sprichwörtliche Elefant. Und da ist natürlich die subtile und gleichzeitig brutale Drohung von Baranow, die alles auf den Kopf stellt. Vor allen Dingen Völxens Dienstauffassung.

Der *Erste Kriminalhauptkommissar* Bodo Völxen, wie sein Titel korrekt lautet, ist im Lauf seiner langjährigen Laufbahn schon häufiger mit Drohungen und Hassbotschaften konfrontiert worden, so wie wohl beinahe jeder erfolgreiche Ermittler. So etwas gehört zum Job. Aber noch nie hat sich jemand an seine Familie oder gar an die Angehörigen seiner Mitarbeiter gewagt. Das sind neue Dimensionen, mit denen er erst einmal klarkommen muss. Nur ist dafür leider keine Zeit.

Dieses Meeting, erkennt Völxen, ist eine Gelegenheit, den Fall Markstein loszuwerden und damit sämtliche Probleme auf einen Schlag. Deshalb ist nun raffiniertes taktisches Vorgehen gefragt. Hätte er sich nur länger darauf vorbereiten können.

Zunächst einmal ist der Hauptkommissar redlich bemüht, den Anschein zu vermitteln, als wäre ihm alles neu, was der LKA-Chef über Marksteins Verstrickungen in die gewaltbereite Veganer- und Tierschutzszene einerseits und die geheimen Undercoverermittlungen des LKA andererseits zu berichten hat. Es deckt sich größtenteils mit dem, was Völxen gestern schon von Jule erfahren hat, nur dass der Kollege vom LKA die *Operation Tofu* – an dieser Stelle muss Völxen sich wirklich extrem zusammenreißen, damit ihm seine Gesichtszüge nicht entgleiten – ziemlich dramatisch ausmalt und dabei den Eindruck entstehen lässt, als gehe es um die Verhinderung des Dritten Weltkriegs.

Nachdem der LKA-Chef mit seiner Schilderung fertig ist, räuspert sich der Vizepräsident und bedankt sich für den ausführlichen Bericht. »Nun, wo die Fakten auf dem Tisch liegen, gilt es, Maßnahmen zu treffen, um in Zukunft Interessenskonflikte und unnötige Reibungen zwischen der Polizeidirektion und dem LKA zu vermeiden.«

»An mir soll es nicht liegen.« Völxen zwingt sich zu einem breiten, zuvorkommenden Lächeln, das jedem Gebrauchtwagenverkäufer Ehre gemacht hätte.

»Gut zu wissen, dass Sie bereit sind, mit uns zu kooperieren«, meint der LKA-Chef, und es klingt in Völxens Ohren ein bisschen gönnerhaft, vielleicht noch mit einer Prise Ironie dabei. Aber vielleicht ist Völxen heute auch nur überempfindlich, denn normalerweise kommt er mit dem Mann ganz gut klar.

»Das war ich schon immer«, entgegnet Völxen. »Umgekehrt allerdings ließ die Kooperationsbereitschaft bis jetzt zu wünschen übrig.«

»Da muss ich intervenieren«, meutert prompt Markus Hildebrandt, an den der Vorwurf gerichtet war, drauflos: »Ich warte bis heute auf einen Statusbericht über den Fortschritt der Ermittlungen, den Sie mir schon gestern versprochen hatten.«

»Das ist kein böser Wille, Herr Kollege. Tatsache ist: Wir konnten bis jetzt nicht allzu viel ermitteln, weil uns die notwendigen Unterlagen fehlen, und zwar in erster Linie Marksteins Computer. Aber bevor wir uns hier um Kompetenzen streiten: Was spricht dagegen, dass sich mein Dezernat aus den Ermittlungen zurückzieht? So kommen wir uns nicht ins Gehege, niemand gefährdet unabsichtlich und aus schierer Unwissenheit die *Operation Tofu*, und alles ist gut.«

Vier Gesichter sind jetzt auf ihn gerichtet, und sie sehen alle überrascht bis schockiert aus. Markus Hildebrandt muss sogar husten, weil er sich an seinem Kaffee verschluckt hat.

Da glotzt ihr aus euren Anzügen, was? Habt gedacht, das Trampeltier von der Mordkommission spielt die beleidigte Leberwurst und krallt sich wie eine Zecke an seinem Fall fest.

Der Vizepräsident findet als Erster seine Sprache wieder. »Herr Hauptkommissar, ich kann verstehen, dass Sie ein wenig vergrätzt sind, aber reagieren Sie jetzt nicht ein wenig zu schroff?«

Völxen bemüht sich um einen freundlich-ernsthaften Gesichtsausdruck, ehe er drauflosfaselt: »Verzeihen Sie, Herr Vizepräsident, aber ich bin überhaupt nicht vergrätzt, kein bisschen, und niemand muss sich hier für irgendetwas rechtfertigen oder entschuldigen. Ich verstehe die Beweggründe der Kollegen vom LKA durchaus, und es liegt in der Natur der Sache, dass da auch einmal verschiedene Interessen kollidieren. Aber was am Ende zählt, ist doch das Ergebnis, oder vielmehr: die Aufklärung des Falls. An dem mir, das möchte ich betonen, auch persönlich sehr viel liegt. Doch leider muss ich an dieser Stelle aufrichtig gestehen, dass wir gerade an einem Punkt sind, an dem wir so gut wie gar nicht weiterkommen. Es ist nämlich so, dass sich das Mordopfer, um es mal salopp auszudrücken, an vielen Fronten unbeliebt gemacht hat. Diese Ermittlung ist alles andere als gewöhnlich, ich fürchte, da wird sich noch so mancher Abgrund auftun, von dem wir jetzt noch gar nichts wissen. Deshalb wäre der Fall Markstein meiner Meinung nach bei den Kollegen vom LKA besser aufgehoben, denn dort verfügt man nun einmal über mehr Ressourcen, sowohl personell als auch technisch.«

Erneut entsteht ein Schweigen. Völxen fragt sich, ob er vielleicht zu dick aufgetragen hat. Der Vize schaut ihn jedenfalls an wie ein Hund, dem gerade ein anderer das Leckerli geklaut hat.

Der Leiter des LKA Niedersachsen gibt sich dagegen positiv überrascht: »Das finde ich ausgesprochen … pragmatisch von Ihnen, Hauptkommissar Völxen. Und Respekt dafür, dass Sie so aufrichtig und entgegenkommend sind.«

Der Vizepräsident der Polizeidirektion hat sich inzwischen wieder von seinem Schrecken erholt. »Hauptkommissar Völxen, Sie sollten Ihr Licht wirklich nicht so unter den Scheffel stellen!«, weist er diesen leicht ungehalten zurecht. »Ihre Aufklärungsquote ist hervorragend, und es gibt doch in jeder Ermittlung einmal einen toten Punkt. Der Fall ist jetzt gerade einmal zwei Tage alt. Viel zu früh, um schon die Flinte ins Korn zu werfen, finden Sie nicht? Außerdem sind die Dateien von Marksteins Computer bereits auf dem Weg zu Ihnen, wie man mir vor Ihrem Eintreffen hier versichert hat.« Bei diesen Worten nickt er dem LKA-Chef zu.

»Es geht mir wirklich nicht um eine noble Pose oder dergleichen«, bekräftigt Völxen. »Meine langjährige Erfahrung hat mir lediglich gezeigt, dass man eben manchmal an seine Grenzen stößt.«

»Nun, wie Sie das schildern, kann ich Ihre Beweggründe durchaus nachvollziehen. Will sagen: Wir, das LKA, stünden bereit. Ich würde ein breit gefächertes Ermittlungsteam auf diesen Fall ansetzen«, meint der LKA-Chef. Seiner Rede ist ein Blickwechsel mit Hildebrandt vorausgegangen, der das offenbar genauso sieht, denn er lehnt sich entspannt auf seinem Freischwinger zurück, und ein Lächeln umspielt seine Mundwinkel.

»Vorausgesetzt natürlich, dass auch die Polizeidirektion dieses Arrangement absegnet.«

»Was? Nein, ganz und gar nicht!«, knurrt der Vizepräsident und wirft Völxen einen bösen Blick zu, den dieser mit Pokerface pariert.

Zur Abwechslung meldet sich nun endlich einmal Oberstaatsanwalt Roland Funke zu Wort, dessen Anwesenheit schon beinahe in Vergessenheit geraten ist: »Gerade weil dieser Fall heikel ist und uns die Presse noch mehr als sonst im Nacken sitzt, ist es unerlässlich, dass wir unsere Ressourcen bündeln. Deshalb möchte ich, dass sowohl das LKA als auch Ihr Dezernat, Hauptkommissar Völxen, daran mit vereinten Kräften weiterarbeiten. Bilden Sie eine Symbiose! Das wird man im Ministerium sicherlich genauso sehen. Wie Sie das im Einzelnen regeln, überlasse ich Ihnen. Sollte sich jedoch eine Partei querstellen, bekommt sie es mit mir zu tun.« Aus seiner Sicht scheint alles gesagt zu sein, jedenfalls steht er auf und nickt den Anwesenden zu. »Ich bitte Sie, mich zu entschuldigen, ich habe einen Termin bei Gericht. Adieu, die Herren.«

Der Rest senkt die Köpfe wie gescholtene Schulbuben und murmelt einen Gruß.

Na bravo, das ist ja super gelaufen, grollt Völxen. Den Fall ist er nicht losgeworden, und obendrein hat er es sich jetzt auch noch mit dem Vize versaut. Besser kann ein Tag kaum anfangen, es sei denn, man bekommt zum Frühstück Fotos seiner Familienmitglieder von der Mafia zugeschickt.

»Tja, Leute, ihr habt es gehört«, meint Hildebrandt. »Jetzt müssen wir uns eben zusammenraufen, sonst gibt's Dresche von Vati.«

»Treffender hätte ich es nicht ausdrücken können«, meint der Vizepräsident und wirkt, als hätte er gerade sein inneres Gleichgewicht wiedergefunden, während der LKA-Chef, der sich knapp vor seinem Ziel wähnte, ehe Funke dazwischenfunkte, nun etwas missmutig dreinschaut.

Man einigt sich darauf, dass Hauptkommissar Markus Hildebrandt ab sofort als Verbindungsmann zwischen den Dezernaten fungieren soll.

»Sie dürfen auch gern an unseren Meetings teilnehmen«, lädt ihn Völxen ein.

»Danke, ein Protokoll reicht mir vollkommen«, meint Hildebrandt.

Fauler Sack, denkt Völxen und sagt: »Sollte sich eine Spur ergeben, die in Richtung *Tofu* weist, werde ich die Ermittlungen Ihnen überlassen.«

»Ja, das wäre wichtig«, hakt Hildebrandt sofort ein. »Denn mit diesen Leuten ist wirklich nicht zu spaßen, da sind einige verbohrte Charaktere dabei, denen das Leben einer Zuchtsau mehr wert ist als das eines Menschen. Deshalb muss alles, was hier besprochen worden ist, in diesem Raum bleiben. Und ich bitte besonders Sie, Hauptkommissar Völxen, auch Ihren Leuten gegenüber Stillschweigen zu bewahren, was die *Operation Tofu* betrifft.«

»Ich weiß, was *in diesem Raum bleiben* bedeutet«, versetzt Völxen, der an sich eine wachsende Gereiztheit wahrnimmt. Nur unter

Aufbietung allergrößter Selbstbeherrschung verschluckt er die Worte, die ihm auf der Zunge brennen: *Wenn ihr eure V-Leute schützen wollt, dann verschlampt keine vertraulichen Akten, und lasst auch keine Aktentaschen mit geheimen Dokumenten in euren Autos herumliegen.*

»Aber was ich vorhin noch immer nicht ganz verstanden habe«, wendet er sich an die LKA-Leute: »Hat Markstein denn nun als V-Mann in der Szene für euch gearbeitet oder nicht?«

Wieder tauschen die beiden einen Blick, dann sagt Hildebrandt: »Tja, so ganz genau wissen wir das auch nicht. Der Mann war ein aalglatter Typ, nie hat man von ihm eine klare, brauchbare Antwort bekommen. Zuerst sah es so aus, als wollte er auf unser ... ähm ... Angebot eingehen, schon allein deshalb, damit er keinen Ärger mit dem Verfassungsschutz kriegt. Denn immerhin stand ja der Verdacht im Raum, dass er sich im Zuge seiner Recherche an einer Straftat beteiligt hatte. Das war sozusagen das Damoklesschwert, das über ihm schwebte. Aber im Grunde kam von ihm nicht viel rum. Ich glaube nicht, dass er sich wirklich Mühe gegeben hat, die Szene zu infiltrieren. Warum auch?, seinen Artikel hatte er ja schon geschrieben und veröffentlicht. Um uns zu beschwichtigen, hat er uns ein paar Fakten mitgeteilt, die wir aber längst wussten. Darauf angesprochen meinte er nur immer, er wäre noch dabei, ein Vertrauensverhältnis aufzubauen, und das brauche eben seine Zeit.«

Der Leiter des LKA nickt dazu und meint grimmig: »Einmal hat er uns einen Tipp gegeben. Es sollten angeblich Versuchstiere aus einem Labor der Pharmaindustrie befreit werden. Wir haben den verdammten Laden eine Woche lang vergeblich jede Nacht observiert, doch es tat sich überhaupt nichts. Ein anderes Mal hat er uns auf einen Typen aufmerksam gemacht, der sich anscheinend besonders im Bereich der Behinderung der Jagdausübung engagierte – aber das war bloß einer von unseren V-Leuten. Wenn Sie mich fragen: Ich glaube, der hat uns hingehalten, um nicht zu sagen: verarscht.«

Völxen bemüht sich, in seine Miene Mitgefühl und Bedauern zu legen, während er innerlich feixt. Das klang doch eben sehr nach Markstein, dem bösen, bösen Frettchen. Seltsam, überlegt Völxen, kaum ist der Mann tot, wird er mir immer sympathischer.

Da nun endgültig alles gesagt zu sein scheint, stehen die beiden LKA-Leute auf und verabschieden sich.

»Völxen, noch auf ein Wort«, hält der Vize den Hauptkommissar zurück, als dieser sich im Windschatten der LKA-Beamten unauffällig verdrücken möchte. Er setzt sich wieder hin und wartet auf das unweigerlich fällige Donnerwetter.

Doch der Vizepräsident strahlt über das ganze Gesicht und meint: »Völxen, Sie alter Fuchs! Kompliment zu dieser klugen Taktik! Ja, mit Honig fängt man Fliegen, nicht wahr?«

»Ähm …«

»Ich wusste ja gar nicht, was für ein schauspielerisches Talent Sie besitzen. Diese Bescheidenheit, diese zerknirschte Aufrichtigkeit! Und dazu das Gesicht vom Oberstaatsanwalt! Ich wüsste nicht, wann ich mich das letzte Mal im Theater so amüsiert hätte. Mein Gott, eine Minute lang bin sogar *ich* Ihnen auf den Leim gegangen. Aber genau so muss man mit solchen Leuten umgehen: Man muss sie wie die Sieger aussehen lassen, damit sie gar nicht merken, dass man sie am Ende genau da hat, wo man sie haben wollte. Sie werden sehen, ab jetzt werden die Ihnen wie die Ponys aus der Hand fressen!«

Wie die Ponys. Man wird sehen. Mit sehr gemischten Gefühlen geht Völxen durch den Verbindungsgang wieder hinüber in den »Neubau«, wo das Dezernat für Todesermittlungen untergebracht ist. Gerade noch einmal die Kurve gekriegt, was den Vize angeht. Aber das Problem Baranow besteht nach wie vor. Völxen hat sich stets für einen integren Polizisten gehalten. Klar gibt es hier und da mal kleine Mauscheleien oder den einen oder anderen Gefallen, den man einem Kollegen tut oder den man einfordert. Würde man immer nur streng nach Dienstvorschrift handeln, wäre man aufgeschmissen, unbeliebt und vermutlich auch nicht erfolgreich. Aber sein moralischer Kompass hat bis jetzt immer in die richtige Richtung gezeigt, und von diesem Kurs ist er auch noch nie abgewichen. Nur hat bis jetzt auch noch nie ein Verbrecher seine Familie und die Angehörigen seiner Mitarbeiter bedroht. Andererseits ist dieser Baranow kein Idiot, der ohne Not Leute umbringt. Die Fotos sind lediglich Drohgebärden, vermutlich müsste noch einiges passieren, ehe Baranow Ernst macht. Erst recht, wo er doch, laut Rifkin, inzwischen einen Ruf als Saubermann anstrebt ...

Das Vibrieren seines Telefons, das er während des Meetings stumm geschaltet hatte, reißt ihn aus seinen Überlegungen. Rolf Fiedler von der Spurensicherung ist am Apparat.

»Moin, Völxen. Na, wie läuft's?«

»Moin, Fiedler. Schleppend, würde ich sagen. Geht's um die Fingerabdrücke auf dem Graspaket?«

»Ja, auch«, antwortet Rolf Fiedler. »Sie stimmen nicht mit denen auf dem Fahrrad überein, und auch nicht mit denen von Felix Rossbach.«

»Aha. Sind überhaupt welche drauf?«

»Ein paar. Einer ist registriert, er gehört einem gewissen Jenue Abdulkareem.«

»Wer soll das sein?«

»Das ist der nigerianische Dealer, der für diese Ecke zuständig ist. Unsere schöne Stadt ist nämlich fein säuberlich aufgeteilt in Verkaufsbezirke. Sagt das Drogendezernat.«

»Danke. Dann ist dieser Abdulkareem vermutlich der Typ, der Tobias das Zeug verkauft.«

»So wird's sein. Aber der Junge hat es nicht angerührt. Ich nehme an, es war eine frische Lieferung, und dann ist ihm wohl der Mord an Markstein dazwischengekommen.«

Völxen ist drüben im Neubau angekommen, verdrängt seine guten Vorsätze, was das Treppensteigen angeht, und drückt auf den Knopf für den Aufzug. Dabei hört er Rolf Fiedler sagen: »Was aber viel interessanter für euch sein könnte, ist ein benutztes Papiertaschentuch.«

»Aha? Wie das?«, fragt Völxen.

»Es ist so: Laut Wetterbericht hat es am Sonntagabend über Linden um einundzwanzig Uhr zehn einen starken Regenschauer gegeben, der etwa sieben Minuten gedauert hat. Hätte das Taschentuch da schon am Boden gelegen, hätte es platt und durchnässt sein müssen. Es war aber nur leicht zerknüllt und bis auf den Inhalt trocken. Also muss es nach dem Regenschauer dort gelandet sein.«

»Verstehe«, meint Völxen und verspürt ein ganz leichtes Kribbeln im Nacken. »DNA?«

»Ist in Arbeit.«

»Danke, Rolf! Gib bitte sofort Bescheid, wenn du was hast.«

»Yep!«

Zurück in seinem Büro, schreibt Völxen eine Kurznachricht an Rifkin, die nur aus einem Zeichen besteht: ?

Rifkin ist nicht auf den Kopf gefallen, sie wird wissen, dass die Langform lautet: *Schon was von Baranow gehört?*

Rifkins Antwort kommt prompt und besteht nur aus einem Minuszeichen.

Danach begibt sich Völxen in Frau Cebullas Büro, bittet sie um einen Tee und darum, die Kollegen aufzuspüren und in einer Viertelstunde in seinem Büro zu versammeln.

Völxen berichtet zuerst von Fiedlers Anruf: den nicht vorhandenen Fingerabdrücken auf dem Graspäckchen und dem Fund des Taschentuchs. »Natürlich beweist das nicht, dass die Person, die das Papiertaschentuch verloren hat, zwangsläufig unser Mann oder unsere Frau ist. Aber es beweist zumindest, dass, wer immer seine DNA in diesem Taschentuch hinterlassen hat, in dieser Nacht am Tatort war. Und das wäre ja wenigstens schon mal etwas«, setzt Völxen hinzu und denkt dabei: Hoffentlich stammt das Taschentuch nicht von Elsa Dorn. Doch in derselben Sekunde fällt ihm ein, wie diese vor ihm saß und ein Stofftaschentuch aus ihrem Mantel gezogen hat. Nein, eine Frau wie sie, die jeden Cent umdrehen muss, kauft sich keine Papiertaschentücher.

»Das klingt gut«, bemerkt Oda Kristensen erfreut.

Völxen nickt und verkündet mit grimmiger Entschlossenheit:

»Und wenn es sein muss, werden wir ohne Rücksicht auf das Gejammer der Kostenstelle sämtliche Leute aus Marksteins näherer und weiterer Umgebung speicheln lassen. Notfalls alle sechshundertachtzig Leute, die in seinem Telefonverzeichnis stehen, sämtliche Verflossenen oder wer auch immer jemals mit ihm zu tun hatte.«

»Hoffentlich gehen uns da nicht die Wattestäbchen aus«, murmelt Raukel. »Manchmal frage ich mich, wie wir eigentlich früher unsere Fälle gelöst haben.«

»Ja, wie denn?«, erkundigt sich Rifkin.

»Wir haben einfach die Unschuldigen einkassiert. Die *üblichen Verdächtigen*, wie ich als alter Cineast zu sagen pflege …«

Völxen räuspert sich. »Könnte ich dann wieder …? Danke. Das LKA hat uns angeblich die Daten von Marksteins Computer geschickt …«

»Sind schon da«, meldet Oda. »Zumindest das, was sie davon übrig gelassen haben. Worum geht es eigentlich, was sollte die ganze Heimlichtuerei?«

»Das darf ich euch leider nicht sagen«, antwortet Völxen.

»Komm schon, das kannst du doch nicht ernst meinen«, protestiert Fernando.

»Ich darf es wirklich nicht sagen«, beharrt Völxen. »Ich glaube aber, es tangiert uns nicht besonders. Es hat auf jeden Fall nichts, ich betone, *gar nichts* mit den Gerüchten von wegen Russenmafia zu tun. Ich glaube ohnehin, diese Spur führt ins Nichts, die können wir erst einmal vernachlässigen.« Bei diesen Worten schielt er hinüber zu Rifkin, die sich hinter ihrer Sonnenbrille versteckt hat und ansonsten keine Miene verzieht. »Dennoch haben der Oberstaatsanwalt, unser Vize und der Chef vom LKA beschlossen, dass wir ab jetzt ein Team sind«, eröffnet Völxen seinen Mitarbeitern mit einem Haifischgrinsen.

»Echt jetzt?«, stöhnt Rifkin.

»Ja, so ist es. Der Oberstaatsanwalt meint, wir sollen eine *Symbiose* bilden.«

»Mir wird gleich übel«, murmelt Raukel und nuschelt etwas von Köchen und einem verdorbenen Brei vor sich hin.

»Und Hauptkommissar Markus Hildebrandt ist unser Verbindungsoffizier«, schließt Völxen seinen Bericht.

»Das musste ja so kommen. Danke, Völxen, dass du mir den Tag versaut hast!« Oda Kristensen verdreht die Augen.

Völxen blickt in die Runde. »Fernando, du stehst schon die ganze Zeit da wie ein legekrankes Huhn, hast du uns etwas mitzuteilen?«

»Jawohl. Ich habe mich gestern Abend mit Felix Rossbach unterhalten. *Er* kam nämlich zu diesem Spielplatz, den ich observiert habe, und hat nach dem Päckchen gesucht. Und natürlich war er allein, ohne seine Mami!« Fernando gibt die Unterhaltung mit Felix in groben Zügen wieder, wobei er Jules Part großzügig unterschlägt. »Wir sollten ein Bewegungsprofil von Felix' Handy und dem seiner Mutter anfordern. Denn die hat auf jeden Fall gelogen. Von wegen, sie hätte vor dem Fernseher geschlafen und sei wach geworden, als Felix nach Hause kam«, endet er.

Oda hat ihm aufmerksam zugehört und meint nun: »Was, wenn sie selber zur Rampenstraße gegangen ist, um Felix abzufangen und zu warnen, nachdem er nicht ans Telefon gegangen ist? Dort traf sie stattdessen ihren Ex, der sich wiederum verschaukelt vorkam, es gab Streit ...«

»... und wenn wir viel Glück haben, hat sie dabei ihr Taschentuch verloren«, ergänzt Raukel.

»Eine bestechende Theorie«, meint Völxen. »Ich werde mir die Dame gleich einmal vorknöpfen. Und ihr stürzt euch schon mal auf die Daten von Marksteins Computer.«

Die Mitarbeiter verlassen das Büro, nur Fernando hat noch etwas auf dem Herzen. »Müssen wir heute Nachmittag wirklich zu dieser bescheuerten Trauerfeier?«, quengelt er. »Haben wir jetzt, wo Marksteins Rechnerdaten da sind, nichts Vernünftigeres zu tun?«

»Das ist wahr, aber diese eine Stunde wirst du schon erübrigen können. Es ist wichtig, dass wir dort Präsenz zeigen.«

»Wie du meinst«, fügt sich Fernando in sein Schicksal. »Dann muss ich aber heute Mittag noch kurz nach Hause, mich umziehen. Jule wird auch da sein, sie muss auch *Präsenz zeigen*. Wahrscheinlich sind die Polizisten in der Überzahl. Aber gut, dann filmen und fotografieren wir uns eben gegenseitig, das wird ein Spaß.« Verdrossen wendet sich Fernando zum Gehen.

»Ach, Fernando …«, hält ihn Völxen auf.

»Ja?«

»Gut gemacht, das mit Felix, sehr gute Arbeit.«

XVII.

Die tragische Geschichte beginnt im Jahr 2006. Sandra (*Name geändert) war siebzehn, ein Mädchen mit sanften grauen Augen und langem dunklem Haar. Sie stammte aus einer gutbürgerlichen Familie, die Eltern besaßen ein mittelständisches Unternehmen. Sie besuchte ein Gymnasium in ihrer Heimatstadt Hannover, ihre Schulnoten waren gut bis durchschnittlich. Obwohl sie eher zu den Stillen gehörte, war sie beliebt, sie hatte Freundinnen und Freunde. Sie wollte Tierärztin werden, und die Chancen, ihren Traum zu verwirklichen, standen nicht schlecht, obwohl es auch Probleme in ihrer Familie gab. Sandras Mutter war psychisch krank und deshalb oft abwesend, sei es körperlich oder nur im Geist. Der Vater und dessen jüngere Schwester kümmerten sich um Sandra, wenn die Mutter ausfiel. Alles in allem war Sandra also ein normales junges Mädchen mit Wünschen und Träumen, aus der eine normale junge Frau hätte werden können. Und doch starb sie drei Jahre später an einer Überdosis Heroin – und wurde nichts als eine weitere drogenabhängige Prostituierte in der Statistik.

Wie konnte es so weit kommen?

Als sie siebzehn war, verliebte sie sich in Tarik F. (*Name geändert). Vermutlich sind sich die beiden begegnet, als Sandras Clique nach einer Geburtstagsfeier noch weiterzog in das Rotlichtviertel von Hannover, das gleichzeitig auch als Party- und Amüsiermeile der Stadt galt und immer noch gilt. Damals wurde es noch von den Hells Angels kontrolliert – man könnte auch sagen, von Hannes Piekenbrock. Tarik F. war achtundzwanzig, ein gut aussehender junger

Mann mit dunklen Locken und einem feurigen Blick. Seine Familie stammte aus dem Kosovo, und er verkehrte regelmäßig im »Milieu«. Möglicherweise fand die behütet aufgewachsene Sandra das aufregend, und ganz bestimmt schmeichelte es ihr, dass sich ein elf Jahre älterer Mann für sie interessierte. Er machte ihr Geschenke und spielte ihr den erfolgreichen Geschäftsmann vor. Sie glaubte seinen Liebesschwüren und binnen Kurzem war sie dem Charmeur verfallen.

Dem Vater gefiel es nicht, dass sich seine Tochter immer öfter die Nächte um die Ohren schlug. Häufig kam sie erst im Morgengrauen nach Hause, oft angetrunken. Er tat, was alle Eltern in so einem Fall tun würden: Er versuchte, seiner Tochter ins Gewissen zu reden, er versuchte es im Guten genauso wie mit Verboten. Sandras Tante, die dem Mädchen sehr nahestand, fuhr mit ihr für drei Wochen nach Griechenland, um sie auf andere Gedanken zu bringen. Aber Sandra war immer nur bemüht, irgendwie an ein Telefon zu kommen und Kontakt zu Tarik F. zu halten. Die Tante brach den Urlaub ab, und ihr Vater schickte Sandra zu einer Therapeutin. Doch das alles nützte nichts. Sandra war wie vernagelt, sie schien nur noch Tarik F. im Kopf zu haben. Ihr Abitur setzte sie in den Sand, weil sie erst gar nicht zu den Prüfungen erschien. Als Sandra im Juli 2007 achtzehn wurde, packte sie einen Koffer und zog zu Tarik F. Den Kontakt zu den Eltern und zu ihrer Tante brach sie ab. Sandras Eltern waren machtlos. Zeitweilig wussten sie nicht einmal, wo Sandra sich aufhielt. An der ihnen bekannten Adresse war Tarik F. nicht mehr zu finden. Die Polizei, die sie um Hilfe baten, konnte nichts tun. Sandra war freiwillig gegangen, und sie war volljährig. Auch die meisten ihrer Freunde erreichten sie nicht mehr. Sandras Schulkameradin und beste Freundin Lisa (*Name geändert) war die Einzige, mit der Sandra noch eine Weile lang Kontakt hielt. Als Lisa sie jedoch bedrängte, Tarik F. zu verlassen und nach Hause zu kommen, brach Sandra schließlich auch diese letzte Brücke hinter sich ab. Ob dies bereits unter Zwang geschah, das lässt sich im Nachhinein nicht mehr rekonstruieren.

Derweil nahm Sandras Drogenkonsum seinen Lauf. Sie hatte mit ein paar Lines Kokain auf Partys begonnen, doch nun, da Sandra sich Tarik F. völlig ausgeliefert hatte, ging er über zu Crack und Heroin. Eines Tages brachte er sie dazu, mit einem »Freund« zu schlafen. Sie wollte nicht. Spätestens an diesem Punkt ließ er die Maske des Verliebten fallen: Er hielt ihr ein Messer an den Hals, damit sie »spurte«. Anstatt blumiger Liebesworte gab es jetzt Prügel. Im Herbst desselben Jahres brachte er Sandra in einem Bordell in Hannovers Rotlichtviertel unter. Für Sandra gab es kein Entkommen mehr. Tarik F. und andere Zuhälter »kümmerten« sich um sie. Wie es in diesen Kreisen der Brauch ist, wurde sie herumgereicht, kam in eine Stadt, ein Bordell nach dem anderen: Bremen, Hamburg, Lübeck ... Die Kundschaft verlangt nach Frischfleisch. Die Bordelle führten ordentlich Buch über Sandras Aufenthalte, denn angeblich arbeitete sie ja »freiwillig« dort. Doch Sandra wurde permanent überwacht, sie hatte weder Geld noch ein Handy noch Papiere. Zudem hielt ihre Drogensucht das Mädchen bei der Stange. Ein Fluchtversuch misslang und endete mit schweren Misshandlungen. In einem Kasseler Bordell wurde sie von einem Freier vergewaltigt und mit einem Messer verletzt. Da erst wagte Sandra es, sich an die Polizei zu wenden. Man brachte sie in ein Frauenhaus, und dort überredete die Leiterin sie, Anzeige zu erstatten gegen Tarik F. und die anderen Zuhälter. In mehreren Vernehmungen schilderte Sandra ihr Martyrium. Nach Hause wagte sie sich nicht. »Die« würden sie dort sofort aufspüren und womöglich ihren Angehörigen etwas antun. Sie hatte Glück und bekam einen Platz in einer Entzugsklinik und danach in einer betreuten Wohngemeinschaft. Die Adresse war geheim. Dort traf sie zwei Jahre nach ihrem Auszug von zu Hause erstmals wieder ihre Eltern und ihre Tante. Sandra schien auf einem guten Weg zu sein. Doch drei Wochen später, am 5. Mai 2009, setzte sie sich in ihrem Zimmer in der Wohngemeinschaft den tödlichen Schuss. In ihrem Abschiedsbrief schrieb sie: *Es tut mir so leid, dass ich euch enttäuscht habe. In Liebe, Sandra.*

Gegen Tarik F. wurde wegen Zuhälterei, Freiheitsberaubung und gefährlicher Körperverletzung ermittelt und ein Haftbefehl erwirkt, der aber bis heute nicht vollstreckt werden konnte, da er nicht auffindbar ist. Vermutlich lebt er im Kosovo. Gegen die anderen Zuhälter konnte keine Anklage erhoben werden, obwohl Sandra einige im Vorstrafenregister wiedererkannt hatte. Doch es fehlten die Beweise, dass Zwang ausgeübt worden war. Zeugen konnten oder wollten sich nicht erinnern.

Ein Sprichwort besagt: *Der Fisch stinkt immer vom Kopf her.* Wir alle wissen, wer der Kopf dieses stinkenden Fisches war. Er starb dieser Tage eines natürlichen Todes – beinahe möchte man sagen: friedlich – in seinem Garten unter seinem Apfelbaum.

Nach dieser Lektüre muss Oda Kristensen sich erst einmal eine anzünden. Wenn *das* der Nachruf war, den Markstein über Piekenbrock hatte schreiben wollen, dann hatten sich alle in ihm getäuscht, die ihn für einen opportunistischen Speichellecker gehalten hatten. Einschließlich Oda selbst.

Es gibt auch ein Foto in diesem Dateiordner, der sinnigerweise den Namen *Apfelbaum* trägt, und Oda ahnt, noch ehe sie die Datei anklickt, wen das Bild zeigen wird. Und tatsächlich: Es ist dasselbe Foto, das auf dem Fernsehschrank von Marksteins Nachbarin steht und auf dem Aktenschrank des Bestattungsinstituts *Düker & Söhne*: Katharina Düker, Tochter von Volker und Anna Düker, Nichte von Maria Kemper.

Kein Wunder, dass Maria Kemper nur wenig Verständnis dafür hat, dass ihr Bruder die Bestattung und die damit verbundenen Feierlichkeiten ausrichten will. Auch Oda fragt sich in einem ersten Impuls, wie der Vater des Mädchens diesen Auftrag annehmen konnte. Wie gefühlskalt muss man sein?

Aber vielleicht sieht Düker das alles gar nicht so wie Markstein. Klar, Pieke war zu dieser Zeit die große Nummer in Hannovers Rotlichtviertel und darüber hinaus. Er hat gewissermaßen den Boden bereitet. Doch es ist nicht anzunehmen, dass er diesen Tarik persönlich dazu angestiftet hat, sich als Romeo-Zuhälter ein Schulmädchen gefügig zu machen und es auf den Strich zu schicken. Wahrscheinlich kannte er Katharina nicht einmal.

Dachte Markstein in zu langen Kausalketten? Ist die Verbindung von Katharina zu Pieke nicht arg konstruiert und zurechtgebogen, um dem Artikel einen bestimmten Drall zu verpassen? Marksteins Absicht ist klar: Eine Geschichte über den Abstieg eines netten, durchschnittlichen Mädchens ins Milieu mit tödlichem Ausgang bekommt man nicht so leicht verkauft, denn sie ist bei aller Tragik einfach zu alltäglich, nichts, was die großen Blätter interessiert. Und für die *Bild* ohnehin viel zu lang und wortreich. Aus so einem Stoff, überlegt Oda, kann man höchstens einen Roman machen. Doch die Chancen auf Veröffentlichung sehen gleich viel besser aus, wenn darin ein Name auftaucht, der gerade ohnehin in aller Munde ist …

Nach dieser Lektüre stellen sich Hauptkommissarin Oda Kristensen zwei Fragen: Wusste Frau Kemper von diesem Artikel? Und falls ja, was hat sie davon gehalten?

»Wo ist eigentlich Raukel?« Fernando deutet anklagend auf den leeren dritten Schreibtisch in ihrem Büro.

»Keine Ahnung«, antwortet Rifkin. »Er hat sich nach dem Meeting verkrümelt und gemeint, er müsse was recherchieren.«

»Wahrscheinlich an einem Kiosk«, grollt Fernando.

»Ich bedaure nicht, dass er weg ist, die Luft im Büro ist deutlich besser ohne ihn.«

Fernando weiß, was sie meint. Beide haben sich schon über die Geruchsmischung aus Schweiß, Rasierwasser und einer Alkoholfahne mokiert, die Raukel wie eine üble Wolke umgibt, die ihm voraus- und nacheilt und die sich einem unweigerlich in der Nase festsetzt, je mehr Zeit man mit Raukel in einem Raum verbringt. »Früher habe ich mich über Odas Gequalme aufgeregt, heute sehne ich mich geradezu danach zurück«, hat Fernando schon oft geklagt.

»Ach ja, heute Morgen ...«, sagt Fernando nun gedehnt. »Was war in Völxens Büro denn so wichtig, dass er mich praktisch hinausgeworfen hat?«

»Gar nichts. Du weißt doch, dass er morgens immer schlecht gelaunt ist.«

»Hat es was damit zu tun?« Fernando deutet auf sein Auge, wobei klar ist, dass er Rifkins Veilchen meint, das durch ihre im Haar steckende Sonnenbrille gerade nicht verdeckt wird.

»Nein«, schwindelt Rifkin.

»Warum nur glaube ich dir das nicht?«

Rifkin klappt ihre Sonnenbrille herunter und schweigt.

»Komm schon, Rifkin!« Fernando ist deutlich anzusehen, dass er vor Neugierde fast platzt.

»Ich kann's dir wirklich nicht sagen. Aber bevor Gerüchte aufkommen: Bronski hat nichts damit zu tun.«

»Bist du in eine Kneipenschlägerei geraten?«

»Gib es auf, Rodriguez!«

»Wir sind Partner, wir müssen uns doch vertrauen können.«

»Hast du nichts zu tun? Steck deine Nase lieber in die Kopien von Marksteins Rechnerdaten!«

»Okay, ich frage nicht mehr. Nur noch eins: Ich würde dich gern heute Mittag zum Essen einladen.«

Über den Rand der Sonnenbrille funkelt Rifkins heiles Auge Fernando über die zwei aneinandergestellten Schreibtische hinweg misstrauisch an. »Wieso ausgerechnet heute, wo ich so lädiert aussehe?«

»Ich will dir nur etwas Gutes tun, was dich von deinem Leiden ablenkt.«

»Das kannst du deiner Großmutter erzählen.«

»Okay, okay. Ich will offen zu dir sein, weil das unter Partnern so der Brauch ist. Mit deinem blauen Auge siehst du richtig gefährlich aus, und ich habe da ein Problem, bei dem du mir behilflich sein könntest …«

»Hau dir doch selber ein Auge blau. Dabei bin *ich* dir gern behilflich.«

»Ach, komm schon, Rifkin …«

Es klopft an der Tür, das typische, vorsichtige Frau-Cebulla-Klopfen: zweimal sachte kurz nacheinander und das dritte Mal, zeitlich etwas abgesetzt, etwas nachdrücklicher.

»Ja!«, rufen alle beide.

Die Sekretärin steckt den Kopf durch die Tür und vermeldet: »Da ist ein junger Mann namens Tobias Renz, der eine Aussage machen möchte …«

»Vernehmungsraum. Bitte«, setzt Fernando nach.

»Er wartet bereits dort.«

An Rifkin gewandt sagt Fernando im Hinausgehen: »Ich verarzte mal eben den kleinen Scheißer. Geh nicht weg, ich brauch dich noch!«

Tofu mit Gemüse lautet das Angebot des Tages, was Hauptkommissar Völxen ein Schmunzeln abringt. Er befindet sich in einem asiatischen Imbiss im Untergeschoss des Hauptbahnhofs. Es ist nicht seine Wahl, diesen Treffpunkt hat Frau Rossbach vorgeschlagen, die nicht besonders erfreut war über Völxens Besuch an ihrer Arbeitsstätte, der Buchhandlung im Eingangsbereich des Bahnhofs. In einer Viertelstunde hat sie Pause und wird dann gleich nachkommen. Hoffentlich.

Völxen bestellt das Tagesgericht und dazu eine Cola light. Während er den gebratenen Tofu und das ziemlich knackige Gemüse isst, schaut er sich immer wieder um, ob von irgendwoher ein Kameraobjektiv auf ihn gerichtet ist. Gleichzeitig ermahnt er sich, nicht in Verfolgungswahn zu verfallen, nur wegen des Fotos von dieser boshaften Reporterin.

Frau Rossbach erscheint pünktlich um halb zwölf, gerade als Völxen sich die letzte Bambussprosse einverleibt hat.

Nina Rossbach selbst scheint der Appetit vergangen zu sein, sie holt sich nur einen Kaffee und setzt sich zu ihm an den Tisch.

Was die Polizei denn *schon wieder* von ihr wolle?

Sie hat dunkle Ringe unter den Augen, als hätte sie wenig geschlafen. Völxen beschließt, am besten gleich mit der Tür ins Haus zu fallen: »Frau Rossbach, halten Sie Ihren Sohn für den Mörder seines Vaters?«

Sie sperrt Mund und Augen auf und entgegnet dann entsetzt: »Wie bitte?«

»Sie haben mich schon verstanden.«

»Natürlich nicht! Wie kommen Sie nur auf so einen Blödsinn?«

»Sie verhalten sich so.«

»Das ist Quatsch!«

»Außerdem haben Sie meinen Kollegen nicht die Wahrheit gesagt. Sie haben am Sonntagabend nicht vor dem Fernseher geschlafen.«

»Ach, nein?«

»Sie haben den ganzen Abend lang versucht, Ihren Sohn anzurufen. Achtmal insgesamt«, erklärt Völxen mit einer Engelsgeduld.

»Woher wissen Sie das?«

Völxen schweigt und beobachtet, wie es in Frau Rossbachs Kopf arbeitet.

»Und? Wo ist das Problem?«, fragt sie schließlich.

»Nun, wer lügt, hat im Allgemeinen etwas zu verbergen, das ist das eine. Das andere: Was wollten Sie denn so Dringendes von Felix?«

»Nur wissen, wo er sich rumtreibt.«

»Was dachten Sie denn, wo das sein könnte? Frau Rossbach, Sie haben Felix am Sonntagabend eine Nachricht geschrieben, dass Sie wüssten, wo sich sein Drogendepot befindet, und dass er an diesem Abend nicht dorthin gehen soll.«

Sie presst die Lippen zusammen und klemmt sich eine Haarsträhne stramm hinter ihr Ohr. Sie schweigt.

Völxen wartet ab.

Als sie das Schweigen nicht mehr aushält, geht sie über zum Angriff: »Wenn Sie schon alles wissen, warum fragen Sie dann noch? Wollen Sie sehen, wie gut oder schlecht ich lüge?«

»Warum haben Sie Ihrem Sohn geschrieben, dass er nicht zur Rampenstraße kommen soll?«

»Von der Rampenstraße habe ich nichts geschrieben«, trumpft sie auf.

»Hat er mehrere Drogendepots?«

Sie schaut ihn lediglich böse an.

»Frau Rossbach, wir können dieses Gespräch auch als offizielles Verhör auf der Polizeidirektion fortsetzen, wenn Ihnen das lieber ist.«

Sie verknotet ihre Finger und entknotet sie wieder, dann lenkt sie ein: »Gut, okay. Ich hatte so einen Verdacht ... Diese vielen neuen Sachen, die er plötzlich hatte, die kamen nämlich gar nicht alle von Boris, wie es sich herausgestellt hat. Einen Teil davon, vor allen Dingen die teuren Markenklamotten, hat er sich auch selbst gekauft. Also habe ich ihm nachspioniert.« Sie senkt den Kopf und fixiert den Inhalt ihrer Tasse.

»Sie machten sich Sorgen, das ist verständlich, das hätte ich bestimmt auch getan«, sagt Völxen, nun ganz der Einfühlsame.

»Ich habe ihn an zwei Abenden mit Tobias an diesem Spielplatz rumhängen sehen und dachte mir gleich, dass da irgendwas läuft. Beim zweiten Mal kamen noch zwei Jungs dazu, aber nur kurz, dann gingen die wieder ... Und alles geschah so verdruckst und heimlich. Mir war klar, was da ablief.«

»Haben Sie Felix darauf angesprochen?«

»Ich wollte es. Aber dann dachte ich mir: Wozu bin ich eigentlich hierhergezogen? Soll Boris sich doch zur Abwechslung um die Sache kümmern, vielleicht kann der mehr bei seinem Sohn ausrichten als ich. Also habe ich Boris angerufen und ihn gebeten, dort mal vorbeizuschauen und Felix gründlich die Leviten zu lesen, falls er ihn bei irgendwas Verbotenem erwischt.«

»Aber dann wollten Sie Felix plötzlich doch warnen? Warum?«

»Es kam mir auf einmal nicht mehr richtig vor. Ich habe befürchtet, dass Boris womöglich einen mordsmäßigen Bohei veranstaltet und letztendlich doch wieder mich für das Fehlverhalten seines Sohnes verantwortlich macht, so wie immer. Darum wollte ich Felix anrufen und warnen, aber er ist ja nicht rangegangen. Also habe ich ihm diese Nachricht geschrieben, in der Hoffnung, dass er die wenigstens liest.«

»Kam eine Antwort?«

»Ist das wieder eine von diesen Fragen, deren Auflösung Sie schon kennen?«, erwidert sie und fügt dann hinzu: »Nein, es kam keine Antwort.«

»Als mein Kollege Ihnen am nächsten Morgen die Nachricht überbracht hat, dass Boris Markstein erschlagen in der Nähe des Spielplatzes an der Rampenstraße aufgefunden wurde, was haben Sie da gedacht?«

Sie presst die Kiefer aufeinander, dann sagt sie: »Okay, gut. Im ersten Moment habe ich Panik bekommen und tatsächlich in Erwägung gezogen, dass Felix …« Sie unterbricht sich, fährt ordnend durch ihr Haar und setzt neu an: »Natürlich dachte ich nicht an einen Mord! Eher an einen Unfall oder dergleichen. Ich war verunsichert, und ich schäme mich dafür. Felix ist kein Engel, aber er hasst Gewalt. Außerdem hat er doch ein Alibi von diesem Tobias.«

»Ich habe schon verlässlichere Alibizeugen gesehen«, gibt Völxen zu bedenken.

»Aber Felix war das nicht!«, ruft sie verzweifelt aus, schaut sich dann verlegen um, weil sich schon ein paar Köpfe nach ihnen umgewandt haben, und setzt leiser hinzu: »Was wollen Sie ihm da anhängen? Selbst wenn Boris ihn dort angetroffen und zur Rede gestellt hätte – was nicht der Fall war, das will ich noch mal deutlich wiederholen –, er hätte nie im Leben seinen Vater deswegen umgebracht.« Die Aufregung hat ihr eine dunkle Röte ins Gesicht getrieben.

»Ich denke auch nicht, dass Felix seinem Vater das angetan hat«, räumt Völxen ein und bemerkt sofort, wie sie sich bei diesen Worten ein klein wenig entspannt. »Aber kommen wir doch mal zu Ihnen«, fährt er fort. »Sie versuchen den ganzen Abend über vergeblich, Ihren Sohn anzurufen und zu warnen. So etwas macht einen verrückt, das kenne ich. Was also tun Sie als besorgte Mutter? Zu Hause herumsitzen und warten? Doch eher nicht. Nein, Sie wollen das Schlimmste verhindern und gehen selbst zur Rampenstraße, die liegt ja gleich um die Ecke. Aber Felix ist nicht dort, weil er, wie er ganz richtig sagte, mit Tobias am Computer zockt. Stattdessen begegnen Sie Ihrem Ex-Mann, der ebenfalls verblüfft ist, Sie zu sehen anstatt seines Sohnes. Es gibt Streit …« Völxen unterbricht sich um zu prüfen, wie seine Theorie bei Nina Rossbach ankommt.

Ein lauernder Ausdruck tritt in ihr Gesicht. »Wenn Sie das beweisen könnten, hätten Sie mich schon längst festgenommen.« Ihre Stimme zittert ein wenig, aber sie reckt ihr Kinn entschlossen nach vorn und blickt ihn herausfordernd an.

»Nun, das ist richtig, das sind vorerst alles nur Hypothesen. Allerdings gibt es ein Beweisstück, welches gerade noch im Labor ausgewertet wird«, verrät Völxen. »Jemand hat ein benutztes Papiertaschentuch verloren. Waren Sie das vielleicht?«

Frau Rossbach wirkt verunsichert, und zu Völxens Überraschung stößt sie plötzlich hervor: »Also gut. Ja, es stimmt, ich war dort.«

»An diesem Spielplatz?«

»Ja. Aber es war niemand da, weder Felix noch Boris, niemand! Das schwöre ich!«

»Um wie viel Uhr waren Sie dort?«

»Etwa um neun Uhr bin ich los, nachdem ich Felix zuvor mindestens fünf- oder sechsmal vergeblich angerufen hatte. Als ich an diesem Spielplatz ankam, fing es fürchterlich an zu schütten. Ich hatte nicht mal eine Jacke an, also bin ich nach Hause gerannt und kam klatschnass dort an.«

Völxen macht sich eine Notiz und überlegt: Gesetzt den Fall, sie sagt endlich einmal die Wahrheit, kann das Taschentuch nicht von ihr stammen, denn sonst wäre es vom Regen durchnässt und platt gedrückt gewesen.

Ihre Miene hellt sich plötzlich auf. »Mein Nachbar hat mich gesehen, als ich nach Hause kam. Er hat noch eine Bemerkung gemacht von wegen, ich würde aussehen wie eine getaufte Maus.«

»Der Name?«, fragt Völxen.

»Quentin Müller.«

»Quentin?«, wiederholt Völxen. »Es gibt einen Quentin in den Telefonkontakten Ihres Ex-Mannes.«

»Das ist sicher derselbe. Quentin und Boris kennen sich praktisch aus dem Sandkasten. Er hat früher oft bei uns rumgehangen, zumindest, bevor Felix geboren war. Durch Quentin ist Boris überhaupt erst zum Motorradfahren gekommen.«

»Und ausgerechnet der ist jetzt Ihr Nachbar?«, vergewissert sich Völxen verwundert.

»Durch ihn haben wir doch die Wohnung erst bekommen«, erklärt Frau Rossbach. »Er wusste von Boris, dass wir nach Hannover ziehen wollen, und hat ihm Bescheid gesagt, dass bei ihm im Haus demnächst was frei wird. Er hat im Erdgeschoss seine Wohnung und sein Fotostudio. Sonst wären wir nie da rangekommen, haben Sie eine Ahnung, wie begehrt Wohnungen in Linden sind?« Sie schaut auf ihre Uhr. »Meine Pause ist um. War's das jetzt?«

Frau Cebulla ist stehen geblieben, nachdem Fernando in Richtung Vernehmungsraum verschwunden ist.

»Ist noch was?«, fragt Rifkin.

»Ja. Der Pförtner hat angerufen. Unten ist ein gewisser Michail Sorokin, der Sie sprechen möchte. Er wollte nicht sagen, in welcher Angelegenheit, und er möchte auch nicht heraufkommen.«

»Danke«, erwidert Rifkin, schnappt sich Jacke, Sonnenbrille und Telefon und stürmt an der Sekretärin vorbei, die etwas von einem Taubenschlag murmelt.

Der Ex-Häftling tigert vor dem Pförtnerhäuschen auf und ab und scheint sich nicht besonders wohlzufühlen in seiner Haut. Vielleicht verbindet er unangenehme Erinnerungen mit der Polizeidirektion Hannover oder mit der Polizei überhaupt. Mit seinem modischen Undercut sieht er zwar anders aus als auf dem Foto seiner Strafakte, aber er ist es definitiv.

Nachdem Rifkin sich ihm vorgestellt hat, ist die erste Bitte, die er auf Russisch von sich gibt, woanders hinzugehen. »Nur ein Stück die Straße runter.« Er deutet die Waterloostraße entlang in Richtung Maschsee.

Rifkin ist einverstanden. Schweigend gehen sie am Gebäude der alten Polizeikantine entlang, die jetzt nur noch für große Zusammenkünfte und Veranstaltungen genutzt wird. Erst als sie dort vorbei und auf der Höhe der International School sind, entspannt Sorokin sich ein wenig. Rifkin hat nicht vor, mit ihm einen Stadtbummel zu unternehmen, also bleibt sie stehen und beginnt: »Was gibt es?«

»Zuerst das Handy aus.«

Rifkin tut ihm den Gefallen.

Danach sagt er: »Sie machen sich Sorgen um mein Wohlbefinden?«

»Umso mehr freut es mich, dass Sie gesund und munter sind«, antwortet Rifkin.

Die Unterhaltung wird nach wie vor in beider Muttersprache geführt.

»Mich würde außerdem interessieren, was Boris Markstein, der Reporter der *Bild*, seinerzeit von Ihnen wissen wollte, als er Sie in der Haftanstalt besucht hat«, ergreift Rifkin die Gelegenheit.

Sorokin lacht kurz auf. »Lauter komisches Zeug. Ob ich viel oder wenig Kontakt zu anderen Häftlingen habe, ob ich mich an Gemeinschaftsaktionen beteilige, ob ich Therapieangebote in Anspruch nehme und an resozialisierenden Maßnahmen teilnehme. Nur solchen Scheiß, ich dachte, ich bin bei einem Psychiater gelandet. Das war vielleicht ein komischer Vogel.«

»Hat er das Gespräch aufgezeichnet?«

»Nein, wie denn? Keine Handys erlaubt bei Besuchern.«

»Und sonst hat er nichts wissen wollen? Etwas über Ihre Tat, oder zu welcher Organisation Sie gehören?«

Sorokin schüttelt den Kopf.

»Hat er den Namen Baranow erwähnt?«

»Nein.«

Rifkin glaubt ihm nicht, lässt es aber dabei bewenden. »Sie und Ihr Mithäftling Semjonow haben es zuerst abgelehnt, mit Markstein zu sprechen, und dann haben Sie doch zugesagt. Warum?«

»Uns war langweilig.«

»Hat Baranow gesagt, weshalb Sie mich heute treffen sollen?«

Er zögert, dann meint er: »Es hieß, Sie wüssten schon, warum.«

»Okay, dann richten Sie ihm aus, dass wir inzwischen einer Spur folgen, die in eine andere Richtung führt.«

Er nickt mit einem geschäftsmäßigen Ausdruck. Vermutlich ist er erleichtert darüber, denn wer möchte bei einem Chef wie Baranow schon gern der Bote einer schlechten Neuigkeit sein?

»Sagen Sie ihm außerdem: Wenn einem von uns Ermittlern oder unseren Angehörigen auch nur das Geringste zustößt oder wenn noch mal jemand Fotos von ihnen macht, dann sorgen wir dafür, dass er hierzulande keinen Fuß mehr auf den Boden kriegt, ist das klar?«

»Ist klar. Ich sage ihm das Erste«, antwortet Sorokin und eilt davon.

Rifkin kehrt um und simst im Gehen an Völxen. Dieses Mal ist die Nachricht etwas länger.

»Danke, dass du freiwillig gekommen bist, Tobias.«

»Man tut, was man kann«, grinst der jugendliche Zeuge Fernando an, der ihn aufmerksam mustert. Klein, geschmeidig, listig, so lautet seine erste Einschätzung. Ein echtes Lindener Gewächs.

»Wir müssen ein Protokoll anfertigen. Ich nehme unser Gespräch jetzt auf.«

»Meinetwegen.«

Fernando schaltet das Aufnahmegerät ein, gibt die üblichen Präliminarien an und sagt dann: »Tobias, erzähl mir, was du am Sonntagabend gemacht hast und mit wem.«

»Okay, ich hab's zwar schon dem Fettsack haarklein berichtet, aber ich wiederhole es gerne noch mal. Wir waren bei mir zu Hause, zocken, mein Kumpel Felix Rossbach und ich.«

»Von wann bis wann genau?«

»Von ungefähr acht Uhr bis kurz vor elf. Etwa um neun wollten wir raus, aber es hat wie Sau geregnet, also sind wir daheim geblieben. Um kurz vor elf ist Felix dann gegangen, weil seine Alte sonst hohl gedreht hätte, und ich bin auch zu Hause geblieben. Ist das jetzt endlich klar, oder wie oft muss ich das noch erzählen?«

»Kennst du den Spielplatz an der Rampenstraße?«

»Sicher. Dort hängen wir manchmal ab.«

»Und ihr bunkert dort euer Gras und was ihr sonst noch so vertickt«, ergänzt Fernando.

»Keine Ahnung, wovon Sie da reden.«

Fernando lässt diesen Punkt vorübergehend fallen und fragt: »Bist du beim *Abhängen* an diesem Spielplatz oder in der Nähe davon schon mal Felix' Vater begegnet?«

»Nein, niemals.«

»Und seiner Mutter?«

»Auch nicht. Hören Sie, wir waren das nicht. Felix würde nie im Leben seinem Vater was antun, der mochte den. Der hat ihm jede Menge Zeug geschenkt und war auch sonst ganz cool. Hat Felix zumindest gesagt.«

»Kennst du einen gewissen Jenue Abdulkareem?«, wechselt Fernando unvermittelt das Thema.

»Nein, wer soll das sein?«

»Warum bist du gestern vor der Polizei geflohen?«

Tobias tut, als müsste er überlegen. »Gestern. Ach ja. Da bin ich nicht *geflohen*, ich hatte es nur eilig. Ich hatte ein Date«, verkündet er und streicht sich dabei durch seine Locken.

Fernando muss an sich halten, um ernst zu bleiben. Der Junge fängt an, ihm Spaß zu machen, und er erinnert ihn sogar ein bisschen an sich selbst in jungen Jahren, denn auch er war in diesem

Alter ein recht schlimmer Finger. »Ein Date also«, wiederholt Fernando. »Springst du immer zum Fenster raus, wenn du ausgehst?«

»Nur, wenn ich es eilig habe und meinem Alten nicht begegnen will. Der hätte mich sicher aufgehalten und mir noch irgendeinen Scheiß aufgetragen oder mir die Ohren vollgelabert.«

»Und die Polizisten, die mit dir sprechen wollen, hast du gar nicht bemerkt, oder wie war das?«, fragt Fernando.

»Meinen Sie die, die mein Fahrrad geklaut haben? Nein, die habe ich nicht bemerkt. Aber wo wir gerade schon davon reden: Wann kriege ich mein Rad wieder?« Tobias sieht ihn herausfordernd an.

Fernando wiegt seinen Kopf hin und her. »Oh, das kann dauern. Die Mühlen der Bürokratie mahlen träge.«

»Verdammt, das ist *mein* Rad!« Seine kleine, nicht ganz saubere Faust knallt auf die Tischplatte. »Diese Spackos können das nicht einfach behalten!«

»Da kann ich leider nichts machen«, säuselt nun Fernando. »Gut, Tobias, dann war's das erst mal. Ende der Vernehmung um ...« Fernando schaut auf die Uhr. »... elf Uhr fünfundvierzig.« Er schaltet das Aufnahmegerät aus.

Tobias macht Anstalten aufzustehen, aber Rodriguez bedeutet dem Jungen, sitzen zu bleiben. Er lehnt sich auf seinem Stuhl zurück und sagt: »Ich hätte da noch etwas, wobei du mir helfen könntest.«

»Das wäre?«, fragt Tobias lauernd.

»Ich möchte mich mit Jenue Abdulkareem unterhalten. Und erzähl mir jetzt nicht, dass du ihn nicht kennst.«

»Wenn das dieser lange Schwarze ist ... Kann sein, dass ich den schon mal gesehen habe. Der hängt immer am Küchengarten ab. Der wird aber nicht mit einem Bullen reden wollen.«

»Lass dir was einfallen. Seine Drogengeschäfte sind mir egal, das ist nicht mein Bier. Aber er könnte ein wichtiger Zeuge sein. Wenn das klappt, kriegst du nicht nur dein Rad schnell wieder, sondern ich sorge auch dafür, dass dein Name von uns nicht an die Jungs vom Rauschgift weitergegeben wird. Bis jetzt warst du für die ein zu kleiner Fisch, bist quasi unter ihrem Radar durchgeschlüpft. Aber wenn die von uns einen Hinweis kriegen, dann können sie nicht anders und müssen dir auf die Pelle rücken …«

»Okay, Mann, ja, ich hab's kapiert. Ich sehe zu, was ich tun kann. Handynummer?«

»Kannst du haben.« Fernando schiebt ihm seine Visitenkarte über den Tisch, ehe er aufsteht und die Tür öffnet. Der Junge steckt sie ein und witscht durch die Tür.

»Hey, Tobias!«

»Was denn noch?«, kommt es voller Überdruss.

»Du bist nicht auf den Kopf gefallen. Wenn du es schaffst, nicht im Knast zu landen, dann wird aus dir noch mal was.«

»Fickt euch«, murmelt er, reckt den Mittelfinger und geht davon, vorbei an Rifkin, die gerade den Flur entlangkommt. Sie trägt ihre unvermeidliche Lederjacke, und offenbar hat sie Fernandos wohlmeinende Worte noch gehört, denn sie meint: »Rodriguez, du klingst voll peinlich, wie ein uralter Mann.«

»Ich *bin* ein alter Mann, zumindest für den Knirps da. Wo warst du? Hast du Bronski im Maschpark auf einen Quickie getroffen?«

»Halt einfach die Klappe, Rodriguez. Gehen wir jetzt was essen, oder hast du es dir anders überlegt?«

XVIII.

Hauptkommissar Raukel ist erschöpft. Er hat sich an diesem Vormittag schon schwer ins Zeug gelegt und ist den Weg vom Lokal *Fiasko*, wo Boris Markstein seine letzte Mahlzeit eingenommen hat, bis zur Rampenstraße zu Fuß abgegangen. Obwohl Raukel die laut Angabe von Google Maps kürzeste Strecke genommen hat, hat er dafür gute zwanzig Minuten gebraucht. Außerdem musste er feststellen, dass es verschiedene, nahezu gleich lange Strecken vom *Fiasko* bis zur Rampenstraße gibt. Nach dieser Wanderung war er ziemlich erledigt und sehr durstig, und das hat ihn auf einen Gedanken gebracht. An Marksteins letzter Wegstrecke liegen nämlich etliche Kneipen, und in den Seitenstraßen gibt es noch mehr davon.

Was spricht dagegen, dass Markstein auf dieser Langstrecke noch irgendwo auf einen Absacker eingekehrt ist? Bestimmt haben ihm diese türkischen Buletten schwer im Magen gelegen, und im *Fiasko* hat er nach Auskunft der Bedienung keinen Verdauer zu sich genommen. So ein Versäumnis rächt sich stets, das weiß Raukel nur zu gut.

Die meisten Kneipen, an denen er vorbeigekommen ist, machen erst am Abend auf, aber das *Notre Dame*, das obendrein direkt auf dem Weg liegt, hat bereits seit dem Morgen geöffnet. Das Lokal mit dem französischen Namen und der italienischen Küche scheint Raukel auch eher Marksteins Kragenweite zu sein als die Mehrzahl der anderen Spelunken.

Das Angenehme mit dem Nützlichen zu verbinden gehört zu Hauptkommissar Raukels größten Talenten, und so hat er sich an einen der Tische vor dem Lokal gesetzt und die Speisekarte studiert.

Jetzt, eine knappe Stunde später, lehnt sich der Ermittler schwer atmend in seinem Stuhl zurück, betätschelt die ausgeprägte Rundung seines Körpers unter dem Hawaiihemd und unterdrückt dabei einen Rülpser. Die Pizza, die er sich einverleibt hat, war ausgesprochen köstlich, und an dem Tiramisu, das er sich zum Dessert gegönnt hat, war ebenfalls nichts auszusetzen. Er, der nie ein besonderer Fan des Multikulti-Stadtteils Linden gewesen ist, ist kurz davor, seine Meinung zu revidieren. Nein, wohnen möchte er hier nach wie vor nicht, aber zumindest kann man hier gut und preiswert einkehren.

Das reichliche Essen schreit nach einem hochprozentigen Verdauer. Aber er ist ja im Dienst. Andererseits – total nüchtern funktionieren seine kleinen grauen Zellen nur sehr träge –, und die zwei Bier zum Essen zählen da nicht mit. Ein *caffè corretto*, Espresso mit Weinbrand, scheint ihm ein vernünftiger Kompromiss zu sein. Er winkt dem jungen, bärtigen Mann, der ihn bedient hat, und gibt die Bestellung auf.

Sollen die anderen doch ihren abstrusen Theorien hinterherlaufen wie die Hamster in ihren Laufrädern. Raukel ist für Effizienz, ein Mann der Tat und der Praxis, und auf seinen Riecher ist immer noch Verlass.

Allerdings ist es ihm nach wie vor ein Rätsel, was Markstein dort unten an der Rampenstraße wollte. Die Hypothese vom geplanten Drogenkauf erscheint bei genauerer Betrachtung unsinnig. Markstein war ein Snob. Leute wie er kaufen ihr Koks nicht an irgendwelchen finsteren Ecken von finsteren Typen, sondern bestellen sie ganz elegant per Telefon und bekommen die Ware als Pizza oder chinesisches Essen getarnt bis ins traute Heim geliefert.

Raukels Erfahrung und sein herausragender Intellekt sagen ihm außerdem, dass Boris Markstein keinem sorgfältig geplanten Verbrechen zum Opfer gefallen ist. Dafür ist das alles viel zu improvisiert. Allein dieser Betonbrocken – so einen schleppt doch kein Mensch als Mordwaffe durch die Gegend. Nein, der lag zufällig da, und hätte er nicht dagelegen, hätte der Täter irgendetwas anderes benutzt, um es seinem Opfer über den Schädel zu ziehen. Deswegen war Raukel auch von vornherein klar, dass die Russenmafia-Theorie nichts anderes als grober Unfug ist, allenfalls dazu nütze, ein paar übereifrige Kleingeister des Dezernats auf Trab zu halten, damit sie woanders keinen Schaden anrichten.

Nein, sagt sich Raukel, die Tötung des Reporters ist entweder aus einer dummen Situation heraus passiert, in die Markstein zufällig geraten ist, oder jemand, der noch ein Hühnchen mit ihm zu rupfen hatte, hat spontan die Gelegenheit ergriffen. Letzteres ist das, was ihm sein Bauchgefühl signalisiert. Aber Gefühle können irren, da muss man vorsichtig sein.

Er winkt den Kellner heran, zahlt, gibt ein großzügiges Trinkgeld, zückt dann seinen Dienstausweis und zeigt ihm ein Foto von Markstein auf seinem Mobiltelefon.

»Den hier schon mal gesehen?«

Der junge Mann nickt. »Das ist der Boris, natürlich habe ich den hier schon gesehen. Der kam mindestens einmal pro Woche zum Essen her. Furchtbare Sache, das mit ihm.«

»War er am Sonntagabend hier? Auf einen Absacker vielleicht?«

Der Bärtige schüttelt den Kopf. »Nein, war er nicht. Daran hätte ich mich erinnert, besonders nachdem ... Sie wissen schon. Nur seine Kollegin war hier.«

Raukel verspürt ein kleines elektrisches Zucken irgendwo in seinem Inneren. Er fragt aufs Geratewohl: »Groß, rot gefärbtes Haar, gebärfreudiges Becken, meinen Sie diese Kollegin?«

»Ja, die meine ich. Natalie. Nein, Katja. Oder nein, Nadja. Nadja heißt sie.«

»Sie kennen sie?«

»Ja, klar. Sie war früher auch oft hier, als sie noch in Linden gewohnt hat.«

Raukel reißt alarmiert die Augen auf. Die Brenninger hat in Linden gewohnt? Warum ist das bis jetzt noch keinem aufgefallen? Verfluchte Schlamperei!

»Vor ein paar Monaten ist sie weggezogen. Nach Buchholz? Oder war es Bothfeld? Egal, jetzt kommt sie jedenfalls höchstens noch alle vierzehn Tage mal her und jammert, wie sehr sie ihren alten Kiez vermisst. Geschieht ihr recht, was zieht sie auch weg?«

»Mit wem war sie am Sonntag hier?«

Der Gefragte scheint zu realisieren, dass das Gespräch noch dauern könnte. Nach einem prüfenden Rundumblick, ob jemand dringend nach ihm verlangt, setzt er sich auf den Stuhl gegenüber von Raukel und erklärt: »Mit zwei Frauen. Die eine heißt Manuela, sie wohnt gleich um die Ecke, in der Albertstraße, sie ist hier Stammgast. Die andere kannte ich nicht.«

»Manuela – wie noch?«

»Keine Ahnung.«

»Wann sind die drei gekommen?«, fragt Raukel.

»Kurz nach halb zehn, schätze ich. Sie wollten unbedingt draußen sitzen, deshalb habe ich ihnen noch die Stühle und den Tisch trocken gemacht, weil es zuvor erst geregnet hatte. Sie wollten nichts mehr essen, aber sie haben Cocktails bestellt. Caipirinha.«

»Wie lange waren sie da?«

»Ähm, jetzt wo Sie es sagen ... Die Nadja war plötzlich weg, das habe ich gar nicht mitgekriegt, wie die gegangen ist. Da war ich wohl gerade drinnen beschäftigt. Ich habe mich noch gewundert, sonst sagt sie ja immer noch Tschüss. Die anderen sind noch fast bis zwölf geblieben und haben für sie mitbezahlt.«

»Wie spät war es, als Nadja verschwunden ist?«

»Ich weiß nicht genau. Zehn vielleicht? Sie hatte noch ihren ersten Drink, also kann es nicht allzu spät gewesen sein, die Frau hat einen guten Zug drauf.«

»Wo hat sie gesessen, wissen Sie das noch?«

Er deutet auf einen der Tische. »Da drüben. Nadja und die andere Frau saßen mit dem Rücken zur Wand, Manuela ihnen gegenüber.«

Raukel lässt sich eine grobe Beschreibung des Aussehens der Frau namens Manuela sowie der unbekannten anderen geben, dann fragt er: »Wann haben Sie Feierabend?«

»Wir schließen um Mitternacht, manchmal wird's auch später, wieso?«

»Wir brauchen Ihre protokollierte Aussage. Ginge es morgen Vormittag?«

»Was ich dir schon lange mal sagen wollte, Rodriguez: Du bist immer noch ein ziemlicher Machoarsch, du merkst es nur nicht. Keine Ahnung, wie deine Frau das aushält. Aber vielleicht lässt du ja nur im Dienst die Sau raus. Manchmal klingst du original wie Raukel, es ist kaum auszuhalten mit euch beiden, nur dass du nicht gar so stinkst wie er. Wobei du es manchmal auch mit den Duftwässerchen übertreibst. Und denk nicht, ich hätte nicht gemerkt, dass du dein Haar färbst. Weißt du, Fernando, tief im Innern bist du noch immer ein Muttersöhnchen und ein kleines Weichei. Allein, dass du mich hierherschleppst, in diese Veganerbude, um für dich den Bullenbeißer zu spielen vor dieser halben Portion dort hinterm Tresen, das sagt doch schon alles.«

Fernando lächelt Rifkin freundlich an, spießt ein Falafelbällchen auf, taucht es in den Kräuterdip und meint dabei: »Rifkin, was brabbelst du da vor dich hin? Ich versteh kein einziges Wort.«

»Du hast doch gesagt, ich soll die Sonnenbrille abnehmen und Russisch sprechen, damit der dahinten ein bisschen Schiss bekommt«, antwortet Rifkin, nun auf Deutsch.

»Ja, okay, aber jetzt kannst du damit wieder aufhören.«

»Dabei war ich mitten in einer blumigen Liebeserklärung.«

»Schon klar.«

»Ist wirklich gut, das Zeug«, bemerkt Rifkin, auf ihren Teller deutend. »Deine Mutter muss sich was einfallen lassen, kein Mensch will heute mehr Tapas.«

»Das stimmt doch gar nicht«, knurrt Fernando, während Rifkin mit Goldlöckchen Blickkontakt aufnimmt und ihm versichert, dass es ausgezeichnet schmecke.

Der lächelt schüchtern zurück. Außer ihm ist noch die Blauhaarige mit dem vielen Blech im Gesicht anwesend, und es sind zwei weitere Tische mit Gästen besetzt.

Ehe Fernando und Rifkin das Lokal betreten haben, musste Pedra den Rollladen an ihrem Geschäft kurz herablassen, damit Fernando sich von Ausführung und Qualität des neuen Anstrichs überzeugen konnte. »Recht ordentlich, doch, ja. War eh mal wieder notwendig«, meinte er zufrieden. Der Blumenstrauß, den

Goldlöckchen tatsächlich vorbeigebracht hat, ist zwar ein wenig mickrig ausgefallen, aber darüber kann man hinwegsehen.

»Er hat sich wirklich tausendmal entschuldigt«, hat Pedra versichert. »Er war das bestimmt nicht, der ist eigentlich ganz nett. Nur Teile der Kundschaft da drüben sind mir nicht geheuer.«

Fernando ahnt, welche das sind: Am Fenstertisch sitzen drei flächendeckend tätowierte Kerle, die offenbar zur Hardcore-Veganer-Szene gehören und damit zu jenem Personenkreis, der, zumindest Fernandos Einschätzung nach, für die Farbschmiererei an Pedras Laden durchaus infrage kommt.

»Rifkin und ich sorgen dafür, dass das nie wieder vorkommt«, hat Fernando großspurig versichert, ehe er und seine Kollegin die Straßenseite gewechselt und das Bistro *Vetisch* betreten haben.

»Jule hat recht, er ist wirklich ein süßer Schnuffel«, bemerkt Rifkin, nur um zu beobachten, wie Fernando ihr einen bösen Blick zuwirft. »Was hat dieser Tobias Renz denn eigentlich ausgesagt?«, will sie dann wissen.

»Nichts. Er hat nur das Alibi für Felix bestätigt.« Fernando hat aufgegessen.

»Können wir jetzt gehen?«, drängelt Rifkin.

»Nicht so schnell. Ich muss hier noch für einen nachhaltigen Eindruck sorgen, wozu habe ich dich schließlich mitgenommen?«

»Dein Charme ist unwiderstehlich.«

»Das höre ich andauernd. Du kannst dich schon mal vor den Eingang stellen und aufpassen, dass hier keiner rausgeht.«

»Was hast du jetzt wieder vor? Lass doch den armen Jungen in Ruhe, er hat das Rollo gestrichen, Blümchen gekauft und sich entschuldigt, was willst du denn noch?«

»Einen Namen«, antwortet Fernando und schlendert zur Theke, wobei er in die Tasche seiner Jeans fasst und seine Geldbörse herausnimmt.

»Das geht aufs Haus«, meint Goldlöckchen. »Für die Unannehmlichkeiten.«

»Nett von dir!«, erwidert Fernando und flüstert: »Aber ich will trotzdem einen Namen.«

An der Durchreiche zur Küche erscheint Madame Blauhaar und wirft Fernando einen bitterbösen Blick zu.

Goldlöckchen streicht sich nervös durch dieselben. »Verdammt noch eins, ich weiß nicht, wer das war«, zischt er.

»Gut, wie du willst.« Fernando dreht sich um, hält seinen Dienstausweis in die Höhe und ruft mit lauter Stimme. »Alle mal herhören, bitte! Ich bin Hauptkommissar Fernando Rodriguez, Kripo Hannover, und ich möchte im Zuge einer allgemeinen Personenkontrolle Ihre Ausweise sehen.«

Zurück in der Polizeidirektion, macht sich Hauptkommissar Völxen sofort daran, die digitale Fallakte um einen wichtigen Punkt zu ergänzen: den Grund, weshalb das Opfer, Boris Markstein, sich am Sonntagabend zu fortgeschrittener Stunde zum Spielplatz an der Rampenstraße, dem späteren Tatort, begeben hat.

Damit fertig, erstellt er eine handschriftliche Notiz, dass dieser Quentin Müller noch zu befragen ist, ob er tatsächlich Frau Rossbach um kurz nach neun durchnässt im Hausflur angetroffen hat. Als er sich danach gerade einen Kaffee genehmigen will, wird er von Oda Kristensen aufgehalten.

»Lies das!«, fordert sie und hält ihm einige ausgedruckte Seiten entgegen.

»Kann ich mir vielleicht erst einmal einen Kaffee holen?«

»Ich hol dir einen.« Schon ist Oda davongeeilt, um wenig später mit der Schafstasse in der Hand wiederzukommen.

»Und, was sagst du?«, will sie wissen.

Völxen hat inzwischen Marksteins Artikel über das Mädchen »Sandra« überflogen. Er sagt dazu erst einmal gar nichts, sondern trinkt von seinem Kaffee, während Oda drauflossprudelt: »Diese Sandra ist Maria Kempers Nichte Katharina. Ich habe ihr Bild erkannt, und die Geschichte passt haargenau zu der, die mir Maria Kemper gestern im Bestattungsinstitut erzählt hat.«

»Hat er diese traurige Geschichte schon irgendwo veröffentlicht?«

»Ich habe nichts im Netz gefunden und in seinen Unterlagen

auch nicht. Eitel, wie er war, hätte er den gedruckten Artikel bestimmt aufgehoben.«

Da muss Völxen ihr zustimmen.

Oda denkt laut nach: »Die Datei wurde am 4. September zum letzten Mal abgespeichert, also vier Tage vor Marksteins Tod – und vier Tage nach Piekenbrocks. Ich vermute aber, dass Markstein den Artikel schon früher geschrieben hat und ihn nur nicht losgeworden ist. Nach Piekes Ableben hat er dann diese Stelle am Schluss eingefügt, das mit dem friedlichen Tod unterm Apfelbaum und so weiter. Vielleicht hat er gehofft, ihn mit diesem Aufhänger nun besser verkaufen zu können.«

»Könnte sein«, meint Völxen. »Das Ende wirkt tatsächlich ein bisschen aufgesetzt.«

»Was, wenn Maria Kemper Wind von diesem Artikel bekommen hat?« Oda blickt Völxen herausfordernd an.

»Ich verstehe, was du meinst. Dieses Motiv könnte aber auch auf Katharinas Eltern zutreffen …«

»Vater«, korrigiert Oda. »Volker Düker. Die Mutter ist tot, sie litt an Depressionen und hat sich ein Jahr nach dem Selbstmord ihrer Tochter ebenfalls mit Tabletten umgebracht. Ach, und habe ich eigentlich schon erwähnt, dass das Bestattungsunternehmen *Düker & Söhne* Piekes Trauerfeier und die Beerdigung ausrichtet?«, fragt Oda.

»Ist das wahr?«

»Volker Düker betrachtet das offenbar rein geschäftlich und rational. Maria Kemper ist darüber weniger erbaut. Ich habe gehört, wie die zwei sich deswegen gestritten haben.«

»Warum erfahren ich das alles erst jetzt?«, ereifert sich Völxen.

»Weil es mir gestern nicht wichtig zu sein schien, was mit Frau Kempers Nichte passiert ist und wer Pieke unter die Erde bringt. Zumindest nicht im Zusammenhang mit Markstein«, rechtfertigt sich Oda. »Nachdem ich nun aber das hier gelesen habe …« Sie deutet auf den ausgedruckten Artikel.

»Gut«, nickt Völxen, »dann wird Volker Düker heute Nachmittag sicher bei der Trauerfeier in der Kreuzkirche anzutreffen sein.

Ich werde ihn mir danach vorknöpfen. Du versuchst es inzwischen bei Maria Kemper. Ihr stand Markstein näher. Falls er überhaupt so rücksichtsvoll war, sich das Einverständnis der Angehörigen des Mädchens einzuholen, hat er sich vermutlich eher an Maria Kemper gewandt als an ihren Bruder. Kannten die beiden sich überhaupt?«

»Angeblich nur geschäftlich«, antwortet Oda, die sich an ihre kurze Unterhaltung mit Frau Kempers Bruder erinnert. »Düker sagt, er hätte mit Markstein zusammen dessen Urne ausgesucht.«

»Urne ausgesucht«, wiederholt Völxen und sieht vor seinem inneren Auge plötzlich sich selbst, wie er vor einer Sammlung dieser seltsamen Gefäße steht und entscheiden soll, in welches davon seine Asche einmal kommen soll. Er schüttelt sich.

»Ja, es ist ein seltsames Geschäft«, meint Oda, die anscheinend Gedanken lesen kann. Dann kommt sie auf ihr ursprüngliches Anliegen zurück: »Ich kann mir Folgendes vorstellen: Maria Kemper hat Markstein die traurige Geschichte von Katharina irgendwann im Vertrauen erzählt, und dieser Blutsauger hat sie natürlich prompt aufgeschrieben. Falls Maria Kemper davon wusste, kann ich mir nicht vorstellen, dass sie darüber sonderlich begeistert war.«

»Die Gelegenheit, ihn zu töten, hatte sie jedenfalls«, stellt Völxen fest. »Sie wusste, wo er zum Essen hinging. Sie musste ihm an diesem Abend einfach nur folgen.«

»Aber woher hätte sie wissen sollen, dass er hinterher zur Rampenstraße geht?«, erwidert Oda.

»Vielleicht hätte sie ihn auch woanders erledigt, in der nächstbesten dunklen Ecke. Vielleicht war es ja doch keine so spontane Tat, wie wir bisher dachten. Schaff sie her, dann werden wir hoffentlich ein paar Antworten bekommen.«

»Ich bin schon unterwegs.«

»Ach, übrigens – ich weiß inzwischen, was Markstein beim Spielplatz an der Rampenstraße wollte …«

Erwin Raukel ist vollkommen erschöpft, jedoch zufrieden mit sich und der Welt. Die gute alte Laufarbeit, Basis einer jeden Ermittlung, hat sich letztendlich doch noch gelohnt.

Nachdem er eine Tür nach der anderen in der Albertstraße abgeklappert hat, ist er endlich fündig geworden. In der Nummer 20 kann eine ältere Dame mit dem Namen Manuela und der Personenbeschreibung des Kellners, die Raukel wiedergibt – schlank, mittelgroß, langes dunkles Haar, viele Ringe an den Fingern –, etwas anfangen.

»Das muss die Engelbrecht sein. Dritter Stock. Sie müsste da sein, die arbeitet ja von zu Hause aus. Irgendwas mit dem Internet. Außerdem steht ihr Fahrrad unten, dieses grüne Hollandrad mit den Kunstblumen am Lenker.« Ihre Miene verrät, was sie von derlei verzierten Fahrrädern hält.

Ich möchte *einmal* erleben, dass jemand unten wohnt, denkt Raukel, während er sich Stufe für Stufe nach oben schleppt.

Manuela Engelbrecht ist tatsächlich zu Hause. Sie ist ungeschminkt, trägt ausgebeulte Jogginghosen und eine helle Strickjacke, in die ihre schmale Figur zweimal hineingepasst hätte. »Polizei?« Ihre braunen Augen mit den unnatürlich langen und aufgebogenen Wimpern blicken ihn erschrocken an. Doch dann bittet sie Raukel in die Küche und bietet ihm ein Glas Wasser an. Es kommt aus einem Glaskrug, in dem sich auch ein Zweig Minze und ein paar Zitronenscheiben befinden. Anders als bei Nina Rossbach passen die Küchenmöbel hier alle exakt zusammen und bestehen aus hellem Eichenholz. Was immer Frau Engelbrecht *im Internet* macht, scheint ordentlich was einzubringen. »Was machen Sie beruflich, Frau Engelbrecht?«, fragt Raukel deshalb aus purer Neugierde.

»Ich designe und betreue Webseiten, hauptsächlich für Firmen. Worum geht es denn?« Sie hat die Ellbogen aufgestützt und die Finger unter ihrem Kinn verschränkt. Sie trägt tatsächlich viele Ringe, sogar einen am linken Daumen.

»Ich ermittle im Mordfall Markstein. Davon haben Sie gehört, oder?«

»Natürlich.«

»Wo waren Sie am Sonntagabend?«

Sie stutzt, blinzelt, dann sagt sie: »Hier, mit meiner Cousine und einer Freundin. Und später noch im *Notre Dame.*«

»Die Namen?«

»Meine Freundin heißt Nadja Brenninger und meine Cousine Silke Krüger. Sie lebt in London und hatte mich für ein paar Tage hier besucht. Sonntag war ihr letzter Abend. Warum wollen Sie das wissen?«

Das wirst du gleich sehen, Rehauge, denkt Raukel, der keine Lust hat, langwierige Erklärungen abzugeben. »Ab wann waren Sie drei im *Notre Dame?*«

»Ab halb zehn etwa. Wir haben vorher hier gegessen, dann hat Nadja vorgeschlagen, noch auf einen Drink rauszugehen.«

»Wie ist Frau Brenninger hergekommen?«

»Mit ihrem Auto, sie kam von irgendeinem Außentermin«, erklärt Manuela Engelbrecht und fügt rasch hinzu: »Sie hatte aber hier schon Wein getrunken und hat gesagt, dass sie ihr Auto stehen lässt und sich ein Taxi nimmt.«

»Wo parkte es?«

»Das weiß ich nicht, ich habe sie nicht gefragt.«

»Woher kennen Sie und Frau Brenninger sich?«

»Ursprünglich von der Schule. Früher, als sie noch in der Elisenstraße gewohnt hat, haben wir uns öfter gesehen. Seit sie weggezogen ist, ist es ja etwas umständlich für sie.«

»Kennen Sie Boris Markstein?«

Sie holt tief Atem. »Ja, wir sind uns ab und zu in den Kneipen hier im Viertel über den Weg gelaufen.«

»Haben Sie Markstein am Sonntagabend gesehen?«, fragt Raukel und sieht sein Gegenüber dabei mit einem bohrenden Blick an.

»Was? Nein!«

»Denken Sie gründlich nach.«

»Ich wüsste es, wenn ich jemanden gesehen hätte, der am nächsten Tag ermordet aufgefunden wird.«

»Wie lange waren Sie drei im *Notre Dame?*«

»Bis Mitternacht. Da schließen die, wir waren unter den letzten Gästen.«

»Alle drei?«

Sie zögert, dann schüttelt sie den Kopf. »Nadja ist früher gegangen.«

»Wann?«

»Ich habe nicht auf die Uhr geschaut. Etwa gegen zehn?«

»Hat sie einen Grund angegeben?«

»Sie meinte, ihr sei eingefallen, dass sie noch etwas für morgen fertig machen müsse.«

»Kam Ihnen das nicht seltsam vor?«

»Doch, schon«, gibt Frau Engelbrecht zu. »Zumal sie es ja war, die noch ins *Notre Dame* gewollt hatte, und sie hatte ihr Glas noch nicht mal ausgetrunken.«

»Was dachten Sie, was der Grund war?«

»Nichts. Oder ... na ja, vielleicht, dass sie noch den Wolf-Dietrich trifft.«

»Den *Wolf-Dietrich?*«, wiederholt Raukel. *Was ist denn das für ein bescheuerter Name?*

»Ihren *Verlobten.*« Sie dehnt das Wort, bis es einen sarkastischen Klang bekommt. »Wolf-Dietrich Stegemann.«

»Sie mögen den Wolf-Dietrich wohl nicht sonderlich?«, stellt Raukel fest und lächelt ihr verschwörerisch zu.

Na bitte, wer sagt's denn, sein berühmtes Händchen für Frauen! Schon redet sich Manuela Engelbrecht ihren Frust von der Seele: »Seit sie den am Haken hat, ist mit ihr nicht mehr viel anzufangen. Dabei hätte ich nie gedacht, dass ausgerechnet Nadja mal nach der Pfeife eines Kerls tanzen würde.«

»Wie meinen Sie das?«

»Nadja war immer ein Feierbiest, überall, wo was los war in der Stadt, konnte man sie antreffen, und sie hat's wirklich krachen lassen, ohne Rücksicht auf Verluste. Aber neuerdings macht sie einen auf solide. Ich habe sie zum Beispiel gefragt, ob sie mit zum Fährmannsfest kommt, aber sie hat eine billige Ausrede erfunden. So was wäre früher nie passiert. Aber wenn man vorhat, in die feine Gesellschaft einzuheiraten ...« Sie verzieht die Mundwinkel.

»Kennen Sie den Herrn?«

Sie nickt. »Einmal waren wir zusammen essen, im *Lindenblatt*. Er ist gar nicht mal so übel, wenn man davon absieht, dass er stockkonservativ ist und fünfzehn Jahre älter als sie. Ehrlich gesagt, ich versteh das nicht. Der und Nadja – das sind einfach verschiedene Welten. Der wurde schon mit einem Silberlöffel im Arsch geboren, seiner Familie und ihm gehören zig Immobilien und weiß der Teufel, was noch alles. Nadja dagegen ... Sie musste immer kämpfen. Sie stammt aus einfachen Verhältnissen, der Vater war ein Alki, ihre Mutter ist zeitweilig putzen gegangen und ist früh gestorben. Zuletzt ist Nadja bei ihrer Oma aufgewachsen, einer fürchterlichen Schreckschraube. Aber Nadja hat sich nie unterkriegen lassen, auch wenn es ihr mal dreckig ging. Sie war immer gut drauf, man konnte mit ihr viel Spaß haben. Sie war selbstbewusst und stolz auf das, was sie beruflich erreicht hat. Und dann kommt so ein Schnösel daher, und sie legt plötzlich eine Hundertachtziggradwende hin und macht einen auf Luxusweibchen. Zumindest, wenn er dabei ist, ohne ihn ist sie noch einigermaßen die Alte. Bei diesem Essen im *Lindenblatt* – ich dachte, ich hätte eine fremde Person vor mir. Sie hatte diesen fetten Klunker am Finger, und sie trug Pumps und ein Kostüm ... Nadja und ein Kostüm!« Ihre alte Schulfreundin seufzt. »Vielleicht ist es einfach zu viel Geld, das ist zu verlockend. Vielleicht könnte ich da auch nicht widerstehen.«

Raukel nickt. »Schon möglich«, meint er und konzentriert sich wieder auf das Wesentliche. »In welche Richtung ist Nadja davongegangen, nachdem sie so eilig aufgebrochen ist?«

»Ich habe nur gesehen, wie sie die Limmerstraße überquert hat.«

»Wohin ist sie danach gegangen?«

»Keine Ahnung. Ich saß mit dem Rücken zur Straße.«

»Ist sie jemandem gefolgt?«

»Ich weiß es nicht«, sagt sie, wobei sie jedes Wort ungehalten betont.

Erwin Raukel schüttelt den Kopf. »Frau Engelbrecht, ich bitte Sie! Sie drei Hübschen sitzen gemütlich bei einem Caipirinha vor dem Lokal, und urplötzlich bricht Ihre Freundin auf, trinkt noch nicht mal aus, und Sie wollen mir erzählen, dass Sie ihr nicht nachschauen, wohin sie geht?«

»Habe ich doch gesagt: Über die Limmerstraße«, ereifert sich Frau Engelbrecht. »Dann kam eine Straßenbahn vorbei, die hat uns die Sicht genommen.«

»Die gute alte Straßenbahn, aha.« Raukel hält das für eine Ausflucht. Der Kötnerholzweg, der genau gegenüber dem *Notre Dame* auf die Limmerstraße stößt, führt direkt zur Rampenstraße. Warum sollte Nadja Brenninger die Limmerstraße überqueren, wenn nicht, um genau der Straße zu folgen, die vermutlich Markstein eine Minute zuvor entlanggegangen war? Was möglicherweise tatsächlich nur Nadja Brenninger beobachtet hat, da die Cousine aus England Markstein vermutlich nicht gekannt hat und Manuela, wie der Kellner bestätigt hat, mit dem Rücken zur Straße saß.

Inzwischen scheinen auch Frau Engelbrecht gewisse Zusammenhänge klar geworden zu sein. Ihre Augenlider flattern erneut unruhig, als sie fragt: »Sie verdächtigen doch nicht etwa Nadja? Das ist doch lächerlich!«

Raukel schenkt ihr ein gütiges Lächeln und steht auf. »Kommen Sie bitte morgen im Laufe des Tages in die Polizeidirektion, Frau Engelbrecht. Wir müssen Ihre Aussage protokollieren, und mein Chef hat sicher auch noch ein paar weitere Fragen an Sie.«

»Geht's dir jetzt besser?«, fragt Rifkin, als sie und Fernando aus dem veganen Imbiss auf die Straße treten.

»O ja«, versichert Fernando. »Selten hat eine Personenkontrolle so viel Spaß gemacht.«

»Toll. Ich habe jeden Moment damit gerechnet, dass wir eine aufs Maul kriegen.«

»Die waren doch lammfromm. Ich glaube, dein blaues Auge hat die total abgeschreckt.«

»Rodriguez, dass eines klar ist: Das war das erste und das letzte

Mal, dass ich mich in deine Privatfehden mit der gastronomischen Konkurrenz hineinziehen lassen habe!«

»Du hast einen gut bei mir, Rifkin. Zum Dank dafür gibt dir meine Mutter gleich einen doppelten Espresso aus. Geh schon mal in den Laden, ich komm sofort nach.«

»Was hast du denn jetzt wieder vor?«, fragt Rifkin misstrauisch.

»Ich geh nur kurz rauf in die Wohnung und zieh mich für diese Scheißtrauerfeier um.«

»Echt jetzt? Wieso? Völxen wollte doch, dass wir auffallen.«

»Aber nicht durch schlampige Kleidung. Wenigstens ein Sakko muss ich anziehen, sonst regt er sich wieder unnötig auf, ich kenne ihn doch.«

Während Fernando auf den Hauseingang zusteuert, bleibt Rifkin vor Pedras Ladentür stehen, weil gerade ihr Telefon klingelt. »Herr Hauptkommissar?«

»Rifkin! Wo treiben Sie und Rodriguez sich herum?«

»In Linden«, antwortet Rifkin wahrheitsgemäß. »Rodriguez zieht sich für die Trauerfeier um.«

»Ah, gut. Ich wollte Sie und ihn nur daran erinnern. Wissen Sie zufällig, wo Raukel steckt?«

»Leider nein, Herr Hauptkommissar.«

»Äh, Rifkin?«

»Ja?«

»Haben Sie seit Sorokins Besuch noch einmal etwas von unserem gemeinsamen Feind gehört?«

»Nein«, antwortet Rifkin. »Ich denke, die Botschaft ist bei ihm angekommen.«

»Das hoffe ich. Gut, dann bis gleich in der Kreuzkirche«, schiebt Völxen hinterher und legt auf.

Rifkin checkt ihr Handy. Noch immer keine Nachricht von Bronski. Sie sollte ihn vielleicht mal anrufen. Sie wählt seine private Nummer, aber wie zu erwarten war, springt nur die Mailbox an. Sie kennt auch seine dienstliche Nummer, aber da sie selbst private Anrufe auf dem Dienstapparat nicht schätzt, verzichtet sie auf einen Anruf dort. Er kann ja sehen, dass sie es versucht hat.

Fernando rennt die Treppen hinauf, noch immer beflügelt von seinem und Rifkins gelungenen Auftritt bei den Veganern. Die verkniffenen Gesichter von Goldlöckchen und Madame Blauhaar anzusehen war eine Genugtuung. Er schließt die Wohnungstür auf und stößt beinahe mit Jule zusammen, die gerade aus dem Bad kommt.

»Himmel, hast du mich erschreckt!«, ruft sie aus.

»Entschuldige, ich wohne hier. – Oho, schwarze Unterwäsche! Was hast du vor?«

»Pickes Trauerfeier, das weißt du doch«, meint Jule, während sie ins Schlafzimmer geht und den Kleiderschrank öffnet.

Fernando folgt ihr. »Und dazu trägst du schwarze Unterwäsche? Noch dazu mit diesem Spitzenzeug dran? Ist das nicht ein bisschen übertrieben? Oder soll das eine subtile Anspielung auf seine frühere Tätigkeit sein?«

Jule muss lachen, aber dann schaut sie Fernando an wie eine Lehrerin einen besonders begriffsstutzigen Schüler und erklärt: »Fernando, pass auf: Ich werde ein *schwarzes* Kleid tragen, denn das schickt sich nun mal bei Trauerfeiern, selbst dann, wenn man den Toten nicht leiden konnte. Und unter *schwarze* Kleidung gehört nun mal *schwarze* Unterwäsche. Das nennt man Stil. Oder hautfarbene, aber die habe ich nicht«, beendet Jule die Lektion. Sie dreht sich um, greift in den Schrank und streift sich ein enges schwarzes Etuikleid über.

»Soll ich auch eine schwarze Unterhose anziehen?«, fragt Fernando, während er den Reißverschluss am Rücken von Jules Kleid hochzieht.

Jule geht nicht darauf ein, sondern dreht sich zu ihm um und sagt mit ernster Miene: »Fernando, ich muss dir was sagen.«

»Was denn?«

»Versprich mir vorher, dass du nicht durchdrehst und nicht rumschreist und es vor allen Dingen erst mal für dich behältst, okay?«

Fernando verspürt ein Zittern in seinem Magen. »Du machst mir ein bisschen Angst, Jule.«

»Versprich es!«

»Okay, ich verspreche es.«

»Ich bin schwanger.«

»WAS?«

»Sechste Woche. Heute Morgen habe ich einen Pinkeltest gemacht, der war positiv, darum bin ich vorhin gleich zum Arzt gegangen ... He! Lass mich sofort wieder runter, ich muss zum Dienst. *Wir* müssen zum Dienst! Verdammt! Ich wusste, es war ein Fehler ...«

Oda Kristensen parkt ihren Golf vor dem Bestattungsinstitut *Düker & Söhne*. Die Tür zum Empfangsraum lässt sich öffnen, doch der Raum mit der Sitzgruppe und den Urnengefäßen an der Wand ist leer, genau wie schon beim letzten Mal. Wieder scheint keiner die Glocke gehört zu haben. Sie sollten in dieser Hinsicht vielleicht einmal technisch aufrüsten, sonst klaut ihnen noch mal jemand eine Urne, überlegt Oda, während sie ruft: »Frau Kemper? Hallo? Ist jemand hier?«

Totenstille im Bestattungsinstitut, kalauert Oda in Gedanken. Sie geht um den Tresen herum, öffnet die Schiebetür und betritt das hintere Zimmer, ein schmaler, langer Raum, in dem an einer Wand verschiedene Sargmodelle aufgereiht sind und auf der gegenüberliegenden Seite ein langer Tisch mit verschiedenen Werkzeugen, einer Bandsäge und einer Nähmaschine steht. In einem Regal lagern Stoffe zum Ausschlagen der Särge, weiße und cremefarbene Kissen und diverse Kartons mit kryptischen Aufschriften. Kein Toter weit und breit, aber auch kein Lebender. Zwischen den Regalen erspäht Oda eine Tür. Sie will gerade darauf zugehen, da zuckt sie zusammen, denn mitten hinein in die Stille klingelt ihr Handy.

»Kristensen?«

Sie hört eine atemlose, panische Frauenstimme, schwer zu verstehen. »Hier ist Maria Kemper. Sie müssen sofort zur Kreuzkirche kommen, er wird sie alle töten.«

»Frau Kemper? Wo sind Sie? Was hat das zu bedeuten?«

»Im Institut, im Keller. Er hat einen Brief hinterlassen, und da liegen Drähte und … bitte, Sie müssen schnell …«

»Warten Sie, ich bin hier, in Ihrem Institut, ich komme runter!«

Oda hat den Satz kaum beendet, da wird die Tür, die offenbar in die Kellerräume führt, geöffnet, und Maria Kemper stürmt mit wehendem Haar auf Oda zu und schreit: »Rufen Sie Ihre Kollegen an! Er hat mich getäuscht. Er will Katharina rächen, er hat eine Bombe gebaut, er meint es ernst!«

»Eine Bombe? Wo?«, fragt Oda.

»Im Sarg von Piekenbrock. Wo denn sonst?«

XIX.

Es ist fünfzehn Uhr, als Erwin Raukel die Dezernatsräume betritt, aufrecht und triumphierend wie ein Krieger, dessen Glanz dieses Gemäuer sogleich erstrahlen lassen wird. Er hat sich auf dem Rückweg von Linden in die Polizeidirektion vom Bäcker zwei Stücke Bienenstich mitgebracht, die er erst einmal auf seinem Schreibtisch ablegt. Das Büro ist leer, das Dream-Team offenbar ausgeflogen. Soll ihm auch recht sein, er kann besser denken, wenn die Grünschnäbel nicht herumschnattern. Als Nächstes führt ihn sein Weg schnurstracks in das Büro von Frau Cebulla, denn es ist Kaffeezeit, und danach wird er Völxen den so gut wie aufgeklärten Fall vor die Füße werfen.

»Wenigstens einer hält noch die Stellung«, begrüßt ihn die Sekretärin.

»Wieso, wo sind die denn alle hin?«

»Rodriguez, Rifkin und der Herr Hauptkommissar sind bei der Trauerfeier für diesen Herrn Piekenbrock, und wo Madame Kristensen ist, weiß ich nicht, sie meldet sich ja selten ab – ebenso wie gewisse andere Leute.« Frau Cebulla blickt ihn bei diesen Worten strafend an.

Raukel steckt den kleinen Tadel mit Büßermiene weg und fragt, ob er einen doppelten Cappuccino haben kann.

»Sicher«, kommt es etwas kurz angebunden, aber dennoch macht sich Frau Cebulla bereitwillig am Kaffeeautomaten zu schaffen. Tief im Herzen und hinter ihrer manchmal schroffen Fassade, da ist sich Raukel ganz sicher, hat das alte Mädchen doch ein Faible für ihn.

»Ich habe Ihnen ein Stück Bienenstich mitgebracht, vom Lindener Ökobäcker«, säuselt er, denn es ist immer besser, wenn einem die Sekretärin gewogen ist.

»Das ist sehr nett von Ihnen, aber ich bin auf Diät.«

Raukel, der insgeheim mit dieser Antwort gerechnet hat, blickt Frau Cebulla mit perfekt gespielter Verblüffung an: »Diät? Sie?«, ruft er entrüstet. »Aber das haben Sie doch gar nicht nötig!«

»Ich muss konsequent sein. Ein andermal vielleicht.«

»Ich bewundere Ihre Willensstärke, das ist wahre Größe«, schleimt Raukel weiter und verkündet dann: »Ich bin übrigens auf eine heiße Spur im Fall Markstein gestoßen.«

»Tatsächlich? Das wird der Chef bestimmt gern hören. Der hat nämlich schon nach Ihnen gesucht und war nicht sehr erbaut darüber, dass Sie nicht ans Telefon gegangen sind.«

Raukel greift sich an die Brust und zieht sein Telefon aus der Tasche seines zerknitterten Leinenjacketts. »Oh! Na, so was. Das hatte ich auf lautlos gestellt, ich musste einen Haufen Zeugen befragen.«

»Einen Haufen sogar«, wiederholt Frau Cebulla mit hörbarem Spott.

Die werden sich alle noch wundern, denkt Raukel, nimmt den Cappuccino in Empfang und verzieht sich damit an seinen Schreibtisch.

Als Erstes wirft er einen Blick in die digitale Fallakte. Siehe da, ein Eintrag von Völxen *himself*. Erwin Raukel liest, was sein Chef nach der Befragung von Nina Rossbach hinzugefügt hat, und brummt zufrieden. Zumindest weiß man jetzt endlich, warum Markstein in die finstere Ecke gegangen ist, wo er später den Tod fand.

Kaum hat Hauptkommissar Raukel das erste Kuchenstück angestochen, ruft ihn die Sekretärin an. Bestimmt hat sie sich das mit dem Bienenstich doch noch anders überlegt. Das Weibsvolk wird doch immer schwach, wenn es um Süßes geht.

»Herr Raukel, ich habe einen Herrn Paolo Ferrari von der Kriminaltechnik des LKA in der Leitung, es geht um Marksteins Computer.«

»Paolo Ferrari? Was ist denn das für ein Name?«

»Ein italienischer, würde ich mal sagen.«

»Stellen Sie ihn bitte durch.«

Paolo Ferrari scheint der Stimme nach noch ziemlich jung zu sein, doch inzwischen hat Raukel sich daran gewöhnt, dass bei der Kriminaltechnik praktisch bloß noch Kinder arbeiten.

»Hauptkommissar Erwin Raukel, ich höre.«

»Es ist Folgendes: Es gab eine Reihe von Dateien, die vom Rechner gelöscht wurden, die wir aber wiederhergestellt haben. War gar nicht so leicht ...«

»Ich weiß, ihr seid die Größten. Was ist da so Wichtiges drauf?«, unterbricht Raukel den Nerd, denn wenn diese Sorte erst einmal anfängt, in die Details zu gehen, dann nimmt das so rasch kein Ende.

»Ob es wichtig ist, müssen Sie beurteilen. Es sind hauptsächlich Fotos und ein Video. Das Video sieht aus, als wäre es nachträglich digitalisiert worden, es wirkt alles recht antik. Könnte aus den Neunzigern stammen ...«

Antik? Die Neunziger? Aber da war dieses Jüngelchen wahrscheinlich noch gar nicht geboren, erkennt Raukel voller Verdruss. »... habe es in den Ordner *gelöschte Dateien* gepackt«, hört er Ferrari erläutern.

»Schön, danke«, antwortet Raukel und denkt: Markstein hat seinen PC aufgeräumt, na und?

»Das ist noch nicht alles«, fährt Ferrari fort. »Sagen Sie, wann war noch mal der Todeszeitpunkt des Opfers?«

Raukel überlegt, ob er die Information herausgeben darf, ohne gleich wieder einen Anschiss von Völxen zu kassieren, aber schließlich ist man ja seit heute Morgen eine große, glückliche Familie, eine *Symbiose* sogar, also antwortet er: »Zwischen zehn und elf Uhr am Sonntagabend.«

»Diese Dateien wurden am Sonntag um dreiundzwanzig Uhr fünfzig vom Rechner gelöscht.«

Raukels bisher eher mäßiges Interesse steigert sich rasant. »Ist das hundertprozentig sicher?«

»Absolut. Ich dachte, das solltet ihr wissen.«

»Danke, Herr ... äh, Ferrari.«

»Gern geschehen, wenn es weiterhilft.«

Ferrari. Toller Name, würde zu mir auch passen, findet Raukel voller Neid.

»Rodriguez, Herrgott noch mal!«, zischt Völxen in Fernandos Ohr.

»Was ist?«, wispert Fernando zurück.

»Kannst du aufhören zu grinsen? Wir sind hier bei einer Trauerfeier!«

Fernando versucht, sich das Dauergrinsen aus dem Gesicht zu wischen, das sich in seine Züge gegraben hat, seit Jule ihm die sensationelle, alles andere überstrahlende Neuigkeit überbracht hat. Es gelingt ihm jedoch nicht wirklich. Er muss nur den Kopf nach schräg rechts wenden, wo Jule auf der anderen Seite des Mittelgangs zwei Stuhlreihen vor ihm sitzt, neben einem Kollegen vom LKA, und seine Gesichtsmuskulatur gerät erneut vollkommen außer Kontrolle. Natürlich hat er bis jetzt von der Ansprache, die der Typ da vorne hält – ist das überhaupt ein Pfarrer oder einer dieser freischaffenden Trauerredner? –, praktisch gar nichts mitbekommen. Und auch das Publikum, das vorwiegend aus Mitgliedern der Hells Angels besteht und das er doch eigentlich genauer aufs Korn nehmen sollte, interessiert ihn nicht die Bohne. Sie sind alle nur eine diffuse Masse, aus der Jule heraussticht wie ein leuchtender Fixstern.

Die innen in schlichtem Weiß gehaltene Kirche mit dem schönen Deckengewölbe ist bis auf den letzten Platz gefüllt und sogar noch darüber hinaus. An den Seiten sowie vor und hinter der Glasscheibe, die normalerweise das Foyer vom Kirchenraum trennt, stehen die Leute ebenfalls noch dicht gedrängt. Das ist sicher gar nicht erlaubt, spekuliert Fernando. Aber für den Herrn da vorn im Sarg haben Vorschriften und Gesetze ja noch nie gegolten, da wird natürlich sogar posthum noch eine Extrawurst gebraten. Das Datum der Feier wurde nicht offiziell bekannt gegeben, jedoch scheint die Information trotzdem durchgesickert zu sein, denn es wollten sich deutlich mehr Menschen von Pieke verabschieden, als eingeladen waren und in die Kirche hineinpassen. Zuerst hat man noch ein Auge zugedrückt, doch irgendwann war die Kirche einfach voll, und die vier Streifenwagenbesatzungen, die die undankbare Aufgabe haben, rund um dieses Ereignis für Ordnung zu sorgen, haben etliche Besucher wieder weggeschickt. Ein paar Typen in Motorradkluft meuterten dagegen, und so kam es auf dem Kirchenvorplatz zu ausgesprochen pietätlosen Rangeleien. Doch schließlich beruhigte sich die Lage wieder, und mit einer Viertelstunde Verspätung passierte der von vier Hells Angels getragene Sarg mit dem Leichnam vor dem Eingang ein Spalier von Harleys und verschwand dann in der Kirche. Nun steht der lackschwarze Sarg mit dem riesigen weißen Blumenarrangement vorne vor dem Altar.

Das Sakko und die gute Hose hätte ich mir sparen können, denkt Fernando. Die Hälfte der Trauergäste trägt Motorradjacken, einschließlich der dazugehörigen martialischen Embleme ihrer jeweiligen Clubs und Chapters. Etliche stark geschminkte Damen tragen zwar Schwarz, aber davon recht wenig.

Fernando spürt, wie ihm der Ellbogen seines Vorgesetzten zwischen die Rippen fährt.

»Du grinst schon wieder!«, beschwert sich Völxen.

Fernando hält es nicht länger aus. Er neigt den Kopf und haucht in Völxens Ohr: »Ich werde Vater.«

Sein Chef wendet den Kopf, seine eben noch grimmige Miene hellt sich auf. »Gratuliere«, flüstert er leise, und dazu klopft er Fernando auf die Schulter.

»Sag's keinem. Es ist noch streng geheim«, wispert Fernando.

Sein Chef nickt, und dann grinsen beide, ohne es zu wollen, in Jules Richtung, die sich, als hätte sie es geahnt, in diesem Moment nach ihnen umdreht. Völxen fängt ihren Blick auf, deutet mit den Händen einen Schwangerschaftsbauch an und hebt beide Daumen. Jule verdreht die Augen. Sie nickt Völxen mit einem kleinen Lächeln zu und nimmt gleich darauf ihren Ehemann mit einem bitterbösen Blick und einer Halsabschneide-Geste aufs Korn.

Das Getuschel und die Gesten sind nicht unbeobachtet geblieben. Rifkin, die zwei Reihen hinter Jule an einem Gangplatz sitzt, hat nicht nur eine scharfe Beobachtungsgabe, sie hat das stumme

Schauspiel der drei auch auf Video, wenn auch nur von hinten. Denn Völxen hat sie beauftragt, während der Feier ins Publikum zu filmen. Bestimmt deckt sich die Gästeliste in weiten Teilen mit dem Vorstrafenregister, vermutet Rifkin. Zu allem Überfluss hat sie auch ihren Bruder Sascha zwischen den Trauergästen entdeckt. Als Besitzer eines Nachtclubs ist es nicht allzu verwunderlich, dass er hier ist, aber dennoch ärgert es Rifkin, dass er sich damit so offen zur Halbwelt bekennt.

Natürlich ist Rifkin vorhin Fernandos strahlende Laune, die er an den Tag gelegt hat, seit er sich nach dem Mittagessen umgezogen hat, nicht entgangen. Sie nahm an, es hinge mit diesem peinlichen Auftritt bei den Veganern zusammen. Doch nun, nach diesem stummen Schauspiel, zählt Rifkin gerade eins und eins zusammen und denkt sich ihren Teil dazu, als das Handy in ihrer Hand vibriert.

Bronski? Ausgerechnet jetzt, wo sie den Anruf auf keinen Fall entgegennehmen kann? Nein, es ist Oda Kristensen, wie das Display verrät. Sorry, aber das geht jetzt nicht, das müsste sie doch wissen. Sie drückt den Anruf weg. Kaum zehn Sekunden später vibriert das Handy schon wieder. Hat Oda etwas auf der Mailbox hinterlassen? Wenn Oda, die bekanntermaßen nicht gern auf Mailboxen spricht, dies tut, überlegt Rifkin, muss es etwas Wichtiges sein. Doch es ist nicht die Mailbox, es ist eine SMS von Oda, offenbar in großer Hast getippt:

Bombe im Sarg alle sofot raus KEIN Witz

Rifkin wird heiß und kalt zugleich. Was jetzt? Sie steht auf, geht nach vorn und winkt Fernando und Völxen, die in der Mitte der Stuhlreihe sitzen, aufgeregt zu sich heran. Die beiden blicken sie verwundert an, aber Völxen macht Fernando ein Zeichen. Mitten in der launigen Ansprache eines alten Weggefährten des Toten und sehr zum Unmut der hinter und neben ihnen Sitzenden, quetschen sie sich durch die Reihe bis in den Mittelgang. Das verärgerte Gemurmel der Leute ignorieren sie einfach.

»Checkt eure Handys!«, flüstert Rifkin.

Sie kommen der Aufforderung nach, und Rifkin kann sehen, wie der Schrecken auch von ihnen Besitz ergreift.

Völxen schaltet schnell. »Fernando, du machst die Tür auf, ich gehe nach vorn und gebe Anweisungen. Rifkin, sorgen Sie dafür, dass die Räumung geordnet vor sich geht.«

»Sag Jule Bescheid!«, sagt Fernando zu Rifkin, ehe er sich durch die murrenden Trauergäste auf den hinteren Stehplätzen einen Weg bahnt.

Völxen rennt nach vorn zum Altar.

Gelächter brandet auf. Der Mann am Rednerpult hat wohl gerade eine lustige Anekdote aus dem Leben des Verstorbenen zum Besten gegeben.

»Polizei!«, ruft der Hauptkommissar und reißt dem Redner das Mikrofon aus der Hand. Der Kleiderschrank mit dem Flügel auf der Lederjacke ist über so viel Frechheit so verdutzt, dass er dies widerstandslos geschehen lässt. Schon hallt Völxens Stimme durch das Kirchenschiff: »Entschuldigen Sie die Unterbrechung, ich bin Hauptkommissar Völxen von der Kripo Hannover. Aus Sicherheitsgründen muss die Kirche sofort geräumt werden. Bitte bleiben Sie ruhig, und gehen Sie zügig und diszipliniert zum Ausgang.«

Es vergehen ein, zwei Schrecksekunden, dann kommt Bewegung in die Menge der Trauergäste. Die Ersten stehen auf und bewegen sich teils zögerlich, teils eilig in Richtung des Hauptportals, andere sehen sich verwirrt um, als suchten sie nach einer Gefahrenquelle, einem Feuer vielleicht.

Plötzlich kommen von vorn Schreie. »Die Tür ist zu!« – »Sie geht nicht auf!« – »Macht die Scheißtür auf, verdammt noch mal!«

»Nehmt die Seitenausgänge!«, hört man Fernandos Stimme.

»Bitte, bleiben Sie ruhig«, mahnt Völxen, der noch immer das Mikrofon in der Hand hält, aber es ist zu spät. Schlagartig macht sich Panik breit, Rufe werden laut, was denn los sei, Handys werden überprüft, während die Leute stoßend und schubsend auf die beiden Seitenausgänge zustreben, nur um festzustellen, dass auch diese abgeschlossen sind. Und dann geschieht, was geschehen musste. Jemand hat wohl eine Nachricht von außen aufs Handy bekommen und ruft: »Es ist eine Bombe! Hier drin ist eine Bombe!«

Im nächsten Augenblick bricht die Hölle los.

»*Merde*, es ist zum Verrücktwerden! Sie haben natürlich alle ihre Handys auf stumm geschaltet oder ausgemacht!«

Oda hat, sofort nachdem sie die SMS an ihre Kollegen geschickt hat, die Leitstelle angerufen. Hoffentlich haben die bereits die Kavallerie in Bewegung gesetzt. Vielleicht ist ja bereits alles in Ordnung, die Kirche geräumt, die Bombe entschärft ... Aber warum geht dann keiner ans Telefon?

Sie sitzt wie auf Kohlen auf dem Beifahrersitz ihres Wagens, den Maria Kemper die kurze Strecke von der Calenberger Neustadt zur Kreuzkirche steuert.

»Ich habe nicht gewusst, wie sehr Volker immer noch darunter leidet«, jammert diese gerade. »Er hat nie darüber gesprochen, ich dachte manchmal schon, dass er Katharina vergessen hat.«

»Was stand in der Nachricht, die Ihr Bruder hinterlassen hat?«, fragt Oda, während sie dem Ton nachlauscht, mit dem sie erneut versucht, Völxen zu erreichen. Nichts.

»Nicht viel, nur: *Ich habe sie nicht vergessen. Und die werden sie auch nicht vergessen.*«

»Wer sind *die?*«

»Diese Rockerbande und die Zuhälter aus dem Rotlichtviertel.«

Sie überqueren die Leine, biegen mit quietschenden Reifen rechts ab und rasen ein kurzes Stück am Hohen Ufer entlang. Den Gedanken, dass es bereits zu spät sein könnte, lässt Oda einfach nicht zu.

»Hat Ihr Bruder jemals Piekenbrock persönlich für Katharinas Schicksal verantwortlich gemacht?«, will Oda wissen. Sie hat inzwischen entnervt aufgegeben, ihre Kollegen anzurufen. Sie sitzt wie auf heißen Kohlen.

»Nicht direkt. Eher die Leute aus dem Milieu, das er geschaffen hat. Aber woher wissen Sie ...?«

»Ich habe Marksteins Artikel gelesen«, erklärt Oda. »Sie auch?«

»Ja«, antwortet Frau Kemper. Sie biegen links ab in die enge Einbahnstraße Am Marstall. Ein Parkplatzsucher schleicht vor ihnen her, Maria Kemper fährt dicht auf und hupt ihn wütend an. Ein Fehler. Nun lässt dieser sich erst recht viel Zeit.

»Kennt Ihr Bruder diesen Artikel auch?«, erkundigt sich Oda.

»Nein! Er wäre Markstein an die Gurgel gegangen, wenn er das gelesen hätte.«

»Und was, wenn der Artikel veröffentlicht worden wäre?«

»Das wäre nicht geschehen. Ich habe Boris angefleht, es nicht zu tun, und er hat gesagt, wenn es uns so sehr verletzt, dann lässt er es eben sein.«

Der Typ vor ihnen hat endlich Gas gegeben, Maria Kemper ebenfalls.

»Haben Sie ihm das geglaubt?«, wundert sich Oda.

»Ja, sicher. Sonst hätte er mich ja nicht fragen müssen, oder? Boris dachte wohl, er täte uns damit einen Gefallen, indem er Katharina eine Art Denkmal setzt.«

Endlich biegen sie um die Ecke und nähern sich der Rückseite der Kirche. Jetzt hört man den anschwellenden Ton mehrerer Polizeisirenen. Der Beamte von der Leitstelle hat demnach recht schnell reagiert. Ein Streifenwagen steht im Weg und verhindert, dass sie weiterfahren. Ein Polizist ist gerade damit beschäftigt, die Straße mit Absperrband abzuriegeln.

»Halten Sie an, da rechts«, weist Oda ihre Fahrerin an und springt aus dem Wagen, kaum dass Maria Kemper eine Vollbremsung hingelegt hat.

Zwei Polizisten bewegen sich im Laufschritt an der Ostseite der Kirche entlang auf Oda zu. Die zieht rasch ihren Dienstausweis aus ihrer Tasche. »Kristensen, PD! Wie ist die Lage?«

»Die Vordertür ist verschlossen und die Seitentüren auch«, ruft einer der Uniformierten und deutet auf die türkisblau gestrichene Holztür der Duve-Kapelle, einem kleinen Seitenanbau. »Wir holen was zum Aufbrechen.«

»Beeilt euch!«

»Wo ist er?«, fragt Maria Kemper, die ebenfalls ausgestiegen und

Oda gefolgt ist. Oda fällt ein, dass die Beamten hier vor Ort vielleicht noch gar nicht wissen, wer der Bombenleger ist. Sie ist nicht sicher, ob sie das der Leitstelle in der Eile bekannt gegeben hat.

Ja, wo ist er? Hat Volker Düker sich davongemacht und wartet irgendwo in sicherem Abstand auf den großen Knall? Im Grunde glaubt Oda das nicht. Nein, wenn Katharinas Vater auf Rache aus ist, dann will er auch sehen, was geschieht.

Ob ihre Kollegen wohl die SMS schon gelesen haben? Ob die da drinnen schon wissen, in welcher Gefahr sie schweben?

Ein älterer Polizist kommt um die Ecke und will die beiden aufhalten, aber Oda zeigt ihm ihren Dienstausweis und sagt: »Es ist der Bestatter! Wo ist er, ist er da?«

»Er steht vor dem Hauptportal. Er hat sein Telefon in der Hand und droht, alle da drin hochgehen zu lassen.«

XX.

Das Video, das Paolo Ferrari und Konsorten wieder aus der Versenkung von Marksteins Rechner ans Licht geholt haben, trifft den exquisiten Geschmack Erwin Raukels ziemlich genau. Deshalb hat er es sich auch schon dreimal angeschaut. Das erste Mal aus purem Vergnügen, beim zweiten Mal kam ihm ein gewisser Verdacht, und nun, beim dritten Mal, ist er sich ganz sicher. Die gut gebaute Dame, die sich da gar so aufreizend um eine Stange windet und dabei Stück für Stück an Kleidung fallen lässt, ist keine andere als Nadja Brenninger. Damals war sie deutlich jünger, deutlich schlanker und deutlich blonder als heute, aber sie ist es, das ist ihr Gesicht, da beißt die Maus keinen Faden ab.

Auf diese Erkenntnis hin und weil ihm nach dem letzten Stück Bienenstich auch ein bisschen übel ist, braucht er erst einmal einen Verdauer. Er schließt den Rollcontainer unter seinem Schreibtisch auf, holt die Flasche mit dem Klaren heraus und nimmt einen kräftigen Schluck, und vorsichtshalber gleich noch einen.

Es gibt auch noch zwei Fotos. Eines zeigt Nadja Brenninger leicht bekleidet mit zwei anderen, ebenfalls spärlich bekleideten Damen. Sie lehnen sich an eine Theke und haben Cocktailgläser in der Hand, im Hintergrund ist ein verspiegeltes Regal mit vielen verschiedenen Flaschen zu erkennen. Das andere Bild wurde im Freien aufgenommen. Darauf trägt sie Jeans und ein sehr knappes Top und rekelt sich lasziv auf einer Harley.

»Mein lieber Herr Gesangsverein«, murmelt Raukel, während es in seinem Kopf schwer arbeitet und sich ein paar Puzzleteile zusammenschieben. Im Geist formuliert er schon seinen Bericht, den er Völxen liefern wird, sofern dieser heute noch einmal hierherzukommen geruht. Bei der Dienstauffassung, die sein Chef in letzter Zeit an den Tag legt, ist das ja nicht unbedingt gesagt, man denke nur an das Foto in der *Bild* mit dem Eisbecher.

Da hätten wir also ein erstklassiges Mordmotiv, freut sich Raukel. Nicht, dass es für eine *Bild*-Reporterin besonders ehrenrührig wäre, wenn herauskäme, dass sie vor über zwanzig Jahren mal gestrippt hat. Das gäbe natürlich Getuschel unter den Kollegen, aber letztendlich sind derlei persönliche Erfahrungen für eine Reporterin doch eher nützlich als schädlich. Sie war eben jung und knackig und brauchte das Geld ... Aber für die Verlobte eines Wolf-Dietrich Stinktvorknete ist so ein Video eine Katastrophe. Das wusste sicher auch Markstein, und so, wie Raukel diesen einschätzt, hat er seinen Trumpf bei passender Gelegenheit ausgespielt. Und sei es nur aus Gehässigkeit. Von da an lebte die Brenninger auf einem Pulverfass ...

Folgendes Szenario spielt sich vor Raukels geistigem Auge ab: Nadja Brenninger sitzt mit den anderen beiden Frauenzimmern vor dem *Notre Dame*, sie picheln und kichern, als sie plötzlich ihren Rivalen und Erzfeind Markstein vorbeigehen sieht. Sie verabschiedet sich eiligst von ihren Begleiterinnen und folgt ihm. Warum? Aus Neugierde zunächst. Wahrscheinlich hat sie ihn beobachtet, seit sie von dem Video weiß, vielleicht hofft sie, ihn bei etwas Peinlichem oder Illegalem zu erwischen, damit auch sie etwas gegen ihn in der Hand hat. Und siehe da, er begibt sich zur Rampenstraße, hinab in den kleinen dunklen Großstadtdschungel. Nadja Brenninger folgt ihm, vielleicht stolpert sie im unübersichtlichen Gelände über diesen Betonbrocken, aus dem das Moniereisen ragt. Sie hebt ihn auf, und da kommt ihr der Gedanke, dass sie ihren Feind und Erpresser gleich hier, an Ort und Stelle, ein für alle Mal loswerden konnte. Sie nähert sich ihm oder lauert ihm auf und zieht ihm das Ding mit Schmackes über den Schädel. Kräftig genug dafür ist sie ja. Dann nimmt sie die Wohnungsschlüssel aus seiner Hosentasche, geht in seine Wohnung und löscht die kompromittierenden Dateien vom Computer. Eiskalt, wie sie ist, kehrt sie noch einmal zurück an den Tatort und steckt die Schlüssel wieder in Marksteins Tasche. Danach fährt sie nach Hause. Am nächsten Tag besitzt sie sogar noch die Frechheit, zum Tatort zu kommen und die Ahnungslose zu spielen.

So könnte es gewesen sein. Doch etwas gefällt ihm noch nicht an der Sache. Wenn Markstein an diesem Abend gegen zehn Uhr am *Notre Dame* vorbeigekommen ist, und darauf deuten ja mehrere Aussagen hin, so war er spätestens um Viertel nach zehn an der Rampenstraße. Der Mord geschah also in etwa zwischen zweiundzwanzig Uhr fünfzehn und zweiundzwanzig Uhr dreißig. Schlägt man noch einmal zwanzig Minuten für den Weg vom Tatort bis zu Marksteins Wohnung in Limmer drauf, bleibt aber immer noch eine volle Stunde Differenz bis zum Löschen der Dateien um dreiundzwanzig Uhr fünfzig. Was hat die Brenninger so lange in Marksteins Wohnung gemacht?

Ratlos nimmt Erwin Raukel noch einen Schluck von seiner Notfallmedizin, und prompt kommt ihm die Erleuchtung. Das Passwort! Sie hat das Passwort für den Computer zu knacken versucht, oder sie hat nach einem Zettel gesucht, auf dem Markstein es notiert hat. Markstein war ein vorsichtiger Mann, er hat sein Passwort bestimmt öfter gewechselt, und wenn man das tut, dann schreibt man es irgendwo auf, falls einen mal das Gedächtnis im Stich lässt. Erwin Raukel zum Beispiel klebt das Post-it mit den Passwörtern für diverse private und dienstliche Programme immer unter seine Tastatur, was in seinen Augen ein prima Versteck ist. Markstein hatte bestimmt auch so eines, vielleicht sogar ein besseres, und die Brenninger hat sicher eine Weile gebraucht, um es zu finden.

Hochzufrieden mit sich und der Ausbeute dieses anstrengenden Tages lehnt sich Raukel in seinem Stuhl zurück und schließt die Augen für einen kleinen, wohlverdienten *power nap*.

»Sind Sie der Einsatzleiter?«, fragt Oda den älteren Uniformierten, der sie und Maria Kemper aufgehalten hat.

»Im Moment schon«, sagt der Gefragte. »Das SEK ist verständigt, aber wer weiß, wie lange die brauchen.«

Hinter ihnen werden Schritte laut. Zwei junge Streifenpolizisten rennen auf die Seitentür zu, einer hat ein Brecheisen in der Hand, der andere einen Werkzeugkoffer. Mutig, die beiden, findet Oda und erklärt dem älteren Beamten: »Das hier ist seine Schwester. Wir sprechen mit ihm und lenken ihn ab. Sorgen Sie dafür, dass die Leute die Kirche leise verlassen und nach hinten verschwinden. Er darf auf keinen Fall merken, was da vor sich geht.«

»Erst mal müssen wir die Tür aufkriegen«, murmelt der Mann.

Oda tippt hastig eine SMS an ihre Kollegen: *Sie holen euch raus.*

Dann folgt sie rasch Maria Kemper, die bereits um die Ecke gebogen ist.

»Verschwinden Sie, das ist ein Polizeieinsatz!« Die Aufforderung kommt von einem jungen Uniformierten, der mit gezogener Waffe hinter der Kühlerhaube des Streifenwagens kauert. Der Wagen parkt auf dem Vorplatz der Kirche, Schnauze an Schnauze mit dem schwarzen Leichenwagen, auf dem die silberne Aufschrift *Düker & Söhne Bestattungen* prangt. Sein Kollege hat sich hinter dem Leichenwagen verschanzt und richtet ebenfalls die Waffe auf das Kirchenportal, das in das Fundament des Glockenturms eingelassen ist. Dort steht Volker Düker im schwarzen Anzug, wie es sich für einen Bestatter gehört. Sein Blick ist der eines gehetzten Tieres. Er hält sein Telefon in der rechten Hand.

»Volker!«, schreit Maria.

Sein Kopf wirbelt herum. »Geh weg!«

Oda hält sie am Arm zurück und ruft als Erstes den Polizisten zu: »Ich bin Kriminalhauptkommissarin Kristensen, PD. Nehmen Sie die Waffen runter. Ich will in Ruhe mit dem Mann reden. Die Frau ist seine Schwester.«

Die zwei wechseln einen fragenden Blick.

»Na los!«, setzt Oda energisch nach.

Die zwei lassen die Waffen sinken, bleiben aber auf ihren Positionen.

Oda stellt sich zwischen den Streifenwagen und Volker Düker, der sich nun etwa vier Meter von ihr entfernt befindet. Maria Kemper ist direkt hinter ihr.

»Keinen Schritt weiter! Geht weg!«

»Volker, was soll das?«, ruft Maria Kemper. »Mach die Tür auf, lass die Leute raus. Das hätte Katharina sicher nicht gewollt.«

»Verschwindet, alle! Du sollst weggehen«, wiederholt Volker Düker. »Verschwinde, Maria. Das ist ganz allein meine Sache!«

»Nein, das ist es nicht, und ich gehe nicht weg, nur mit dir zusammen.«

Oda ergreift das Wort: »Herr Düker, Ihre Schwester hat recht. Das wollen Sie nicht wirklich, und das ist bestimmt nicht im Sinn Ihrer Tochter.«

»Woher wollen Sie das wissen?«, entgegnet er. »Sie kannten meine Katharina doch gar nicht.«

»Aber ich weiß es!«, mischt sich Maria Kemper wieder ein.

»Herr Düker, erzählen Sie mir, wie Katharina war«, beginnt Oda und hofft inständig, dass die beiden Streifenpolizisten es zwischenzeitlich geschafft haben, die massive Seitentür aufzubrechen. Oder die Feuerwehr. Offenbar wurde denen gesagt, dass sie sich ohne Sirenengeheul nähern sollen. Oder sind sie etwa noch gar nicht in der Nähe? Oda zwingt sich, all diese Gedanken beiseitezuschieben und sich auf das Gespräch mit dem Bestatter zu konzentrieren.

»Sie war wunderbar«, sagt Volker Düker gerade. »Aus ihr wäre eine wundervolle junge Frau geworden, aber dann kamen Leute wie dieses Pack da drin und haben sie zerstört. Die haben den Tod verdient, nichts anderes!«

Ich darf ihn nicht reizen, ihm nicht widersprechen! Hauptsache, er schwafelt weiter und flippt nicht aus.

»Sie haben sicher recht«, meint Oda. »Einige von den Besuchern sind bestimmt schlechte Menschen. Aber denken Sie an die vielen Unschuldigen, die ebenfalls da drin sind.«

»Da drin sind keine Unschuldigen!«

»Meine Kollegen, zum Beispiel, sind auch in dieser Kirche. Und das nicht freiwillig, sondern dienstlich. Die haben alle Familien. Finden Sie, dass die auch den Tod verdient haben? Gerade Sie müssten doch wissen, was so ein gewaltsamer Tod mit den Angehörigen macht. Sie sind doch ein empfindsamer Mensch.«

»Polizisten, ha! Ich habe seinerzeit die Polizei um Hilfe gebeten, aber was haben die getan für meine Kleine? Nichts, gar nichts!«

Seine Stimme hat sich überschlagen, der Mann steht zweifellos kurz vor einem Nervenzusammenbruch.

»Glauben Sie mir, wenn sie gekonnt hätten, hätten sie etwas getan.«

»Hohles Geschwätz, genau wie damals!«

»Herr Düker, noch können Sie das beenden …«

»Halten Sie endlich den Mund! Damals wollte mir keiner zuhören, und jetzt brauche ich das auch nicht mehr. Jetzt ist es zu spät!« Er funkelt Oda wütend an.

Mist, ich bekomme keinen richtigen Draht zu ihm. Vielleicht muss ich ihn doch ein bisschen provozieren, oder wenigstens ablenken. Solange er mit mir redet, zündet er die Bombe nicht. Hoffe ich zumindest.

»Mal was anderes, Herr Düker. Haben Sie den Journalisten Boris Markstein umgebracht?«

Er sieht sie mit zusammengekniffenen Augen an. »Was? Sind Sie jetzt vollkommen übergeschnappt?«

»Er hat einen Artikel über Katharina geschrieben, den er veröffentlichen wollte. Wussten Sie davon?«

»Ich habe keine Ahnung, wovon Sie sprechen!«

»Es ging um Katharinas Leben und wie sie auf die schiefe Bahn geriet. Er wollte aus dem Schicksal Ihrer Tochter eine Story machen. Ihre Schwester hat den Text gelesen …«

»Ist das wahr, Maria?«

»Es ist wahr, aber er hat ihn zurückgezogen, ich wollte nicht, dass er das veröffentlicht.«

Düker scheint das Ablenkungsmanöver zu durchschauen. »Ich weiß nichts von einem Artikel, und jetzt gehen Sie! Bringen Sie meine Schwester weg, na los!«, brüllt er.

»So ein Denkmal wollen Sie also Ihrer Tochter setzen?«, schreit nun auch Oda. »Dreihundert Tote und Verletzte, ein Massaker an zahlreichen Unbeteiligten – sollen *das* die Menschen in Zukunft mit dem Namen Katharina verbinden? *Katharina Düker, Tochter eines Massenmörders.* Ist es das, was Sie wollen? Ist Ihnen Ihre Rache so viel wert, dass Sie den Namen Ihrer Tochter in den Schmutz ziehen?«

Er antwortet nicht. Sein linker Arm hebt sich. Er senkt ganz kurz den Blick und schaut auf seine Armbanduhr.

Wieso schaut er auf die Uhr? Ist es vielleicht gar nicht das Handy, mit dem er die Bombe zündet? *Es ist ein Zeitzünder!*, schießt es Oda durch den Kopf. Sie kann hier draußen stehen und reden, so viel sie will, es ist vollkommen egal. Das Unglück wird so oder so seinen Lauf nehmen, es ist nicht mehr aufzuhalten.

Lieber Gott, bitte ...

Ein tiefer Glockenton im Turm über ihnen lässt Oda zusammenzucken. Der Viertelstundenschlag. Fünfzehn Minuten vor vier.

»Volker! Was tust du?«, kreischt Maria Kemper.

Volker Düker hat sein Handy weggeworfen, jetzt dreht er sich um und schließt die Tür auf. Ist er endlich zur Vernunft gekommen?

»Volker, nein!« Maria Kemper rennt auf ihren Bruder zu. Früher als Oda hat sie begriffen, was los ist: Dass in wenigen Sekunden die Bombe hochgehen wird und Volker Düker entweder den Wunsch hat, mit den anderen zu sterben oder ihnen dabei zuzusehen – oder beides.

Er stößt seine Schwester zurück. Sie taumelt und prallt gegen Oda. Bevor die ihn zurückhalten kann, schlüpft er durch den Türspalt. Maria rappelt sich auf, will ihm folgen, doch die Tür ist bereits wieder verschlossen.

»Gehen Sie weg da!«, tönt es von dem Polizisten hinter dem Streifenwagen.

Oda zerrt Maria Kemper mit sich und zwingt sie, sich mit ihr hinter dem Leichenwagen zu verschanzen.

Atemlos halten sie sich fest und warten.

»Vielleicht hat er nur ...«, beginnt Maria Kemper. In diesem Moment detoniert der Sprengstoff in der Kirche.

Jule! Jule muss hier raus! Dies ist der einzige Gedanke, den Fernando hat, nachdem er die SMS gelesen hat. Doch wo ist sie? In dem Durcheinander, das losgebrochen ist, seit das Wort *Bombe* gefallen ist, hat er sie aus den Augen verloren. Völxen ist immer noch damit beschäftigt, die Leute dazu anzuhalten, Ruhe zu bewahren, doch er hat die Kontrolle verloren, niemand hört mehr auf ihn. Alles drängelt nach vorne, in Richtung des Altars, wo ein paar kräftige Männer versuchen, die farbigen Glasfenster mithilfe von Stühlen einzuschlagen. Was nicht so leicht ist, denn die Fenster liegen relativ hoch oben. Es klirrt. Die Scheibe hat nachgegeben. Im selben Moment geht mit einem Krachen die Seitentür auf. Zwei junge Polizisten treten ein, werden aber nahezu überrannt von den Ersten, die nach draußen streben.

»Verlassen Sie die Kirche bitte langsam und leise!«, ruft der Polizist am Eingang, aber niemand beachtet ihn. Jeder will zuerst ins Freie, es entsteht ein gefährliches Gedränge.

Hauptkommissar Völxen und ein Kleiderschrank mit einer Angels-Jacke bauen sich vor der Tür auf. Zwei weitere Schränke folgen ihnen, einer nimmt Völxen das Mikro aus der Hand, was dieser ohne Protest geschehen lässt. »Herhören, verflucht noch eins«, donnert eine dunkle Männerstimme durch das Kirchenschiff.

Tatsächlich wird es auf der Stelle etwas stiller.

»Die Angehörigen gehen zuerst raus, dann die Frauen, dann der Rest. Los, macht Platz. Und hört auf zu drängeln! Draußen haltet ihr eure Klappe und folgt den Anweisungen der Bullen!«

Die Menge beruhigt sich ein wenig, die Ersten schleusen sich nach vorn und hasten durch die Seitentür ins Freie. Ein Mann im Anzug versucht, sich vorzudrängeln, aber Völxen packt ihn am Kragen, und einer der Türsteher versetzt ihm kurzerhand einen wohldosierten Faustschlag auf die Nase und meint dazu: »Du gehst raus, wenn ich es dir sage.«

Unter anderen Umständen hätte Fernando sich über die fruchtbare Zusammenarbeit zwischen seinem Chef und den Mitgliedern der Hells Angels köstlich amüsiert. Jetzt dagegen, wo sie jeden Moment alle tot sein können, fehlt ihm der Sinn für Situationskomik.

Jule, wo ist Jule? Ist sie schon rausgegangen? Er hat sie nicht gesehen, und sein Gefühl sagt ihm, dass sie die Kirche noch nicht verlassen hat, denn sie ist zwar eine Frau, aber auch eine Polizistin, und es ist nicht ihre Art, zuerst an sich zu denken. Dabei sollte sie das, ab sofort. Denn jetzt ist sie nicht mehr nur für sich allein verantwortlich.

Fernando ist plötzlich umgeben von Hünen in Motorradkluft. Er steigt auf einen Stuhl, um eine bessere Übersicht zu haben. Er sieht Rifkin, die mit mäßigem Erfolg versucht, einen geordneten Rückzug zu organisieren. Keine Jule.

»Die zweite Tür ist auch auf!«, ruft irgendwer. Es ist wie im Supermarkt, wenn endlich eine weitere Kasse aufgemacht wird. Ein paar stürmen darauf zu, Stühle fallen um, Menschen stolpern, wer im Weg steht, wird weggerempelt oder gar umgerissen. Endlich, da ist Jule. Nur wenige Meter vom Sarg entfernt. Dem Sarg mit der Bombe darin!

Ist sie wahnsinnig? Was macht sie da, wieso kniet sie am Boden? Ist sie verletzt worden im Getümmel? Fernando springt vom Stuhl und kämpft sich zu ihr durch. Sie und der grau melierte Typ in Jeans und dunklem Sakko, der vorhin neben ihr gesessen hat, helfen einer Frau in einem hautengen schwarzen Minikleid in die Höhe, die im Gedrängel offenbar gestürzt ist und nun nicht auftreten kann. Schon gar nicht auf ihren hohen Hacken. Fernando ist bei den dreien angekommen.

»Jule, verschwinde, lass mich das machen!«

»Okay.« Jule lässt die Frau los, die sich auf Fernando stützt.

»Und jetzt raus mit dir!«

»Aber ich …«

»Raus, verdammt noch mal! Sofort!«, herrscht Fernando seine Ehefrau an und fügt leiser hinzu: »Das Ding kann jede Sekunde hochgehen!«

Jule, sonst eher stur, sieht wohl endlich ein, dass er recht hat, und reiht sich in den Strom der Flüchtenden ein. Zwischenzeitlich haben nun auch an der Seitentür auf der Westseite ein paar Autoritäten in Lederjacken die Security übernommen. Gelernt ist gelernt, erkennt Fernando.

Zu zweit schleppen der LKA-Mann und Fernando die jammernde Frau in Richtung Tür. Einer der selbst ernannten Ordner hat die Situation erkannt und bahnt ihnen einen Weg, wobei er nicht gerade zimperlich vorgeht. »Zur Seite, ihr Ärsche, die Frau ist verletzt!«

»Danke, Mann«, ächzt Fernando, als sie an der Tür angekommen sind. Der Ex-Nachtclubtürsteher – eine reine Vermutung von Fernando – brummt etwas, dreht sich um und hilft einem älteren Herrn, der abgedrängt zu werden droht, den Ausgang zu erreichen.

Krisenfest und gentlemanlike, diese Hells-Angels-Typen, das muss man ihnen lassen. Fernandos Feindbild gerät gerade ziemlich ins Wanken.

Draußen werden die Leute von einer Schar von Streifenbeamten in Empfang genommen, leise ermahnt, nicht zu sprechen, und dann wie eine Herde Kühe nach Norden in Richtung Knochenhauerstraße dirigiert. Dort stehen aufgereiht etliche Ambulanzen und Feuerwehrfahrzeuge. Das alles geht nahezu lautlos vonstatten, was wirklich ein Wunder ist angesichts der Panik, die eben noch in der Kirche herrschte. Zwei Sanitäter nehmen die verletzte Frau in Empfang.

»Ich bin übrigens Hauptkommissar Hildebrandt vom LKA«, stellt sich der Graumelierte flüsternd vor.

»Rodriguez, PD.«

»Ich weiß, wer Sie sind«, murmelt der LKA-Mann, wobei ein undefinierbarer Unterton mitschwingt. Dann sieht er zu, dass er wegkommt. Fernando hingegen bleibt unschlüssig etwas abseits vom Eingang stehen. Dem Polizisten, der ihn zum Weitergehen drängt, zeigt er seinen Dienstausweis. Soll er wieder reingehen und Völxen und Rifkin helfen, damit die Leute unbeschadet rauskommen? Aber die meisten müssten doch inzwischen draußen sein. Warum kommen Völxen und Rifkin dann nicht ebenfalls raus, müssen sie unbedingt die Letzten sein? Er zögert noch, als er Jule mit energischen Schritten auf sich zukommen sieht. Sie packt ihn grob am Arm und zischt drohend: »Wage es ja nicht umzukehren, Fernando Rodriguez!« Dann zieht sie ihn mit sich, weg vom Geschehen, weg von der Gefahr.

Elena Rifkin ist tatsächlich eine der Letzten, die die Kirche verlassen, aber erst, nachdem ihr Chef sie dazu aufgefordert hat, mit bösen Blicken und den Worten: *Rifkin, was machen Sie noch hier? Es hieß doch, Frauen zuerst raus!*

Wo ist ihr Bruder? In der Kirche war er nicht mehr, da ist sie sicher, aber dennoch muss sie sich vergewissern, dass es Sascha gut geht. Suchenden Blickes irrt sie zwischen den Ambulanzen herum, als es knallt und der Boden zittert. Instinktiv wirft sie sich auf den Boden. Geschrei um sie herum, Sekunden später wird sie von zwei kräftigen Armen hochgezogen und blickt in Bronskis Gesicht. »Das SEK«, stellt sie fest. »Auch schon da.« Dann wird ihr plötzlich schwindelig, ihre Knie geben nach. Sie merkt noch, wie Bronski sie festhält, und dann nichts mehr.

Oda richtet sich hinter dem Leichenwagen auf und blickt an sich hinunter. Ihr ist nichts geschehen. Die Detonation war nicht stark genug, um außerhalb der Kirche Schäden anzurichten. Maria Kemper ist schon aufgesprungen und wird gerade von zwei Polizisten daran gehindert, die Kirche durch den Seiteneingang zu betreten. Odas Telefon klingelt. Das Display zeigt einen Schafbock. Oda, sonst nicht übermäßig religiös, sendet ein dankbares Stoßgebet hinauf zum Glockenturm, ehe sie rangeht.

»Völxen! Wo bist du, und was ist mit den anderen?«

»Sie sind alle raus«, sagt Völxen. Seine Stimme klingt rau und atemlos. »Wir sind hinten, bei den Ambulanzen. Es gibt ein paar Leichtverletzte, aber es sind alle Besucher lebend rausgekommen.«

»Bis auf einen, vermute ich«, erwidert Oda, aber da hat Völxen schon aufgelegt.

XXI.

»Du meinst wirklich, ich kann dich jetzt alleine lassen?« Bronski steht unschlüssig in der Tür zwischen Wohnzimmer und Flur.

»Ja«, sagt Rifkin zum wiederholten Mal. »Ich bin nicht todkrank, ich war nur zehn Sekunden lang ohnmächtig.«

»Es waren eher zwei Minuten.«

»Schlimm genug.«

Ohnmächtig! Wie eine ... hysterische Tussi! Noch peinlicher ist ihr, dass ausgerechnet in diesem Moment Bronski zugegen war.

»Aber jetzt geht's mir prima, ich bin nur erschöpft.«

»Weißt du, Rifkin, auch starke Frauen können mal Schwäche zeigen, dadurch bricht ihnen kein Zacken aus der Krone.«

»Bronski, erspar mir heute Abend deine abgedroschenen Sprüche, ich bitte dich!«

»Na gut«, lenkt er ein. Er wirkt ein wenig beleidigt. »Dann leg dich jetzt schlafen. Ich ruf dich morgen an. Vielleicht fällt dir dann auch wieder ein, woher du dein blaues Auge hast.«

»Sagte ich doch schon: Das ist im Gedrängel in der Kirche passiert.«

»Rifkin, verkauf mich nicht für dumm. Ich kann gut unterscheiden, ob ein Veilchen frisch ist oder schon ein, zwei Tage alt. Dafür hatte ich selbst schon zu viele.« Er kommt noch einmal zur ihr ans Sofa, küsst sie auf die Wange, und dann, endlich, schließt sich hinter ihm die Tür.

Rifkin atmet tief durch. Sie wartet noch fünf Minuten, dann geht sie ins Bad und versucht, mit Make-up ihr lädiertes Aussehen zu kaschieren. Um vom Auge abzulenken, legt sie knallroten Lippenstift auf. Ihr Fahrrad steht noch an der PD, fällt ihr ein. Also ruft sie sich ausnahmsweise einmal ein Taxi.

Oda lässt sich schon den ganzen Abend von Tian Tang verwöhnen. Er hat darauf bestanden, ihr erst einmal eine Entspannungsmassage zu verpassen. Als ob man ein traumatisches Erlebnis einfach wegwellnessen könnte, hat Oda sich gedacht, aber dann hat sie ihn doch einfach machen lassen. Während der Massage passierte etwas Seltsames: Oda musste plötzlich weinen und konnte fast nicht mehr aufhören. Es war ihr unangenehm, aber Tian meinte, sie solle es nicht unterdrücken, es wäre heilsam. Da der Naturheilkundler und Experte in Traditioneller Chinesischer Medizin normalerweise ohnehin besser als sie selbst weiß, was ihr guttut, hat sie auf seinen Rat gehört und sich gründlich ausgeheult.

Jetzt, nach einer leichten Mahlzeit, sitzen sie nebeneinander bei einem Glas Rotwein auf der Terrasse. Oda hat noch ein Anliegen, das sie schon seit einigen Tagen umtreibt. »Tian, ich muss was mit dir besprechen. Es ist wegen unserer Trauung …«

Er wendet ihr das Gesicht zu. Im Schein der flackernden Windlichter sehen seine schönen Gesichtszüge aus wie aus Marmor gemeißelt.

»Bekommst du kalte Füße?«

»Nein! Aber weißt du, ich habe nachgedacht. Ich würde gerne doch lieber hier heiraten.«

»Ach ja?« Ein feines Lächeln spielt um seine Lippen.

»Ja. Es ist doch eigentlich idiotisch, sich nach Frankreich zu verkrümeln, wo wir außer meinem Vater niemanden kennen. Ich möchte ein paar Freunde und vor allem die Kollegen dabeihaben. Irgendwie sind sie ja doch inzwischen so eine Art Familie für mich. Die Frankreichreise hinterher können wir doch trotzdem … Was ist, warum lachst du?«

»Weil ich schon seit Wochen darauf warte, dass du das aussprichst.«

»Wirklich? Warum hast du dann nichts gesagt?«

»War ja nicht notwendig.«

»Auf das Leben!« Alexander Rifkin, genannt Sascha, steht hinter der Bar. Noch ist in seinem Club nicht viel los, die ersten Gäste trudeln meistens erst gegen dreiundzwanzig Uhr ein.

Rifkin hebt ihr Glas und kippt den Wodka in einem Zug hinunter.

»Es tut mir wirklich leid, Elena, ich dachte, du hättest die Kirche schon längst mit den andere Frauen verlassen. Wenn ich gewusst hätte, dass du noch da drin bist …«

»Das ist überhaupt kein Problem, Sascha, du hast alles richtig gemacht«, unterbricht Rifkin den Redeschwall ihres Bruders, der offenbar ein schlechtes Gewissen hat. Sie glaubt ihm kein Wort, Sascha war noch nie besonders mutig, aber sie ist nicht hier, um ihn wegen mangelnder Ritterlichkeit anzuklagen.

»Stimmt es, dass du für Igor Baranow arbeitest?«

»Was?«

»Stimmt es, dass …?«

»Ja, ja, sei still, ich habe es schon verstanden.«

»Stimmt es?« Rifkin durchbohrt ihren Bruder mit Blicken.

»Nein, nicht direkt.«

»Ach? Wie dann? Zahlst du Schutzgeld an ihn?«

»Elena. Du siehst zu viele Mafiafilme. Schutzgeld! Das war einmal.«

»Was soll das heißen?«

»Es ist kompliziert.«

»Was ist kompliziert daran? Ich möchte lediglich wissen, ob mein Bruder für die Russenmafia arbeitet!«, sagt Rifkin mit lauter, klarer Stimme.

»Pscht! Verdammt, Elena!«

»Rede, sonst frage ich noch lauter.« Sie hält ihm ihr Glas hin, damit er es noch einmal füllt. Sie hat das Gefühl, den Schnaps gleich zu brauchen.

Sascha scannt die Bar nach eventuellen Lauschern ab, dann flüstert er: »Es ist so: Der Club gehört zu einem Konglomerat verschiedener Firmen, und Baranow gehört ein Anteil davon. Ein größerer, nehme ich an, ich weiß es nicht genau.«

»Ich dachte immer, das hier wäre *dein* Club, du hast ihn doch gepachtet …«

»Das war einmal. Die alten Besitzer sind längst aufgekauft worden. Jetzt gehört der Club einer Firma namens *Seagull Entertainment*. Mir gehört hier gar nichts mehr, ich bin nur noch der Geschäftsführer.«

»Lass mich raten. *Seagull Entertainment* hat seinen Firmensitz in einem Steuerparadies.«

»Auf Guernsey. Kanalinseln«, murmelt Sascha.

»Und mit *Seagull Entertainment* und diesem Club waschen Baranow und Konsorten ihr dreckiges Geld«, begreift Rifkin.

»Wirst du wohl still sein?« Sascha blickt sich erneut erschrocken um. »Baranow …«, er hat den Namen kaum hörbar gehaucht, »… und ich haben einen gemeinsamen Feind: das Finanzamt. Die letzte Steuernachzahlung hat mir das Kreuz gebrochen, ich hätte zumachen müssen.«

»Also lässt du dich lieber mit der Mafia ein«, stellt Rifkin nüchtern fest.

»Das hat gar nichts damit zu tun, verdammt! *Seagull Entertainment* ist nur die Tochterfirma eines weiteren Konzerns, der irgendwo in der Karibik seinen Sitz hat. Sie schieben die Gelder einfach so lange auf dem Erdball hin und her, von einem Konzern und einer Tochterfirma zur nächsten, bis sich die Spur verliert. Das mag unmoralisch sein, okay, aber daran ist überhaupt nichts Illegales. Für die deutschen und die europäischen Steuergesetze kann ich doch nichts.«

»Unsinn, das redest du dir schön. Du bist ein Rädchen im Getriebe des internationalen Organisierten Verbrechens, das muss dir doch klar sein.«

»Gar nichts ist klar. Ich habe keine Ahnung, woher das Geld kommt. Ich bekomme ein Gehalt, und kein schlechtes, immerhin, der Rest interessiert mich nicht.«

»Ach, Sascha«, seufzt Rifkin. »Wenn Mamutschka das wüsste, du weißt, was sie dazu sagen würde.«

»Was hätte ich sonst machen sollen, als es mit dem Club hier bergab ging, stempeln gehen?«

Rifkin kippt ihren Wodka hinunter und rutscht vom Barhocker. »Du wirst mir verzeihen, wenn ich in Zukunft deinen Club meide. Ich möchte hier nicht noch deinem neuen Chef begegnen.«

»Das dürfte wohl zu spät sein«, meint Sascha und blickt nervös über die Schulter seiner Schwester zur Tür. Dort treten gerade drei Männer ein. Der mittlere davon ist Igor Baranow.

Er kommt auf sie zu, seine Begleiter halten sich vornehm im Hintergrund. Rifkin ist stehen geblieben und starrt ihn an wie das Kaninchen die Schlange. Irgendetwas hat er an sich, etwas Abstoßendes und zugleich Anziehendes.

Er lächelt. »Elena Rifkin, welche Freude. So schnell sieht man sich wieder.«

»Ach, ihr kennt euch?«, entschlüpft es Sascha.

Baranow beachtet ihn gar nicht. »Das Auge sieht ja schon viel besser aus. Und der Lippenstift steht Ihnen gut.«

»Danke«, hört Rifkin sich sagen.

»Sie wollen doch nicht schon gehen? Ich hörte, Sie beide sind heute knapp dem Tod entronnen. Das müssen wir feiern. Sascha, Champagner!«

Mit weit ausgreifenden Schritten, die Yogamatte unter den Arm geklemmt, nähert sich Sabine Völxen ihrem trauten Heim. Ihre Stimmung schwankt zwischen unbändigem Zorn und grenzenloser Erleichterung. Sie hat den Nachmittag im Garten verbracht und sich dann eilig für die Yogastunde umgezogen. Erst dort, in der Umkleidekabine, hat sie von der erst wenige Stunden zurückliegenden Bombenexplosion in der Kreuzkirche erfahren. Sabine Völxen wusste, dass ihr Ehemann zu dieser Trauerfeier gehen wollte, denn sie hat ihm heute Morgen noch beratend zur Seite gestanden und die für den Anlass passenden Hosen und das Jackett ausgesucht.

Vorhin, auf dem Weg zur Yogastunde, haben sie kurz telefoniert. Er hat gesagt, dass er vermutlich später nach Hause kommen wird, und sie hat erwidert, dass sie zum Yoga geht und dass noch Käse im Kühlschrank ist, und dieser ... dieser ... unmögliche Mensch ... hat keinen Ton darüber verlauten lassen, was geschehen ist und dass sie um ein Haar Witwe geworden wäre.

Sie schließt die Haustür auf. Laute Musik schallt ihr entgegen. Ist Wanda einen Tag früher als beabsichtigt von ihrer Reise zurückgekommen und nun dabei, bei ihren Eltern einen Berg Wäsche abzuladen? Allerdings ist der Song, der aus den Lautsprechern hallt, so gar nicht Wandas Stil.

Sabine bleibt im Flur stehen, als ihr Oscar mit angelegten Ohren und eingeklemmtem Schwanz entgegenkommt und sie gleichzeitig im Wohnzimmer eine Bewegung wahrnimmt. Die Tür steht halb offen, und sie sieht ihren Ehemann, der herumhüpft, dabei seltsame Verrenkungen macht und zuckt wie ein Aal. Sabine Völxen muss lächeln und sich gleichzeitig eine Träne aus dem Augenwinkel wischen. Ihr Gatte war noch nie ein begnadeter Tänzer, aber es scheint ihm Spaß zu machen, man erkennt die pure Lebensfreude. Kein Wunder, denn das durchs ganze Haus zu hörende Lied ist ja auch das ultimative Tanzstück von den Bee Gees: *Stayin' Alive*.

XXII.

Es ist Donnerstagmorgen, neun Uhr, und der Hauptkommissar ist soeben in der PD angekommen. Er hat sich bei Frau Cebulla einen Kaffee und eine Handvoll Butterkekse geholt und hinter seinem Schreibtisch Platz genommen. Oscar hat es sich in seinem Korb neben dem Gummibaum gemütlich gemacht und lauert nun auf einen Keks.

Wie schon die Tage zuvor hat Frau Cebulla die *Bild* auf Völxens Schreibtisch gelegt. Heute gibt es endlich einmal nichts zum Fall Markstein, sondern die gestrigen Ereignisse in der Kreuzkirche dominieren die Schlagzeilen. Fotos vom verwüsteten Innenraum sind zu sehen. Der Sprengsatz hat den Sarg samt Inhalt in Stücke gerissen und Volker Düker, der wohl bei der Explosion direkt davorgestanden hat, tödliche Verletzungen beigebracht. In der Kirche wurde hauptsächlich Mobiliar beschädigt, und es gibt ein paar geborstene Scheiben. Dem Altarbild von Lucas Cranach dem Älteren aus dem 16. Jahrhundert, das die Kreuzigungsszene zeigt, ist wie durch ein Wunder nichts geschehen. Was nicht heißt, dass es nicht trotzdem einige Tote und Verletzte gegeben hätte, wäre der Sprengsatz in der voll besetzten Kirche detoniert.

Es klopft. Ehe Völxen, der gerade einen Keks im Mund hat, etwas sagen kann, wird auch schon die Tür aufgerissen.

»Hauptkommissar Völxen, einen wunderschönen guten Morgen!« Der Vizepräsident tritt hinter Frau Cebulla, die ein wenig verdattert dreinblickt, in Völxens Büro.

Angesichts des seltenen Besuchs stehen sowohl der Hauptkommissar als auch Oscar von ihren Plätzen auf.

»Oscar, Platz!«, zischt Völxen, nachdem er seinen Keks hinuntergewürgt und sich ein paar Krümel vom Hemd gewischt hat, und zeigt mit strenger Geste auf den Korb. Der Terrier tritt zögerlich den Rückzug an und setzt sich auf das rote Samtkissen mit den goldenen Troddeln. Mit einem misstrauischen Seitenblick auf Oscar geht der Vize auf Völxen zu, schüttelt ihm kräftig die Hand und klopft ihm auf die Schulter. »Herr Völxen, ich kann Ihnen gar nicht sagen, wie stolz ich auf Sie bin. Sie haben vermutlich das schlimmste Unglück verhindert, welches diese Stadt seit dem Krieg erlebt hätte.«

»Es waren in erster Linie meine Leute, die so geistesgegenwärtig gehandelt haben, allen voran Hauptkommissarin Oda Kristensen, durch die wir überhaupt erst von der Bombe erfahren haben«, erklärt Völxen bescheiden.

»Sicher, sicher, bei ihr und dem Rest Ihres Teams werde ich mich noch extra bedanken.«

Oje, hoffentlich stürmt er nicht gleich in Odas Büro, in dem sie womöglich gerade mit den Füßen auf dem Schreibtisch und der Zeitung auf dem Schoß ihre Morgenzigarette qualmt.

»Ich fürchte, Frau Kristensen ist noch gar nicht da. Angesichts der Umstände habe ich den Dienstbeginn heute auf zehn Uhr verschoben«, lügt Völxen, was ihm bemerkenswert leichtfällt, wie er zu seinem Entsetzen feststellt.

»Das meinte ich nicht. Es wird sicher in den nächsten Tagen eine kleine Feier mit einer öffentlichen Belobigung geben, der Minister und der Oberbürgermeister werden Sie und Ihre Kollegen bestimmt ebenfalls ehren wollen.«

»Aber das ist doch nicht nötig«, wehrt Völxen ab, obwohl er weiß, dass es sinnlos ist, dagegen anzugehen.

»Doch, doch, das ist nötig. Sie sind die Helden der Stunde, genießen Sie es ruhig.«

»Danke sehr«, nickt Völxen.

»Ach, Herr Hauptkommissar, da ist nur noch eine kleine Sache …«

»Ja?«

»Gestern Nachmittag erreichte mich eine Beschwerde vom LKA. Jemand aus Ihrem Dezernat hat einen von deren V-Männern der *Operation Tofu* um ein Haar enttarnt.«

»Das ist doch nicht möglich. Ich habe weisungsgemäß mit keinem einzigen meiner Leute über die *Operation Tofu* gesprochen«, versichert Völxen.

»Dennoch hat offenbar Hauptkommissar Rodriguez einen gewissen Kommissar Wilke vom LKA mit einem Schinken bedroht.«

»Mit einem *Schinken?*«

»Iberico. Stammte vermutlich aus dem Laden seiner Mutter.«

Völxen geht ein Licht auf. »In dem Veganerladen arbeitet einer als Maulwurf fürs LKA?«

»Nicht nur das. Das LKA hat die Räumlichkeiten über einen Strohmann gemietet und dieses Bistro einzig zu dem Zweck eröffnet, an Infos aus der Szene zu gelangen. Pfeifen Sie Rodriguez zurück, sonst fliegt die ganze Aktion noch seinetwegen auf.«

»In Ordnung«, antwortet Völxen mit zerknirschter Miene. »Nicht, dass die *Operation Schinken* ... Verzeihung, die *Operation Tofu* noch an einem Schinken scheitert.«

Zum Glück verabschiedet sich der Vizepräsident nun ziemlich rasch, und Völxen kann endlich seinen Gefühlen freien Lauf lassen. »Bedroht mit einem Schinken!« Prustend vor Lachen lässt er sich auf das Sofa fallen, während Oscar, der ein solches Benehmen von seinem Besitzer nicht gewohnt ist, aufgeregt bellend davor herumspringt.

»Völxen, altes Haus! Was ist mit dir, bist du übergeschnappt?« Erwin Raukel steht plötzlich im Raum wie ein großer, massiger Fels. Völxen, der sich noch immer kichernd auf dem Sofa krümmt, steht fix auf und fährt sich ordnend durch sein wirres Haupthaar.

»Möglicherweise ein Anfall von PTBS«, ertönt nun Odas Stimme, die hinter Raukel aufgetaucht ist.

»Was für ein Anfall?«, fragt Raukel.

»Posttraumatische Belastungsstörung. Eine verzögerte psychische Reaktion auf ein extrem belastendes Ereignis«, erklärt Oda todernst.

»Oh! Ja, klar ... das ... das verstehe ich«, stottert Raukel verlegen. »Das kann man dir ja nicht verdenken, nach allem, was du gestern durchgemacht hast. Bist quasi dem Sensenmann noch einmal knapp entwischt, klar, dass man danach ein bisschen neben der Spur ist.«

»Es ist alles okay. Der Vize hat nur gerade einen Witz gemacht«, offenbart Völxen.

»Echt? Den will ich hören«, fordert Raukel.

»Nein, lieber nicht. Was gibt's denn, Erwin?«

Der Angesprochene wirft sich in die Brust wie ein balzender Täuberich und sagt: »Nun, ich denke, ich habe den Mord an Boris Markstein aufgeklärt.«

»Ach ja?«, fragt Völxen voller Zweifel. »Und, wer war's?«

»Nadja Brenninger. Sie hatte die Gelegenheit und ein Motiv. Sieh dir das Video auf meinem Computer an, dann verstehst du es.«

»Für einen Haftbefehl reicht das noch nicht«, stellt Völxen eine Viertelstunde später fest. Er hat sich Raukels Bericht und Theorie angehört, sich das Video angeschaut und dann seine Mitarbeiter in seinem Büro versammelt.

»Nehmen wir sie ordentlich in die Mangel und quetschen ein Geständnis aus ihr raus«, schlägt Raukel vor.

»Das will gut vorbereitet sein, die Brenninger ist ein harter Knochen«, gibt Völxen zu bedenken. »Ich würde gerne noch das Ergebnis der DNA-Analyse des Taschentuchs abwarten, ehe ich zum Staatsanwalt gehe.«

»Welches Taschentuch?«, fragt Raukel. Fernando erbarmt sich und bringt den Kollegen flüsternd auf den neuesten Stand.

»Na, das ist doch bestens!«, meint Raukel. »Ich verwette meinen Arsch, dass die Brenninger das verloren hat.«

»Bis dahin machen wir Folgendes: Fernando, du fährst zu einem gewissen Quentin Müller. Das ist Marksteins alter Freund, er wohnt im selben Haus wie Frau Rossbach. Frag ihn, ob er Nina Rossbach am Sonntagabend wirklich im Flur begegnet ist, wie sie behauptet, ob das Video von ihm stammt und ob er Markstein noch mehr solches Material geschickt hat. Oda, wir brauchen ein Bewegungsprofil von Nadja Brenningers Mobiltelefon in der Nacht vom achten auf den neunten September, leite das in die Wege. Raukel, sieh zu, dass diese Manuela Engelbrecht heute wirklich hier antanzt und der Kellner vom *Notre Dame* ebenfalls. Ich will ihre Aussagen schriftlich vorliegen haben, ehe ich die Brenninger verhöre. Bis dahin haben wir vielleicht schon ein Ergebnis vom Labor.«

»Du glaubst mir also?«, vergewissert sich Erwin Raukel, einigermaßen überrascht.

»Natürlich glaub ich dir, Erwin. Aber jetzt müssen wir sie auch drankriegen. – Ach, Fernando, auf ein Wort noch, bitte.«

»Was gibt's?«, fragt dieser, nachdem alle anderen draußen sind.

»Erst mal: Gratulation zum Nachwuchs.«

»Danke«, antwortet Fernando und lächelt übers ganze Gesicht. »Ich weiß immer noch nicht, ob gestern der schlimmste oder der schönste Tag in meinem Leben war.«

»Es hätte schlimm werden können. Umso schöner ist es jetzt, also genießt die Zeit. Und grüße Jule ganz lieb von Sabine und mir.«

»Danke!«, strahlt Fernando.

»Du hast den Inhaber dieses Veganerbistros mit einem Iberico-Schinken bedroht, ist das wahr?«

»Na ja, bedroht ...«

»Ja oder nein?«

»Was hätte ich machen sollen, jemand von denen hat *Fleischfresser sind Mörder* auf den Rollladen unseres Ladens geschmiert. Fett mit roter Farbe. Das kann ich mir doch nicht einfach bieten lassen!«

»Das war ein verdeckter Ermittler vom LKA.«

»Was, die Farbschmiererei?«

»Nein. Oder – ich weiß nicht, möglicherweise. Nein, der Mann, den du mit dem Schinken bedroht hast, ist Kommissar Wilke vom LKA. Der ganze Laden gehört dem LKA. Damit wollten sie Leute aus der Szene anlocken und aushorchen.«

Fernando starrt seinen Chef sekundenlang an. »Und diesen Scheißladen müssen sie ausgerechnet gegenüber von unserem aufmachen? Selber schuld!«

Völxen zuckt mit den Achseln. »Jetzt weißt du es. Also halte dich etwas zurück, sonst gefährdest du die *Operation Tofu*.«

»*Operation Tofu*? Echt jetzt?«

»Rodriguez?«

»Ja, ist gut. Ich hab verstanden. Aber wenn so etwas noch einmal vorkommt, lasse ich den Schwindel auffliegen, das kannst du denen ausrichten.«

Quentin Müller muss gerade erst aufgestanden sein, zumindest ist er noch im Bademantel, aber der Besuch Fernandos scheint ihm nichts auszumachen. Er bietet ihm sogar eine Tasse Kaffee in seiner Küche an, ein Angebot, das Fernando gerne annimmt.

Rein optisch betrachtet hat Marksteins alter Schulfreund mit diesem nicht viel gemeinsam: Quentin Müller hat einen struppigen rötlichen Bart und runde blaue Teddyaugen. Er ist an die eins neunzig groß und bringt mindestens zwei Zentner auf die Waage. Dass er gerne isst, sieht man auch an der guten Ausstattung seiner Küche, es ist alles da, was der Profikoch braucht, und das Regal mit den Weinflaschen ist edel bestückt.

»Rodriguez … Haben Sie was mit dem spanischen Laden zu tun?«

»Der gehört meiner Mutter.«

»Ah. Dort kaufe ich immer meinen Rioja.«

»Das höre ich gern.«

Quentin Müller bestätigt, dass er Nina Rossbach am Sonntagabend gesehen hat. »Meine Freundin und ich hatten zum Abendessen Muscheln gekocht. Die Schalen haben dermaßen nach Fisch gestunken, also bin ich noch mal raus zu den Mülltonnen, um sie loszuwerden, und da kam Nina triefnass zur Tür rein.«

»Wie wirkte sie?«

»Nass, wie gesagt. Aber sonst …« Gerade scheint er den Zweck dieser Frage zu verstehen, denn er setzt hinzu: »Jedenfalls nicht wie eine Frau, die gerade ihren Ex-Mann ermordet hat, wenn es das ist, was Sie wissen wollen. Die Nina ist eine Gute, die würde so was niemals fertigbringen.«

Fernando hakt diesen Punkt im Geist ab und fährt fort: »Herr

Müller, Sie und Boris Markstein kennen sich schon sehr lange, nicht wahr?«

»O ja. Seit der Grundschule. Boris war der Kleinste, aber er hatte immer eine freche Klappe, und wenn's brenzlig wurde, musste ich ihn raushauen.«

»Kennen Sie auch seine Kollegin, Nadja Brenninger?«

Er lacht. »Ja, die kenne ich auch schon ewig. Sie war mal eine heiße Motorradbraut, sie *ging* mit meinem Kumpel Alfred, wie man das damals nannte.«

»Haben Sie Boris Markstein ein Video zukommen lassen, auf dem Nadja Brenniger beim Striptease zu sehen ist?«, hakt Fernando ohne Umschweife nach.

Quentin Müller grinst, dann nickt er. »Ja, ich gestehe. Ich habe mich in den Neunzigern gern im Rotlichtviertel rumgetrieben, habe dort fotografiert und gefilmt. Milieustudien, sozusagen. Neulich dachte ich, ich müsste den Kram mal sichten und digitalisieren, und da ist mir dieses Video untergekommen. Es stammt von 1995. Damals war die Nadja noch jung und knackig. Und wie die sich bewegen konnte ... Die war schon ein Feger.«

»Wann haben Sie Markstein dieses Video geschickt?«

»Etwa vor drei, vier Monaten.«

»Hat Nadja Brenninger regelmäßig ... äh, getanzt?«

»Ich glaube, immer dann, wenn sie pleite war. Und das war sie wohl öfter.«

»War sie arbeitslos?«

»Nein, sie hatte irgendeinen Bürojob. Aber sie hat einfach zu viel Geld für Klamotten und Schuhe ausgegeben.«

»Drogen?«

»Sie meinen, ob sie süchtig war? Nein, nein.« Er schüttelt den Kopf. »Sie hat sicher nicht Nein gesagt zu einer Prise Koks hin und wieder, aber sie war kein Junkie.«

»Ging sie anschaffen?«, erkundigt sich Fernando.

Quentin Müller schüttelt erneut den Kopf. »Das glaube ich nicht, nein. Das Strippen war für sie eine Art Hobby, aber anschaffen ...« Er schüttelt erneut den Kopf.

»Wie lange hatte sie diesen Nebenjob, wissen Sie das?«

»Ein, zwei Jahre, vielleicht. Mehr nicht. Als sie mit meinem Kumpel Alfred ging, war Schluss damit, das hätte der nicht geduldet.«

»Warum haben Sie das Video und die zwei Fotos an Markstein geschickt?«, fragt Fernando.

Der Fotograf zuckt verlegen mit den Achseln. »Einfach so, um der guten alten Zeiten willen.«

»Ach, wirklich?«, erwidert Fernando skeptisch.

»Ich dachte, er könnte ihr damit bei Gelegenheit einen Schuss vor den Bug verpassen. Boris hat sich ja oft genug bei mir über sie beklagt.«

»Worüber genau hat er geklagt?«

»Darüber, dass sie illoyal war und praktisch ständig an seinem Stuhl gesägt hat. Und das, obwohl er sie bei der *Bild* untergebracht hat.«

»Ach, tatsächlich? Sagen Sie, hatten die mal was miteinander, Markstein und die Brenninger?«

»Er hat es zumindest behauptet ...«

»Wann soll das gewesen sein?«

»Ich bin nicht sicher, aber sie war jedenfalls schon bei der *Bild* ...«

Als Volontärin, wahrscheinlich. Das alte Muster.

»Sie meinten, er hätte es *behauptet*. Haben Sie ihm nicht geglaubt?«

»Nicht wirklich, nein«, räumt Marksteins alter Freund ein. »Ich kannte ihn zu gut, als dass er mir was vormachen konnte. Es war die Art, wie er das damals anbrachte ... Er klang wie ein pickliger Teenager, der prahlt, er hätte das hübscheste Mädchen der Klasse flachgelegt.«

Das würde die jahrelange Feindschaft erklären, überlegt Fernando. Er bringt sie zur Zeitung, sie weigert sich, aus Dankbarkeit mit ihm ins Bett zu gehen, er macht ihr daraufhin das Leben schwer, sie, nachdem ihre Position dort gefestigt ist, gibt Gleiches mit Gleichem zurück.

Abschließend fragt Fernando: »Haben Sie noch mehr Fotos und Videos von Frau Brenninger?«

»Nein, nicht dass ich wüsste. Aber ich hätte ein paar andere leckere Damen.«

»Nein danke, ich habe eine leckere Dame zu Hause.«

Wo Fernando nun schon mal in Linden ist, schaut er noch kurz bei seiner Mutter im Laden auf einen Kaffee vorbei. Sie hat natürlich längst von den gestrigen Vorgängen in der Kreuzkirche gehört, aber zum Glück wusste sie nicht, dass ihr Nando und Jule ebenfalls zu den Trauergästen gehörten. Fernando hütet sich, ihr das zu sagen.

»Du bist heute so gut gelaunt, Nando!«

»Wirklich?«

»Ja, du lächelst die ganze Zeit. Gibt es etwas, das ich wissen müsste?«, fragt Pedra lauernd.

»Äh, nein. Oder ja, doch. Das vegane Bistro da drüben – das wird es nicht mehr lange geben.«

»Wieso? Es läuft doch ganz gut. Jedenfalls ist es da drüben voller als in meinem Laden.«

»Ich kann dir nicht sagen, warum, das ist ein Dienstgeheimnis. Aber ich gebe denen keinen Monat mehr. Verlass dich darauf.«

Fernando kippt seinen Espresso, küsst seine Mutter auf die Wange und geht beschwingt in Richtung Straßenbahn, vorbei am Bistro *Vetisch*. Er winkt im Vorbeigehen, obwohl er gar nicht weiß, ob ihn hinter der Scheibe jemand sieht. Kommissar Wilke Goldlöckchen zum Beispiel.

So eine verdeckte Operation, das weiß Fernando noch aus seiner Zeit als V-Person in der Drogenszene, ist etwas sehr, sehr Heikles. Sie funktioniert nur, wenn ganz wenige Personen, am besten nur zwei oder drei, davon wissen. Und es reicht schon der Hauch eines Gerüchts, um die, auf die man es abgesehen hat, zu verschrecken …

Es ist später Nachmittag, als Völxen und Oda Kristensen die Verdächtige Nadja Brenninger befragen. Völxen hat sie dafür in den Verhörraum gebracht, der Rest des Dezernats verfolgt das Gespräch über die Videokamera am Bildschirm.

Völxen hat sich für eine Zermürbungstaktik entschieden. Das Überraschungsmoment fällt ohnehin weg, denn garantiert weiß Nadja Brenninger schon seit gestern Nachmittag, dass man sie verdächtigt. Manuela Engelbrecht wird ihre alte Freundin garantiert gleich nach Raukels Besuch angerufen haben.

Nadja Brenninger sieht heute anders aus als sonst, sie trägt eine schwarze Hose und einen schwarzen Blazer über einer hellgrauen Bluse. Hat sie sich für das zu erwartende Verhör so förmlich angezogen, oder stellt sie gerade ihre Garderobe um auf die einer Dame der Gesellschaft?, überlegt Völxen.

So ist es auch nicht verwunderlich, dass Nadja Brenninger auf sämtliche Fragen eine Antwort hat. Sie ist eine gute Lügnerin. Sie legt sich nach Möglichkeit nicht fest, geht, wenn sie in die Enge getrieben wird, zum Angriff über und versucht, stets so nah wie möglich an der Wahrheit zu bleiben. Völxen und Oda sind übereingekommen, dass er die Fragen stellt und Oda nur dabeisitzt und das Ganze auf sich wirken lässt.

»War es wirklich notwendig, mich mit einem Streifenwagen von der Redaktion abholen zu lassen?«, beschwert sich die Reporterin.

Völxen betrachtet dies als rhetorische Frage, die er deshalb erst gar nicht beantwortet. »Frau Brenninger, Sie haben uns verschwiegen, dass Sie am Abend des Mordes an Boris Markstein im *Notre Dame* waren …«

»O nein«, fällt sie Völxen ins Wort. »Ich wurde gefragt, wo ich zwischen zweiundzwanzig und dreiundzwanzig Uhr war, und ich sagte, zu Hause.«

»Aber kurz vor zweiundzwanzig Uhr waren Sie noch im *Notre Dame*. Wie können Sie dann um zweiundzwanzig Uhr bereits zu Hause gewesen sein? Von Linden nach Bothfeld, das schafft man beim besten Willen nicht in fünf oder zehn Minuten.«

»Ich habe mich eben um eine Viertelstunde vertan, na und?«

»Sie sollen im *Notre Dame* recht hastig aufgebrochen sein, können Sie mir sagen, warum?«

»Das bin ich gar nicht.«

»Sie haben nicht mal Ihr Glas ausgetrunken.«

»Mir war plötzlich langweilig«, erklärt die Reporterin. »Manuela und ihre Cousine Silke haben in Kindheitserinnerungen geschwelgt, außerdem fiel mir ein, dass ich noch mit Wolf-Dietrich zum Skypen verabredet war.«

»Das ist Ihr Freund?«, fragt Völxen mit unbedarfter Miene.

»Mein Verlobter«, korrigiert sie sofort. »Wolf-Dietrich Stegemann.«

»Oh, der Verlobte«, berichtigt sich Völxen, nur scheinbar beeindruckt. »Gratuliere.«

»Er war auf Geschäftsreise in Kiew. Darum wollte ich schnell nach Hause, mit dem Auto, und da dachte ich, dass es klüger wäre, den Cocktail nicht mehr auszutrinken.«

»Haben Sie denn dann mit Ihrem Verlobten geskypt?«

»Nein, leider war er nicht erreichbar. Das Geschäftsessen hat sich zu lange hingezogen.«

»Das ist sehr schade«, meint Völxen. »Hatten Sie nicht vorher, bei dem Essen mit Ihren Freundinnen, schon Wein getrunken?«

»Nur ein Glas. Sitze ich etwa hier, weil ich vielleicht einen Tick zu viel getrunken hatte, als ich losfuhr?«

»Wo parkte Ihr Wagen?«

»Ein Stück den Kötnerholzweg runter.«

»Da müssen Sie ja beinahe Ihrem Kollegen Boris Markstein begegnet sein. Der lief nämlich um dieselbe Zeit am *Notre Dame* vorbei und auf dem Kötnerholzweg in Richtung Rampenstraße.«

»Ach, wirklich? Woher wissen Sie das denn so genau, Herr Hauptkommissar?«

Raffiniertes Biest! Zeit, die Daumenschrauben anzuziehen.

»Das wissen wir durch die Auswertung seiner Handydaten«, sagt Völxen. »Erstaunlich, was die moderne Technik so alles kann.« Es ist ein bisschen geflunkert, denn diese Daten liegen noch gar nicht vor, sind aber in Arbeit, wie man ihnen beim LKA versichert hat.

»Frau Brenninger, wir werden auch ein Bewegungsprofil Ihres Mobiltelefons für den Abend des 8. September anfertigen lassen, der richterliche Beschluss hierfür ist bereits ergangen.«

»Tun Sie das. Nur muss ich Ihnen leider sagen, dass ich an dem Abend mein Handy verloren habe.«

»Ach! Wo denn?«

»Wenn ich das wüsste ... Vielleicht wurde es mir auch geklaut, im *Notre Dame* womöglich.«

»Frau Brenninger, Sie wissen schon, wie das aussieht, oder?«

»Ich kann's nicht ändern. Ich bin ein Schussel, ich verliere andauernd Sachen.«

Hoffentlich auch benutzte Taschentücher.

»Frau Brenninger, wir brauchen von Ihnen eine DNA-Probe. Auch dafür haben wir einen Beschluss.«

»Das wäre nicht nötig gewesen, die können Sie gerne haben. Immer her mit den Wattestäbchen.«

»Das ist sehr freundlich von Ihnen«, antwortet Völxen übertrieben liebenswürdig. »Aber das erledigen die Kollegen vom Erkennungsdienst, man wird Sie gleich dorthin bringen. Danach wird man Sie in die Untersuchungshaft ...«

Zum ersten Mal verliert sie die Beherrschung. »Was? Untersuchungshaft? Das ist nicht Ihr Ernst! Das wird Ihnen noch leidtun«, zischt sie wütend. »Wenn erst meine Unschuld erwiesen ist, werden Sie diesen Schritt bereuen, dafür werde ich sorgen.«

»Hoffentlich behält sie nicht recht«, meint Oda, nachdem die Reporterin von Rifkin abgeholt und in Handschellen nach draußen begleitet wurde. »Warum hast du nichts von dem Video erwähnt? Dir ist schon klar, dass sie morgen mit einem Anwalt hier sitzen und kein Wort mehr sagen wird.«

»Das Video ist im Moment mein stärkster Trumpf, den spiele ich nicht ohne Not aus. Ich hoffe, bis morgen haben wir alles vorliegen: das Bewegungsprofil und den DNA-Abgleich mit dem Taschentuch als Beweise und das Video als Motiv. Ach ja, Maria Kemper soll sich ihre Stimme anhören, vielleicht erkennt sie darin die Frau, die sich mit Markstein im Flur gestritten hat. Oda, kannst du das erledigen?«

»Heute noch? Die Frau ist fix und fertig, sie hat gestern erst ihren Bruder verloren.«

»Hat das etwa Auswirkungen auf ihr Gehör?«, entgegnet Völxen.

»Herr Rodriguez! Ich gratuliere Ihnen von ganzem Herzen!«

Fernando, der sich eigentlich nur einen Kaffee holen wollte, findet sich plötzlich an Frau Cebullas Brust gedrückt wieder. »Das sind ja wunderbare Nachrichten, wann ist es denn so weit?«

»Äh …«

»Ihre Mutter wird sicher selig sein, wo sie doch schon so lange darauf wartet, Großmama zu werden.«

»Hm, ja, danke, Frau Cebulla. Woher wissen Sie denn das?«

»Von Oberkommissarin Rifkin. Sie freut sich ja so für Sie!«

Und woher weiß es Rifkin? Von Völxen? Der ist doch sonst keine Tratsche. Egal, Rifkin hört nun einmal das Gras wachsen, es ist ein unergründliches Rätsel.

»Herr Rodriguez, da ist gerade eine Nachricht vom LKA gekommen, es geht um eine DNA-Analyse, ich habe sie ausgedruckt.«

»Das ist wunderbar, Sie sind die Beste«, strahlt Fernando und nimmt das Blatt aus dem Drucker. Er studiert es auf dem Weg ins Büro – dass er sich Kaffee holen wollte, hat er zwischenzeitlich vergessen.

»Oh-oh«, sagt er und plumpst dabei auf seinen Stuhl, den Blick noch immer auf das Blatt Papier geheftet.

»Was ist?«, fragt Rifkin alarmiert, und sogar Raukel, der gerade dabei war, seinen Feierabend anzutreten, bleibt an der Tür stehen und dreht sich noch einmal um.

»Die Analyse von dem Taschentuch ist da. Das wird dem alten Silberrücken gar nicht gefallen.«

»Was wird mir nicht gefallen?«, hört Fernando Völxens Stimme fragen. Er und Oda stehen vor der Tür des Büros.

»Die DNA des Taschentuchs ist analysiert, und wir haben einen Treffer«, erklärt Fernando. »Es ist Anna-Lena Petrovic.«

»Die Volontärin? Das kann nicht sein!« Völxen reißt Fernando das Papier aus der Hand. Für ein paar Augenblicke sieht er ziemlich fassungslos aus.

Genau wie Erwin Raukel, der sofort draufloswettert: »Das ist unmöglich. Die müssen sich geirrt haben, diese Pfeifen, ich glaube denen kein Wort, die haben sicher was verwechselt. Die Brenninger war's, das hab ich im Urin!«

»Soll ich trotzdem Maria Kemper die Stimme der Brenninger vorspielen?«, erkundigt sich Oda vorsichtig.

»Was? Aber ja, sicher!«, entgegnet Völxen erbost. »Rifkin, Rodriguez, schafft die Petrovic hierher.«

»Wie, jetzt?«, fragt Fernando.

»Ja, natürlich jetzt!«

»Jawohl, Herr Hauptkommissar«, salutiert Rifkin.

»So viel zum Thema pünktlicher Feierabend«, seufzt Fernando.

»Was machst du, wir sollten los.« Rifkin steht abfahrbereit in der Tür des Büros.

»Ich telefoniere«, antwortet Fernando. »Ich habe keine Lust, der Petrovic hinterherzulaufen. – Frau Petrovic, Fernando Rodriguez hier, schön, dass ich Sie noch erreiche. Wir müssten Sie dringend sprechen, was meinen Sie, könnten Sie kurz in der Polizeidirektion vorbeikommen? – Wunderbar, bis später.«

»Das war nicht das, was Völxen gesagt hat.«

»Ja, und? Das nennt man Effizienz.«

»Und wenn sie abhaut?«

»Sie weiß, dass wir die Brenninger verhaftet haben, die denkt doch nicht im Traum daran, dass wir jetzt sie verdächtigen.«

»Aber nur, wenn sie es nicht war«, antwortet Rifkin und wechselt das Thema: »Ehe ich es vergesse, Rodriguez: Ich gratuliere zum erwarteten Nachwuchs.«

Als hätte man eine Lampe angeschaltet, strahlt Fernando übers ganze Gesicht. »Danke! Woher weißt du es? Hat Völxen nicht dichtgehalten?«

»Nein, ihn trifft keine Schuld. Ich habe meine Quellen.«

»Übrigens, Rifkin, ich habe dich gestern gesehen. Mit einem gewissen Herrn ...«

Rifkin merkt, wie sie von einer heißen Welle überspült wird.

»Ach ja? Wo denn?«, fragt sie und hofft, dass es so gleichgültig klingt wie beabsichtigt.

»Na, wo schon? Hinter der Kirche. Als ihr zusammen weggegangen seid, du und Bronski, eng umschlungen wie ein altes Ehepaar.«

Rifkin entspannt sich wieder.

»Kümmere dich gefälligst um deinen eigenen Kram, Rodriguez.«

Anna-Lena Petrovic ist Fernandos Aufforderung brav gefolgt. Keine zwanzig Minuten nach seinem Anruf sitzt sie mit Oda und Völxen im Vernehmungsraum. Wahrscheinlich dachte sie, man würde sie zur Person von Nadja Brenninger befragen, über deren Verhaftung die Volontärin sicherlich nicht unglücklich ist.

Sie trägt schon wieder Schwarz, was wohl daran liegt, dass es in der Redaktion heute Mittag eine kleine Gedenkfeier für den verstorbenen Mitarbeiter Boris Markstein gab.

Die Vernehmung von Anna-Lena Petrovic gestaltet sich ziemlich eintönig. Die Volontärin bricht in Tränen aus, nachdem Hauptkommissar Völxen ihr eröffnet hat, weshalb man sie zur Polizeidirektion bestellt hat. »Ich war das nicht, ich habe Boris nicht erschlagen, das könnte ich niemals! Und ich war in meinem ganzen Leben noch nie an diesem Ort, an dem er getötet worden ist. Keine Ahnung, wie ein Taschentuch von mir dorthin kommt. Vielleicht hat es die Brenninger extra dorthin gelegt, die haben Sie doch verhaftet. Fragen Sie die doch!«

Diese Aussagen wiederholt sie ebenso verzweifelt wie gebetsmühlenartig in geringfügig abweichenden Worten, wobei sie eine weitere Packung Taschentücher verbraucht. Oda und Völxen werfen sich einige Male genervte, aber auch hilflose Blicke zu.

»Frau Petrovic«, sagt Völxen schließlich mit ruhiger Stimme. »Ich bin durchaus geneigt, Ihnen zu glauben. Haben Sie denn nicht doch noch einen Alibizeugen für die fragliche Zeit?«

»Der Spanner!«, ruft Frau Petrovic. »Vielleicht hat der mich gesehen.«

»Welcher Spanner?«, fragt Oda.

»Der Typ vom Haus gegenüber, dritter Stock. Der hängt ganz oft am Balkon oder am Fenster rum und glotzt zu uns rüber. Ich glaube, der macht manchmal sogar Fotos mit dem Handy. Vielleicht hat er an dem Abend auch rübergeschaut und erinnert sich an mich.«

»Haben Sie ihn denn an diesem Abend bemerkt?«

»Ich weiß es nicht. Ich habe mir abgewöhnt, auf ihn zu achten. Aber manchmal steht er auch hinter der Scheibe, dann sieht man ihn nicht so gut.«

»Gut, einen Versuch ist es wert. Der Kollege Rodriguez wird Sie nach Hause fahren und mit diesem Herrn sprechen, und auch noch einmal mit Ihrer Nachbarin.«

»Aber selbst wenn er rübergestarrt hat, wird er es vielleicht nicht zugeben«, meint die Volontärin bekümmert.

»Rodriguez wird ihn schon dazu bringen, keine Sorge.«

»Sie war es nicht«, stellt Völxen fest, kaum dass die Petrovic den Raum verlassen hat. »Keine Ahnung, was das mit der DNA auf dem Taschentuch zu bedeuten hat, aber sie ist nicht unsere Täterin, jede Wette!«

»Warum?«, erwidert Oda und steht auf. »Weil sie so süße blaue Kulleraugen hat? Oder weil du *willst*, dass es die Brenninger war?«

»Quatsch. Weil sie so was einfach nicht draufhat.«

»Woher willst du das wissen? Vielleicht verbirgt sich hinter ihrer Püppchenfassade und der Dauerheulerei eine raffinierte Psychopatin.«

»Ja, ganz bestimmt«, knurrt Völxen. »Sag mal, was ist eigentlich mit Maria Kemper? Gestern warst du noch davon überzeugt, dass sie oder ihr Bruder Markstein umgebracht haben, wegen des Artikels, den Markstein über ihre Nichte geschrieben hat.«

»Du wirst lachen, ich habe Maria Kemper noch nicht von meiner Liste gestrichen. Ihr Bruder wusste angeblich nichts von dem Artikel. Das nehme ich ihr sogar ab. Sie selbst sagt, sie hätte Markstein untersagt, ihn zu veröffentlichen, und laut ihrer Angabe hat er tatsächlich einen Rückzieher gemacht.«

»Das glaubst du doch selbst nicht.«

»Ich glaube das auch nicht, aber angeblich hat Maria Kemper ihm das geglaubt.«

»Ist sie wirklich so naiv?«

»Ich werde nachhaken.« Oda wendet sich zum Gehen und stößt beinahe mit Rifkin zusammen, die aufgeregt in der Tür steht und herausplatzt: »Ich weiß, wie sie es gemacht hat.«

»Wer?«, fragt Völxen.

»Die Brenninger. Ich bin ganz sicher.«

»Dann lassen Sie mal hören.«

Oda Kristensen versucht es zuerst in Maria Kempers Wohnung, und damit liegt sie richtig. Frau Kemper bietet ihr etwas von dem Kräutertee an, den sie sich gerade aufgebrüht hat. Sie sieht gar nicht gut aus, versucht aber, sich vor Oda zusammenzunehmen.

»Frau Kemper, es tut mir sehr leid um Ihren Bruder«, bekennt Oda aufrichtig, als sie beide am Tisch sitzen und Tee trinken.

»Danke«, kommt es förmlich.

»Und ich möchte Ihnen auch noch dafür danken, dass Sie mir die Gelegenheit gaben, die anderen zu warnen. Ohne Sie hätte es wahrscheinlich deutlich mehr Tote gegeben.«

»Wie konnte ich so blind sein?«, murmelt sie. »Das werde ich mir nie verzeihen. Ich habe ihm noch Vorwürfe gemacht, ich dachte, er würde nur ans Geschäft denken.«

Oda weiß nicht, was sie darauf antworten soll. Am besten gar nichts, denn Maria Kemper wird es nicht interessieren, ob Oda ihr Absolution erteilt oder nicht. Als die Stille zwischen ihnen immer bedrückender wird, bringt Oda ihr eigentliches Anliegen vor: »Frau Kemper, ich möchte Sie noch um einen Gefallen bitten …«

Sie spielt ihr auf dem Smartphone die Sequenz einer lokalen Promi-Gala vor, bei der Nadja Brenninger die Moderation übernommen hatte.

Frau Kemper nickt. »Ja, das war die Stimme, die letzte Woche im Hausflur herumgeschrien hat, ganz bestimmt.«

»Danke sehr.« Oda lässt etwas Zeit verstreichen, ehe sie beginnt:

»Ich wollte noch einmal auf den Artikel zurückkommen, den Markstein über Ihre Nichte geschrieben hat ...«

»Was ist damit?«, erwidert ihr Gegenüber müde.

»Sie haben Boris Markstein also gebeten, ihn nicht zu veröffentlichen.«

»Das sagte ich doch schon.«

»Und er hat eingewilligt?«

Sie nickt.

»Und das haben Sie ihm wirklich geglaubt?«

Sie zuckt mit den Achseln.

»Ich meine – Markstein war ein Boulevardjournalist, denen ist doch im Ernstfall nichts heilig«, setzt Oda nach.

»Er hat mir versprochen, den Artikel nicht zu bringen, und ich habe ihm geglaubt«, wiederholt Maria Kemper. »Ist das jetzt noch wichtig?«

»Ich wollte mich noch einmal vergewissern.«

»Denken Sie, ich habe ihn deswegen umgebracht?«, fragt sie teilnahmslos. »Falls ja, kann ich es nicht ändern. Ich habe Ihnen die Wahrheit gesagt. Vielleicht war ich naiv, ihm zu glauben, aber so war es.«

Oda nickt. Sie glaubt der Frau, und eigentlich könnte sie jetzt gehen, aber sie bleibt noch einen Moment sitzen und trinkt von ihrem Tee, der wie aufgegossenes Heu schmeckt.

Plötzlich lächelt Frau Kemper bitter und sagt: »Stellen Sie sich vor, da führen wir seit Jahren ein Bestattungsinstitut, und jetzt wird mein Bruder von der Konkurrenz beigesetzt. Aber ich konnte einfach nicht ... ich meine ... wie hätten ich oder einer unserer Mitarbeiter in die Kirche gehen und seine Reste aufsammeln können?«

»Das ist doch absolut verständlich und sicher eine gute Entscheidung«, antwortet Oda, die genau weiß, dass es die Bestatter sind, die an Leichenfundorten die unangenehmsten Aufgaben erfüllen – je nach Zustand der Leiche. Und Volker Kemper dürfte in keinem guten Zustand gewesen sein. Oda schaudert und versucht, die Bilder zu verdrängen, die ihr gerade durch den Kopf geistern.

Sie wechselt das Thema: »Haben Sie jemanden, der Ihnen jetzt beistehen könnte?«

Frau Kemper schüttelt den Kopf. »Es geht schon, ich brauche niemanden«, versichert sie.

Wieder breitet sich Stille aus. Schließlich bleibt Oda nichts anderes übrig, als ihren Tee auszutrinken und sich zu verabschieden. Frau Kemper Adressen von Selbsthilfe- oder Trauerbewältigungsgruppen zu nennen wäre ebenso überflüssig wie unpassend. Die kennt sie garantiert selbst.

Der »Spanner«, wie Anna-Lena Petrovic den älteren Herrn aus dem Haus gegenüber nannte, war ausgerechnet am Sonntagabend bis halb zwölf außer Haus, und zwar im Kino. Die Karte kann er sogar noch vorweisen, außerdem waren noch zwei Freunde dabei. Überdies ist er empört, dass man ihn verdächtigt, er würde »rüberglotzen«. Wo solle er denn bitte sonst hinschauen, wenn er sich auf seinem Balkon aufhalte, in die Luft?

Fernando weiß nicht, wem er glauben soll. Vielleicht hat die Petrovic ein bisschen übertrieben, als sie ihn einen Spanner nannte? Da es ohnehin keine Rolle spielt, belässt er es dabei.

Die Nachbarin, die neben Frau Petrovic wohnt, eine Lehrerin in den Fünfzigern, teilt dasselbe mit wie schon beim letzten Mal. Sie erinnere sich gut an das Gespräch, aber nicht an die Uhrzeit.

»Hatten Sie den Fernseher an? Haben Sie vielleicht *Tatort* geschaut?«, versucht es Fernando.

»Nein, ich habe gelesen.«

»Tut mir leid!«, meint Fernando eine gute halbe Stunde später zu der aufgelösten Volontärin.

Die ist schon wieder den Tränen nahe, deshalb lehnt sich Fernando etwas weit aus dem Fenster, indem er sagt: »Machen Sie sich keine Sorgen. Das wird sich klären. Wir glauben alle nicht, dass Sie es waren. Wir werden den wahren Täter erwischen, das verspreche ich Ihnen.« Damit macht er, dass er wegkommt, denn er hat Hunger, und seine Mutter will heute Abend eine Paella zubereiten.

Er ist schon fast zu Hause, als sein Handy klingelt.

»Rodriguez?«

»He, Herr Wachtmeister!«

»Tobias Renz«, erkennt Fernando die Stimme des Kleindealers. »Was gibt es?«

»Dieser schwarze Kerl, den ich vom Sehen kenne ...«

»Ja?«, fragt Fernando gespannt.

»Also, den haben sie gestern eingeliefert.«

»Eingeliefert? Wo denn?«

»Ins Krankenhaus. Der ist einem Kollegen aus der Nordstadt ins Gehege gekommen, und der hat ihn abgestochen. Das habe ich jedenfalls gehört.«

»Ich welchem Krankenhaus ist er?«

»Das weiß ich doch nicht. Irgendwas müsst ihr Bullen ja auch noch selbst rausfinden. Krieg ich jetzt mein Fahrrad wieder?«

»Chef? – Also, der Spanner war an dem Abend nicht zu Hause, und die Nachbarin der Petrovic bleibt bei ihrer Aussage.«

»Mist«, hört Fernando Völxen brummen.

»Aber erinnerst du dich an den Namen Jenue Abdulkareem?«

»Ähm, ich stehe gerade auf dem Schlauch.«

»Der nigerianische Dealer, dessen Verkaufsgebiet am Küchengarten und an der Rampenstraße liegt.«

»Ach ja, der. Hast du ihn gefunden?«

»Sozusagen. Er liegt mit einer Bauchwunde, die von einem Messerstich herrührt, im Nordstadtkrankenhaus. Ich habe dort angerufen, er ist vernehmungsfähig.«

»Sehr gut! Wir treffen uns dort!«

XXIII.

Für die zweite Vernehmung von Nadja Brenninger waren diverse Vorbereitungen zu treffen, aber nun, am frühen Freitagnachmittag, sitzen sie zu fünft im Verhörraum: Nadja Brenninger und ihr Anwalt, Oda Kristensen, Elena Rifkin und Hauptkommissar Völxen selbst.

Die Schlacht kann beginnen, die Waffen sind geladen, die Messer gewetzt, denkt Völxen und wundert sich über die martialischen Vergleiche, die ihm gerade durch den Kopf schwirren. Das liegt sicher nur an dieser Brenninger. Diese Frau macht ihn einfach aggressiv. Er muss sich zusammenreißen, um einen kühlen Kopf zu bewahren.

Die Beschuldigte hat, wie von Oda prophezeit, einen Strafverteidiger an ihrer Seite sitzen, einen gewissen Jürgen Wohlgemuth. Er ist etwa Anfang, Mitte dreißig, und Völxen hat den Namen vorher noch nie gehört. Es wundert ihn, dass Nadja Brenninger mit einem Frischling vorliebnimmt. Viel eher hat er damit gerechnet, dass sie von ihrem wohlhabenden Verlobten einen renommierten Staranwalt an die Seite gestellt bekommen würde. Weiß er noch gar nichts von der Misere seiner Zukünftigen? Oder geht er bereits auf Abstand?

Die Reporterin hat dunkle Ringe unter den Augen, ist ungeschminkt, und der graue Trainingsanzug, den man ihr in der U-Haft verpasst hat, kleidet sie nicht gerade vorteilhaft. Das alles ist für gewöhnlich geeignet, der Selbstsicherheit eines Delinquenten einen Dämpfer zu verpassen, aber Nadja Brenninger sitzt aufrecht da und lächelt spöttisch in die Runde. »Ich sehe, Sie haben ebenfalls Verstärkung mitgebracht«, hat sie zur Begrüßung bemerkt, mit einem abfällig-feindseligen Blick auf Oberkommissarin Rifkin.

»So wie Sie«, antwortet Völxen und übergibt dann das Wort an Rifkin, denn so war es abgesprochen.

Diese hält nun eine Beweismitteltüte in die Höhe, in der der Schlüsselbund liegt, den man Nadja Brenninger gestern bei Antritt der U-Haft abgenommen hat.

»Ist das Ihr Schlüsselbund?«

»Ja.«

»Ist er komplett?«

»Ja.«

Rifkin deutet auf einen kleineren Schlüssel mit einem schwarzen Griff. »Wofür ist der da?«

Die Brenninger sieht kurz hinüber zu ihrem Anwalt. Der nickt unmerklich, und sie sagt: »Der ist für den Rollcontainer an meinem Schreibtisch.«

»Wie ich gesehen habe, haben alle Arbeitsplätze in Ihrer Redaktion dieselben Rollcontainer, auch der von Markstein«, fährt Rifkin fort. »Nur befand sich an dem Schlüsselbund, den wir bei seiner Leiche gefunden haben, kein solcher Schlüssel.«

Die Brenninger zuckt mit den Achseln. »Und?«

»Worauf zielt Ihre Frage?«, will der Anwalt wissen.

»Ich werde gleich darauf zurückkommen.« Rifkin deutet auf ein Blatt Papier: »Hier haben wir das Bewegungsprofil Ihres Mobiltelefons vom Abend des 8. September.«

»Das Telefon wurde meiner Mandantin gestohlen, das wissen Sie bereits«, interveniert der Anwalt.

»Gestohlen?«, fragt Völxen. »Gestern dachte Ihre Mandantin noch, es wäre vielleicht verloren gegangen. Was stimmt denn nun?«

»Oder das«, nickt Wohlgemuth. »Es war jedenfalls zur Tatzeit nicht mehr im Besitz meiner Mandantin.«

Rifkin macht unbeirrt weiter: »Das Telefon befand sich bis einundzwanzig Uhr zweiundfünfzig am Lokal *Notre Dame* in Hannover Linden. Danach bewegte es sich den Kötnerholzweg entlang bis in die Nähe des Spielplatzes an der Rampenstraße, genau dort, wo man am nächsten Morgen die Leiche von Boris Markstein fand. Dort verharrte es von zweiundzwanzig Uhr fünf bis zweiundzwanzig Uhr zwölf. Danach wurde es auf dem Kötnerholzweg zurück in die Albertstraße transportiert, wo Frau Brenniger sich vor dem Besuch im *Notre Dame* aufgehalten hat. Ich nehme an, dass dort irgendwo ihr Wagen parkte. Es war zweiundzwanzig Uhr siebenundzwanzig, als das Handy dort ankam. Von dort bewegte sich das Telefon auf direktem Weg in die List, wo es um zweiundzwanzig Uhr fünfundvierzig exakt an der Adresse der Redaktion der *Bild*-Zeitung von dem unbekannten Dieb abgeschaltet wurde.« Rifkins Stimme trieft vor Sarkasmus.

»Zufälle gibt's«, murmelt Oda.

»Oh, *es* kann sprechen!«, höhnt die Brenninger voller verhaltener Wut. Sie wird von ihrem Anwalt ermahnt, indem er seine Hand kurz auf ihren Unterarm legt und den Kopf schüttelt.

»Ich denke, es lief so ab«, fährt Rifkin fort: »Frau Brenninger sieht im *Notre Dame* ihren Kollegen Markstein vorbeigehen. Sie verabschiedet sich hastig von ihren Begleiterinnen und folgt ihm heimlich bis zur Rampenstraße.«

»Warum sollte meine Mandantin das tun?«

»Dazu komme ich noch«, antwortet Rifkin. »Wir wissen, was er dort wollte, sie wusste es nicht. Sie schleicht ihm nach, zunächst aus Neugierde. Sie hofft vielleicht, ihn beim Drogenkauf oder etwas Ähnlichem zu erwischen. Im unwegsamen, vermüllten Gelände bei den alten Gleisen findet sie durch Zufall die spätere Tatwaffe.« Rifkin hält ein Foto des Betonbrockens mit dem Armiereisen in die Höhe. »Frau Brenninger nähert sich Markstein – möglicherweise hat er sie erkannt und deshalb keinen Verdacht geschöpft – und tötet ihn durch zwei Schläge auf den Schädel. Nach dem ersten Schlag unternimmt er noch einen Fluchtversuch, aber sie holt den Schwerverletzten nach wenigen Metern ein und bringt ihn durch einen zweiten Schlag auf die Schädeldecke zur Strecke.« Rifkin unterbricht sich, um die Tatortfotos hochzuhalten, die Marksteins Leichnam und insbesondere die Kopfwunde in Großaufnahme zeigen.

»Ist das mit den zwei Schlägen bewiesen, oder entspringt das Ihrer Fantasie?«, will der Anwalt wissen.

»Das ist mehrfach erwiesen«, antwortet Völxen an Rifkins Stelle.

Die Brenninger ist etwas blass um die Nase, aber sie lauscht den Ausführungen äußerlich unbewegt.

Rifkin macht weiter: »Als Markstein sich nicht mehr rührt, nimmt sie den Schlüsselbund des Toten aus seiner Jacke und entfernt den kleinen Schlüssel für seinen Spind im Büro. Das klingt zunächst unlogisch, denn sie könnte natürlich, um in seine Wohnung zu gelangen, gleich den ganzen Schlüsselbund mitnehmen. Aber dann müsste sie die Schlüssel auch wieder zurückbringen, damit ihr Besuch in der Wohnung unentdeckt bleibt. Das erscheint ihr in diesem Moment zu riskant. Nein, sie fährt in die Redaktion – wo ihr auch der Gedanke kommt, vorsichtshalber ihr Handy abzuschalten – und benutzt den Zweitschlüssel, den Markstein, wie sie wusste, in seinem Rollcontainer aufbewahrt. Mit diesem Schlüssel fährt sie zu Marksteins Wohnung. Vorher aber kommt ihr noch ein teuflischer Gedanke. Sie fischt aus dem Papierkorb ihrer Kollegin Anna-Lena Petrovic ein benutztes Papiertaschentuch und steckt es ein. In Marksteins Wohnung durchsucht sie seinen Schreibtisch, findet das notierte Passwort für den Laptop und löscht um exakt dreiundzwanzig Uhr fünfzig die bewussten Dateien, zu denen ich gleich noch komme, von der Festplatte. Danach geht sie doch noch einmal zurück zum Tatort und platziert das Taschentuch in der Nähe der Leiche. Oder – zweite Möglichkeit und mein persönlicher Favorit – sie erscheint am nächsten Morgen in ihrer Eigenschaft als Reporterin am Fundort, ignoriert die Absperrung und lässt bei dieser Gelegenheit das Taschentuch fallen.«

»Nah genug dran war sie ja«, erinnert sich Völxen.

»Stimmt.« Oda nickt.

»Kommen wir zum Motiv«, fährt Rifkin fort. »Dies sind die Fotos, die die Beschuldigte von Marksteins Rechner gelöscht hat, man konnte die Dateien wiederherstellen.« Sie zeigt dem Anwalt und der Beschuldigten die beiden Aufnahmen, die Nadja Brenninger an der Bar und auf dem Motorrad zeigen. Diese verzieht nach wie vor keine Miene.

»Interessanter ist allerdings das Video«, sagt Rifkin mit hörbarem Genuss. Sie spielt es ab, wobei der Bildschirm in Richtung

Brenninger und Anwalt zeigt. Nadja Brenninger verfolgt den kleinen Film mit versteinertem Gesichtsausdruck, doch ihre Körperfunktionen hat sie nicht so gut im Griff wie ihre Mimik. Ihr Teint bekommt immer mehr unregelmäßige rote Flecken.

»Ich kann an diesem Video nichts Illegales erkennen«, meint der Anwalt.

»Darum geht es nicht«, erklärt Völxen. »Es geht hier um Frau Brenningers Ruf. Frau Brenniger ist mit einem Mann verlobt, der aufgrund seiner Herkunft und seines gesellschaftlichen Umgangs an der lebhaften Vergangenheit seiner zukünftigen Frau Anstoß nehmen könnte. Zumindest scheint Frau Brenninger das zu befürchten. Sie hatte Angst, er würde die Verlobung wieder lösen, wenn er erfahren würde, dass sie früher regelmäßig im Rotlichtviertel verkehrte und des Öfteren in einem Striplokal aufgetreten ist.« Völxen wendet sich nun direkt an Frau Brenninger. »Hat Markstein Sie damit erpresst? Was genau wollte er? Oder hat er es mehr auf die subtile Art gemacht, indem er Sie einfach wissen ließ, dass er das Video hat?«

»Ich sehe dieses Video zum ersten Mal!«, entgegnet Frau Brenninger. Ihr Anwalt wirft ihr einen nervösen Seitenblick zu.

»Sehen Sie, und das ist ebenso gelogen wie alles, was Frau Brenninger hier von sich gibt«, erwidert Rifkin. »Markstein hat es Ihnen geschickt, vor drei Monaten. Sie waren so klug, es aus dem Ordner seiner gesendeten Nachrichten zu löschen, aber Sie haben vergessen, den Papierkorb des Mailpostfachs zu leeren. Das passiert mir auch immer«, fügt Rifkin mit einem kleinen Lächeln hinzu.

Auch Oda gibt sich nun verständnisvoll. »Ich weiß, dass Sie es nicht immer leicht hatten im Leben, Frau Brenninger. Ihr Vater war ein arbeitsloser Säufer, die Mutter ging putzen, dann stirbt sie früh, und Sie kommen zu Ihrer Großmutter, die als alter Drachen verschrien ist. Mit neunzehn ziehen Sie dort aus, Sie jobben, Sie nehmen die übelsten Jobs an, um sich über Wasser zu halten. Aber Sie sind zäh, Sie sind kein Püppchen, keine Prinzessin, der man alles unter den Allerwertesten schiebt. Sie haben trotz der Widrigkeiten des Lebens etwas aus sich gemacht, haben sich mit Erfolg gegen die Machos in Ihrer Redaktion behauptet, Sie sind jemand geworden. Aber es ist ein ständiger Kampf, man darf nie nachlassen, das rächt sich sofort. Das macht einen müde, das zermürbt einen. Und dann haben Sie endlich einmal richtig Glück und machen auf Ihre nicht mehr ganz so jungen Tage noch einen fetten Fang. Wolf-Dietrich Stegemann, ein Mann der, salopp gesagt, stinkt vor Geld. Doch ausgerechnet dann droht der neidische Kollege alles zu verderben, mit diesem verdammten, uralten Video. Markstein, das Frettchen, Markstein, der selbst ein schwaches Ego hat und der es niemals verwunden hat, dass Sie nicht mit ihm ins Bett gestiegen sind, obwohl er Ihnen doch den Job bei der *Bild* vermittelt hat. Meinen Respekt dafür, übrigens. War das Video der Grund, warum Sie Markstein letzte Woche aufgesucht haben und sich mit ihm im Hausflur lautstark gestritten haben, wie eine Zeugin zu Protokoll gegeben hat? Ich verstehe Sie gut, Frau Brenninger, ich weiß, wie Sie sich gefühlt haben müssen, nachdem er Ihnen das Video geschickt hat. Ich kann mir vorstellen, wie er Sie in der Redaktion jeden Tag angegrinst hat. Hat er am Ende gar noch einmal versucht, bei Ihnen zu landen? Ihr Traum drohte zu zerplatzen, Ihre Zukunft hing von seinem Schweigen ab. Da kann man schon auf Mordgedanken kommen …«

»Frau Kommissarin, ich muss doch sehr bitten, es reicht jetzt«, fährt der Anwalt Oda an.

Die lächelt ihn freundlich an und meint, sie sei ohnehin fertig.

Nadja Brenninger sieht aus, als wollte sie etwas entgegnen, aber ihr Anwalt bedeutet ihr zu schweigen. Er geht nicht auf Odas Ausführungen ein, sondern wendet sich an Rifkin und Völxen: »Haben Sie für Ihre abenteuerliche Geschichte auch nur einen einzigen Beweis? Außer den nutzlosen Bewegungsdaten des abhandengekommenen Mobiltelefons, wohlgemerkt.«

»Ja, die haben wir«, antwortet Völxen. »Da wäre zunächst ein Fingerabdruck am Schlüsselbund des Mordopfers …«

»Der auch früher entstanden sein kann«, wirft der Anwalt ein.

»Genau«, sagt Nadja Brenninger. »Boris hat seine Schlüssel oft rumliegen lassen, ich habe sie ihm ein paarmal hinterhergetragen.«

Erneut meldet sich Oda zu Wort: »Frau Brenninger, Ihre Freundin Manuela Engelbrecht hat heute Morgen gegenüber dem Kollegen Raukel zu Protokoll gegeben, dass Sie an dem besagten Abend Ihre Jeansjacke anhatten. Ich nehme an, es ist dieselbe, die Sie auch am Morgen anhatten, als Sie am Tatort aufgekreuzt sind.«

»Und?«, fragt der Anwalt.

»An dem Taschentuch mit der DNA von Frau Petrovic waren Faserspuren. Im Moment findet in Ihrer Wohnung eine Durchsuchung statt, die Forensik wird sicherlich bald beweisen können, dass die Fasern an dem Tuch identisch sind mit dem Stoff Ihrer Jeansjacke.«

»Nun, selbst wenn dem so wäre«, entgegnet Wohlgemuth. »Sie haben selbst bestätigt, dass meine Mandantin am Morgen nach dem Mord am Tatort war. Möglicherweise hat sie davor in der Redaktion versehentlich ein Taschentuch von Frau Petrovic eingesteckt und es am Tatort verloren.«

»Das klingt jetzt aber wirklich abenteuerlich«, meint Völxen.

»Durchaus nicht«, widerspricht Wohlgemuth. »Es beweist unter Umständen die Unschuld dieser Frau Petrovic, aber er ist kein Beweis für die Schuld meiner Mandantin.«

»Gut, sei's drum«, sagt Völxen, nur scheinbar gelassen. In Wahrheit sieht er gerade seine Felle davonschwimmen. Darum besinnt er sich auf seine vom Vizepräsidenten so hochgelobten schauspielerischen Fähigkeiten und bringt das Folgende mit Überzeugung und einem verhaltenen Triumph im Tonfall vor: »Wir haben einen Zeugen, der Sie bei der Tat beobachtet hat, Frau Brenninger. Hauptkommissar Rodriguez und ich haben ihn gestern vernommen, und er konnte uns den Tathergang ziemlich eindrücklich schildern, auch die zwei aufeinanderfolgenden Schläge mit zwar geringem zeitlichem Abstand, aber doch so viel, dass der Staatsanwalt nicht von Totschlag, sondern von Mord ausgeht. Das Protokoll der Aussage des Zeugen liegt uns vor.«

Rifkin hält demonstrativ eine Mappe in die Höhe.

Der Anwalt wirft seiner Mandantin einen Seitenblick zu. Die knetet nervös ihre Hände.

»Deshalb möchte ich Sie auch gleich zu einer Gegenüberstellung bitten«, endet Völxen.

»Was, jetzt? Sofort?«, ruft Nadja Brenniger. Ein panischer Ton hat sich in ihre Stimme geschlichen.

Völxen schaut auf die Uhr. »Jawohl, und zwar in einer Viertelstunde. Der Zeuge ist unterwegs. Wir wollen ja nicht, dass er Ihr Foto morgen in der Presse sieht und dann womöglich beeinflusst ist. Sie bekommen natürlich für die Gegenüberstellung andere Kleidung ...«

Nadja Brenningers Widerstand bricht in sich zusammen. Ihr Atem geht keuchend, ihre Lider flattern. Sie hat Angst, eindeutig, und jetzt kann sie sie nicht mehr verbergen.

Das hat auch ihr Anwalt erkannt. »Ich möchte mich einen Augenblick lang mit meiner Mandantin beraten«, sagt Wohlgemuth.

»Selbstverständlich«, antwortet Völxen. »Wenn Sie klug sind, raten Sie ihr zu einem Geständnis. So was macht sich immer besser.«

Die drei Ermittler stehen auf und verlassen den Raum. Vorher schaltet Rifkin auf Völxens Geheiß noch die Kamera aus.

»Sie waren sehr gut, Rifkin«, lobt Völxen, als sie auf dem Flur stehen.

»Danke, Herr Hauptkommissar. Sie aber auch.«

»Hey, starker Auftritt, alle drei«, findet auch Fernando. Er und Erwin Raukel haben das Verhör per Videoübertragung aufmerksam verfolgt und gesellen sich nun zu den Kollegen.

»Ich hoffe nur, es war gut genug«, zweifelt Rifkin. »Dieser Anwalt ist gar nicht schlecht.«

»Das mit der Gegenüberstellung hat sie erschreckt«, stellt Oda fest.

»Ist der böse schwarze Mann tatsächlich auf dem Weg hierher?«, will Raukel wissen.

»Er ist noch im Krankenhaus, aber sie karren ihn im Rollstuhl her, wenn's sein muss«, antwortet Fernando.

»Hat er denn tatsächlich den Mord beobachtet, oder erfindet er bloß was?«, fragt Raukel.

»Auf mich wirkte er glaubwürdig«, versichert Fernando. »Er hat die zwei Schläge erwähnt, und er konnte die Mordwaffe beschreiben.«

»Das wird der Anwalt anders sehen«, gibt Raukel zu bedenken. »Es gab schon bessere Zeugen als einen nigerianischen Drogendealer, der ja doch nur auf eine Aufenthaltsgenehmigung aus ist.«

»Jetzt mal doch den Teufel nicht an die Wand, Erwin«, versetzt Völxen.

»Aber er hat recht«, meint Oda. »Die Sache steht auf sehr wackeligen Füßen. Und was machen wir, wenn Abdulkareem die Brenninger nicht wiedererkennt?«

»Dann ist die Kacke am Dampfen«, konstatiert Fernando.

»In der Tat«, seufzt Völxen. »Dann ist es fraglich, ob der Richter überhaupt einen Haftbefehl ausstellt, und falls doch, wird es ein langwieriger Indizienprozess.«

»Was meinst du, Rifkin, wie stehen die Chancen für oder gegen eine Festnahme?«, fragt Fernando.

»Fünfzig-fünfzig«, antwortet die.

»Siebzig-dreißig«, steigt Raukel ein.

»Jetzt hört schon auf, Herrgott noch mal. Das ist schließlich kein Spiel«, knurrt Völxen, dessen Nerven zwischenzeitlich arg strapaziert sind.

Die Tür zum Vernehmungsraum wird geöffnet, der Anwalt Wohlgemuth tritt auf den Flur. Schwer einzuschätzen, ob er zufrieden ist oder nicht, als er sagt: »Meine Mandantin möchte auf die Gegenüberstellung verzichten und ein Geständnis ablegen.«

Epilog

»Heute gibt's zur Abwechslung mal ein kaltes Bier«, eröffnet Völxen seinem Nachbarn Jens Köpcke, als dieser sich dem Zaun der Schafweide nähert.

»Gibt's was zu feiern? Du strahlst wie ein Honigkuchenpferd.«

»Der Mord an dem Journalisten ist aufgeklärt.«

»Gratuliere, alte Hummel!«

»Danke, Jens.«

»Wer war's?«

»Seine Kollegin. Sie hat vor wenigen Stunden gestanden.«

»Eine Frau? Ts…« Der Hühnerbaron schüttelt den Kopf und nimmt einen großen Schluck aus der Pulle.

»Weißt du, Jens, ich habe schon manchmal Leute festnehmen müssen, bei denen tat es mir wirklich leid. Die sind irgendwie dumm in was reingerutscht – aber bei dieser Dame war es mir eine Genugtuung. Noch dazu, wo sie eiskalt versucht hat, eine Unschuldige zu belasten.«

»Ging's um Geld oder Liebe?«, fragt Köpcke.

Völxen muss einen Augenblick nachdenken. »Beides, in gewisser Weise. Aber wohl mehr um Geld.«

»Ach, ja«, seufzt Köpcke.

»So ist es«, seufzt Völxen.

Beide trinken aus ihren Bierflaschen. Die Sonne versinkt hinter dem Bergkamm, es wird kühl.